让你的人物讲故事

十一步打造专业剧本

Screenplay: Building Story Through Character

［美］朱莉·赛尔博（*Jule Selbo*） 著

谢冰冰 译　兰婷 审译

世界图书出版公司

北京·广州·上海·西安

图书在版编目（CIP）数据

让你的人物讲故事：十一步打造专业剧本 /（美）朱莉·赛尔博著；谢冰冰译. —
北京：世界图书出版有限公司北京分公司，2022.6
ISBN 978-7-5192-8663-7

Ⅰ.①让… Ⅱ.①朱…②谢… Ⅲ.①电影编剧—创作方法 Ⅳ.①I053.5

中国版本图书馆CIP数据核字（2021）第146627号

Screenplay: Building Story Through Character / by Jule Selbo / ISNB: 978-1-138-93597-6
Copyright@ 2016 by Routledge.
Authorized translation from English language edition published by Routledge, an imprint of Taylor &
Francis Group LLC; All rights reserved; 本书原版由Taylor & Francis出版集团旗下，Routledge出
版公司出版，并经其授权翻译出版。版权所有，侵权必究。

Beijing World Publishing Corporation, Ltd. is authorized to publish and distribute exclusively the
Chinese (Simplified Characters) language edition. This edition is authorized for sale throughout
Mainland of China. No part of the publication may be reproduced or distributed by any means, or
stored in a database or retrieval system, without the prior written permission of the publisher. 本书中
文简体翻译版授权由世界图书出版有限公司北京分公司独家出版并仅限在中国大陆地区销
售。未经出版者书面许可，不得以任何方式复制或发行本书的任何部分。

Copies of this book sold without a Taylor & Francis sticker on the cover are unauthorized and illegal.
本书封面贴有Taylor & Francis公司防伪标签，无标签者不得销售。

书　　　名	让你的人物讲故事：十一步打造专业剧本	
	RANG NI DE RENWU JIANG GUSHI	
著　　　者	［美］朱莉·赛尔博	
译　　　者	谢冰冰	
审译者	兰　婷	
责任编辑	陈俞蒨	
装帧设计	崔欣晔	
出版发行	世界图书出版有限公司北京分公司	
地　　　址	北京市东城区朝内大街137号	
邮　　　编	100010	
电　　　话	010-64038355（发行）　64033507（总编室）	
网　　　址	http://www.wpcbj.com.cn	
邮　　　箱	wpcbjst@vip.163.com	
销　　　售	新华书店	
印　　　刷	三河市国英印务有限公司	
开　　　本	787mm×1092mm　1/16	
印　　　张	24.5	
字　　　数	360千字	
版　　　次	2022年6月第1版	
印　　　次	2022年6月第1次印刷	
版权登记	01-2016-0917	
国际书号	ISBN 978-7-5192-8663-7	
定　　　价	79.00元	

致 谢

　　我要感谢我的学生和剧本客户，是他们提出很多的疑问，才使我觉得有必要将自己的想法整理并汇集成书。我曾与一些非常出色的制片人、导演和电影公司高管共事，并从他们对电影的独到见解中受到启发，这在很大程度上促使我将"人物至上"的创作理念置于经典电影叙事中。

　　特别感谢爱德华·芬克、克雷格·魏斯、莉萨·凯特尔、珍妮·安索雷布哈尔、利利亚娜·温克沃思、珍妮特·布莱克、菲利普·佩里宾诺索夫、罗萨娜·韦尔奇、戴安·莱克、帕特·韦尔杜奇、马克·温克沃思，以及我在剧本写作咨询服务机构的搭档约翰·席梅尔，感谢他们所付出的时间和真知灼见。

　　当然，还要感谢所有的剧作家，他们在全球120多年的电影制作历程中，奉献了众多精彩的剧本。

引　言

　　二十多年前，当我坐下来写我的第一个剧本时，我曾试图将一段痛苦的个人经历写成虚构故事。我努力使它成为一部低俗喜剧，因为那段经历已然如此痛苦，倒不如以新的眼光看待它，或许还能用幽默和坦然接受人性的脆弱来消解现实。显然，我很了解这些人物，也清楚这个故事的开端、发展和结局，因为那是我亲身经历过的。当时我一点也不知道这个知识有多么重要——坐下来写作之前，要先知道主角故事部分的开端、发展和结局。我不知道具体的场景、对话或场次顺序——我全然不知该如何展开这个故事，但大体上，我知道故事的核心是什么。

　　我很幸运。我完成的第一个剧本就被一位制片人选中，因此我获得了为派拉蒙影业公司、华纳兄弟娱乐公司和哥伦比亚电影公司写剧本的机会。这个剧本令我受益匪浅，因为人物看起来很真实——主人公踏上了一段旅程，这段旅程的结果导致了人物的改变。我了解故事中所有的主角，知道他们都做过什么，为什么这样做，以及什么时候做的。

　　由于我一直与大制片厂、独立制片人和电视广播公司保持合作，我发现接到的许多任务会更加开放，故事性更强。我为派拉蒙影业公司改编了一部基本上全是内心独白的小说——一个在梦境状态下审视自己生活的角色。书里面没有真正的故事（开端、发展和结局）可言，我必须创造一个。华特迪士尼影业集团曾聘用我写一部传记片，主角是一个鲜为人知但非常有趣的20世纪40年代的女记者。我必须从她丰富的人生经历里筛选出她一生中最适合写进电影里的故事。还有一些剧本写作任务，交给我之前已经选好了演员。我曾为某个特定的男演员或女演员写过剧本，所以我明白，确保他们愿意饰演我为他们创造的角色是多么重要。多年来，基于这些经验，我发现每个剧本写作工作中最具挑战性的部分就是找到一个很棒的人物故事，然后用这个点子来引起制片人和演员对塑造角色的兴趣。

如今，作为一名职业作家，工作时，我热衷于创造那些较为真实、能产生共鸣、在给人惊喜的同时又令人抓狂的人物。我没能有幸在自己的生活中找到什么创作知名角色的素材。在多数情况下，我需要在虚构中创造出一个人物和故事，而不是套用一个真实的"我的生活"的模板。

我希望寻求某种帮助，从而实现我的人物驱动型故事。我翻阅了无数本关于剧本创作的书，也阅读了杂志上的相关文章，还请教了我的编剧朋友们。我还参加了研讨会。我得到的所有建议都是好的，也得到了很多有用的提示。但是没有任何一个建议能真正触动到我，或者能给我一个明确的写作指引，让我用它来创作一个强有力的故事，以及确保故事围绕着主要人物的行为、情感、优点、缺点和个性展开。

成功的人物驱动型故事，在大多数情况下都有开端、发展和结局，以及更多。一个好的故事需要为人物准备障碍、惊喜、高低起伏和顺境逆境，这些是超越情节之所在。当我开始教学的时候，我发现自己正在拆解一些备受尊重的电影，用以充分理解它们的结构。许多电影都佐证了我为自己设计且多年来一直沿用的这个创作方法。这个研究的结果就是：**以人物为基础的"十一步故事结构"**。"十一步故事结构"专为编剧设计，通过聚焦主人公经历的事件和情感，让作者能够探索和运用所有的经典叙事法则。"十一步故事结构"帮助编剧专注于主人公的内心变化和外在生活表现，从而打开了探索主题的大门，实现真正的角色成长和转变。

这十一个步骤还有助于编剧找到原创的叙事节奏。商业电影的目的是让观众对电影中的故事产生共鸣，这种做法已经存在了近120年，对于编剧来说，考虑到这一点很重要。电影中的某些叙事模板在20世纪初就已被设定。"三幕式结构"及其公认的"页计数"划分已经得到了很好的应用（有时也会使用不当，导致剧情在预料之中）。观众们（有意识或无意识地）理解现在熟悉的节奏，还能发现自己走在了故事前面。在我看来，"十一步故事结构"的重点在于人物的经历，这可以创造出一种新的叙事节奏——让观众感到惊讶的同时也深深地被吸引着，运用的故事元素也都是观众所熟识和期待看到的。

编剧是电影行业中最令人兴奋、最受称赞的职业之一。编剧可以塑造人物、创作故事、嵌入理念和主题，还有机会展示自己的世界观。然而，这并非易事。任何人，只要他们接过用100页（可能更多或更少）篇幅的剧本呈现一个完整故事的工作，就会理解其中的艰难险阻。编剧们可能会在情节上陷入僵局，或因辅助性的故事而分心，忘了故事原本想要表达什么。采用以人物为基础的"十一步故事结构"，可以使编剧扎根于剧本之中，通过人物、动物或是某种观众渴望与之连接的实体对象，脚踏实地地来讲述一个故事，同时，又给编剧们探索的自由。

这很简单。

写作愉快！

朱莉·赛尔博

目 录

第3章 "三幕式结构"及其他

第4章 "十一步故事结构"：人物至上

第5章 人物就是一切

第 11 章　阐释

第 12 章　对白

第 22 章　"十一步故事结构"的电影分解

第 1 章

创意 vs. 故事

本书是为创作长篇电影剧本的人士编写的。无论你要写的剧本是你的处女作还是第一百部作品,本书都可以帮助你专注于人物的经历,创造出一个引人入胜、丰富多元的故事。本书在注重叙事技巧的同时,更强调经典叙事结构的使用,因为这种结构适合通过人物来讲故事。你将学会如何精炼和塑造你的创意,并把它们变成一个富有人物成长、情节饱满、剧情跌宕起伏、情感充沛的故事,并使它在电影院里能吸引观众的注意力超过90分钟。

本书旨在阐释一种以人物为基础的"十一步故事结构",从而帮助作者创造出一副强大的叙事框架来支撑故事。

故事让电影变得妙趣横生。观众去看电影是为了沉浸于故事之中,让故事带领他们踏上情感和智慧的旅程。在大多数情况下,观众会认同某些剧中人物,并将自己代入角色,参与他们的经历,直到达成某个特定目标。

讲故事的传统可以追溯到人类的起源。会讲故事的人在社会中一直享有受人尊敬的地位。最初,讲故事靠的是口口相传。随着书面语言的出现,故事可以被更广泛地分享。印刷术的发明使传说、神话、伦理故事等所有形式的故事更易传播。无论是被写成长篇小说还是短篇故事,无论是否被改编成戏剧并登上舞台,故事在世界各地都有其重要的地位。

电影是以一种非常特殊的方式让故事生动起来。电影利用视觉和听觉媒介,为观众创造出一种不同以往的全新体验。谁不喜欢让自己沉浸在一个能调动所有感官的电影故事中呢?

编剧的任务就是为电影观众创作出喜闻乐见的故事,无论是剧情的、喜剧的、历史史诗的、奇幻的、悬疑的，还是关于成功或灾难的故事，总之是能触动情感核心的故事。

在哪里能找到这些故事呢？

从创意到故事

首先，你需要一个创意。

如果一直有创意涌入你的脑海，那太好了。谁不喜欢只是坐在那里，就能想出许多离奇的点子呢？或者只是散散步就能异想天开，该多好。但要知道，创意仅仅是剧本创作过程的开始。

创意固然是非常重要的，它是故事形成最初的那颗种子。但是这颗种子需要成长并发展成一个完整的故事，才能吸引到观众。故事是多维度的，故事探索主题，故事带领人物踏上自我发现和冒险的旅程，故事有高低起伏的情节，同时，最好的故事还带有强烈的作者观点。

编剧必须致力于在创意中找到故事

把创意变成故事是编剧每天的工作。在一个编剧找到合适的制片人／经纪人／演员／导演来实现他的伟大创意之前，他必须先想出一个完整的故事。大制片厂、独立制片人或开发部门总监有一个主要工作：找到能拍出好电影的"新鲜血液"。他们的任务就是对众多故事做出回应，并问自己：这适合他们公司吗？这个故事是他们老板愿意投入资金，进一步发展的东西吗？开发总监们最清楚，一个创意，无论多么令人兴奋，都不足以维持一部故事片的长度。创意若想变成故事，需要结构部件的支撑。一个创意，如果没有故事结构作为支撑，就不是开发总监想要呈现给他们老板的作品。

创意和银幕故事之间有什么区别？

故事具有：

• 开端、发展和结局

• 强大的角色

• 增加冲突的情节点

• 主题的呈现

• 观点

如何辨别创意与故事之间的差异？下面是一个示例：

创意： 一个疯狂、脱轨的家庭赢得了一趟亚马孙之旅。他们在丛林中经历了荒野生存，还收养了一只狮子。他们不得不和土著人生活在一起，同时，努力寻找求生的办法。

故事： 一个疯狂、脱轨的家庭发现自己陷入困境：他们还不起抵押贷款，就要无家可归了。父亲杰克是一名霓虹灯艺术家，他责怪自己没有在财务上负起责任。他想照顾好他的家人，获得一些自尊。于是，他做了一笔有些古怪的投资，结果事与愿违，将所有积蓄都败光了。他与投资顾问交涉，向自私冷漠的父亲求助，甚至努力亏本出售自己的艺术品……结果都没有用。他深知妻子和孩子们会觉得他们的人生被毁、毫无希望：他的妻子希望能重返校园；他的儿子需要一双新的踢踏舞鞋来参加舞蹈比赛；而他的女儿最近在为自己家的小破房子感到羞愧，因为一个家境优渥又很受欢迎的男孩对她产生了兴趣。杰克不得不告诉家人，他赔光了房子和所有财产。巨大的裂痕出现在这个家庭里，指责、伤害和愤怒同时爆发，将这个家彻底摧毁。杰克气急败坏，赌气将最后一块钱买了彩票。万万没想到，他中奖了！这家人非常激动，直到他们知道奖品不是现金，而是一次免费的亚马孙之旅……

以上只是剧情的设定，也许是你剧本的前五六页。显然，当这家人到了南美洲时，故事才会真正开始。剧中人物可能被迫成长起来，学会相互信任、互相依赖，了解家庭的真谛。或者，故事也可能沦为一场可怕的悲剧：这家人仅存的纽带全被摧毁了，他们学会了让彼此恐惧，每个人都必须为个人生存而战——一场"适者生存"之战。

故事的走向取决于你。

你需要决定：这是一部喜剧片还是剧情片？你所挑选的故事元素将决定这一点。也许有某个电视节目摄制组一路随行，而这个大奖就是一个类似于"真人秀"的东西，故事里包含肢体上的嬉笑打闹和言语上的幽默风趣，这些元素组合，能让这个故事成为喜剧片。或者是某个家庭成员生病了或被绑架了，那么这就是一部剧情片了。又或许，这家人在某处陷入困境，差点儿饿死，这就变成了家庭冒险片。你在创作故事的时候，会面临很多种选择。

重要的是要知道，一个故事是有深度和维度的。故事能照亮人物，让他们去面对重重困难，经历种种变化。故事有形状，有弧线，有情节，有观点。

还记得狮子是最初创意的一部分吗？狮子会成为一个重要的角色吗？狮子会成为一种象征吗？这头狮子是危险的还是温顺的？你有更多的选择要做。

一个故事里充满了各种事件。你如何把你的故事推向高潮？什么重大事件会引发这部电影情节里的危机？这家人会不会发现他们必须加倍努力来克服伤害和愤怒，从此齐心协力、团结在一起？他们可以依赖彼此吗？他们会意识到有钱或者缺钱并不是真正的家庭"问题"吗？到了故事的结尾，"家庭"对他们到底意味着什么？

你的创意已经根深蒂固……

不要勉强自己，操之过急。先让故事元素生根发芽，故事都需要成长的时间。不要过早且过多地谈论你的故事，这可能会提前消耗你要为这个项目付出的精力。可能某人说的一句话就把你的一切都打乱了。你的观点、你的主题以及你对人物的诠释，都是属于你的。你无法指望其他人"看待"这个项目的方式跟你一模一样。其他人——不管是朋友、熟人还是敌人——可能会建议你改动或者提出新想法，这些都会扰乱你最初的设想。他们可能只是想帮忙，提出了很多噩梦般的"有用"建议，然后就完全把你搞糊涂了，最终导致你失去对这个故事的兴趣。如果过早征求意见，你会面临失去一些非常宝贵的东西的风险。你要等待，等你写出了一个强有力的故事后，再去寻求反馈。要有点耐心，且保护好自己。在创意方面，我们都很容易受到影响。

一旦你觉得有了把握，想出了主要的故事情节和人物形象，并且知道自己要朝哪个方向努力，就可以找几个人聊聊。但还是要小心，不要在街上拦住陌生人倾诉，不要在公共汽车上把故事讲给邻座的人听，不要给你的家人或高中同学打电话问他们的想法。选择两到三个值得信赖的朋友或同事，前提是他们不会想要根据自己的喜好改变故事。找一些能真正照亮你视野的同事，当你收到反馈时，你的故事可能会有所改动。但要确保它仍然是那个让你怀有热情去写作的故事，故事的初心和观点并没有遗失，即使你会经历太多的指手画脚。你要坚强。听取你觉得有帮助的建议和想法，忽略那些没有帮助的。记住，你是作者，这是你的故事，它应该以你的方式讲述。

编剧的挑战

作为一名编剧，最棒也最具挑战性的一点是——这是一个需要自主和自律的职业。你可以选择自己的工作时间：清晨、中午或是夜晚。当你的大脑灵光时，你完全可以按照自己的时间表独立完成工作。做编剧最具挑战性的事情之一，就是需要很强的自我激励和自我约束能力。只有留出时间和精力用于写作，你才有机会获得回报。要知道，有很多剧作家都有着惊人的自制力。这也是他们成功的原因之一。

作为一名作家，你应该知道要接受的挑战：整个写作过程的挑战，自己对自己的挑战。你也应该料到自己会时常感到沮丧。但总有一天，你的文字和思想会轻松自如地从脑海中涌现出来。总有一天，你会特别想把一句话写在纸上，就像把阻生智齿从柔软的牙龈中拔出来一般迫切。写作状态时好时坏、高低起伏，你都要坦然接受。

有时候你写的第一个东西就是最好的，相信这一点。有时候另一个想法会突然出现在你的脑海中，让你从一个全新的角度去看待角色或故事，相信这一点。跟着你的直觉走，不要因为别人想读什么就写什么，讲你想讲的故事。

电影的形式多样、体裁丰富，银幕故事也需要多样化。永远记住，你的观点、你的想法、你看待世界的方式才是最有力的。相信自己——这是真正原创的唯一途径。

谁能写出好的电影故事？

一个关心人物的编剧。一个对人类现状感兴趣的编剧。一个内心深处坚信人物的情感利害关系才是最重要内容的编剧。一个愿意深入挖掘、探索真正的人性弱点和人类情感的编剧。一个准备好去认真审视他笔下人物和他自己积极与消极性格的编剧。一个从不偷懒，把全部心思都投入到创作上的编剧。

自己做好准备

编剧需要了解电影，包括现在市场上流行的电影和过去成功的电影。因为这些知识不仅可以帮助和启发你，还能使你在电影公司高管办公室的讨论会上被问及"你觉得你的电影基调是与《教父》还是与《阿呆与阿瓜》一致？"这类问题时，能同他们高谈阔论。

尽可能多地看电影，尽可能多地读电影剧本（互联网资源让这一点很容易实现）。有强烈的个人观点，才能创造有鲜明观点的人物。

研究成功电影的结构是理解编剧艺术的一种方法。现在，电影已经十分普及，不论新老电影都唾手可得（通过互联网和其他渠道，例如：网飞、亚马逊、DVD租赁等）。这使得深入了解成功或不成功电影的任务不再是天方夜谭。最近我常受到学生们的激励，他们告诉我，他们的观影习惯已经改变了。他们积极地寻找经典电影，有新有旧——美国电影从默片时代的电影，20世纪20年代末30年代初的"前法典时期"电影，20世纪40—50年代的黑色电影，20世纪60年代的灾难类大片，20世纪70年代的美国新浪潮电影，到近50年内的重要影片。他们也十分了解外国经典电影，并对某些国家电影的故事结构差异很感兴趣。这种变化令人激动不已，因为我们可以从影响过去观众的电影叙事（以及这些叙事中的人物）中获益良多。

以下是一份电影清单，列举了本书中会提及的新老电影。如果哪些影片你还没看过，那就把它们列在你的观影清单上，从中学习并享受其中吧！

搭配本书观看的优秀影片

这些电影中有许多都曾被提名或斩获奥斯卡金像奖。有些是每个编剧都应该知道的"经典之作"，因为电影行业内有套用电影语言的说话方式，例如"这就像＿＿电影里发生的事情那样……"或者"＿＿电影里的人物是我的灵感来源……"等。

《一夜风流》（1934），编剧：罗伯特·里斯金，改编自塞缪尔·霍普金斯·亚当斯创作的故事。

《公民凯恩》（1941），编剧：赫尔曼·J.曼凯维奇、奥逊·威尔斯。

《卡萨布兰卡》（1942），编剧：朱利叶斯·J.爱波斯坦、菲利普·G.爱波斯坦、霍华德·科克，改编自默里·伯内特和琼·艾莉森的戏剧。

《彗星美人》（1950），编剧：约瑟夫·L.曼凯维奇。

《迷魂记》（1958），编剧：亚历克·科佩尔、萨缪尔·A.泰勒，改编自皮埃尔·布瓦洛、托马·纳西雅克的小说。

《桃色公寓》（1960），编剧：比利·怀尔德、I. A. L.戴蒙德。

《炎热的夜晚》（1967），编剧：斯特林·西利芬特，改编自约翰·鲍尔的小说。

《毕业生》（1967），编剧：巴克·亨利、卡尔德·威灵汉姆，改编自查尔斯·韦伯的小说。

《教父》（1972），编剧：马里奥·普佐、弗朗西斯·福特·科波拉，改编自马里奥·普佐的小说。

《骗中骗》（1973），编剧：大卫·S.瓦德。

《飞越疯人院》（1975），编剧：博·古德曼、劳伦斯·奥邦，改编自肯·凯西的小说。

《电视台风云》（1976），编剧：帕迪·查耶夫斯基。

《安妮·霍尔》（1977），编剧：伍迪·艾伦、马歇尔·布瑞克曼。

《克莱默夫妇》（1979），编剧：罗伯特·本顿，改编自埃弗里·科尔曼的小说。

《夺宝奇兵》（1981），编剧：劳伦斯·卡斯丹，故事原著：乔治·卢卡斯、菲利普·考夫曼。

《丝克伍事件》（1983），编剧：艾丽斯·阿伦、诺拉·艾芙隆。

《窈窕淑男》（1982），编剧：拉里·吉尔巴特、莫瑞·西斯盖，故事原著：唐·麦圭尔、拉里·吉尔巴特。

《走出非洲》（1985），编剧：科特·路德特克，改编自伊萨克·迪内森的回忆录。

《证人》（1985），编剧：威廉·凯利、厄尔·W.华莱士，故事原著：威廉·凯利、厄尔·W.华莱士和帕梅拉·华莱士。

《雨人》（1988），编剧：巴里·莫罗、罗纳德·巴斯。

《好家伙》（1990），编剧：尼古拉斯·派勒吉、马丁·斯科塞斯，改编自尼古拉斯·派勒吉的原著。

《末路狂花》（1991），编剧：卡莉·克里。

《美女与野兽》（1991），编剧：琳达·伍尔芙顿、罗杰·阿勒斯，以及另外10名参与故事并得到署名的编剧。根据一个18世纪的故事改编，原作者：珍妮-玛丽·勒普兰斯·德·博蒙。

《不可饶恕》（1992），编剧：大卫·韦伯·皮普尔斯。

《狮子王》（1994），编剧：艾琳·梅琪、乔纳森·罗伯特、琳达·伍尔芙顿。

《肖申克的救赎》（1994），编剧：弗兰克·德拉邦特，改编自斯蒂芬·金的短篇小说。

《玩具总动员》（1995），编剧：约翰·拉塞特、彼特·道格特、乔斯·韦登、亚历克·索科洛、乔·兰夫特、乔尔·科恩、安德鲁·斯坦顿。

《甜心先生》（1996），编剧：卡梅伦·克罗。

《黑衣人》（1997），编剧：埃德·所罗门，改编自劳威尔·坎宁安的漫画小说。

《大话王》（1997），编剧：保罗·瓜伊、史蒂夫·玛佐。

《角斗士》（2000），编剧：大卫·弗兰佐尼、约翰·洛根、威廉姆·尼克尔森，故事原著：大卫·弗兰佐尼。

《训练日》（2001），编剧：大卫·阿耶。

《怪物史瑞克》（2001），编剧：泰德·艾略特、特里·鲁西奥、乔·斯蒂尔曼、罗杰·S. H. 舒尔曼。

《律政俏佳人》（2001），编剧：凯伦·麦卡勒·卢茨、克尔斯滕·史密斯，改编自阿曼达·布朗的小说。

《蜘蛛侠》（2002），编剧：大卫·凯普，改编自斯坦·李和史蒂夫·迪特寇的漫画。

《改编剧本》（2002），编剧：查理·考夫曼，灵感来自苏珊·奥尔琳的

《兰花贼》。

《亲密风暴》（2003），编剧：简·安德森。

《海底总动员》（2003），编剧：安德鲁·斯坦顿、鲍勃·彼得森、大卫·雷诺兹。

《借刀杀人》（2004），编剧：斯图尔特·贝亚蒂耶。

《寻找梦幻岛》（2004），编剧：大卫·马吉，改编自艾伦·尼的戏剧。

《百万美元宝贝》（2004），编剧：保罗·哈吉斯，故事原著：F. X. 图尔。

《杯酒人生》（2004），编剧：亚历山大·佩恩、吉姆·泰勒，改编自雷克斯·皮克特的小说。

《特洛伊》（2004），编剧：戴维·贝尼奥夫，改编自《荷马史诗》。

《撞车》（2004），编剧：保罗·哈吉斯、罗伯特·莫里斯克。

《足球老爹》（2005），编剧：莱奥·本韦努蒂、史蒂夫·鲁德尼克。

《蝙蝠侠：侠影之谜》（2005），编剧：大卫·S.高耶、克里斯托弗·诺兰，根据鲍勃·凯恩创作的人物改编。

《功夫》（2004），编剧：周星驰、曾瑾昌、霍昕、陈文强。

《不朽的园丁》（2005），编剧：杰弗里·凯恩，改编自约翰·勒·卡雷的小说。

《撒哈拉》（2005），编剧：托马斯·迪恩·唐纳利、约书亚·奥本海默、约翰·C.理查兹、詹姆士·V.哈特。

《断背山》（2005），编剧：拉里·麦克穆特瑞、黛安娜·奥撒纳，改编自安妮·普鲁的短篇小说。

《拆弹部队》（2008），编剧：马克·鲍尔。

《坠入地狱》（2009），编剧：山姆·雷米、伊万·雷米。

《国王的演讲》（2010），编剧：大卫·塞德勒。

《黑天鹅》（2010），编剧：马克·海曼、安德雷斯·海因斯、约翰·J.麦克劳克林。

《后裔》（2011），编剧：亚历山大·佩恩、奈特·法松、吉姆·拉什，改编自凯·哈特·赫明斯的小说。

《乌云背后的幸福线》（2012），编剧：大卫·O.拉塞尔，改编自马修·魁克的小说。

《她》（2013），编剧：斯派克·琼斯。

《僵尸世界大战》（2013），编剧：马修·迈克尔·卡纳汉、德鲁·戈达德、达蒙·林德洛夫，改编自马克斯·布鲁克斯的原著。

《惊天危机》（2013），编剧：詹姆斯·范德比尔特。

《美国狙击手》（2014），编剧：杰森·霍尔，改编自克里斯·凯尔、斯科特·马克尤恩和吉姆·德费利斯共同创作的同名自传。

《星际穿越》（2014），编剧：克里斯托弗·诺兰、乔纳森·诺兰。

《爆裂鼓手》（2014），编剧：达米恩·查泽雷。

《鸟人》（2014），编剧：亚利杭德罗·冈萨雷斯·伊纳里图、尼古拉斯·迦科波恩、亚历山大·迪内拉里斯、阿尔曼多·博。

《盒子怪》（2014），编剧：伊连娜·布里纳尔、亚当·帕尔瓦，改编自阿兰·斯诺的原著。

《模仿游戏》（2014），编剧：格拉汉姆·摩尔，改编自安德鲁·霍奇斯的原著。

《海绵宝宝》（2015），编剧：格伦·伯杰、乔纳森·阿贝尔，故事原著：史蒂芬·海伦伯格、保罗·蒂比茨，根据史蒂芬·海伦伯格的同名电视剧改编。

《灰姑娘》（2015），编剧：克里斯·韦兹。

第 2 章

故事的起源

该从哪里为你的电影故事寻找灵感？到处皆可。先看看外面：报纸、杂志文章、时事、评论文章、小说、非小说、短篇故事、音乐、绘画、照片、涂鸦、漫画书、海报，甚至招聘广告。在你家附近的跳蚤市场转转，或者去古董店、旧货商店寻找灵感。某些物品可能会带来故事，因为它们曾是陌生人生活的一部分。

📖 练习

选择一幅主要描绘一个或多个人物的画（去博物馆参观，或者在图书馆找本艺术书），并研究这幅画。让你的想象力自由发挥，想象这幅画背后的故事。画中的人物都是谁？他们想要什么？他们的背景故事是什么？写一到两段文字来描述你从这些灵感中创造出的主要人物。这个人物来自哪里？他或她的目标是什么？在这个人物的生活中，他痛心些什么，快乐些什么，恐惧些什么？

想想神话、传说、都市传奇或者童话故事。你会如何改写哈姆雷特？你能找到大力神的新形象吗？改写灰姑娘或侏儒怪①有哪些新的可能性？

---

① 德国民间故事中的侏儒状妖怪。——译者注

📝 **练习**

选择一个童话故事，把它放在一个新时代（恺撒的罗马时期、美国大萧条时期、遥远的未来、1974年、今天、任何能给你灵感的时刻……）。改变故事的元素，将其应用到新的时代中。例如：重写《皇帝的新衣》，故事可以发生在今天的音乐产业中，去探索某位一路假唱成名的超级明星的来龙去脉。也许主人公的外貌、身材、动作、造型样样不差，但他就是没有真正的歌唱天赋。明星的身份是荣耀的，但真相曝光的危险如影随形。这个创意如何展开呢？

创意也可以来自个人传记，历史上的和当今的皆可。历史上有很多伟大的故事，其中有些久负盛名（值得重新回顾），有些则不为人知。有很多战争的故事，是表现伟大和懦弱的好题材。还有创造者和毁灭者的故事。有些人多年来袖手旁观，让世界为他们解决问题，有些人则帮助塑造了这个世界。大故事里总有小故事。

📝 **练习**

选择一位著名的历史人物。现在来发掘他或她的配偶、孩子或助手的故事——这份盛名或者恶名是如何影响另一个人的生活的？对于一个历史人物，你能从哪些新的视角为观众呈现？

当你为电影叙事绞尽脑汁时，别忘了考虑一个非常原始的素材——你。关于你的家庭，或者你的个人成长经历、学校经历、工作经历，有什么故事发生？你的朋友、爱人或敌人，又有哪些故事呢？你做过的那些梦呢？总之，你的个人故事（不管实事求是还是夸大其词）完全可以成为伟大的戏剧（包括喜剧）的素材。

📝 练习

请求别人分享一段生动的记忆。从这段记忆中提取元素，创作一个有开端、发展和结局的故事。然后创作一个超越记忆本身的故事，或者只采用了记忆的某个关键部分的故事。调换一些角色，再增加几个新的人物。用这段记忆的元素作为一个原创故事的基石。

想象力也是让故事拥有多种可能性的源泉。每个人都以自己独特的方式看待世界。想象一个故事设定，以及一些有某种需求或目标的人物和一些反对他们的人物。想象一些事件。想象一下将情感奔放地展现，或细腻地流露。看看你周围的世界。你邻居的工作时间奇怪吗？想象他有双重人格和双重生活。如果他白天是小镇教师，晚上是豪赌的赌徒呢？如果他白天当护士，晚上当"死亡护士"呢？

让现实世界给你灵感吧，真实事件往往比小说更离奇。互联网上有一些网站专门收集奇怪故事、新闻事件和诡异现象。你先让自己受到启发，然后用想象力去构建新的元素，没有限制。讲故事的人必须能够在任何事物中看到故事。

例子

杂志上有一篇文章，讲的是一个有抱负的年轻女子，她在中产阶级家庭中长大，经历了童话般的爱情故事，嫁入一个有钱有势有政治背景的家庭。她陶醉于自己新的社会地位——频频与皇室、国家元首共进晚餐。到处都有人提到她，她的照片出现在各大报刊上。她辛苦经营家庭，即使在她丈夫因从事非法活动被判，并受到公众指责和巨额罚款时，她也始终陪在丈夫身边。她支持他，取悦他，照顾好公婆。在她看来，她付出了很多。20年后，她的丈夫告诉她，他爱上了一位同事，想要离婚。突然间，这个女人被抛弃了。这个有势力有政治背景的家族"丢下"了她。她的经济地位下降了，豪华派对也不再邀请她了，朋友们也都消失了。家庭聚会依然欢迎她的孩子们参加，却再没有人邀请她。沮丧和愤怒涌上心头。她会大发雷霆吗？她要把她的男人抢回来吗？她能为了自己重新生活吗？

　　故事的背景设定就在这里了。这个故事可以有很多种走向。是剧情片吗？是恐怖片吗？是惊悚片吗？她会复仇吗？这是一部女性找寻自我的电影吗？是喜剧片吗，她是否需要加入工薪族，努力寻找一份高薪工作，开启一场喜剧之旅？是犯罪片吗，她发现了前夫家里一些不可告人的勾当，然后揭露了他们？是爱情片吗，她经历了屈辱、愤怒和沮丧，却发现那个一直陪伴在她身边的朋友才是自己的真爱？

在你被某个故事素材吸引之前……

　　你在读小说或杂志时，或者听到收音机里的一个故事时，又或者沉迷于一段真人真事时，可能会说："就是它了！这就是我想写的故事！"——在此之前，你要意识到其中涉及的法律问题。在没有获得授权之前，你不要使用这些材料进行创作。

故事的所有权

　　查看一下"版权问题"。也就是说，你是否有合法使用这个故事的权利而不用付钱给任何人？文学作品受版权保护。人们生活中的故事也是受到法律保护的。如果你兴趣在此，那么特许权、期权、素材销售都是需要探讨的法律问题。每部文学作品都有自己的"附加条件"，理应单独检查。在着手版权问题之前，先研究一下所关注的这些文学作品或个人故事的可用性。

公有领域

"公有领域"是指不受版权保护的文学作品（小说、短篇故事、诗歌及其他形式），任何人都可以对其进行改编。早在1787年的美国，某些科学作品和艺术作品就已经获得版权保护。由于版权保护期（年限）有限，以及其他特殊情况存在，一些作品会失去版权保护。有些网站，比如"Famous Writers and Books in the Public Domain（公共领域的著名作家和书籍）"，会列出从未获得版权保护的作品，或者已经失去版权保护的作品。

记住，版权是用来保护知识产权的，剧本也属于这一范畴。人们期望所有作家都会尊重他人的作品，就像他们希望自己的作品也能受到尊重一样。去看看美国版权局的"Copyright Basics（版权基础）"网站，它会告诉你如何对你的作品进行版权保护，以及如果你正在考虑改编某份材料，你该做些什么。

✍ 注意

> 检查每部文学作品的出处。一个编剧如果不能确定自己的剧本有一天可以被销售或制作，是不会愿意花时间去改编一个故事的。珍视你的工作成果，也珍惜你的时间。时间对作家来说是很宝贵的。你肯定不想花上数月甚至数年的时间去写一个剧本，最终却因不能合法拍摄而无法让全世界看到。

如果你无法获得自己喜欢的素材的使用权，那么问问自己，其中是什么元素最让你感兴趣？这是一个关于背叛的故事吗？这是一个因伟大的爱情而战胜了遥远的距离，让两人跨越万水千山相恋的故事吗？你能创作出一个探索相关主题或情境的原创作品吗？你何不试试从某个人那里、某本书或某篇文章中寻求灵感，然后发挥你的想象力去创造一个原创作品，这将成为属于你自己的作品。

高概念故事和低概念故事

在电影行业中，故事通常分为两类：高概念故事和低概念故事。这两个术语指的都是备受重视和制作精良的电影，但它们背后的理念有很大的不同。

每个电影公司都想购买一部高概念电影。它是什么？高概念是一个术语，用来描述那些人们只要听到寥寥数语就能轻易理解的银幕故事——通常是令人兴奋或引人入胜的一句话。《大话王》（1997）就是这样一个例子，它的一句话描述可能是这样的：一个在工作和生活里都谎话连篇的自大律师，突然因儿子许下的一个愿望，而开始在任何场合都控制不住地讲真话了。有了这个描述，这部电影的喜剧场景、人物关系和制造的麻烦，立刻跃入读者的脑海。《美人鱼》（1984）也是一个例子，它可以被这样概括：一个一直在寻找真爱的男人，最终在美人鱼来到纽约寻找他时获得了真爱。《大白鲨》（1975）无疑是高概念电影：一只食人鲨袭击了夏天在玛莎葡萄园岛上度假的游客，一个怕水的警长不得不挺身而出，拯救这座小岛。想想《律政俏佳人》（2001）：一个娇生惯养、来自加州贝莱尔的富家女考进了哈佛法学院以赢回男友的心。《生死时速》（1994）也是高概念电影：洛杉矶一名年轻的特警搭上了一辆装有炸弹的公共汽车，如果时速低于80千米该车就会爆炸，特警必须弄清楚谁是幕后黑手以及其中隐情，才能拯救无辜生命，结束这场噩梦。

其他高概念电影的例子，如：《玩具总动员》（1995）、《窈窕淑男》（1982）、《雌雄大盗》（1967）、《小鬼当家》（1990）、《E. T. 外星人》（1982）、《土拨鼠之日》（1993）、《模仿游戏》（2014）、《黑衣人》（1997）、《世界末日》（1998）、《怪物史瑞克》（2001）、《X战警》系列、《哈利·波特》系列、《星际穿越》（2014）、《雷神》（2011）、《超体》（2014）、《盒子怪》（2014）、《美国狙击手》（2014）等，还有很多。

高概念电影通常需要吸引大量观众（尤其是25岁左右的），无论男性还是女性。高概念电影一般会探索大多数观众都感兴趣的主题：詹姆斯·卡梅隆的《泰坦尼克号》（1997）讲述的是爱情战胜灾难的故事，《大白鲨》讲述的是战胜恐惧、消灭怪兽的故事。再想想与家庭有关的主题：《后天》（2004）、《国王的演讲》（2010）、《超人总动员》（2004）……或者永恒的爱情主题：爱能征服一切，比如《落跑新娘》（1999）、《初恋50次》（2004）、《情话童真》（1998）……

想要一个简单的定义？高概念，即只需要一个标题或一个短句的描述就可以轻易理解的故事，并具有广泛的商业吸引力。

低概念电影指的是需要更多解释，并非一句话就能阐明故事背景的电影。例如：《神秘河》（2003）、《真女有形》（2002）、《搜索者》（1956）、《肖申克的救赎》（1994）、《卡萨布兰卡》（1942）、《汉娜姐妹》（1986）、《毕业生》（1967）、《美国丽人》（1999）、《毒品网络》（2000）、《杯酒人生》（2004）、《点球成金》（2011）、《抗癌的我》（2011）、《布达佩斯大饭店》（2014）、《美国骗局》（2013）、《夜行者》（2014）……

低概念故事可能出于各种不同的原因需要更多的解释。也许需要先理解人物，才能理解人物做出的无法预测的行为；也许有多个故事并行；也许次要情节很复杂；也许需要先了解一段激烈而复杂的前史，人物的行为才说得通。

高概念电影有好有坏，这完全取决于执行情况；低概念电影有好有坏，也完全取决于执行情况。高概念电影更容易卖座（尤其是在宣传上更容易）。但是不难看出，无论高概念电影还是低概念电影，二者始终都在最受欢迎的电影之列。

📖 练习

构想一个高概念创意和一个低概念创意。记住，高概念创意需要高辨识度，故事情节一目了然。低概念创意需要对人物和情节有更多的解释，帮助理解为什么故事会如此发展。

无论做什么，都要做出自己的特色

讲一个故事有无数种方式。每个剧作家都会以不同的方式去塑造主人公。每个剧作家都会创造出不同的背景故事，发出不同的声音，给出不同的态度，也有着不同的长处和短处。每个剧作家都用不同的方法来构建情节，再依据个人感受找到不同的侧重点。相信自己，无论你写什么都将是别出心裁。无论灵感来自何处，只要你忠实于自己对世界的看法，你的作品就是你特有的。

创意可以来自你的想象，来自你的阅读，来自你的家人，来自你的朋友，来自新闻或者任何能启发你的东西。时刻留意寻找一个有趣的人物，他可以成为某个有趣情境的一部分。

那些最好的故事创意里面都包含一个伟大的人物角色。

知道你创作的电影类型

总的来说，观众会根据电影类型来选择他们想看的电影。有一种电影被称为"约会电影"，通常是喜剧或爱情片。有一种电影被称为"动作大片"，主要吸引男性观众。还有一种电影被称为"青少年电影"，目标群体是12~17岁的观众。有些人喜欢恐怖片，另一些人则避之不及。所以，你要清楚自己的电影会吸引哪些观众。适合所有家庭成员？青少年？男人？女人？什么年龄段的人？你的目标群体是小众人群还是大众群体？是学院派艺术片还是主流商业片？了解你的受众群，了解你的创意类型，这将帮助你创造一个更易占领市场的故事。

试想一下你的电影海报就张贴在影院门前。它会是爱情片、动作片，还是喜剧片？制片人和电影公司高管们希望听到故事就能"看到海报长什么样子"。他们想知道能否吸引观众来看你的电影。知悉每种类型的传统，并且尊重这些传统，将会推动你的项目稳步发展。

最常见的电影类型

动作、冒险、传记、友情、喜剧、成长、犯罪、灾难、剧情、史诗、奇幻、另类、历史、恐怖、悬疑、音乐、爱情、浪漫喜剧、讽刺、科幻、体育、惊悚、战争、西部。

记住，大多数电影都是多种类型的组合

《卡萨布兰卡》：战争／爱情／剧情

《黑衣人》：友情／动作／喜剧／科幻

《美女与野兽》：奇幻／爱情

《情人眼里出西施》：喜剧／爱情

《训练日》：友情／动作／犯罪／剧情

《律政俏佳人》：成长／喜剧／另类／爱情

《怪物史瑞克》：喜剧／爱情／讽刺

《特洛伊》：历史／传记／冒险／战争／爱情

《杯酒人生》：友情／喜剧／爱情

《拆弹部队》：战争／剧情

《宿醉》：喜剧／友情／冒险

《国王的演讲》：历史／时代／友情／剧情

《复仇者联盟》：奇幻／动作／犯罪

《哈利·波特》系列电影：奇幻／冒险／友情／恐怖

《星际穿越》：科幻／友情／冒险／灾难

《布达佩斯大饭店》：友情／喜剧／时代／战争

《盒子怪》：成长／奇幻／冒险／动作

了解你最想创作的那个电影类型。如果你主要写的是一部动作片，那么一定要有适合这个故事的汽车追逐、骑马追逐、宇宙飞船追逐，或者其他任何形式的追逐戏份，且务必要有悬念和濒临死亡的体验。情节引人入胜总是好的。动作片之所以被称为"动作片"，是因为动作推动了故事的发展，好的动作戏会影响人物的经历，而不是随便插进去打断叙事。如果你主要写的是一部爱情片，那要确保有一个人爱上了另一个人；确保没有让他们分开的阻力，然后逐步发展到初吻、婚礼或者矢志不渝的爱；要注意那些滋生爱情的细节，也可以质疑爱情的真实性——把它变成一个寻找真爱或者讨论真爱是否存在的故事。

编剧永远不应该忽视或忘记一个非常重要的事实：观众是有所期待的。他们希望被带到另一个世界并待上几小时，这是他们之前已经享受过，并且想要再次享受的体验。如果他们花钱看的是恐怖片，他们就会期待跟着这个故事去探索存在于我们周围的邪恶。如果他们花钱去看历史史诗片，那么你是否已做足功课，并用一个与众不同的全新视角来为他们呈现历史？如果他们看的是一部喜剧片，就让他们开怀大笑。如果他们看的是一部感人的剧情片，就让他们深入思考，你甚至可以刻意把故事编排得让人感动或者不安。一定要给观众看到他们所期待的东西，然后再给他们更多。[1]

要有自己独特的风格，但也不要让你的观众失望。

📝 练习

从前文的列表中选取三种非常不同的电影类型，并为每一种类型写一段开场戏。要确保所选的电影类型从一开始就很明确地展现。

例子：动作／冒险／时代。开场：埃及金字塔静静地矗立在月光之下。数百名奴隶衣衫褴褛，穿着破烂的凉鞋，艰难地走向一个巨大的金字塔，那里有一扇敞开的大门。六个最强壮的奴隶抬着一具金色的石棺，奴隶主们密切地监视着他们。一位年轻的国王，八岁，被人用轿子抬着，在大臣和侍卫的簇拥下，跟在石棺后面。突然，十二个蒙着面、

---

[1] 更多关于电影类型的深入研究，请参阅朱莉·赛尔博的《编剧的电影类型》（*Film Genre for the Screenwriter*），Routledge，2015。

穿着长袍的强盗骑着高头大马从沙丘后冲出来。他们的口哨声和叫喊声划破了原有的寂静。国王畏缩不前，侍卫拔出了剑。强盗们在空中挥舞着皮制口袋，烟雾状的气体从中倾泻而出，弥漫在空气中。奴隶们踉跄跌倒在地，失去了知觉。大臣们被呛到窒息，倒地时眼白都翻了上来。国王拉起他的长袍裹在身上，试图在轿子跌落后藏住身子。侍卫们试图抵抗毒气，但因为被巨马和强盗包围，且毒气压顶不堪忍受，他们已经跌跌撞撞。一个强壮的强盗冲了进来，把国王从地上抓起来，并绑在了马鞍上。国王早已不省人事，四肢无力地垂着。其他强盗下马，从地上抬起石棺。一辆战车从金字塔后面驶出，石棺被放到了战车上面。接着，战车飞驰而去，强盗们紧随其后。月光之下，尸体横陈……金字塔又恢复了寂静。

第 3 章

"三幕式结构" 及其他

遵循某种结构是不是意味着电影故事变得可预料了？不是。

遵循某种结构是不是意味着作者没有原创力了？不是。

遵循某种结构会束缚艺术家吗？不会。

优秀的画家或雕塑家会学习绘画的基础知识：结构、光线、阴影、透视。一旦掌握了基础知识，艺术家就可以自信地创作了。他们的作品一部分是工艺，一部分是艺术。写作亦既是一门手艺，也是一门艺术。首先要学习叙事的基础——人物、情节、阐述等，然后延伸、调整，在艺术上即兴发挥，来创造你自己的杰作。

了解故事结构对编剧十分有帮助。它可以帮助作者把故事讲得清清楚楚；它可以帮助作者为电影增添强烈的情感成分；它可以帮助作者阐明人物和主题。了解故事结构可以帮助作者创作出一个令人满意、兴奋和惊喜的银幕故事，并将观众深深吸引。

了解故事结构也会帮助编剧从头到尾写好一个完整的剧本。

只要你一直在探索那些你感兴趣的人物和主题，你的作品将永远具有原创性。你的对白会表达你的心声。你对视觉效果的选择也将是你独特风格的体现。如果你忠实于自己的世界观，你的银幕故事就始终有"你"的风格贯穿其中。

从20世纪初开始，电影就被指出具有"三幕式结构"。这源于现场戏剧表演的传统，大多数戏剧被分为三幕（两次幕间休息）。当人们第一次写长篇剧本的时候，他们就会很自然地从其他形式的故事性娱乐中寻找灵感和结构。

"三幕式结构"的一些要点确实是讲好故事的基本要素。你理应知道它们。然而，本书旨在推动你超越那些在某种程度上可预料的"三幕式结构"思维，不仅专注于情节，还要专注于人物的故事，训练你对剧本不同节奏的把握。我们将在第4章"'十一步故事结构'：人物至上"中探究如何做到这一点。

如今在电影界，几乎每个人都很熟悉"三幕式结构"。了解这个系统的基本知识是件好事，这样你就可以在行业聚会上和周围的人打成一片。此外，电影公司的高管们也认可这个结构，当你给他们讲述你写的精彩故事时，他们总是会问："我们现在到第几幕了？"

所以，在我们进行"超越"之前，先确保你弄明白了"三幕式结构"。

"三幕式结构"

直到20世纪90年代中期，剧本预计有120页左右的对白和动作（根据经验，一页就是一分钟的银幕时间，整部剧本相当于120分钟左右）。大多数电影公司都要求编剧交出的剧本在95~100页左右。他们的理由是：由于电视、电子游戏和快节奏的生活，观众的注意力集中时间缩短了。事实上，对于剧本初稿来说，90~100页可能就是一个不错的长度了，因为你将不可避免地做些后续的修改（从朋友、经纪人或者电影公司、导演那里得到反馈后），到时剧本的页数就会增加。当你完成了最后的润色，如果你的剧本在100~110页之间，那就没问题了。

因此，在不太遥远的过去，一个120页的剧本被分成了三个部分。传统上，第1~30页构成了第一幕，第30~90页构成了第二幕，第90~120页构成了第三幕。

你可以计算一下，现在所需的100页该怎样分。第1~25页是第一幕，第25~75页是第二幕，第75~100页是第三幕。

不管怎么计算，你都会发现中间部分尤为凸出。我们可以称之为"凸出之战"，因为一旦你进入第二幕，你可能会哭着喊救命！你可能会感到失控，就像徘徊于流沙之中，完全迷失或者几乎奄奄一息。为了保持理智和清醒，你可以考虑把第二幕拆分成两个部分。第25~50页是第二幕的第一部分（这个部分的最后，应该出现一个大的转折点），第50~75页是第二幕的第二部分（这个部分的最后，需要有危机发生）。

在大多数情况下，正如你将在本书的最后一章"'十一步故事结构'的电影分解"中所看到的，许多银幕故事都采用传统的形式。这是为什么呢？

因为讲述一个好故事需要有些基本要素

一个没有情境的笑话不会好笑。一个怪物没有伤害我们所关心的受害者，就不会像你所想的那样可怕。一个人拼命想要赢得一百万美元也没什么有趣的，除非我们知道为什么。基本的叙事元素应该用来帮助你设置笑点，用来引导观众去关心一个角色，用来让观众知道为什么你的人物会这样行事。在把故事推向高潮之前，编剧必须花时间去吸引观众，去介绍人物、情境和冲突。

经典的"三幕式结构"是为了帮助编剧从容应对。是的，编剧们总是担心自己的故事会让观众感到无聊，因为观众想要直接进入故事中最精彩的部分，而编剧们想用迂回曲折的故事让观众感到紧张不安。记住，如果你没有向观众好好介绍主人公，引起观众的兴趣，那么所有设计的飞车追逐、搞笑情境、浪漫景致、打斗或是比武，都将毫无意义。

第一幕

建置（第1~25页）：这其中包括很多东西，类型／基调、地点、时间、人物、主角的需求／愿望／目标、配角的介绍、故事、前史、冲突、引发事件、第一个情节点。

• **设定类型和基调。** 是喜剧片？剧情片？恐怖片？喜剧类剧情片？冒险片？让我们知道你要写的电影的类型，给我们一个提示：是该大笑还是尖叫？

还是这将是一个颠簸的旅程，我们要紧紧地抓住我们的座椅？

• **设定日常生活**。在哪里？什么时间？主角（主人公）是谁？这个人平常的一天是什么样的？你要用画面表达出来。电影是一种视觉媒介，视觉上展示得越多，所需要的解释说明性对白就越少（你肯定不想用笨拙沉闷的对话让电影变得尴尬和乏味）。

让我重复一遍：首先设定日常生活。在《窈窕淑男》（1982）中，我们不会从迈克尔·多尔西（达斯汀·霍夫曼饰）男扮女装开始。我们看到了迈克尔的日常生活：他的朋友；他作为服务员的工作；他如何与女人打交道，他如何认真对待表演艺术，但却无法获得表演工作。在《黑衣人》（1997）中，我们看到K探员（汤米·李·琼斯饰），他的日常工作是在边境寻找外星人。我们看到J探员（威尔·史密斯饰）是一个普通警察，平时在街上追捕坏人。在《走出非洲》（1985）中，我们看到来自丹麦的凯伦（梅丽尔·斯特里普饰）拼命想要结婚。在2002年翻拍的《蜘蛛侠》中，我们看到彼得·帕克（托比·马奎尔饰）是一个书呆子，他爱上了学校里最受欢迎的女孩，而这个女孩恰好也是他的邻居。在《美女与野兽》（1991）中，我们看到野兽的身上被施了诅咒，感受到他愤怒地游荡在一座孤独的城堡里，我们看到了贝儿在村庄里的生活，她在情感上已经成熟了，与她最亲爱的、特立独行、不拘小节的父亲住在一起。在《星际穿越》（2014）中，我们了解到库珀（马修·麦康纳饰）和他的家庭状况，以及地球的状况（农作物枯萎导致所有的食物系统失灵）。在被邀请加入太空计划之前，库珀不满政府缺乏对科学和研究的支持与投入。该计划旨在寻找可能适宜人类生存的其他宇宙空间。在《银河护卫队》（2014）中，我们了解了彼得·奎尔的前史（当他还是个小男孩的时候，他的母亲去世，他被太空海盗绑架），26年之后我们在莫拉格星球上再次见到他，奎尔独自一人，变成了小偷和混混，依靠自己的智慧在生活。

• **设定主人公的需求**。不但要考虑到具体的、直接的目标（赢得比赛、获得女孩的芳心、成为总统、解决气候问题等），更重要的是，要考虑到人物的情感需求。在《窈窕淑男》中，迈克尔·多尔西需要赢得尊重。他以为得到一份好的表演工作，就能受到应有的尊重，然而，最后他明白了要想被尊重，先要为人真诚、尊重他人。在2002年版的《蜘蛛侠》中，彼得·帕克需要一个崭新又刺激的生活，他想给那个他喜欢的女孩儿留下好印象。最后他了解到命运交给他一个更重大的任务，而给女孩留下深刻印象是要付出高昂代价的。在《星际穿越》中，库珀需要感受到挑战和被需要，他想要保护他的家庭，他想要教给孩子们真实的科学、政治和社会历史，他想要儿子和女儿拥有未来美好生活的可能性。在《银河护卫队》中，奎尔认为自己需要的是经济利益，但我们很快就会清楚，他真正渴望的是家的感觉。

• **创造引发事件**。是什么改变了人物的正常生活，让他踏上了新的旅程？"引发事件"这个术语，是编剧和电影圈的一个流行词。把它放进你的词汇表中，并在与业内人士交流时熟练运用它。它听起来很重要（也确实如此）。引发事件是导致主人公的正常生活发生变化的事件。在《窈窕淑男》中，迈克尔得知自己想试镜的角色被一位日间肥皂剧演员获得。当他抱怨的时候，经纪人告诉他，没有人愿意雇用迈克尔·多尔西，因为他以难搞而闻名，因此他继续留在纽约戏剧界毫无意义。这个时候，迈克尔决定采取一些疯狂的举措来改变现状。在《黑衣人》中，K探员意识到他年迈的搭档得退休了，他不得不抹去搭档的记忆。这导致K探员需要一个新的搭档。在《走出非洲》中，凯伦向她情人的弟弟求婚。在2002年版的《蜘蛛侠》中，彼得被一只蜘蛛咬了一口，他意识到自己变了。在《星际穿越》中，引发事件是库珀追寻着家中书房里的灰尘里所透露的"信息"，来到了一个秘密建筑，里面装有为了探索平行宇宙而设计的宇宙飞船。在《银河护卫队》中，奎尔从海盗头子勇度·乌冬塔手中偷走了一个球体（希望可以卖掉赚钱）。几方势力想要夺取这个球体，奎尔一路逃亡并被追杀。于是，他遇到了火箭浣熊、树人格鲁特和美丽的卡魔拉。

• **创造第一个情节点**。故事在这个节点发生了重大转折。所有通往预期目标的道路似乎都被堵住了。这个人物被迫踏上了他最重要的一段生活历程。是什么特殊事件让你的主人公开始了这段艰难跋涉？在《窈窕淑男》中，迈克尔·多尔西（伪装成女人）试镜并得到了肥皂剧中的女性角色，但现在他必须

"成为一个女人",不能拆穿自己的伪装,因为如果这样做了,他就会失去这份工作。他还爱上了片场里一位美丽的女演员,然而,作为一个"女人",他对她的追求肯定是困难重重的。在《黑衣人》中,K探员向他的新搭档J探员展示了"外星人在我们中间"的真相,然而J探员并不想成为特遣部队的一员,因为他清楚地知道即使接受了这个挑战,打败外星人也并非易事。在《走出非洲》中,凯伦为了开始新生活而移居非洲,结果她发现自己的新婚丈夫改变了他们的计划,现在她将要经营一家咖啡种植园。很快,她又知道丈夫把梅毒传给了自己,她将无法生育。这一切导致夫妻失和,她的丈夫搬出了他们的家。在2002年版的《蜘蛛侠》中,彼得·帕克的叔叔被杀了,彼得的内疚驱使他用自己的超能力去做更好的事。在《星际穿越》中,库珀和宇宙飞船上的机组人员发现,第一个具有"宜居"可能性的替代星球是绝对不适合居住,甚至是非常危险的,并且,在一个巨大的海浪中,他们失去了一名队员。在《银河护卫队》中,奎尔和他的同伙被关押在克林监狱。

第二幕

对抗(第25~75页):新世界的大门打开、风险增加、情节复杂、新的信息、中点、障碍和逆转。冲突在第二个情节点(危机)处达到高潮。

在第二幕中,有一些力量(精神上和肉体上的)开始与你的主人公作对,有情感的跌宕起伏,有障碍和逆转。主人公的需求会变得更加强烈,也许还会更加复杂。

这听起来很简单,不是吗?一般来说,这就是你期待的结果。但是,在第二幕中构筑细节却一直是剧本写作中最困难的部分。

• **在某种情况下,主人公被推进了一个全新的世界。**电影里的世界发生了巨大的变化。在《美女与野兽》中,贝儿被推进了野兽的魔法世界。《绿野仙踪》(1939)中的桃乐丝发现自己身处小人国,面临着她一生中最大的敌人

（对手）。在《窈窕淑男》中，迈克尔·多尔西此时大部分时间都以女性的身份生活。在《走出非洲》中，凯伦发现自己作为一个单身女性生活在非洲，并意识到她的权宜婚姻已经结束。在《虎胆龙威》（1988）中，约翰·麦卡伦（布鲁斯·威利斯饰）发现自己和坏蛋们被关在一座陌生的高层建筑里，办公楼层还在施工之中。在《海底总动员》（2003）中，玛林离开了安全区域，去寻找他的儿子。根据J. K. 罗琳的《哈利·波特》系列丛书第一部改编的《哈利·波特与魔法石》（2001）中，哈利来到了霍格沃茨魔法学校。在《僵尸世界大战》（2013）中，盖瑞·雷恩（布拉德·皮特饰）离开了家人，到世界各地寻找一种能对抗僵尸病毒的解药。

• **增加风险**。个人的需求和愿望应该影响到更大的群体。如果主人公得不到她想要的东西，那么不仅是她的个人生活会受到影响，她的家人、朋友、孩子、社区，甚至全球经济都可能会受到影响。拓展思路，让更广泛的群体受到影响。这可能就像从"喜欢"变成"爱"一样简单（心碎风险就出现了）。或者，她的愿望从进入舞团升级成了在芭蕾舞中扮演主角（向所有非议她的人表明，她有当冠军的野心）。主人公的个人愿望可能从救出监狱中的某个战俘，变成了组织一次大型越狱。主人公的个人愿望可能从调查华盛顿一幢办公楼里发生的离奇入室盗窃案，变成了揭秘一个巨大的政治阴谋。

• **障碍和逆转**。主人公在实现目标的过程中经历了起起伏伏。不要让任何事情来得容易，当事情看起来不错的时候，来个釜底抽薪。就在事情看起来十分糟糕，主人公似乎永远无法恢复的时候，让一缕阳光照进来，然后再熄灭那束光。对手看似被打败了，然后他又站起来了，变得更强大、更邪恶。记住，这段经历必须是艰难的。

• **中点**。在第二幕的中间需要引入另外一个转折或变化，或者增加另外一个风险：新的信息、秩序的改变、关系的改变、一个新的机会或者新的挫折。也许这是一个高点，主人公觉得成功触手可及，结果却再次失之交臂。也许这是一个低点，主人公陷入深深的挫败感中，于是新的想法或一些信息开始浮出水面。也许是对手获得了新的力量。也许对手看起来正在转变立场。

第二幕的中点应该引入一个新的复杂因素,加深冲突,也许会出现一条全新的道路。

• **第二个情节点**。危机,这发生在第二幕的结尾。主人公跌入无尽的深渊。他处于一切尽失,且获救机会为零的境地。这可能是肉体上的炼狱,也可能是情感上的深渊,或者是双重打击,甚至看上去好像对手会赢。主人公是否决定放弃自己的目标?或许主人公有机会退出、认输或者改变立场。他必须做出决定。他愿意为了继续追求目标想方设法、更进一步吗?或者说他有这个能力吗?她该相信谁?他该信任谁?她愿意不惜一切代价吗?

第二幕需要持续建构,需要更快速、更有趣、更疯狂、更危险。不管怎样,只要适合你选的电影类型就好。把故事继续向前推进……

第三幕

高潮、解决和未来(约25页):主人公为了达成最初的目标,而进行或疯狂,或精彩,或恐怖,或威胁生命的冲刺。精神与肉体上的挑战已经达到了他们的极限。最终迎来解决,他赢了或是输了。然后,最重要的一幕,是让观众感受到主人公的未来。

在第三幕中,主人公必须深入探究,利用他所有的资源去实现个人的总体需求(目标)。他要么成功,要么失败,并面对自己行为的后果。这个结果就引出了主人公将要开始的新生活。

• **高潮**。高潮可能是一组不间断的动作场面,比如英雄拯救世界、女孩或城市。高潮也可能是一场法庭戏,主人公的命运处于巨大危险之中,他必须倾其智慧才能影响判决结果。这也可能是主人公要赶在最爱的人与另一个人结婚之前,疯狂地奔去圣坛阻止。无论采取何种形式,这都是你电影的最高点。你应该把最好的情节放在这里。这是生死攸关,这是终极挑战。主人公与敌人正面交锋,主人公必须倾其所有来战胜对手。想想《星球大战:帝国反击战》

（1980）中，卢克·天行者面对一场银河大战，发现父亲是自己最大的敌人，他必须在肉体上和情感上都与之战斗。在《春天不是读书天》（1986）中，菲利斯回到家中，却没有被他的高中校长发现。在《百万美元宝贝》（2004）中，拳击教练法兰基举步维艰，挣扎着是否要帮助他的拳击手麦琪结束她的生命。想想《逃离德黑兰》（2012）中，伊朗人质最后的逃跑企图。还有，在《分歧者》（2015）中，无畏派对抗博学派的最后一击。

• **解决**。主人公成功或失败，并面对自己的行为所带来的后果。

• **未来感知**。看一下主人公的新生活。他会和一生挚爱搬进公寓一起生活吗？她在监狱里面对的是一群暴力罪犯吗？她去巴黎指挥管弦乐队了吗？她会开着车游遍全国，享受新自由吗？注意收尾，电影故事从平常的生活开始，以一种新的平常生活结束。还是《分歧者》，想想它结尾处的最后几分钟：叛逆的碧翠丝（谢琳·伍德蕾饰）和老四（西奥·詹姆斯饰）一起登上了火车，其他人意识到他们必须与邪恶势力作战，因为邪恶势力会不择手段地从他们的世界里获取权力。碧翠丝为自己的父母感到悲伤，但她知道她现在已经找到了自己的目标。

谢琳·伍德蕾和西奥·詹姆斯在电影《分歧者》（2015）中。

在一些悲剧中，对未来的展望并不是故事的一部分。悲剧，顾名思义，是一种灾难性的情况或故事，传达不了希望。如果你在写悲剧，要考虑如何在故事的最后一刻表达绝望，或者描写极端的个人灾难。你的主人公会永远生活在羞耻或悲伤中吗？世界会被彻底毁灭，没有重生的希望吗？没有办法找回希望了吗？

让我们说得更简单一点

简而言之，这就是基本的"三幕式结构"。它很宽泛，有时很难处理。有很多地方可能会让人偏离主题，陷入迷惘。

怎样才能构建出一个更强大的叙事框架来支撑你的故事呢？"十一步故事结构"是一种围绕人物来构建作品的方法，它会赋予作品强壮的"骨骼"，但又会留出很多空间来增加"肌肉"。

"十一步故事结构"将会帮助你聚焦于人物塑造。

人物，才是最重要的。

第4章

"十一步故事结构"：人物至上

1. 人物的总体需求及原因

2. 人物合理地追求直接目标

3. 人物被否定／拒绝

4. 人物获得第二次实现总体需求的机会

5. 利用第二次机会所引发的冲突

6. 人物决定去争取

7. 一切顺利

8. 一切崩溃

9. 危机

10. 高潮

11. 真相大白

让我们看一看经典的灰姑娘的故事，用它来更好地解释"十一步故事结构"。

灰姑娘

1. 灰姑娘善良、懂事、恭顺，**需要一个新的生活。为什么呢？** 因为她的处境很糟糕：她的父亲去世了，把她留给了一个刻薄又自私的继母照管。灰姑娘感到窒息、孤独、悲伤、无依无靠。她被当作仆人对待，她想逃离这种生活。（看看她是如何坚持情感需求的。诚然，她的直接目标是去参加王子的舞会，这是一个情节点，但是这个情节并没有告诉我们任何关于灰姑娘的事情。要了解这个人物以及她为什么会做出这样的选择，我们必须先了解她的总体情感需求。）

2. 灰姑娘**合理地**追求她的总体需求／直接目标，利用皇宫的邀请去参加舞会并遇见了一位王子。这个舞会代表可以改变她的生活、带她走出常规生活的东西，所以她做了最合理的事情。她先询问了她的继母。（让人物先做合乎逻辑的事情来实现他们的总体需求和直接目标。如果他不这样做，你就会失去观众。）继母说："好的，如果你能做完所有家务，如果你能给自己做一件衣服，如果你先帮助你的两个姐姐，如果你打扫干净整栋房子，你就可以去参加舞会了。"灰姑娘做完了所有事情（你已经有场景要写了）。她理所当然地认为，如果她完成了这些家务，就会得到她想要的。这再次反映了人物性格：灰姑娘是一个信任别人、心地善良的人，她不相信继母会食言。

3. 灰姑娘**被否定**。她那可恶的继母食言了。此外，她的两个姐姐毁了她的裙子、欺负她、辱骂她、嘲笑她。然后，继母和姐姐们撇下她，乘着马车（或者船、飞机、火车、汽车，这取决于故事改编的时代）离开了。即使灰姑娘的裙子和精神没有被摧毁，她也没有办法去舞会了。这是一个巨大的情感挫折。她不仅没有实现直接目标（这可能会让她实现总体需求），而且还被残忍地提醒：她是多么地无依无靠、卑躬屈膝、郁郁寡欢。

4. **第二次实现总体需求的机会**。仙女教母驾到，并为灰姑娘提供了一次去舞会的机会。这象征着灰姑娘将有机会获得她迫切需要的新生活。仙女教母也代表着友谊，她是一个关心灰姑娘的人。

5. **利用第二次机会所引发的冲突**。这要追溯到灰姑娘的人物性格：她很听话、顺从。她对违抗继母这件事感到不安。她担心继母和姐姐们看到她出现在舞会上所做出的反应（毕竟，她们对她很不好）。她还担心自己没有漂亮衣服穿。她不知道自己在舞会上该如何表现，因为她从来没有参加过舞会。另外，还有一个时间限制——她必须在午夜前回家。迈出这一步可能会给她带来灾难，她在心理上和情感上是否足够强大，愿意去冒险呢？

6. **去争取。**灰姑娘决定去舞会，因为这个机会太好，不容错过，而且她一心只想要她想要的东西。总体需求必须强烈。除非你的人物有强烈的需求，且他甘愿冒一切风险来实现这个愿望，否则观众就不会对这个故事产生共鸣。观众想要支持这样的人物，他们想去认同那些非常想要得到某样东西的人——为了实现目标不惜将自己置身于某种危险之中的人。

7. **一切顺利。**仙女教母给了灰姑娘一件漂亮的裙子，还有一辆漂亮的马车（或汽车、飞机……）。灰姑娘来到了舞会现场。她的继母和姐姐们没有认出她来。每个人都觉得她很漂亮。她没有摔倒，也没有出丑。最重要的是：王子爱上了她。

8. **一切崩溃。**灰姑娘忘记了时间，午夜的钟声敲响了，她不得不马上逃走，没来得及告诉王子她是谁。他不能给她打电话（或者发短信、在脸谱上留言或使用任何其他通信技术联系她），也不能去见她，因为他不知道她的身份。灰姑娘的裙子变回了破烂衣裳，她的马车也消失不见，她还丢失了一只美丽而独特的鞋子。她回到家里，继母和姐姐们也到家了。继母和姐姐们谈论着舞会、王子和那个神秘而美丽的女孩。灰姑娘不能说出她去过那里。继母和姐姐们谈论着王子是如何爱上这位神秘美人的时候，灰姑娘不能举起手说："那就是我！"为什么呢？因为她的性格还处于听话、顺从的状态，她还没有强大到可以为自己辩护。灰姑娘又回到了"仆人"的角色。生活对她来说并不美好。

9. **危机。**王子的使者带着那只美丽而独特的鞋子（水晶鞋）来了，但灰姑娘却不能试穿，因为她的继母把她赶出了房间。她会乖乖听话吗？她会放弃然后保守这个秘密吗？她会因为怕惹麻烦而错过自己的幸福吗？她的缺点（顺从）会占上风吗？她有多迫切地想要达到自己的目标呢？

10. **高潮。**灰姑娘决定直面继母的愤怒，逃离这个将她驱逐的地方。她冲进了房间，并说服使者让她试一下这只鞋——这鞋她穿着正合适！

11. **真相大白**。灰姑娘不得不承认她违背了继母的命令，她摆脱了仆人的工作，她就是舞会上那个神秘的女孩，她就是王子所爱的人。只有真相才能让她获得新的生活。

如果这个故事是一个悲剧，最后一步通常是缺失的。事情没有皆大欢喜，高潮也没有给主人公带来情感上的满足。试想一下《唐人街》（1974）、《双重赔偿》（1944）、《体热》（1981）、《洛杉矶机密》（1997）、《萤火虫之墓》（1988）、《梦之安魂曲》（2000），这些电影都是主人公惨遭失败、损失重大，甚至死亡的悲剧。

这是一个简短版的"十一步故事结构"。那些经典流传、讲述精彩的故事都遵循着这个模板。大多数电影故事，不管看起来多么狂野和出格，也都遵循着这个模板。

"十一步故事结构"如何让你的电影独一无二

当你研究经典佳片的故事结构时，你会发现它们都是按照这个步骤来的，但它们可以有不同的节奏、不同的侧重点。有些电影把时间花在了第2步上，让主人公为达成目标不断进行合理尝试。有些电影则把更多的时间花在了第3步上，形成了一个否定阶段，让主人公在生活中四处碰壁。还有很大一部分电影将时间花在了第8步上，构建了一系列分崩离析的事件，让主人公的处境越来越艰难。另外，第10步，高潮，也是一个在银幕上获得关注和时间分配较多的部分。

你的故事在哪一步骤花费更多的时间和笔墨，全由你做主。你无须按特定的页数写作。在第22章的电影故事分解中，你将看到一些最佳影片是如何分配它们的银幕时间的。但是所有这些电影，对"十一步故事结构"中的每一步都会有所涉及。这是讲好故事的一部分。

没有人希望电影故事的发展是在意料之中的。没有人希望这个写作结构被观众发现，但观众确实想踏上一段充实完满的旅程。他们想要高潮、低谷、曲折和反转。他们想知道为什么这个人踏上了这段旅程，他们还想猜一下结果是什么。所以编剧或者讲故事的人的主要任务，就是提供好的故事元素，然后以一种全新的视角来处理它们。这将使他们的电影具有独创性。

下面让我更详细地讲一讲"十一步故事结构"。

1. 人物的总体需求及原因

你的主人公要有强烈的需求——他需要得越多，对你的故事就越好。这个愿望必须是很重要的，必须是他生活的重心。这个需求对主人公来说应该是极其强烈的。

必须有一个很好的理由，而且在大多数情况下，是情感上的理由引发的这个总体需求。

你必须说得具体点：一位母亲需要找到她被拐走的女儿。这是为什么？是因为爱与被爱的总体需求吗？还是因为她觉得女儿是属于自己的东西，她需要感受到拥有的力量？或者是为了赎罪，因为她觉得自己错了？一个男人想成为国家总统。为什么他想要达成这个直接目标？是因为他对权力的总体需求（出于好的或是坏的原因）？是因为他需要被尊重？还是因为利他主义，他相信他的政策将造福人类？或者他认为社会结构、环境或物种的生存正岌岌可危？一个青少年想要钱（直接目标），好让他无家可归的家人不必露宿街头，因为他的总体需求是安全感。怪物史瑞克需要爱和接纳。为什么？因为他没有朋友，尽管他表面外向，但内心孤独。《唐人街》中的杰克·吉茨需要尊重。为什么？他想要洗清自己过去在唐人街的经历所带来的罪恶感，重获自尊。《毕业生》中的本杰明（达斯汀·霍夫曼饰）需要人生的目标。为什么？因为他觉得自己迷失了方向。在《卡萨布兰卡》（1942）中，里克（亨弗莱·鲍嘉饰）需要在生活中与人有联系。为什么？在经历了失恋后，他感到与外界的疏离。在《勇敢的心》（1995）中，苏格兰士兵威廉·华莱士（梅尔·吉布森饰）需要正义。为什么？他要为死去的爱人报仇，并结束国家主权沦丧对人民造成的威胁。在《莎翁情史》（1998）中，莎士比亚（约瑟夫·费因斯饰）需要一位缪斯。为什么？因为他需要倾尽所有的自我感知和自身成就感去写出一部好戏。在《星际迷航》（2009）中，柯克（克里斯·派恩饰）需要目标。为什么？他很迷惘，觉得自己有父亲的遗志要去履行，却又在回避这个想法。在《模仿游戏》（2014）中，英国人艾伦·图灵（本尼迪克特·康伯巴奇饰）需要尊重。为了帮助结束二战，他给自己布置了一个破解纳粹密码的任务，如果他的同事和长官不尊重他的能力，他将无法继续工作。在充满想象力的动画电影《盒子怪》（2014）中，"蛋生"（伊萨克·亨普斯特德·怀特配音）需要知道自己到底是谁（他是个男孩还是个盒子怪？）。在寻找身份的过程中，他找到了自己的亲生父亲，也欣然接受了自己的盒子怪家族。

问问你自己：如果你笔下的人物没有得到他需要的东西，他将会怎样？他的生活会变得空虚吗？他会孤独而痛苦地死去吗？他将永远不得安宁吗？这个家庭会一贫如洗吗？罪犯会被释放并再次杀人吗？人生会毫无意义吗？伟大的爱情永远不会实现吗？把风险和后果定得高一些，你的故事会因此受益良多。

《盒子怪》（2014）

有时，主人公会知道或认识到自己的总体需求——对尊重、生存、爱、权力、家庭的情感需求，或者其他情感／心理上的需求或渴望。有时，观众会比主人公更早了解到这种情感／心理需求。问题是：编剧如何创造场景，让人物踏上实现自己需求的旅程？这就是可以实现直接目标的地方。直接目标有助于构建电影情节。例如，一个高中生，本，他想引起班上女孩萨莉的注意。他知道她是学校篮球队的学生教练，所以本（他的总体需求可能是爱情）设定了他的第一个直接目标：参加篮球队的选拔。他成功加入了球队。现在，他的下一个直接目标是让她觉得他很特别。他经常练习，除了常规训练以外，还花很长时间在球场上。她也经常在那里，制定球队的行程安排，照看和维护设备。他们成了朋友。然后，他的下一个直接目标是邀请她参加返校舞会……故事就这样继续下去。一些行动得到了积极的回应，一些行动得到了消极的回应。在影片叙事的结尾，本要么成功赢得了萨莉的爱，要么没有。他的总体需求没有改变——实现（或没有实现）他的直接目标已经支撑了他想赢得爱情这个主要愿望。

2. 人物合理地（使用直接目标）去努力实现或满足总体需求

你的主角首先需要以一种合理的方式去追求他的总体需求，即先尝试一系列的直接目标。如果没有这一步，观众就会问：如果她想要这份工作，为什么不申请呢？或者先咨询一下？或者打个电话？或者去参加竞赛赢得机会？到警察／律师／法官那里伸张正义？去约会？去上大学？参加工作面试？写完一本书？试着跟黑帮老大讲和？

遵循故事的逻辑，也遵循故事的情感发展，这样你才不会失去观众。一个人物必须在采取行动之前遵循合乎逻辑的步骤，因为这个行动将给他带来全新的考验。

如果你的人物需要的是一段长期的恋爱关系，那么在镇上治安较差的地方让看起来很危险的人搭便车是合理的吗？不是。从逻辑上讲，她可以先尝试一系列直接目标，让朋友帮忙介绍，尝试网上约会，或者加入某个俱乐部。只有当所有切实可行、合乎情理的选择都试过了，她感到极度孤独时，她才会准备好做出一个很可能永远改变她生活的选择。

3. 人物被否定，所有合理的努力都失败了

要让人物满怀希望，甚至用一种极端的方式，或者是情绪化的、暴力的、有趣的方式等。主人公必须要遇到足够大的阻碍，这样他才需要找到一种新的途径来实现目标。

想想《教父》（1972）中的麦克·柯里昂（阿尔·帕西诺饰），他的总体需求是得到尊重。他想过一种"普通美国人的生活"，远离黑手党，也就是远离他的家庭。他采取了十分合理的步骤：他参军，成为一名授勋士兵，他有一个未婚妻。他计划过一种完全不参与家族生意的生活，他甚至得到了父亲的祝福。但后来他的父亲被袭击，麦克不得不站出来保护家族和荣誉。他的愿望遭到了否定，他被卷入了家族"生意"，踏上了一条全新的道路（这推动我们进入了第二幕）。

想想《角斗士》（2002）中的马克西姆斯（罗素·克劳饰）。在电影故事的开端，他想回家，回到家人身边，回到自己的土地上。他的总体需求是和平（与家人在一起，过着平静的没有战乱的农夫生活）。从逻辑上讲，他已经为得到所需做出了努力。他在战争中战功显赫，因此他知道老国王奥里利乌斯欠他的人情。他也请求了老国王成全他的愿望。但是，当老国王被谋杀，王位被邪恶的康莫迪乌斯篡夺，马克西姆斯却因对老国王的忠诚被判死刑。他设法逃脱了第一次袭击，回家看望他的家人，但他们都已被赶尽杀绝。马克西姆斯只能投身为奴，被迫成为角斗士。这部电影的否定阶段是复杂的、多层次的（这是在你的故事中应该考虑的），最终推动马克西姆斯踏上了一个全新的旅程。

想想《乌云背后的幸福线》（2012）里的帕特·索利塔诺（布莱德利·库珀饰）。他住在一个小镇上，刚刚从一家精神病院回到家，并希望与前妻复合。他需要爱。从逻辑上讲，他先尝试与前妻重归于好，也在试图理解他与父母的亲情关系。在他生活的各个方面，他对爱的渴望在第一幕的结尾都被否定了。这时他遇到蒂凡妮（詹妮弗·劳伦斯饰），一个有着坎坷经历和社会问题的年轻女人，希望又出现了。

4. 第二次机会出现

就在一切似乎都失去了，或者太困难、太不公平的时候，有一个机会出现了。一个实现目标的新方法出现了。这可能是一位仙女教母，可能是一份新工作，还可能是刚搬到隔壁的讨厌邻居。可能是在《星球大战4：新希望》（1977）中，遇到汉·索罗（哈里森·福特饰）；或者是在《我爱贝克汉姆》（2002）中，碰见一个邀请女主人公加入足球队的人；或者是在《角斗士》中，违背个人意愿成为角斗士。

想想《风月俏佳人》（1990）。主人公爱德华（理查·基尔饰）利用年轻交际女薇薇安（朱莉娅·罗伯茨饰）帮助自己排遣无聊（和孤寂，但在影片叙事的第一部分中，他并没有意识到这一点）。薇薇安令他惊喜，他们如胶似漆。然后他决定让她来帮忙处理一些生意问题。（爱德华需要的不是事业上的成功，而是个人生活的成功和爱情，但他在影片的开端并没有意识到这一点。）

想想电影《证人》（1985）。约翰·布克（哈里森·福特饰）是费城的一名行事强硬、有点暴力倾向的警长。他得到了第二次机会，先活下去，然后破案，让真相大白。他与阿米什人住在一起，顺便寻找他要的答案。

想想电影《美女与野兽》（1991）。贝儿实现梦想（寻找更具挑战性的生活）的第二次机会，就是与野兽一起被困在城堡里。这第二次机会看起来未必是件好事，但最终将是满足她总体需求的一个机会。

第二次机会不必总是积极或有益的。《角斗士》中的马克西姆斯想成为角斗士吗？不想。贝儿想成为野兽城堡里的囚犯吗？不想。记住，你的人物踏上了某段旅程，但这可能不是他的选择。主人公不知道旅程的终点会是什么，也不知道"需要什么"才能让他达到想要的结果。这段旅程应该是艰难的，应该有着意想不到的曲折。难度和挑战越大越好，甚至最终帮助你的人物实现目标的第二次机会，可能看起来像一个难以逾越的新障碍。

5. 利用第二次机会所引发的冲突

如果这段旅程对人物来说太容易，故事的展开可能就会陷入困境。好的故事需要冲突,但不仅仅是主角与对手之间的冲突。真正好的故事还会处理内在冲突,以及主人公能接触到的几乎每个角色的个人冲突。

那么,如果主人公接受了第二次机会,他会面临什么风险呢?道德冲突是什么?他是在跟魔鬼做交易吗?他有肉体上的危险吗?有情感冲突吗?他必须隐瞒自己最好的朋友去完成这个目标吗?他必须撒谎吗?必须骗人吗?必须假装成某个人吗?

想想《卡萨布兰卡》。里克与正常生活有联系的第二次机会是伊尔莎重新出现在他的生命中。这里有冲突吗?当然。首先,很明显里克还爱着伊尔莎,虽然他恨她对自己的所作所为。他发现她已经结婚,而且是嫁给了一个抵抗纳粹的英雄。里克为什么要冒着生命危险把通行证给他们?他宣称自己是中立的,那他为什么要介入呢?警察局长注意到里克对伊尔莎感兴趣。德国人正在收紧边境,并将更多的注意力放在了里克的移民友好俱乐部这边。

想想《窈窕淑男》(1982)。迈克尔必须假装成一个女人。他不停地说谎。他每天都从声音和外貌上接受着生理上的挑战。他是一个喜欢挑逗女人的男人,但他(作为男人)不能打扮成女人去追求女人。他的室友认为他疯了。他夺取了他最好的女性朋友想要得到的表演工作,如果被她发现,她会恨他。冲突层出不穷,这非常好。

再想想《角斗士》。马克西姆斯成为角斗士的冲突:他不想杀人,也不想成为"娱乐项目"。他是个奴隶,这不是他想要的生活方式。他不能与"拥有"角斗士的人友好相处。但他知道自己必须成为一名出色的角斗士,这样才能最终在罗马竞技场为新国王康莫迪乌斯表演。这是他复仇的唯一途径,只有复仇才能使他的生活恢复平静。

此外,这是一个可以着重笔墨,增强故事性的部分。这个部分的冲突越多,随着故事的展开,你可以发挥的东西就越多。

6. 决定去争取

主要人物决定不顾所有冲突和反对利用第二次机会,抓住它来继续追求自己的总体需求。这点非常重要。总体需求不应该在中途改变。没错，你的故事可能会走向不同的道路，随着情节的展开，直接目标可能会改变，但是强烈的情感需求是不应该被改变的。

在《窈窕淑男》中，迈克尔的总体需求是被尊重，而且从来没有改变过。但是在电影中，他的直接目标一直在向前推进——他想要这份工作，他想得到朱莉的爱，他希望朋友的剧本能问世，他想向朱莉的父亲道歉……所有这些直接目标都将帮助他实现他的总体需求：被尊重。

在《卡萨布兰卡》中，里克的总体需求是日常生活中的联系。在影片中，他的直接目标发生了变化。他想隐藏通行证，他想要追求那个女孩，他希望事业继续下去，他希望抵抗军领袖拉兹洛尊重他。这些都与他想重新融入生活的总体需求有关。

通常这一步是一个"理所当然"的步骤，没有什么大场面宣告人物的接受或决定。有时候这个人物也别无选择。但是，要设法去制造这样一个时刻。在《狮子王》（1994）中，辛巴的这个时刻是被一记重击敲在头上——当！辛巴怎么能不抓住这个机会，回去拯救自己的骄傲，成为他命中注定要成为的领袖呢？

7. 一切顺利（……通常只有很短的时间）

在利用第二次机会的同时，赋予你的人物智慧、谋略、魅力、体魄、喜感（或者诸如此类的东西），从而使他们更接近自己的目标。灰姑娘来到舞会，她没有被认出来，王子觉得她很漂亮，她坠入爱河——在一切天翻地覆之前。

这通常不是电影中最有趣的部分。再次想想《卡萨布兰卡》中的里克：里克感觉他重新获得了伊尔莎的爱，到底有多久？他爱的女人来找他，告诉他自己不能没有他，她会为了他离开自己的丈夫。有一个段落带过了几个小时的情节（银幕上没有展现），我们想象着浪漫、亲密的爱情宣言正在上演（这没出现在银幕上，因为没那么有趣），然后里克被迫做出一个非常困难的决定，然后我们进入了第8步——一切都崩溃了。

事情进展得很顺利吗？鼾声四起——打呼噜，打呼噜，打呼噜。别在这里浪费太多时间。你需要冲突。你需要难题，让人物尝到成功的滋味并获得信心，然后扭转势头。因为现在是时候进入电影中最有趣的部分了。

8. 一切崩溃

在这个部分，你的人物将会接受考验，身体上的、心理上的、情感上的，或者三者都有——如果你能涵盖这三种，你的故事就会更加丰富。

好好构建电影的这个部分。在大多数电影故事中，它不会只是一个事件，而是一系列的事件。你建立的主要情节、次要情节和所有的人物关系，都会急转直下。主人公被误解、被殴打、失去爱、被欺骗、老板对他发脾气、父母与他断绝关系、摔断了一条腿、输了一场比赛、失去一艘飞船、一个朋友死了、有人背叛了他、计划出了差错……一切都崩溃了。无论是周围的人、曾经的指望，还是自身的弱点都变成了真实而可怕的负担。

想想电影《独立日》（1996）、《后天》（2004）、《惊天危机》（2013）、《星际迷航2：暗黑无界》（2013）、《海啸奇迹》（2012）。从本质上讲，灾难片的大部分时间都会花在这里，恐怖片也是如此。

浪漫喜剧中有一套典型的"男孩得到女孩，男孩失去女孩，男孩必须把女孩追回来"的模板（或者女孩得到男孩，或者任何潜在的恋人组合）。其中，大部分时间都花在了"没能让女孩回心转意"的部分。这是一个故事中最有趣的部分。想想在电影《与歌同行》（2004）中，约翰·卡什（杰昆·菲尼克斯饰）赢得琼·卡特（莉丝·威瑟斯彭饰）信任的希望一次又一次破灭。想想《杯酒人生》（2004）中，迈尔斯（保罗·吉亚玛提饰）和玛雅（维吉妮娅·马德森）之间迅速发展的关系因谎言暴露而分崩离析。

在这一写作步骤里，桥被炸毁，外星人看起来胜利了，最好的朋友抢走了心爱的女孩，或者丈夫找到了丢失的钱。所有事情都不对劲了。

可以查看第22章的一些电影故事解析。你要留意在大多数电影中，这个部分是如何充满能量和张力的。

9. 危机

主人公是否能够做出强有力或艰难的决定，朝着自己的目标继续前行？她会把自己的判断凌驾于他人之上吗？他会放弃吗？他会觉得自己没有力量爬上新的山峰吗？再试一次的情感伤害是否太重了？她会让老板占她的便宜吗？她会为自己辩护吗？他会挺身而出宣告自己的爱情或爱国之情吗？他会不会告密？主人公是下决心要成功还是接受失败？"危机点"是一个决定。主人公是放弃还是前进？你的人物有毅力吗？有道德准则吗？他相信自己吗？她如果不考验自己，是不是生活就索然无味？你的英雄人物是否做好准备为了信仰去冒生命危险？

在《安妮·霍尔》（1977）中，艾维（伍迪·艾伦饰）必须做出选择。他应该去洛杉矶向他心爱的女人求婚吗？

在《角斗士》中，马克西姆斯受伤了，他身体虚弱，且有各种理由可以放弃他的追求，但他必须选择再次进入角斗场，这一次是对抗他的宿敌。

在《克莱默夫妇》（1979）中，泰德要做一个决定。每个人都告诉他，他没有机会得到孩子的监护权。每个人都叫他放弃。在圣诞前夜，他是会全力以赴找份工作，从而让自己的情况看起来好一点，还是他会放弃呢？

在巴兹·鲁赫曼改编的《了不起的盖茨比》（2013）中，盖茨比为了保护他的挚爱黛西，决定为一桩夺走一位女性性命的车祸承担责任。

电影和电视学者爱德华·芬克在谈到"危机点"时指出：

我发现，决定（"危机点"）通常是主人公在经历了低谷后，被某个隐喻的"火花"重新点燃希望时所做出的。这个"火花"就是第二个情节点的转机。它可能是导师来访，或是一个梦境、一个声音，抑或是在口袋里找到的吊坠盒，提醒了主人公，爱是值得我们为之奋斗的，或者是别的什么。在《海底总动员》中，玛林来到牙医诊所，却看到塑料袋里死去的尼莫（他不知道尼莫是假装的）。牙医把鹈鹕赶出来，鹈鹕嘴里叼着玛林和多莉，然后把他们放回了悉尼港。玛林从多莉身边游走了，因为他不想回忆。这是玛林的低谷。过了一会儿，他听见尼莫大喊"爸爸"。这就是让玛林重新开始行动的火花，并推动他进入第三幕。

爱德华·芬克（2014年）的演讲

美国加州大学富勒顿分校

10. 高潮

主人公加倍努力去打败对手以达成目标。这可能是一场法庭戏，也可能是一场太空中的激烈战斗，可能是篮球冠军赛，可能是国际象棋比赛，还可能是与时间赛跑去拯救世界。总之，它需要成为整个故事中对主人公的身心进行的最严苛的考验。

在动作片中，它是主人公最后的背水一战；在爱情片中，它是最感人的爱的宣言和爱的证明；在剧情片中，它是电影中最艰难、最感人的一幕。

如果前方的任务看起来不可能完成，那就太棒了。没有什么事情是容易的。你的人物必须找到勇气去应对即将发生的事情。失败应该迫在眉睫，真的可能发生。

11. 真相大白及新的常态

最后的考验（高潮）结束之后，坏人被击败了（或者没有），电影在情感方面还有一些细节需要处理。灰姑娘为了能试穿水晶鞋并得到她的王子，不得不承认自己违背继母的意愿去参加了舞会。真相必须大白才对。

《窈窕淑男》中的迈克尔必须向送他订婚戒指的人道歉。他必须和朋友们和解。他必须试着让心爱的女孩再和他讲话……他必须承认，他作为一个女人，比作为一个男人更优秀。

电影《证人》中，约翰·布克和瑞秋意识到，即使他们彼此相爱，也不能生活在同一个世界里。真相就是：他不能和阿米什人生活在一起，而她不能像他那样在大城市里生活。

在获得奥斯卡金像奖的浪漫喜剧《一夜风流》（1934）中，彼得（克拉克·盖博饰）来到艾丽（克劳黛·考尔白饰）的父亲面前，表达了自己对她的爱。艾丽从她和另一个男人的婚礼上逃离，她要和彼得在一起，这表明了她对他的真爱，然后暗示了他们美好的未来。在另一部奥斯卡最佳影片《毕业生》中，又有一位新娘从婚礼上逃走，与另一个男人私奔。但这次"从此幸福地生活在一起"并不明显。

这一步可以让你展示：人物有了全新的"正常生活"；故事的历程改变了主人公；主人公最初的愿望得到了满足（也许不是按照预期的方式，但仍然令人满意），现在生活正引领他走上新的道路。

注意：在悲剧中或者在那些结局故意要留有悬念的故事中，你可以选择在"危机部分"结束，也可以选择在高潮结束时结束。想想由罗伯特·汤担任编剧的黑色电影《唐人街》（该片仍被认为是有史以来最好的电影剧本之一）。这部电影在高潮结束时戛然而止，没有对未来的叙述，也没有对剧中人物的未来境遇有任何的暗示。

记住，把悬念留给观众可能不是最商业化的选择。观众的满足感来自得知他们全情投入的角色有一个满意（或不满意）的未来。但是故事有千百种，你是编剧，你来决定。

为什么写作时使用"十一步故事结构"比只使用"三幕式结构"的大框架更有帮助呢？因为"十一步故事结构"着重于人物，而人物正是你的电影故事中最重要的部分。"十一步故事结构"会帮助你让人物推动情节发展，而情节构成了人物的历程。

"十一步故事结构"也将帮助你弄清楚你需要写什么场景，好让你的人物历程充满高低起伏、挑战和冲突。它会帮助你构建危机和高潮。它会帮助你找到每个剧本都需要的曲折起伏。它会帮助你准确定位你的写作进行到了剧本的什么阶段。

问 我在很多课上都被问过，可以将"三幕式结构"的模板叠加到"十一步故事结构"上吗？

答 你可以考虑以下两个回答。

1. 是的，你可以把"三幕式结构"叠加到"十一步故事结构"的模板上。第一幕以"否定"结束（第3步）。第二幕以"危机"结束（第9步）。第三幕以"真相大白"结束（第11步）。相当多的电影适用于"十一步故事结构"，甚至符合预期的页数。但是……

2. 其实没必要配合"三幕式结构"模板的字数要求。如果你遵循"十一步故事结构"，你的电影故事不会缺少任何元素。你可以选择为哪个部分分配更多的时间，在你认为更吸引人的内容上多写几页。你的否定阶段可以出现在第5页或者第30页。事情也可能很快就开始分崩离析了。高潮部分可长可短。你来决定你的故事节奏。

"十一步故事结构"的经典重叠

第一幕：第1～3步。人物的总体需求及原因，人物合理地追求直接目标，人物被否定。编剧先花时间来设置主人公和他的总体需求。再安排一个对手，将来会试图阻止主人公实现他的总体需求。编剧还会设置一些配角。基调、类型和地点都已设定。人物合理地追求直接目标，以便最终实现他的总体需求。障碍和逆转比比皆是，最后有一个否决是如此之大，以至于他被迫改变路线或找到新方法来实现他的总体需求。如果你分析成功的电影，其中很大一部分会在第25页到第30页左右人物遭遇到巨大的否定。当然也有例外。

第二幕：第4～9步。人物有第二次机会来实现总体需求，利用第二次机会所引发的冲突，决定去争取，一切顺利，一切崩溃，以及最后的危机。你的人物得到了第二次机会来实现目标。这不是最简单或者最合理的路径，并且在利用第二次机会时附加了很多条件（冲突）。事情可能有一段时间很顺利，但随后就会开始分崩离析，情况转坏，困难重重。关系恶化，情节复杂，争斗不断，言语误解……无论怎样，故事情节都在走下坡路。

最后，主人公做了一个选择（危机）：她应该放弃还是继续前进？她应该走进黑暗的小巷去直面死亡，还是应该转身忍辱负重地活着？她该不该相信爱情？她该不该信任别人？同样，有很大一部分电影会把危机放在第75页到第80页左右，但这不是必须的。

第三幕：第10~11步。高潮，真相大白，新的常态。在高潮部分，主人公深入探究，发现了自己从未发现的潜能，进行了殊死搏斗（情感上或身体上的，或两者兼有），最后胜利了（或失败了）。观众希望他对自己有新的认识。人物应该有所改变，现在的他应该与电影刚开始时的他有所不同。在激烈、疯狂或艰难的高潮之后，真相大白。她是真的爱他。他确实相信世界是可以拯救的。她可以赢得比赛。他可以关心他人，照顾他的父母。她可以逃出监狱，在荒野中找到安宁。这里给出了故事情节要点的解决方案，也展现了一种新的生活常态。一般来讲，这些步骤将占大概25~30页的篇幅，但同样，这不是必要的。

没有人希望所有电影故事都遵循着可预见的节奏

电影需要多样化、原创性，以新的方式讲述故事。你不会希望观众抢在你前面知道情节的走向。你想要满足他们对精彩故事的渴望，但又想给他们一些新鲜刺激的东西。"十一步故事结构"专注于人物历程，有着自己的节奏。

故事可以花费更多时间在"十一步故事结构"中的某一个步骤上。比如电影《克莱默夫妇》在前5页就出现了否定（第3步）。泰德·克莱默（达斯汀·霍夫曼饰）需要一种拥有完美生活的感觉，而且他认为自己已经实现了。他有一份晋升在望的好工作、一个美丽的金发妻子、一套漂亮的公寓和一个儿子。他下班回到家，妻子却宣布要离开他。在影片一开始，他的这种完美生活就被剥夺了。

比如电影《迷魂记》（1958，导演阿尔弗雷德·希区柯克的最佳作品之一，经常被列入各种最佳影片名单），有一半的时间都花在了合理追求目标上（第2步）。斯考蒂（詹姆斯·斯图尔特饰）需要一个人生目标。由于恐高症，他原本想一直努力工作成为警察局长的期望被打破了。斯考蒂询问他最好的朋友米姬的意见，但并没有得到什么帮助。他被说服去帮一个大学老友的忙。他同意去跟踪这位朋友的妻子玛德琳，看看她是否精神有些错乱。他在这个任务中找到了目标，而当他爱上她时，他发现这个任务并不简单，还有其他的目的。解开玛德琳之谜是他为自己的生活增添一个目标的合理尝试。在真正的希区柯克风格中，这种解谜过程是怪异的，充满了怪诞的紧张和冲突。否定（第3步）直到影片的中间才出现，即玛德琳从钟楼上摔下来身亡的时候。

又如电影《莎翁情史》，它将大部分时间花在了第7步：一切顺利。主人公威廉·莎士比亚（约瑟夫·费因斯饰）通过与维奥拉（格温妮丝·帕特洛饰）的恋情得到了他所需要的（灵感缪斯）。他的灵感被激发出来，写作进展顺利，剧本也十分精彩。但他所有的行为都暗藏危机。他和维奥拉的禁忌之爱可能会曝光。维奥拉在他剧中的表演（这是违法的，因为她是女人）也可能会曝光。剧院可能要关门了。莎士比亚可能会被追债。惹是生非的约翰·韦伯斯特（乔·罗伯茨饰）可能会发现莎士比亚和维奥拉在一起，并泄露秘密……如果编剧选择把时间花在"一切顺利"上，他就必须在主人公朝着自己的目标大步前进的同时，制造出大量的冲突。

另一个在"一切顺利"（第7步）上多费笔墨的例子是电影《克莱默夫妇》。泰德一直在自私地努力满足自己的需求（拥有自己心目中的完美生活），一个快速到来的否定之后，他进入了一个新的世界——一个单亲爸爸的世界。他开始了一段真正了解儿子的旅程，学习为人父母意味着什么，并以新的眼光看待这个世界（尤其是男人和女人的角色）。因为在这个挣扎过程中有太多的冲突，所以"一切顺利"这个阶段依然扣人心弦。泰德和儿子之间的冲突，泰德和老板之间的冲突，泰德和邻居之间的冲突——所有这些冲突使得泰德成长，并重新评估什么才是"完美生活"。

想想电影《雨人》（1988），它也是一样，把大部分时间花在了第7步。查理（汤姆·克鲁斯饰）自私并野心勃勃。他的总体需求是感受到父亲的爱，寻求一种家的感觉（他从不承认这一点，甚至没有意识到）。影片从他的父亲去世开始。查理回到家希望继承父亲的遗产，这会让他感觉得到了父亲的认可和赏识。他很快就被"否定"了，他得知父亲将大部分遗产都留给了一个他从不知道的哥哥。查理绑架了患有自闭症的哥哥雷蒙德（达斯汀·霍夫曼饰），将他从所在的精神病院的家里带出来，试图拿到钱（拿到钱是查理的直接目标）。兄弟俩开始了横穿全国的旅行。查理发现他正在实现他的总体需求（家的感觉和知道父亲是爱他的）。但是，他与自闭症哥哥相处时的冲突还是十分激烈的。当一个有缺陷的人物，比如查理，踏上了自我发现的旅程，就算他之后会陷入困境、孤立无援，实际上也已经取得了进步——花时间在第7步（一切顺利）是一种相当有效的安排。

许多故事把大部分时间都花在了第8步（一切崩溃）上。可以看看《夺宝奇兵》（1981）、《不可饶恕》（1992）、《玩具总动员》（1995）、《训练日》（2001）、《地心引力》（2013）、《钢铁侠》（2008）、《世界末日》（2013）和《僵尸世界大战》（2013）。

最重要的是，这十一个步骤可以用来确保你的人物有一个真正的经历。它会帮助你构建情节的高低起伏、顺境逆境。它会让主人公肩负起故事高潮的重任，因为是他在危机时刻的决定带来了高潮。遵循这十一步将迫使你的人物面对他们人性中最阴暗的一面，并与之斗争，不管结果是输是赢。这十一步也会确保每个故事的结尾，主人公都能有一个新常态出现。

切记，你是编剧，你是负责人。你是那个最初始的声音。你掌握着一个故事的关键，因为它会反映出你的世界观。怎样讲故事是你的选择，并没有对与错之分。归根结底，奏效就好。而通常奏效的是一个制作精心、结构合理的剧本，它会带领读者（最终是影院里的观众）踏上一段激动人心的旅程。

学习一下佳片的故事结构及其组成部分，让你剧本里的每一个元素都有助于推进主人公的故事。

情节很重要，但不如人物重要。

聚焦于主要人物的经历。一旦你失去了焦点，仅依赖情节的曲折，而不是由人物性格、信念或者行为引发的故事元素，你就会有失去观众的危险。

专注于你的主人公。那才是你的重中之重。

📝 练习

1. 选择一个人物，想想他或她的需求。他是一个想要录制唱片的音乐家吗？她是美国总统，想与某个国家签订和平条约吗？他恋爱了，想要得到梦寐以求的女孩吗？她是一名老师，想让自己的学校赢得迪斯科冠军吗？一旦你选好了一个人物和一个直接目标，想想为什么这个目标如此重要。你的人物需要受别人的尊重？在他的前史中，是什么让他觉得自己没有得到应有的尊重？她需要被爱吗？为什么她觉得不被爱？他需要权力，还是安全？你心中要牢记总体需求，但要把精力集中在直接目标上。列出你的人物为了实现直接目标可采取的三种合理的行动。现在，逐个说明这三个行动是如何适得其反或者失败的。然后想出一个重大的挫折，迫使主人公走上一条新的道路。

例子：我的人物名叫艾莉，她想在她任职的服装设计公司得到晋升（这是她的直接目标）。她需要别人尊重她，因为她的父母说她不够聪明，没有才华，不能凭自己的力量取得成功。他们希望她能留在家乡小镇，在家里的杂货店工作（这指明了她的总体需求）。为了升职（直接目标），她采取了行动。

合理的步骤A：艾莉整晚都在做新设计，然后拿给老板看。不幸的是，大老板被召到巴黎去了。他让自己的女儿瓦莱丽负责挑选晋升的候选人。瓦莱丽缺乏才干，为人刻薄。她甚至都懒得看艾莉的画，她认为艾莉太年轻，在公司地位太低，不适合升职。艾莉显然没有得到尊重。

合理的步骤B：艾莉试图在员工会议上脱颖而出，但她的设计师同事里克（他也想获得晋升）在她还没有说完一整句话的时候就打断了她。瓦莱丽觉得里克很有魅力，很明显她对他有意思。里克与瓦莱丽共进午餐，艾莉再一次没能得到瓦莱丽的注意和尊重。

合理的步骤C：午餐时，艾莉请求她在公司的导师代表她跟瓦莱丽谈谈。导师同意了，但不幸的是，在他们回办公室的路上，他在结冰的街道上滑倒，摔断了一条腿。他被救护车迅速送往医院。艾莉看到里克和瓦莱丽吃完午饭回来，二人看起来十分亲密。里克得意地冲艾莉笑，显然认为他赢了，并表明他不尊重她。

在你进行了一些合理尝试以实现主人公的直接目标和总体需求之后，建立一个场景，让主人公遭受更大程度的打击——这就是你的否定阶段（第3步）。也许在这个故事里，艾莉决定深夜溜进办公室，把她的作品集放在一堆文件的最上面；或者放一张里克和办公室秘书在楼梯间接吻的照片；或者把她的作品传真到巴黎给真正的老板看……然后，她被保安抓住了。不管她在做什么，看起来都很可疑，第二天她就被解雇了。现在这是一个更重大的"否定"，之前的种种挫折和这次的失败将迫使她走上一条新的道路。

2. 牢记你的人物的总体需求，想出至少三种不同的"第二次机会"可以利用。记住，总体需求才是最重要的，而第二次机会不一定非得看起来是件好事。

例如：艾莉的故事（见上文），这里有几件事可以作为她赢得尊重的第二次机会。她被解雇后，可以在竞争对手的设计公司找到一份新工作。这招虽然可行，但似乎有点简单。也许她因为一贫如洗，接受了一份服务员的工作，感到很受挫。丑陋的制服也使她心情沮丧，于是她为自己和其他女服务员设计了新制服……也许她带着最后一点积蓄飞往巴黎，希望能向老板申诉。在飞机上，她被偷了，到达巴黎时已身无分文。好不容易到了老板住的酒店，发现老板刚退房。她走投无路，不得不在巴黎开始新的生活。

问问自己，在第二次机会（第4步）中，能打开的最有趣的新世界是什么？

3. 继续完成这十一个步骤，并边走边问自己，这是你的故事所能做出的最激动人心、最有戏剧效果、最具突破性的选择吗？不需要马上做出任何决定。不需要立即锁定某一个选择。让你的思维沿着故事的大方向去发散——时刻记得，每一步都要与主人公想要实现的总体需求相关。

第 5 章

人物就是一切

演员对拍电影有很大帮助吗？是的。

编剧需要写一些能吸引优秀演员的角色吗？是的。

想想你最喜欢的电影。你最喜欢那部电影的什么？很可能是里面的一个人物。《星球大战》之所以令人难忘，是因为汉·索罗、达斯·维德、卢克·天行者和莉亚公主。《致命武器》（1987）之所以令人难忘，是因为两个警探之间的化学反应。一个是保守的顾家男人，另一个是狂野鲁莽的冒失鬼，活得有些不耐烦了。《时时刻刻》（2002）讲述的是三个女人在不同时代和不同境遇下努力寻找生活意义的故事。2004年的暑期档大热影片《大人物拿破仑》讲述的是一个非常古怪的高中生的故事。《特洛伊》（2004）很有趣，是因为人物的总体需求很好地刻画了人物形象。阿喀琉斯需要名望，赫克托尔需要和平，阿伽门农需要权力，帕里斯需要相信爱可以征服一切的信念。

在克林特·伊斯特伍德主演的电影《肮脏的哈里》（1971）中，是什么让观众至今仍念念不忘？是人物，人物的观点，人物对待生活的方式。《哈利·波特》系列、《钢铁侠》系列、《饥饿游戏》系列、《X战警》系列，吸引观众的是什么？再想想《律政俏佳人》（2001）、《鸟人》（2014）、《歪小子斯科特对抗全世界》（2010）、《黑天鹅》（2010）、《永不妥协》（2000）、《摇滚校园》（2003）、《美国狙击手》（2014）和《教父》（1972）。你还记得这些故事里的所有情节点吗？还是其中人物的某些重要时刻给你留下了更深刻的印象？答案可能是人物的某些时刻。这是理所应当的。

历史上100部最佳电影的名单也可能就是历史上100个最佳电影角色的名单。电影是由角色驱动的。动作片需要精彩的人物，爱情片需要精彩的人物，喜剧片需要精彩的人物……每一部电影都离不开各种精彩的人物。

好人物是好故事的基本要素

特效的确很有趣、很花哨，可以让人目眩神迷，但如果这些花招都是以牺牲好的人物角色及他们在故事中的成长为代价的，那么最终你会看到令人失望的影片，如《凡·赫尔辛》（2004）、《金色罗盘》（2007）或者《环太平洋》（2013）。在这些影片中，人物弧线被遗忘了，只有特效充斥着整个屏幕。

是什么造就了一个好人物？《摇滚校园》中的杜威·费恩（杰克·布莱克饰）不负责任、两面三刀、狂野不羁，但他知道如何满怀善意和同理心去对待年轻的学生。他激发了学生的潜力。《律政俏佳人》里的艾丽是个娇生惯养，出入贝莱尔上流社会的金发尤物。同时，她也聪明、果断、足智多谋，是一个很好的朋友。二元性是指一个人物的两面性——既相辅相成又相互矛盾的两面。我的一位成功的编剧朋友喜欢用反差明显的形容词来塑造他的人物：善良但自私，暴力却又善解人意，或者大智若愚。找到你的人物的二元性，这样做会使他们更加立体和有趣。

所有故事都是人物的人生旅程

在《罗密欧与朱丽叶》中，莎士比亚笔下的罗密欧是一个漫无目的的年轻人，当他爱上朱丽叶时，他找到了激情和目标。在故事开始时他不知道自己需要什么，也不知道自己该做什么。他在努力理解生活的意义，却茫然不知所措。当他遇见朱丽叶时，一切都变了。他现在有了人生目标，那就是与朱丽叶相恋。因为罗密欧的家族与朱丽叶的家族是长期以来的世仇，他们只能偷偷地恋爱。在他们短暂的恋情中，年轻而浪漫的罗密欧领悟到，爱是活着的理由，也是死去的理由。

如前一章所述，《教父》中的麦克·柯里昂想要远离黑手党家庭的生活，他想成为一个踏实可靠的、受人尊敬的美国人，对他来说这意味着必须在合法范围内取得成功。他要娶一个非意大利籍的妻子，然后与父亲和兄弟们的生意保持距离。他心路历程的改变，始于他父亲遭到袭击后的濒死之时。麦克本能地做出反应，努力保护他的父亲。这段经历带他深入到他黑手党家族的内部，也让他做出了艰难的选择。他逐渐意识到血缘关系比他的"全美式未来"更重要。当他为了给家人报仇而杀人时，他知道这个行为将永远改变他的生活。回想一下故事开头时的麦克·柯里昂：身着军装，面带稚气，相貌英俊。再想一下麦克在影片结尾时的样子：他的脸变得冷酷、苍老、沧桑、悲情而又睿智。他已经接受了他的余生将以黑手党老大的身份度过。

詹姆斯·凯恩、马龙·白兰度、阿尔·帕西诺和约翰·凯泽尔，《教父》（1972）

《午夜巴黎》（2011）中的吉尔（欧文·威尔逊饰）需要得到尊重，尤其是对他所选择的职业（成为一名小说家）。他心地善良、乐于奉献、敢于自嘲，他对自己的选择感到困惑，却又为未婚妻和她的家人竭尽全力（虽然他们只看重金钱上的收益）。一天晚上，当他的妻子和另一个男人调情，然后她想让他和一群他不喜欢的人出去玩时，他拒绝了。吉尔独自一人走在巴黎的街头。午夜时分，一辆老爷车从他身边驶过。车窗摇了下来，很明显吉尔已经"穿越时空回到过去"，因为欧内斯特·海明威邀请他共赴当晚的文学沙龙。吉尔突然置身于昔日的文学巨匠之中，他感到惊讶、好奇和兴奋。通过与这些人共度时光（每个午夜来临的晚上），吉尔开始更清楚地看到自己对事业的激情（和对浪漫的渴望）。影片里的几个事件使得吉尔欣然接受了自己的真实愿望。

有些电影在人物性格没有发生重大变化的情况下也取得了成功，但这种情况很少见。举个例子：在《角斗士》（2002）中，马克西姆斯开始了他不可思议的旅程，从战场英雄到奴隶，再成为角斗士，最后壮烈牺牲，他一直是一个勇敢而有道德的人，只想回到妻子和儿子身边，过一种田园牧歌式的生活。他的心路历程不是人物性格改变的过程，更像是对人物的一场考验。他能在各种困难面前保持勇敢和正义吗？面对死亡，他会止步不前吗？当他周围的人都被杀了，似乎没有希望的时候，他会动摇吗？马克西姆斯最终还是一个勇敢而有道德的人（他开始时就是），但他所经受的考验是巨大的。这部经典佳片真的很棒吗？当然。这部电影中缺少的是人物的成长和改变。马克西姆斯的勇气给我们留下了深刻的印象，但我们从不用担心他会动摇。而观众在观影时，什么时段会特别投入？当他们担心时，当人性的弱点迫使主人公无法充分发挥出潜力时。如果马克西姆斯有一两个缺点，会使他的道德优势受到质疑，他可能就是一个更具有普适性的人物。

你的人物需要什么？

你的主人公应该是你的剧本中最立体的人物。他或她需要有一个具有推动作用的总体需求。有时你的主人公在电影开始时就知道自己的直接目标，但是直接目标与总体需求是不同的。直接目标是具体的：他想拯救世界，她想找到她的孩子，他想成为一名成功的演员，她想结婚，她想成为公司的老板，他想在海边生活……

如前所述，总体需求是一种情感上的、根深蒂固的渴望。是什么驱使这个人物追求眼前的直接目标？主人公需要什么才能在内心深处得到满足、平静或幸福？

有时候我们与生命中真正需要的东西并不完全合拍，我们往往只专注于眼前的、具体的直接目标。例如："我想以100万美元的价格把剧本卖出去""我想和那个人谈恋爱""我想存钱买房子""我想让我的父母不要再来烦我了"。我们常常不去审视，是什么样的总体需求推动我们想要实现眼前的直接目标。一个人想要卖出剧本，是因为她需要得到尊重和认可吗？还是因为他需要钱为孩子做手术，有了足够的钱，他就能满足自己想要尽力延长所爱之人生命的需求？

在故事推进中，主人公的直接目标可以改变、变形和加速（这些都是情节的元素）。在某一时刻，主人公可能达到了那个直接目标，然后发现它在深层次上并不是真正令人满意。他仍然需要追寻那个情感上的需求。再来看看《雨人》（1988）。查理（汤姆·克鲁斯饰）想从父亲那里继承一笔遗产，因为他现在经济困难。当他被剥夺财产继承权时（根据他父亲的遗嘱），他很愤怒也很受伤。这就回到了查理生活中真正问题的根源上：他从未感受到来自父亲的认可或关爱。他确信父亲是因为他们不愉快的过往而轻视他，他感到无法接受。查理后来在影片中意识到，遗产的钱对他来说不是最重要的。当他知道父亲确实爱他时，他终于觉得自己被认可了。查理通过与哥哥雷蒙德（也就是"雨人"）的关系，实现了总体需求。查理的直接目标在影片中是不断变化的：他开始想要钱，然后想要绑架并哄骗他哥哥分给他一份遗产，后来他想要与哥哥一起生活，创建一个家庭。而查理的总体需求一直没有改变：他需要与家人在情感上建立深层次的亲密关系——真正感受到被爱，并体会到什么是爱的回馈。

问问你自己：如果我的主人公没有达到他的总体需求，他会失去什么？他对生活会永远不满意吗？

　　情节可以通过人物实现直接目标来贯穿。有时候，直接目标迟迟无法实现，直到主人公经历了性格的转变，并在情感上得到了他所需要的东西。有多少浪漫喜剧是基于主人公终于明白她可以爱，可以被爱，可以感觉到爱，也可以接受爱？想想《风月俏佳人》（1990）、《当哈利遇见莎莉》（1989）和《BJ单身日记》（2000）。有多少故事是基于主人公认识到真实是唯一能让人自由的东西，或者主人公意识到接纳他人的弱点或自身的弱点是对生命的肯定？想想《百万美元宝贝》（2004）和《十一罗汉》（2001）。在这些故事中，如果主人公没有经历一个顿悟或者自我认识的时刻，就无法实现直接目标。有些影片中，故事的情节将要完结，但人物个人的历程需要等到故事真正结束之前才完成。想想《肖申克的救赎》（1994），安迪（蒂姆·罗宾斯饰）成功越狱，但是直到瑞德（摩根·弗里曼饰）也获得了自由，并与安迪在墨西哥会面，故事才真正结束。在电影《骗中骗》（1973）中，胡克（罗伯特·雷德福饰）和亨利（保罗·纽曼饰）成功完成了骗局，但是直到胡克对未来的计划明确之后，影片才让人觉得完整。在《卡萨布兰卡》中，里克已经送走了伊尔莎和她的丈夫，但是直到他承诺与雷诺一起加入对抗德国人的战斗时，我们才觉得里克的心路历程结束了。

克劳德·雷恩斯、亨弗莱·鲍嘉、保罗·亨雷德、英格丽·褒曼，《卡萨布兰卡》（1942）

人物是关键

在整个故事的创作中，塑造你故事中的人物是一个不断探索的过程。列出你笔下人物的优点和缺点。构思出一个完整的背景故事。你写作时，一定要给人物"活过来"留出空间。然后随时调整，让写作过程赋予你灵感，启发你充分认识你笔下的人物。

一致性很重要。你一定想塑造一个相对真实的人物，不希望你的人物表现出"不符合其性格"的举动。如果她很好胜，就不要让她在没有适当动机的情况下突然逃避挑战。如果他优柔寡断，就不要让他突然能够在两秒钟内决定买哪件衬衫。那些为了迎合情节设计而让人物改变自己的真实性格的电影，终将失败。如果你的人物表现得"不符合其性格"，你将会失去观众。

当你恰当地设定你的人物时，会发生一件奇妙的事：观众会逐渐理解你的人物在某些情况下的反应。他们会开始期待看到这个角色受到挑战。当《律政俏佳人》中的艾丽（瑞茜·威瑟斯彭饰）带着一身加利福尼亚式的粉红和明媚，出现在一丝不苟的常春藤高校法学院时，观众们觉得自己已经认识她了，他们期待能看到她与沉闷的书呆子，以及竞争激烈的东海岸学生之间的互动所碰撞出来的乐趣。如果她的人设不恰当，喜剧效果就出不来。在《借刀杀人》（2004）中，当文森特（汤姆·克鲁斯饰）和麦克斯（杰米·福克斯饰）这两个角色发生冲突时，我们很快就了解了他们的观念体系。文森特是一个冷血杀手，有着扭曲的道德准则，我们发现他从来没有得到过他父亲的关注。麦克斯是一个自欺欺人，而且对母亲隐瞒自己真实生活状态的人。然而，他对未来有着远大的理想，并怀揣着强烈的道德准则。如果编剧没有花时间让观众了解这两个人各自性格的本质，这部电影就会是一部普通的暴力／动作片。但是由于故事中人物刻画得相当好，这部电影就脱颖而出了。再以《茶水男孩》（1988）为例。从小鲍比·布施（亚当·桑德勒饰）到鲍比的母亲（凯西·贝茨饰）再到教练（亨利·温克勒饰），剧中的这些人物都采用了夸张的手法进行塑造。想象一下如果电影里全是"正常"角色（他们没有和驴同住一个屋檐下，没有对水的痴迷，也没有"可视化"的巧妙手法）会是什么样，这个故事就不会超越同类型的"傻瓜成就伟业"的电影。一切的成功都在于人物塑造。让你笔下的人物与众不同，并让他们一直独特下去。

人物弧线：你的主要人物必须有变化

你的主人公的心路历程需要从一个地方开始，到另一个地方结束。如果在这段经历中，人物性格全程没有什么变化，那么你的故事还不太令人满意。如果你的主人公在电影开始和结束时，都呈现同样的情感、身体和智力状态，那么你就需要反思一下你的故事了。

让你笔下的人物经历一次艰难的性格蜕变的过程。想想可能发生在他身上最坏的事情。想想他最不愿意见到的人是谁，让他去面对那个人。想想她最恐惧的是什么，最心痛的又是什么。试想一下，如果你的主人公想真正克服她最大的障碍，然后实现自己的愿望，那么她需要经历什么？

你的主人公踏上了"旅途"。这是一段身体、心理和情感的蜕变之旅。他可能开始贫穷，最终富有。她可能开始时是一家公司的CEO，结尾时在佛蒙特州为收养的10个孩子做婴儿食品。他可能开始时是个天真的学生，而后被蜘蛛咬了一口最终成了超级英雄。故事中客观、积极的部分固然非常重要，但同样重要的是，你的主人公需要有一段情感转变的经历。如果你的主人公没有任何情感上的变化，那你可能还没有写出一个令人满意的故事。

故事中大多数人物的心路历程都是关于发现自我的。外部故事和内心故事会同时影响你的主要人物。不要对人物的自我偷工减料，故事的两个方面你都得处理好。

从宏观的角度思考一下人物设置。如果在故事的结尾，你的女主角接受了真爱，那么在故事的开头，你就要把她设定成一个不能接受爱情且不相信真爱存在的人。如果在故事的结尾，你的男主角不惜受伤、冒着生命危险去拯救世界，那么在故事开始时，你要将他塑造成一个对世界漠不关心或者害怕危险的人。如果在故事的结尾，你的主人公收养了10个孩子，那么你要考虑在故事开始时，让他成为一个从来没和小孩相处过，也不知道该如何与小孩相处的人。再假设你的人物以"睿智"和"快乐"结尾，那么你可以考虑让这个人物在影片的开头显得"天真幼稚""过于轻信"，或者"死气沉沉""忧郁沮丧"。

当你想好笔下的人物将要在故事的开端和结尾所呈现的性格转变后，你就要考虑在故事的发展过程中如何将这个人物的性格转变过程完整地表现出来（他所经历的人生起落，受到的挫折与启发等），从而使这个人物在故事的结尾处变为你想要塑造的那个独特的个人形象。

再次强调，如果你在开始写作的那天还没有把主人公的每一个细节都弄清楚，也不必担心。写作是一个探索发现的过程。但是，如果你的故事只有情节，而对于这些情节发展的结局来说，主人公及其性格的转变并不是重点要表达的内容，那么你就要重新审视一下了。

（问）那像动作／冒险电影中的詹姆斯·邦德和印第安纳·琼斯这样的英雄人物形象呢？他们的人物性格并没有真正改变，不是吗？

（答）在动作／冒险类的英雄电影中，特别是那些英雄电影的续篇或系列电影，需要对这些英雄角色设置一些小的性格变化。在《夺宝奇兵》故事开始时，琼斯是一个不允许自己对玛丽昂的感情凌驾于寻宝之上的人。他也决心独自工作。在电影快结束时，他对她的感情加深了，并把她的安全放在第一位（当然最后他还是救出了"约柜"，但有女友陪在身边）。找出这类主人公性格的小变化。尝试构建或小或大的人物转变。

你的主人公具备什么样的特质或才能，能够抵御一切邪恶或者推动情节发展？如果他是一个不愿违背誓言去帮助警察破案的牧师，他的道德准则会如何影响故事情节的发展？如果她是一个为了孩子的幸福而放弃了个人梦想的母亲，她自我牺牲的天性会如何影响故事情节的发展？一个具有什么重要个性的人物才可以在故事中被压榨、挑战、扭曲，最后被迫爆发，从而影响情节的发展？

主人公

主人公是推动故事发展的人，也是经历最大变化的人。他可能是位英雄，也可能是个平凡人物。这是一个有着强烈的总体需求和直接目标的人。主人公可能会踏上一段情感之旅。主人公也可能会推动故事情节的展开。赋予你的主人公人性好的一面和坏的一面，展现他们的性格缺陷，以及优点和缺点。你的主人公在故事开始的时候正处于人生的巅峰，之后他的人生经历设置得越艰辛越好。尽可能多地问自己关于这个人物的问题，越多越好。

- 他出生在哪里？什么时候？
- 她有兄弟姐妹吗？她是独生子女吗？
- 他小时候有最喜欢的玩具吗？
- 她最害怕的是什么？
- 他最讨厌的事情是什么？
- 她会甘愿为什么而死？
- 她的经济状况如何？
- 他有最喜欢的书吗？
- 她是体育爱好者吗？哪项运动？
- 他有什么坏习惯吗？洁癖？邋遢？抽烟？
- 她最喜欢什么音乐？
- 他有恐惧症吗？神经症呢？
- 过去或现在的哪段关系对他影响很大？
- 别人怎么看他？

- 他最恨自己什么？

- 作为一个具有吸引力的女性，她的性格特质是什么？

- 他对自己的过去有什么遗憾？

- 她最美好的童年记忆是什么？

- 他和父母的关系如何？

- 他是如何看待这个世界的？他是乐观主义者，还是悲观主义者？

- 对他来说什么是最重要的？爱情、权力还是金钱？

你的主人公不应该是完美的。完美的人没那么有趣。你一定想让观众与你的主人公产生共鸣，让他们跟着主人公一起担心、生气、高兴、懊恼、尖叫，同时也鼓励和关心你的主人公。你的主人公是渣男吗？他工作是否太过努力，或者为了竞争不择手段？他害怕蛇吗？她有生理缺陷吗？他有软肋吗？她太骄傲了吗？她过于慷慨了吗？她是任人宰割的吗？她害羞吗？他不能接受自己只剩下几个月的生命吗？他本质上是个妈宝男吗？想想杰克·尼科尔森最喜欢饰演的那些角色：他们都是有性格缺陷的主人公。在《唐人街》里，他是一个性格傲慢、背负着巨大的罪恶感的人。在《尽善尽美》（1997）中，他是一个顽固、带有偏见，还自私的人。在《爱是妥协》（2003）中，他是一个无法对感情做出承诺的男人。在《母女情深》（1983）中，他是一个粗鲁、酗酒的前宇航员。在《关于施密特》（2002）中，他是一个从没让女儿感受到爱的男人。在《遗愿清单》（2007）中，他一生都在聚敛财富，从未有过一段珍贵的友谊。

如果你的主人公没有缺点，那么人物成长的大好机会就会减少了。如果你的主人公总是在做正确的事情，观众将很难与他产生共鸣。如果你的主人公很完美，你可能需要对这个角色进行反思。

想想茱莉娅·罗伯茨喜欢扮演的那些角色。在《落跑新娘》（1999）中，她是一个无法对婚姻做出承诺的女人。在《永不妥协》（2000）中，她是一个粗暴无礼、咄咄逼人，而且充满怨恨的人。在《诺丁山》（1999）中，她是一个不信任别人的女演员。在《风月俏佳人》中，她是一个自卑的女人。在《我最好的朋友的婚礼》（1997）中，她是一个缺乏安全感、嫉妒心强、喜欢操纵别人的人。在《美食、祈祷和恋爱》（2010）中，她是一个在痛苦离婚之后决心独立的女人。詹妮弗·劳伦斯，另一位声名鹊起的女演员，也很会选择一些有趣的角色来饰演，例如：《饥饿游戏》系列电影中，坚强但对谁也不信任的凯特尼斯；黑暗剧情片《冬天的骨头》（2010）中，执着于复仇的少女芮；《乌云背后的幸福线》中，古怪、"心理不正常"的蒂凡妮；以及《美国骗局》（2013）中，自私、自恋的罗莎琳。

不要让你的人物太完美。观众希望剧中人能够改变，吸取教训，从困境中摆脱出来，获得成长。如果你的人物完美无缺，那他们就没有成长的空间了。

布莱德利·库珀和詹妮弗·劳伦斯，《乌云背后的幸福线》（2012）

📒 练习

让朋友问你一些关于人物的问题。通过交谈、思考，把对人物的设想记录下来，这些将有助于你的人物变得真实可信。要坚定自己的想法，虽然让朋友来帮助你，但不要让他们把你笔下的人物变成他们心目中的人物。一旦你想好了你的主人公是谁，就把两个（或者更多的）人物放在同一个空间里，这一幕并不一定要出现在你的剧本中，只是让他们开始说话，甚至让他们争吵、激怒彼此。在两个人物之间建立冲突，这将帮你更好地了解他们。

想象一下《当哈利遇见莎莉》的编剧做了一个类似的练习：把莎莉（梅格·瑞恩饰）和哈利（比利·克里斯托饰）两个人放在一起吃晚饭——让她所有的傲慢和古怪与他的机智、风趣和带有讥讽的幽默相抗衡。还记得他们讨论女人是否假装高潮的那一幕吗？

想象一下，这道练习是把《教父》里的汤姆（罗伯特·杜瓦尔饰）带到唐·柯里昂的办公室去见唐和他那些脾气暴躁的儿子。此处的氛围非常紧张，他作为一个仅以自己的重要分析能力为筹码的非意大利人和非家族成员，被屋中在座的各位家庭成员既尊敬又憎恶。他的自豪感和归属感强烈地冲击着他们这个紧密的家庭。

确保你故事里的人物并不都是一样的。确保他们有不同的优点、缺点、创意和观点。

主人公需要一段艰难的人生旅程

花点时间去创造你的人物，给他们一个艰难而复杂的人生旅程。人物将是你故事的核心。一个被塑造得精彩的剧中人物会吸引明星的加盟，而明星的加盟又有助于电影的制作。为了你能创作出优秀的剧本，也为了这个剧本能被顺利拍成电影，请记住：没有什么比塑造你笔下的人物更重要。

例如，《窈窕淑男》中出现的冲突让迈克尔经历了一段艰难的人生旅程：

1. 他不得不假装成一个女人。

2. 他必须起得特别早，胡子刮得非常干净，这样他才能冒充女人。

3. 他需要一套适合女性穿着的新衣服。

4. 关于他的新工作，他不得不对一位要好的女性朋友撒谎。

5. 他的室友看他设法假扮成女人生活，觉得他太愚蠢了。

6. 在剧组里，有一个男演员想追他——作为女人的他。

7. 他无法诚实地说出他对女搭档的爱（她认为他是个女人）。

8. 导演不喜欢他。

9. 制片人对他感到好奇，想知道他的性取向。

10. 他心爱女人的父亲被他装扮成的女人所吸引。

所有这些冲突给了编剧大量可以写进电影的场景。因此这位编剧面临的是安排必要场景的挑战。他不必问：会发生什么？他知道该发生什么。他已经完成了"建立所有可能的冲突"这项艰苦的工作，现在才有了"知道接下来要发生什么"这份奢侈。

以下是《乌云背后的幸福线》中的一些冲突，让帕特·索利塔诺（布莱德利·库珀饰）的处境变得艰难：

1. 他脆弱的精神状态。

2. 他与保护欲过强的母亲的关系。

3. 他与没有耐心的父亲的糟糕关系。

4. 他无法赢得前妻的芳心。

5. 蒂凡妮对他的爱意以及她对他的"纠缠"。

6. 他对未来的担忧。

7. 面对镇里人对他的评价，他做出的反应。

8. 和蒂凡妮一起参加舞蹈比赛。

9. 作为一个不会跳舞的人，却需要在比赛中取得好成绩。

10. 对蒂凡妮的爱敞开心扉。

这些冲突支撑了那些有助于帕特·索利塔诺性格成长的场景，并让我们深入了解了他将如何继续他的人生旅程。

记住：大多数情况下，戏剧主人公是通过深入探究，尽其最大努力去找到新的力量和使命感，从而取得成功的。悲剧的主人公尽管做了最大的努力，但还是失败了。而喜剧的主人公则通过不寻常的努力获得了成功，虽然这些努力通常进展不顺利，但最终结果都是好的。

反派

反派是妨碍主人公的一个角色，他们会因为目标冲突而努力阻止主人公前进。有时反派被称为"对手"，有时被叫作"坏人"，有时是"邪恶力量"，有时是"罪魁祸首"。

每一个优秀的主人公都需要一个对手，而且反派和主角是一样优秀的。如果你的故事里敌人很弱，你的主人公便不需要深入探究就能克服所有的困难。永远不要通过塑造蠢笨或者不够足智多谋的反派人物来解决故事中的难题。要让你笔下的反派人物保持强大和聪明。好电影的故事始终要保持这样一种紧张气氛——谁会胜出，谁会更强，谁会先达到目的——直到故事的结尾。

问问你自己：

1. 主人公和反派的目标一定是相对立的吗？不要把这些重要人物分开，他们需要在故事中追求相同、相似或者相关的目标（也许是出于不同的目的）。

a. 在《国王的演讲》（2010）中，英格兰的新国王（科林·费斯饰）和他的语言治疗师（杰弗里·拉什饰）一起工作，准备国王即将向臣民发表的演说，与此同时，第二次世界大战即将开始。这对主角与反派的关系并不会危及生命，尽管如此，气氛仍然紧张，因为这两个人的强烈意志是格格不入的。

b. 在《爆裂鼓手》（2014）中，一名踌躇满志的大学生鼓手（迈尔斯·特勒饰）与该校顶尖爵士乐团指挥（J. K. 西蒙斯饰）展开对决。

2. 是什么样的个人信念让主人公和反派之间产生了分歧？

3. 主人公和反派的人生经历的交汇点在哪里？

4. 他们之间的对立是公开的还是隐藏的？

5. 他们的背景故事是什么？是不是他们背景故事的差异造就了他们现在个人目标的不同？如果他们的背景故事相似，为什么这两个人却需要不同的目标呢？

6. 主人公和反派实力相当吗？聪明程度呢？他们是配得上彼此的对手吗？他们是反目成仇的朋友？还是变成朋友的敌人？

让你的反派变得越有吸引力、越复杂，你的故事也就越精彩。想想那些给人留下深刻印象的反派角色：《沉默的羔羊》（1991）中的汉尼拔·莱克特，《星球大战》中的达斯·维德，《赌徒》（2014）中的弗兰克。女性反派角色包括：《白雪公主与猎人》（2012）中的皇后拉文娜，《300勇士：帝国崛起》（2014）中的阿特米西亚，以及《消失的爱人》（2014）中的艾米·邓恩。再次说明，主人公会因为有一个强大的对手而变得更具吸引力。为什么《铁拳男人》（2005）没能吸引观众？原因之一是没有强劲的反派角色。为什么《角斗士》如此成功？因为主人公马克西姆斯和反派康莫迪乌斯同样强大，同样引人注目。

设计一个复杂的反派人物，让观众对他爱恨交加，或者干脆就是恨他、反对他。不要忘记：反派也需要缺点。这个缺点最终会把反派击垮，使他无法达成目标。这个缺点可以是骄傲、自负、判断力差，等等。

问 **某个地点或者环境可以成为主要的反派吗？**

答 不可以。地点或环境可能是一个非常重要的障碍。如果编剧能找到一个人物来扮演这个反派角色，那将对故事大有裨益。《燃眉追击》（1994）和《龙卷风》（1996）都是将对立环境具体人格化并从中受益的电影。是的，反派也可能是某种生物——但有时，仅仅是一种生物是不够的。《大白鲨》（1975）把市长刻画成一个反派——一个在警长奋力捕杀鲨鱼的道路上设置重重障碍的人。《势不两立》（1997），由大卫·马梅编剧，讲述了一只体型高大、饥饿愤怒的熊，一心要打倒腰缠万贯、偏执狂妄的查尔斯·莫尔斯（安东尼·霍普金斯饰）。但是影片也安排了一个嫉妒心强的年轻人，罗伯特·格林

（亚历克·鲍德温饰），与莫尔斯对着干——格林贪恋莫尔斯的妻子，觊觎莫尔斯的财富和地位。观众一直也不清楚格林是否想对莫尔斯造成致命伤害。相对于这两个男人之间的争斗，那只想要伤害他们的熊是次要的。

观众去看电影，是为了看人物努力奋斗、应对冲突。正是反派提供了冲突。这种冲突并不一定是持续不断的大声争吵或者枪林弹雨、追车、爆炸场面。它是建立在情感和身体上的冲突。这种冲突是来自主人公与那些看似不可能被击败的对手和无法克服的障碍之间的对决。而反派可能是个溺爱孩子的母亲，也可能是个残暴的杀手，他们拥有不同的性格和特征。

想要构建出你的故事里的世界，少不了这样一组人物——不管出于什么原因，他们有着截然不同的信仰、品德、行为准则，最重要的是，他们有不同的欲望。

问 主人公也可以同时是反派吗？

答 不可以。每个主人公（或者说每个人），有时都是自己的敌人。这就是为什么你要塑造一个有性格缺陷的主人公，而这些性格缺陷会影响主人公的人生旅程。故事里需要的是一个真实而强大的反派人物。因为你需要制造一些有冲突的场景。如果你在创作一个探讨内心交战的故事，想想《搏击俱乐部》（1999）是如何使用两个角色来扮演同一人物不同的心理状态的，这也是主人公和反派的应用。想想《改编剧本》（2002）是如何用一人分饰两角来引出主人公内心的对手的。再想想《杯酒人生》（2004），迈尔斯正在与内心的恶魔做斗争，但他的朋友杰克却严重阻碍了迈尔斯实现直接目标。

其他人物可以帮助你讲故事

谁能帮助你展开故事，同时又能专注于主人公的人生旅程？

朋友和盟友

这些人物是知己，是参谋。他们是你笔下的那些主人公可以倾诉真相的人。他们是能够给出建议的人（不管是否遵循）。他们是可以称呼你的主人公（或反派）为白痴或者尊他为英雄的人。也许这个人物从青年时代、监狱时光、军旅生涯或大学期间就认识你的主人公了。主人公需要能够表达自己的观点，能解释自己。朋友和盟友就为他提供了这样的机会。但是请记住，这些场景仍然应该是为了冲突而设计的——绝对的观点一致、绝对的相互尊重、绝对的耐心与包容在屏幕上都不具有足够的吸引力。朋友之间的分歧是完全可以接受的，也是观众所期待看到的。

导师和向导

导师和向导可以扮演与朋友一样的角色。向导几乎可以以任何形式出现，从儿童到外星人，或者是任何一个为主人公指明新方向的人。许多体育片中的教练都扮演了这个角色。导师可以是老师、长者或智者，是一个知晓未来旅程的方方面面，并能传授一些智慧的人。想想《星球大战》中的绝地武士欧比旺·肯诺比……

竞争对手和情敌

这些人物负责在你的故事中保持紧张的氛围和冲突。比如在《烈火战车》（1981）中，两名长跑运动员就是竞争对手。他们不是反派，而是竞争对手。他们彼此激励，去实现各自的目标。在《致命武器》中，两位警探既是朋友又是竞争对手。他们互相炫耀，也互相保护。在《我最好朋友的婚礼》中，朱丽安（朱莉亚·罗伯茨饰）和金伯利（卡梅隆·迪亚兹饰）是一对情敌。迪亚兹的角色是来挑战罗伯茨的角色的，从而让她变得更聪明、更漂亮、更有趣，并最终试探出她的真心。

主要社会关系

大多数好电影都有一个或多个伟大的关系作为它们的核心：情侣、朋友、老板和员工、竞争对手、兄弟姐妹、父母双亲。正是通过这些主要社会关系，你才可以聚焦自己笔下主人公的故事。谁会对你的主人公施加压力？谁会质疑他？谁会让她诚实地看待自己？

谁与你主人公之间的关系将成为主要社会关系？

如果这是一个爱情故事，那一定要确保这对情侣之间的关系是最主要的人物关系。在爱情故事中，当一个人的情感对象不是最主要人物时，没有什么比这更无聊、更不浪漫、更令人失望的了。（你主人公的情感对象必须是值得爱的或者不值得爱的。）《BJ单身日记》就是一个很好的例子。我们不仅认识了布丽奇特，还认识了她的两个潜在的恋爱对象，我们给我们认为是她真爱的那个人加油。

如果这是一个良师益友的故事，那么最主要的关系就是与导师的关系。想想《洛奇》（1976），洛奇与教练的关系对洛奇的个人发展至关重要。《辣身舞》（1987）中，当约翰尼教弗朗西斯跳舞时，她长大成人了。《心灵捕手》（1997）中，威尔能够成长和改变，同时也影响改变着他的心理医生的生活。《骗中骗》（1973）中，胡克与亨利的关系推动了影片发展，引发观众不断猜测。

三维人物及更多

将你的人物分为三类：三维的、二维的和一维的。

三维人物是指具有完整的背景故事，具有道德（或不道德）基础的角色，他们在故事中有总体需求和直接目标，并踏上了一段即将改变他们性格的人生旅程。三维人物是我们了解最详细的人物，这样的塑造适用于主人公和反派，或许还有一到两个对故事有重大影响的其他人物。你要多花时间和精力在这些人物上，丰富他们的性格，丰满他们的人物形象，为他们增添一些怪癖、兴趣爱好、好的与坏的品质、优点、缺点，以及性格缺陷。一个好的三维人物是可以被理解的，也许我们不同意他的行为，但是我们能理解他为什么要做这个决定。也许我们想对着屏幕大喊："别这样做！"但是我们还是继续跟着故事走，因为这些选择与这个人物的设定是一致的。能让观众理解你笔下的一个人物，你就已经在用故事吸引观众的路上迈出了一大步。

二维人物会影响故事，但不会驱动故事的发展。他们是有观点、有想法的人物。最好的朋友、父母、兄弟姐妹、同事……他们应该是有趣的、有个性的。为这些角色创造一个小型的人物弧线会使你的故事更加丰富。

一维人物是指那些小角色，例如开门的人、记住某个线索的人、在主人公身旁排队买咖啡的人、把一篇报纸上的文章指给别人看的人、向主人公出售武器的人，或者为主人公遛狗的人。这些角色不需要有人物成长。换句话说，这部电影不是关于他们的故事，但是他们的存在有助于故事的展开。可以让他们独具个性，但不要让他们比你的主人公更具有吸引力。

📓 练习

找到两个二元对立的单词来形容你的人物。她很柔美，但有钢铁般的意志吗？他极其自私，但表面上却很有趣、很热情吗？她十分聪慧，但思想封闭吗？他口才很好，但无法与女人交谈吗？每个人的性格都有强与弱、好与坏、积极与消极的部分。人物的性格若具有二元性则更加有吸引力。

给观众时间去了解你的人物

在《借刀杀人》（2004）中，文森特、安娜和麦克斯这三个主要人物，在故事的第一幕都被很好地塑造了出来。安娜（贾达·萍克·史密斯饰）和麦克斯（杰米·福克斯饰）在他的出租车里聊了很久很久。这很费时间，但这是必要的。如果这两个人物没有以一种有意义的方式联系在一起，麦克斯在电影结尾想要救她的愿望似乎就显得没有什么动机了。

麦克斯的人物性格也在他与母亲的关系中得到了体现。

文森特上了出租车后，与麦克斯聊了起来，问了很多问题。这是一种联结，两个人物是互相吸引的。文森特欣赏麦克斯对洛杉矶街道的了如指掌。这是一次良好的谈话开端，对故事也很重要，这让文森特有理由留下麦克斯当他的司机。

问问题是一个探究人物的好方法。陌生人喜欢问问题。情侣之间也喜欢问问题（"你为什么这样做？""你不爱我了吗？"）。不要满足于简单的答案。要让你的人物超乎寻常，有深刻、独到的想法。

而这些想法是从哪里来的？当然是你。你要尝试找到自己性格的不同侧面，探索自己性格中的二元性。你有自己的观点，而且你的观点和想法跟其他任何人的一样有效。把你的想法融入你笔下的一些人物，再让其他人物不同意"你的想法"。尽可能让人物像你一样个性丰满、思维缜密。不同的人物可以（也应该）有不同的观点。让人物们各执一词吧！

📖 练习

在创作时，你要不停地问自己有关剧中人物的问题。首先问这四个问题：

1. 这个人物的总体需求是什么？

2. 这个人物的直接目标是什么？

3. 这个人物的性格缺陷是什么？

4. 这个人物的生活中缺少的是什么？

然后继续写下去，将你的人物的背景故事填满：

年龄、性别、人类／外星人／动物／其他、工作、教育水平、社会地位、动机、恐惧、希望、梦想、欲望、童年记忆、家庭教养、生活中的重要关系、生活方式。

赋予你的人物一些秘密

你的主人公过去有什么事情是他不愿让别人知道的？她不愿意承认什么？这个秘密会如何影响人物的人生旅程？拥有秘密总是会增加紧张感——创造情感、身体和故事的紧张感是必不可少的。

电影中那些最受欢迎的人物都拥有什么秘密？《欲望号街车》（1951）中，布兰奇·杜波依斯对她年轻丈夫的自杀感到愧疚，并把这当成一个深藏的秘密。《卡萨布兰卡》中的里克，对自己的心碎往事守口如瓶，这让所有人都想知道他为什么如此冷静、不动感情。《百万美元宝贝》中，麦琪·菲茨杰拉德也有一个秘密：她的家人完全不重视她。当然，还有蜘蛛侠、蝙蝠侠、超人、神奇女侠和大多数的超级英雄，保守秘密是看他们故事的各种改编版本的乐趣之一。

注意

当你向某个电影公司的开发总监推销你的故事时，你首先要着重介绍人物。在进入剧情之前，先让他们了解一下人物，知道一点人物的背景故事、强烈的总体需求和直接目标。如果他们毫不关心这样的故事情节为什么会发生在这群人物身上，那么，他们就对你的故事不感兴趣。

练习

这里有更多关于主人公的问题，你可以问自己。回答这些问题可能会带给你一些对人物的深刻见解，甚至一些场景的构思，你可以利用这些内容帮我们更好地理解你的人物。

- 他快乐吗？不幸福吗？充满希望吗？乐观还是悲观？
- 她是什么星座的？
- 他喜欢穿什么样的衣服？

- 他的书架上有哪些书？

- 当人们被问及如何描述他时，他们会怎样回答？

- 他像大多数人一样吗？他是爱社交的，不爱社交的，还是反社会的？

- 他真诚吗？

- 他相信爱吗？他是善良的还是邪恶的？

- 如果她不得不承认她对什么东西上瘾了，那会是什么呢（工作、购物、性、酒精、努力获得别人的认可……）？

- 他是个完美主义者吗？

- 他有耐心还是没耐心？

- 如果他必须把自己描述成一种动物，他会是哪种动物？

- 他原本设想"长大"后要做什么？那么现在，他对自己的工作满意吗？

- 他觉得自己已经充分发挥了潜力吗？

- 他喜欢自己吗？他对自己满意吗？

- 其他人觉得他是拘谨的还是放纵的？

- 他最古怪的地方是什么？

- 她最伤心的是什么？

- 什么秘密是他从来没有告诉过任何人的？

- 他是如何与权威打交道的？

- 她喜欢她的父母吗？

- 他的致命弱点（主要缺点）是什么？

- 他能做得了自己的主吗？他容易被舆论所左右吗？

- 她相信有高等力量的存在吗？

- 他相信命运，还是他觉得可以掌控自己的命运？

- 他有最喜欢的词吗？

- 他的睡眠好吗？做噩梦吗？还是做些傻傻的梦？

- 他有小学时代的朋友吗？

- 他杀过人吗？他真的在身体或情感上伤害过别人吗？

- 她开车是快是慢？安全吗？小心吗？

- 他最喜欢做什么运动？最喜欢看什么运动？

- 他超重吗？太瘦吗？关注自己的身材吗？

- 他性情平和吗？还是每天都要努力保持冷静？

- 这个世界对她公平吗？

- 如果他被独自留在荒岛上，会有什么反应？生存下来会有多艰难？

- 她的家是杂乱的还是整洁的？

- 她会做饭吗？他最常吃外卖吗？快餐速食还是精美菜肴？他有细菌恐惧症吗？

- 她说话不经大脑吗？他是个三思而后言的人吗？

- 他的野心有多大？

- 他是真的幸福吗？

从这些问题开始，继续提问，想到多少就提多少。这是一个发现场景的好办法，可以丰富你的剧本，使你的人物更加复杂。当然，不要忘了再提一些关于你笔下的反派的问题。

📝 练习

记录下某个兄弟姐妹或朋友的好坏性格特征。他最大的性格特点是什么？他的弱点是什么？什么会惹他生气？他对什么充满热情？他是尽自己最大可能成功了吗？如果没有，是什么阻止了他？他善于接受建议吗？他是随和的还是难相处的？他是乐观主义者还是悲观主义者？他的异性缘如何？写一个你觉得有必要去质疑他的所作所为的场景（可以是任何事，大到结婚，小到吃光最后一块松饼，或者辞掉工作……）。他会为自己辩护吗？他能找到词汇来表达自己的感受吗？然后让场景升级，让过去的伤痛、不幸或者其他事件的记忆浮出水面。

情节反映人物性格

情节固然重要，但是人物如何巧妙地贯穿于情节之中，这才是故事的核心所在。在《虎胆龙威》（1998）中，约翰·麦卡伦（布鲁斯·威利斯饰）是一名警察，一个实干家、行动派。他意志坚定、头脑聪明，希望妻子能回到纽约与他一起生活。有别于那些笨手笨脚、不擅长运动的男人，他以一种截然不同的方式演绎了故事情节。在《一夜风流》（1934）中，艾丽是娇生惯养、不谙世事的富家女。如果这个故事的主角换作一个目不识丁、粗鲁野蛮的阿巴拉契亚年轻女人从家里跑出来，碰到克拉克·盖博……那么这故事将以一种完全不同的方式展开。

如果你的人物对抗焦虑药上瘾，一定要让这个缺点反映在她的行动中。如果你的主人公是个已经活了很久的吸血鬼，那么你要确保他的行为能表现出他对所亲历历史事件的独特感知。如果你的主人公一直生活在谎言里，再也无法忍受镜子里的自己，这个人物可能有一定程度的自我厌恶，并从他的行为中体现出来。如果你的主人公是一个对已疏远的父亲念念不忘的年轻女孩，你就要确保她的行为都是在引起她父亲的注意。

人物的行动胜于言辞

你的人物将由他们的行为来定义，不取决于他们说了什么，而取决于他们做了什么。换言之，展现人物性格的一种方法就是通过行动。女人声称自己爱她的未婚夫（或真的这样认为），但他一离开她的公寓，她就找借口去敲她最好的男性朋友——碰巧又是她邻居的门。我们看到她其实想花更多时间和这位最好的男性朋友在一起，而不是她的未婚夫。再举一个例子：一个男人接受了升职，让人觉得他很想带领公司取得财务上的成功，但在深夜，他却与竞争对手会面，用公司机密换取钱财。我们看到他人性中贪婪和缺乏品德的一面，但不必用言语表达，观众通过他的行为举止就能洞察一切。

作为一名编剧，你通常要铺垫一些情节，引导观众以为故事中的人物是这样的，然后再扭转他们的看法。这不是要花招，这是通晓人性。这是一种展现人物本色的方式，分秒必争，好过冗长笨拙的阐述。有些人物表里不一，但非常清楚自己在做什么。而有些人物则会被潜意识所引导，直到经历某种顿悟时才会意识到他们的行为是自相矛盾的。

使用这个神奇的词："不！"

不要让任何事情来得太容易。如果这是一段浪漫爱情，想要追到女孩并不容易。如果这是一次寻宝之旅，想要找到宝藏并不容易。如果一个人物需要学会去爱，不要让这个学习的过程太简单。如果一个人物需要去拯救世界，不要让这个拯救的过程太容易。学会用"不"这个词，学会用"做不到"，学会用"有生之年都不可能"。拼命阻挠你笔下的人物，使他受到挫折。在这样做的过程中，你会发现他们将不得不变得更足智多谋，他们只有挖掘得更深入，才能得到他们想要的东西。

很多戏份，如果两个人物在行为方式、情感或目标上达成一致，就没有吸引力了。如果你实在需要一个这样的场景，那么快进快出。有趣的场景发生在两个意见不合的人物之间，他们有相反的目标、信念、品德、行为准则，以及利益。

📝 练习

写一场戏：把两个人物放在一个场景中，讨论葬礼或者婚礼的准备工作。决定一下这两个人是谁，以及谁将被下葬或者谁要结婚。让这两个人对举办典礼的方式持不同意见；让他们对仪式的意义有不同见解；让他们对仪式应该花多少钱、谁应该支付这笔钱产生分歧；让他们对每一件事情都持有不同观点，从鲜花到场地、时间安排、办事理念，等等。

📓 练习

　　写一场约两页纸的戏：一个员工早就该被加薪了，却发现他的老板刚买了一辆豪华新车。该员工力求加薪。老板决意不给，但他又不能让这名员工辞职。他们各自能想出什么创造性的方法来实现自己的目标？

本章总结

　　• 生动的角色能吸引优秀演员的加盟。而优秀演员的加入有助于你的电影制作成功。

　　• 为你的人物创造一种二元性的人物性格，会让他们更具吸引力。所有好故事都是人物的人生旅程。艰难的旅程往往是最精彩的。

　　• 写一个主人公发生性格转变的故事。

　　• 在主角周围安排一些配角，将有助于阐明整个故事。

　　• 人物驱动情节发展。

第 6 章

想想结局

作者在开始写作之前知道故事的结局对写作有帮助吗？有。

在故事创作之前，有必要了解每个故事的所有细节吗？没有。

一旦你有了故事的基本框架，或者至少有了故事的基本构思，以及你想为开启的这段人生旅程所设置的人物，问问自己：

- 我希望我的主人公在电影结束时达成什么？
- 我希望他在情感上和身体上处于什么状态？
- 他会不会得到某种满足呢？
- 故事的结局是快乐圆满的还是令人难过的？是悲剧的还是讽刺的？
- 我想要知道观众走出影院时对这部影片的想法或感受。

每个优秀的故事作者都知道自己的写作方向。一个好的故事创作者知道该如何抓住观众的想象力，用曲折离奇的情节给他们惊喜，用笑料逗他们开心。一个好的故事创作者希望自己的观众每一刻都不走神，并且一直想知道接下来会发生什么。一个好的故事创作者知道不能在故事结局处让观众失望，如果在最后时刻令观众失望，他就会完全失去观众的敬重。在喜剧故事中所有的笑话都依赖于笑点。悬疑推理故事旨在最后揭示一个令人惊讶的结局。浪漫爱情故事旨在让恋人们经历了许多磨难之后，在故事的结尾终于走到了一起（除非这是悲惨的爱情故事）。

当你知道故事的结局时，写故事就容易多了。

编剧就是讲故事的人。这是一门可以学习的手艺。不要让自己逃脱责任、置身事外。你需要对故事的结局做出决定。如果不这样做，你就可能无法写出用来推进情节的场景，因为你不知道最终的结果。到了故事的结尾，你的主人公会在哪里？墨西哥？珠穆朗玛峰的峰顶？和他爱的人一起躺在床上？监狱里？带领一支获胜的足球队？在遵循传统戏剧元素的前提下，你的主人公会以更好的方式看待这个世界吗？他能追到那个女孩吗？她会让父母高兴吗？他会赢得比赛吗？她会爱上那个吸血鬼吗？

"我会一边写，一边找到结局。""人物会告诉我结局的。""我喜欢边走边发现。"这些话会让大多数经验丰富的作家感到恐惧。有多少次，你陷入了这样一种境地：你不得不听朋友（或陌生人）讲述一个故事或叙述一个事件，然后你发现自己在纳闷——我为什么要听这个？你到底想说什么？这个人还要继续说下去吗？也许这个讲故事的人已经误入歧途，走上了一条与故事结局无关的路。几分钟、几小时、几天过去了，你可能还在问自己，为什么我要听这个故事？编剧必须聚焦故事的基本要素，这样才能使它们促成故事的结局。

不知道自己故事的结局是很危险的。你可能会浪费宝贵的时间，几小时、几天，甚至几个月，因为你写的故事片段根本不属于你的电影。你可能也会耗尽同样宝贵的精力。你还可能会招致强烈的挫败感，而致使你把自己正在写的剧本扔进书桌那个最幽深隐秘的抽屉里，再也不会看一眼了。

要知道你要去向何方。要知道你的结局。

一旦你知道了结局，就可以写开端了

故事需要开端、发展和结局。一旦你知道了故事的"结局"，那么它的开端和发展的构建就变得更容易了。

如果在故事的结尾，你想让你的超级英雄以一种全新的能力获得胜利或变得强大，那么在故事的开始一定要确保他完全不强大，或者对自己的能力一无所知。这将为你的主人公设置一段漫长而艰难的旅程，其间充满了探索、危险以及情感上和身体上的挑战。想想《蜘蛛侠》（2002）。彼得·帕克（托比·马奎尔饰）不是学校里的热门人物，没有自己的梦中情人，总被欺负，他完全不知道自己将来会拥有什么能力。想要成为一个接受自己所拥有的超能力并明智地使用它的人，他还有很长的路要走。《蜘蛛侠2》（2004）则有点复杂，因为在电影开始的时候，他已经拥有了超能力，成功地成为一个超级英雄。于是制片人决定在续集一开始就剥夺他的超能力，从而迫使主人公在必要的时候重生这种超能力。不难看出编剧为什么会走这条路线：一个超级英雄的能力如果总是处于最佳状态，观众就不再关心他了，而你作为编剧，希望你的观众关注他。遗憾的是，这部续集重复了第一部的许多构思和情节，《蜘蛛侠2》的观众们并没有经历一次全新的、原创角色的人生之旅。

如果在故事的结尾，你想让主人公意识到爱情并不危险，它可能是现世困境中一个安全、幸福的港湾，想想你要从哪里开启你笔下人物的生命旅程，然后开始回溯。也许在故事开始时，你的人物就否认了亲密关系的重要性；或者他把异性间的相互吸引当成一种游戏或某种练习；或者他亲身经历过爱上一个人就是跌入陷阱，这会摧毁一个人的精神。这些都表明这个人物不会全心投入于一段健康的恋爱关系。也许他一直独自生活，坚信这个世界是不安全、不可知的，他觉得没必要费力气在其中建一个安全的避风港。人物的人生旅程越长，其性格变化越显著，你的故事也就越有力量。

想想《公民凯恩》（1941）。名利、财产和际遇并不能带来幸福，这就是本片编剧想要表达的观点。因此，如果故事以主人公明白了这一观点为结尾，那么在故事的开头主人公就要持相反的观点，要塑造一个人物——他相信拥有财产和金钱才是吸引关注和受到喜爱的关键，他相信用金钱能买到朋友和爱情。

再想想这些电影：

《卡萨布兰卡》（1942）：在影片的结尾，里克（亨弗莱·鲍嘉饰）做出了一个积极的政治选择，并且他相信自己的个人幸福并不是最重要的。但在影片的开头，他是一个不愿卷入政治的人，一个让个人的心痛和愤怒影响着每一个决定的人。

《诺玛·蕾》（1979）：在影片的结尾，诺玛·蕾（莎莉·菲尔德饰）带领她的同事在当地工厂成立了工会。但在影片的开头，诺玛·蕾是一个不肯为自己挺身而出的人，她不认为以家人的痛苦和危险为代价去争取良好的工作条件是值得的，她不相信自己能为此做出改变。

《美女与野兽》（1991）：在影片的结尾，野兽为了他爱的人牺牲了自己的生命。但在影片的开头，他是一个自私自负、不为他人着想的人。

《勇敢的心》（1995）：在影片的结尾，威廉·华莱士（梅尔·吉布森饰）为了他的人民能够战胜压迫者甘愿赴死。但在影片的开头，他拒绝卷入人民的政治。

《角斗士》（2000）：在影片的结尾，马克西姆斯（罗素·克劳饰）积极地将罗马从康莫迪乌斯的邪恶统治中拯救了出来。但在影片的开头，他只想逃避战争、远离政治，回到自己家的农场与妻子和孩子团聚。

《亲密风暴》（2003）：在影片的结尾，艾尔玛（杰西卡·兰格饰）意识到爱可以超越根深蒂固的偏见。但在影片的开头，她希望生活是安全可靠的，希望她的传统家庭生活是幸福的。然后她从这种舒适生活中惊醒，她的丈夫因对变性手术的渴求而为她、她的家庭、她的社交群体带来了种种问题和痛苦，而这些只靠爱是无法解决的。在影片的结尾，艾尔玛对爱的理解达到了一个全新的高度。

《爱是妥协》（2003）：在影片的结尾，哈里·桑伯恩（杰克·尼科尔森饰）变成了一个非常幸福的居家型男人。但在影片的开头，他是一个从未对哪个女人有过承诺的风流浪子。

《海底总动员》（2003）：在影片的结尾，尼莫的父亲玛林明白他必须放开对儿子的束缚，并相信灾难不会随时降临。但在影片的开头，玛林扮演了一个过度保护孩子的父亲，他对海里的一切都感到恐惧。

《杯酒人生》（2004）：在影片的结尾，迈尔斯（保罗·吉亚玛提饰）终于能继续向前，开始了他的新生活。但在影片的开头，他陷入了困境——他的工作，他的生活，他对无法挽回前妻的绝望和他那一段从不为自己辩护的友谊。

《足球老爹》（2005）：在影片的结尾，菲尔（威尔·法瑞尔饰）敢于对抗父亲，并坦然面对这种父子关系。但在影片的开头，他完全屈服、灰心丧气，无法与父亲成功沟通。

《盒子怪》（2014）：在影片的结尾，"蛋生"（伊萨克·亨普斯特德·怀特配音）与他的父亲和盒子怪家人团聚，一起住在地面上，还与当地的"第一"家族交了朋友，并知道了自己的"真实身份"。但在故事开始时，他生活在地下，以为自己是个盒子怪，不知道自己还有一个父亲，也不知道地上生活的阴谋诡计。

没有明显的人物弧线的电影是经不起时间考验的。史蒂芬·斯皮尔伯格执导的《幸福终点站》（2004）就在这方面有所欠缺。维克多·纳沃斯基（汤姆·汉克斯饰）在电影开始时是一个乐于助人的好人——他帮助在机场地上滑倒的人，帮助行李箱出了问题的人，帮助孤独的人，帮助建筑工人。在影片结尾，他仍是一个乐于助人的好人，没有道德的危机，没有性格和观念的变化。这就是为什么说这部电影是一部用一系列情节堆叠出来的不太引人注目的电影。

问 在生活片段式的电影中，故事的范围和人物的成就似乎都很小，编剧怎样才能创造出一个引人入胜的故事呢？

答 专注于人物性格的变化，以及这种变化如何使这个人物走上一条新的道路，或者给他一种不同的人生观。在电影《杯酒人生》中，主人公在短短几天内，就成功地面对了内心的魔障，并决定做出改变。有一种值得讲述的故事，它们关注一个人物如何处理大小的问题，并随之做出（或大或小的）调整。一个故事，如果没有事情发生，没有人物性格改变，也没有人物行为、思想发生变化，就不是真正的故事。一个故事是有开端、发展和结局的。

你不需要知道结局的所有细节

你无须知道自己还在创作的电影最后时刻的所有细节，但你需要知道，这是否将是一场大战——谁会赢？怎么赢的？你需要知道，是否你的主人公认为自己并不聪明，但在影片的结尾她却超出自己的预期，巧妙地挽救了局面，让一切转危为安。你需要知道，是否你的主人公认为自己不能从容应对敌人的险恶地势，但是在影片的结尾他想出了应对办法。你不需要清楚每一个细节，但是要了解大致的轮廓。

你需要知道，是否你的人物会选择爱情高于一切，因为这样你才能给他设置那些他不会去选的选项（金钱、名望、性、毒品……）。你还需要知道，是否你的人物会选择勇敢和自我牺牲高于一切，因为这样你才能给她其他选择（成为一名隐士，远离冲突去一个安全的港湾……）。

在电影结尾时，你希望主人公在情感上是什么状态？你希望反派在情感上是什么状态？快乐？悲伤？愤怒？困惑？你想要得到一个大团圆的结局吗？还是讽刺的、悲剧的结局？

永远记住，一个人物必须要有所需求，为了得到这个需要，他（或他的生活）不得不以某种方式改变。这个人物必须努力去实现这种改变。到了影片结束时，他与从前已判若两人。你要让人物的这种变化从头到尾有迹可循，并让他的这段人生旅程是漫长而艰难的。

结局会告诉你如何开始。

让你的电影故事出人意料

观众想要感到满足。所以，不要只是为了"出人意料"，就对你笔下的人物、你的写作风格或者你的故事构想有所违背。花钱看浪漫喜剧的观众，如果看到主人公突然一反常态过量服用药物，或者最后在飞车枪战中意外身亡，是不会对影片满意的。花钱看西部片的观众，如果看到你的持枪赏金猎人决定成为一名踢踏舞者，而任由坏人逍遥法外，是不会满意的。

并不是电影的结局必须出人意料，而是前往结局的过程得是出人意料的。

想想有多少电影都有这样的人物弧线：一个男人开始有点混蛋，但渐渐地，随着电影的进行，他不再犯浑，最终成为一个好人。想想《美女与野兽》《卡萨布兰卡》《雨人》《世界之战》《克莱默夫妇》《美国狙击手》《乌云背后的幸福线》《模仿游戏》等。是什么让这些故事彼此不同？当然是电影类型。不过，撇开这一点不谈，看看它们的主题是多么相似：没有牺牲，真爱永远经受不住考验。那么，是什么让这些故事独一无二的呢？是人物！是人物！！是人物！！！这些人物各自的直接目标是什么？他们的什么性格特征决定了这个故事的走向？每个人物的人生观是什么？每个人物的总体需求是什么？

想想由卡梅隆·克罗编剧的《甜心先生》。杰里（汤姆·克鲁斯饰）是一个体育经纪人，也是一个混蛋。让这个故事脱颖而出的是影片中的引发事件：杰里突然领悟，他的生活是一个虚伪和自私的骗局，他不想再做一个混蛋了。我们不需要为杰里的这个领悟等上一个半小时，因为编剧正在探索"从混蛋变好人"公式应用的其他可能。这部电影的主要情节就是，杰里开始面对这样一个现实：做一个"善良、诚实、坦率的人"并不会让生活变得更容易或更愉快。在电影的开端他就有了最初的顿悟：当他试图改变一些事情时，他就遇到了麻烦——工作上的，恋情上的，友情上的。他一直在与内心的混蛋做斗争。他茫然不知如何改变根深蒂固的恐慌与担忧。他内心的挣扎是真实的，是多层次的。在电影的结尾，观众从浪漫的剧情中得到满足，但我们知道杰里认识自我的这种斗争还将继续，我们希望它会成功（虽然我们不确定）。

再想想《毕业生》，由巴克·亨利和卡尔德·威灵汉姆编剧，根据查尔斯·韦伯的小说改编。是什么让这部电影的剧情难以预料？主人公的选择，他的观点，他要"追到女孩"的不懈努力，这些都是隐秘且曲折的情节。在影片的结尾，观众们确定这将是一个"从此过上了幸福的生活"的情景吗？不确定。但是观众会感到满足，因为它讲了一个完整的故事，主人公（其总体需求是致力于生活中的某件事，找到人生的目标）已经得到了他想要的——他已下定决心，选择了今后要走的路。

知道你的结局，坚持你的风格，坚持你的类型。是的，要有创意，要打破常规，但是不要为了一个出人意料的反转结局而出卖你的故事、主题或类型。要在前往结局的路上做到出人意料。要在行动、地点、人物性格特征、怪癖和观点上有创意。一个故事的创作者必须满足他的观众，但不一定要以观众所预期的方式呈现。让你笔下的人物带领我们走上一条意想不到的路吧。

结局会告诉你如何开始。

计划拍续集？

即使你在考虑写续集，你笔下的这个故事也需要是独自成立的。

《夺宝奇兵》系列的故事都是独立的。每次都有一个新的宝藏，一个新的敌人。

《拜见岳父大人2》（2004）和《玩具总动员2》（1999）都是卖座原创电影的续集。这些系列电影的故事都是独立的。

第一部原创电影必须（在经济上）十分成功才能制作续集。《指环王》系列是个例外，它是故意被设计成分集式的电影（实际上，它最初是被设计成一部6小时的电影，而不是一部原作和两部续集）。电影公司的投资巨大，也有风险，但前提是它有一本非常受欢迎的原著做基础，还有一位顶级导演保驾护航。需要建议吗？先集中精力把一部电影做到最好，不要担心续集。满足观众，创造一个令人信服的、引人入胜的、出人意料的人物弧线。先完成一个很棒的故事，如果电影公司想要投资拍续集，那就再写一个很棒的、独立的电影故事，但始终把重点放在重要的人物上。

📝 **练习**

让我们假设，一个主人公在电影结束时意识到幸福来自团队合作。决定一下这个人物在电影开始时可能是什么样的。是什么引发事件迫使他陷入必须与他人合作的境地？他的态度妨碍了他与人合作吗？他的人生道路上还有什么其他障碍？决定性的危机时刻是什么？高潮部分中有哪些故事元素？你必须决定你要探讨的是什么样的团队，体育的、商业的还是政治的……

本章总结

- 知道电影故事的结局将有助于你塑造人物人生旅程的开始。
- 在整个故事中，追踪人物在情感上和身体上的变化。
- 并不是故事的结局需要出人预料，而是到达终点的这段过程应该出人意料。
- 一个令人满意的结局并不一定意味着所有未解决的问题都需要被妥善处理。
- 续集应该能够独立作为一部好电影而存在。

第7章

知道结局，再回去写开头

好的计划会让写剧本变得更容易吗？是的。

在写作过程中，编剧是否应该对创作灵感保持开放的态度？是的。

知道所写故事的结局后，再回到故事的开头。现在你知道了你的目的地，可以规划写作行程了。

建立人物的正常生活

你的主人公是谁？她是做什么的？她的家庭如何？工作如何？她住的是独栋房子，还是公寓？她的朋友是谁？敌人是谁？她的日常生活是怎样的？她住在哪里？他是皇亲国戚还是街头乞丐？安排一场或两场戏，让观众了解主人公的正常生活。

《夺宝奇兵》（1981）以一个大型动作／冒险片的寻宝场景开场，然后将观众带回了大学校园内，展现印第安纳·琼斯在那里作为教授的正常生活。《虎胆龙威》（1988）是一部开场缓慢的动作片，观众可以在一切陷入混乱之前了解主人公，以及他的直接目标（让他的妻子回来）和总体需求（知道自己很重要）。《美人鱼》（1984）是一部喜剧，以艾伦·鲍尔（汤姆·汉克斯饰）的童年经历为背景，讲述了一个改变他一生的事件。镜头直接切换到20年后，观众开始了解艾伦的正常生活——他是一名辛勤工作的蔬菜供应商，他不知道自己能否感受到深沉而持久的爱。

有许多电影开头节奏缓慢，为的是构建出主人公的正常生活，设置介绍各位人物，以及故事发生的时间、地点。在这种情况下，引发事件的意义重大，因为观众已经投入到了主人公的正常生活中，现在开始担心他会如何应对即将到来的挑战了。

有多少次，你坐在影院里，在电影开始的时候看了五分钟的特效和打斗场面，却迫不及待地想知道为什么。这是谁？怎么到这步的？如果你想用一个爆炸性的开场，那就简短一点，引导观众知道主人公是谁，并帮助观众建立起与故事的联系——让他们花时间看到一个人物正迫切需要某种东西。一个人物的正常生活应该包括什么？除了地点、时间、生活状况，还包括他生活中缺失的东西（爱、自尊、和平、力量、他人的尊重……）。讲清楚他到底需要什么。他最强烈的愿望是什么？什么能让她感觉生活完整？在《小猪宝贝》（1995）中，主人公（猪麦）在影片的开头就表达了他的愿望："我想要我的妈妈。"在《美人鱼》中，也是在影片的开头，艾伦在酒吧里酩酊大醉的时候表达了他的愿望：他想要找到真爱。在《教父》中，麦克·柯里昂明确表示，他要为去世的父亲报仇。在《寻找梦幻岛》（2004）和《莎翁情史》（1998）中，两位剧作家都表达了他们的愿望：写一部能够成功打动观众的戏剧。

问 **必须先展现正常生活吗？编剧能否先写一场漂亮的动作戏，让观众在电影一开始就为之惊叹，然后再介绍主人公的正常生活？**

答 编剧可以做任何他想做的事情。跟着你的直觉走，你想怎么讲故事就怎么讲。你是这个故事的主人。很多时候，编剧会以一个类型片的场景作为开头，让观众知道他们正在看的是一部惊悚片，或恐怖片，或喜剧片……要记住，在你正式进入一段不同寻常的旅程之前，先阐明正常生活是什么样子。因为你想要展现不同，你想让主人公走出他的舒适区。

知道你笔下的人物需要什么

永远不要忽视这一点。你笔下的人物要有一个或多个直接目标，还要有一个总体需求。这种总体需求通常是一种情感需求，它可以帮助人物对自己有良好的感知，或者帮他填补生活中某种深层的空虚。

回顾有关人物的那个章节。想想如何将这个总体需求作为人物正常生活的一部分介绍出来。你的主人公可能在加油站工作，有一个男朋友，一直供养着自己生病的母亲，但她渴望成为一名成功的乡村歌手。这个愿望是她正常生活的一部分，而且她一边加油一边写歌。问问你自己，为什么她想成为一名乡村歌手？她想要得到关注吗？她需要创造性的挑战吗？她想向父母（或其他人）证明自己的价值吗？你如何在一个场景中展示出这其中的原因？

也许你的主人公失业了，漂泊不定，不知道自己是谁，也不知道自己想成为谁。他只是和朋友们混在一起，做一个乱开玩笑的小丑。但是他喜欢上了一个完全超出自己社交范围的女孩。这是他的秘密，但观众看到了他是如何振作起来，并看到他与她交谈时是如何谎报自己的生活，以便给她留下深刻印象；还看到他是如何检查自己的腋窝，以免她走近时闻到他的汗味。他的直接目标是引起女孩的关注。为什么呢？他需要爱吗？他需要觉得自己还值得被爱吗？他渴望家的归属感吗？

也许你的主人公正在家里陪孩子们一起玩，当个超级奶爸，并准备在他家后院举行邻里烧烤聚会。但是他戴着通话耳机，他的手表被设定在某个特定时间响起。这时他的搭档来了——我们看到他的搭档佩戴着枪，正在和警察局长通话……你设定了些什么？你的主人公是个顾家的男人，是个警察，正在查一个大案子，且正处于紧要关头。你还设定了他是想要成功，想要把他的工作做好的。为什么呢？他需要被尊重吗？他想成为维护世界安全的一分子吗？他需要公平正义吗？

至关重要的引发事件

"引发事件"这个词是剧本写作中经常出现的一个术语。电影公司的高管们都知道这个术语。它的确很重要。引发事件是送主人公踏上全新人生旅程的某个事件、某句话语、某个梦境或某些视觉资料——一些能让你的主人公开启他新的人生旅程的视觉表达。

是什么让你的主人公脱离了他正常的生活？发生了什么变化？发生了什么事件？谁说了什么吗？收到什么信件了吗？他在电视上看到了什么？她从算命的那里听到了什么？谁订婚了？他丢了工作？有人死了？谁回来参加了高中同学聚会？这份清单是列不完的，但是引发事件必须存在，用以启动故事，并把人物从他的正常生活中拉出来。在《世界之战》（2005）中，引发事件是外星人的第一次袭击。这让父亲和孩子们踏上了寻求安全的旅程。这段旅程教会了父亲爱与责任，以及他的行为会对孩子产生怎样的直接影响。在《寻找梦幻岛》中，引发事件是J. M. 巴里与西尔维娅和她的儿子们在公园里相遇。这次偶遇让J. M. 巴里踏上了挑战自己想象力的旅程，他找到了自己的缪斯女神，并明白了什么是真爱和勇气。

问 如果我要用倒叙的方式来讲述我的故事呢？

答 你的故事可以按任何顺序讲述，但是要小心使用倒叙的手法来展现解释说明的部分和日常生活。2006年的《达·芬奇密码》就失败于此。看似方便的闪回片段并没有加强当下时空的故事，它们只提供了静态信息。你的主人公发生在当下的故事才是最让人感兴趣的。要考虑如何在故事的主体部分展示他的正常生活。

引发事件的范例：

《卡萨布兰卡》——里克同意藏起通行证。

《绿野仙踪》——桃乐丝的狗被古尔奇小姐带走了。

《彗星美人》——玛戈的朋友凯伦，带着伊芙到后台去见玛戈。

《毕业生》——罗宾森太太让本杰明开车送她回家。

《安妮·霍尔》——艾维和安妮在网球场相遇。

《夺宝奇兵》——琼斯得到了寻找"约柜"的工作。

《克莱默夫妇》——泰德·克莱默的妻子离开了他。

《末路狂花》——两个女性好友在旅行时被意外事件阻拦，开启了逃亡之旅。（也有人认为，两人被强奸未遂才是最主要的引发事件。）

《美女与野兽》——野兽在城堡里发现了贝儿的父亲，并把他关进了地牢。

《角斗士》——老国王马库斯·奥里利乌斯被杀。

《海底总动员》——玛林看到尼莫游到船附近，被捕获了。

《宿醉》——伴郎们喝了被下药的鸡尾酒。

《哈利·波特与魔法石》——海格递给哈利一张霍格沃茨魔法学校的录取通知书。

《银河护卫队》——彼得·奎尔偷走了神秘球体。

《分歧者：异类觉醒》——碧翠丝参加了其中一个派系的强制测试，然后她被告知不属于任何一个派系，她是一个分歧者。

确保引发事件直接影响主人公

我们当然不希望所有电影情节都是一样的或者是可预料的。故事的情节重点不应该出现于不同电影的相同位置。但是，引发事件很重要，因为它开启了主人公在故事里的旅程，所以它出现在影片的开头是有道理的。电影《毕业生》中，在罗宾森太太坚持要本杰明开车送她回家之前，我们先花了一点时间了解本杰明和他的心境。电影《夺宝奇兵》中，在展现印第安纳·琼斯的正常生活之前，先用一场动作戏介绍了这个人物。而主人公主要的冒险故事是在我们看到他的正常生活之后才开始呈现的。电影《角斗士》中，在老国王被谋杀之前，先建立了老国王和马克西姆斯之间的关系。如果这种关系没有建立起来，观众就不会知道这个人对马克西姆斯有多重要。构建起主人公正常的生活，然后再打破它，或者通过引入一个事件来改变它，这将把你的主人公推向一条新的人生之路。故事的开始总是有原因的。这个原因就是你的引发事件，这也是为什么引发事件通常都在电影的开头。

想想《卡萨布兰卡》。里克的总体需求是重新去感受、去联系、去相信一些事情。他的背景故事：他曾在巴黎积极参与抵抗运动。在那里，他遇见了伊尔莎，并坠入爱河。当政治和浪漫结合在一起，他便有了坚定的信仰，以及生活的目标和理由。当他被伊尔莎"抛弃"时，他完全封闭了自己。现在，在电影的开头部分，他声称对政治和爱情是绝对中立（无感）的："我不为任何人冒险。"因此，引发事件是里克同意隐藏通行证。他最终还是选择了一方（反德）。如果他没有通行证，伊尔莎和维克多就没有理由去他的酒吧了（注：里克的背景故事是在电影的第二幕揭晓的）。

引发事件很重要，非常重要！

《蜘蛛侠2》（2004）在这方面就比较薄弱。它的引发事件是什么？是彼得·帕克丢了他送比萨的工作吗？是彼得意识到自己破产了吗？是玛丽·简说她在和别人约会吗？是教授告诉彼得他不及格了吗？是彼得遇到了那个最终会变成坏人的人吗？是玛丽·简说她要结婚了吗？这种情况在影片中时有发生。这部电影从来没有给人一种真正开始讲故事了的感觉。问题之一是彼得·帕克没有可以倾诉的对象（他的秘密生活是不为人知的），所以他到底想要什么、什么时候要，都不明确。彼得一度决定不再当蜘蛛侠了，退出了，不过，他很快就改变了这个决定，又回来了，这也是本片常有的事。总之，电影的前半部分缺少一个清晰明确的引发事件，导致影片故事一直缓慢曲折发展，难以提升叙事节奏。

《王牌特工：特工学院》（2014）在塑造人物弧线方面也很薄弱，也许它想把情节放在第一位，把人物放在第二位。此外，这个故事还试图将两个人物刻画成双男主角。影片一开场就表明哈利（科林·费斯饰）是一名特工，正努力从敌人那里获取机密。然后事情出了差错，哈利的战友牺牲了，他陷入深深的自责。接着，我们又看到了一些展现王牌特工行动的场景。然后是介绍反派瓦伦丁（塞缪尔·L. 杰克逊饰）的场景。终于，真正的主人公，艾格西·安文（塔伦·埃哲顿饰）——哈利死去战友的儿子出场了（他作为小孩出现的这个短暂场景只是一个引子，单纯介绍他出场，并没有把他描绘成一个有需求的人物）。艾格西很聪明，善于化解生存危机，但又经常惹是生非，挑起事端。他的人生旅程才是观众所关注的。当艾格西因偷窃和逃逸被逮捕时，他使出了他唯一的"筹码"——一个电话号码，那是哈利留给他母亲的。直到哈利和艾格西（作为一个年轻的小偷）相遇，这个故事才开始引起观众的兴趣。这便是引发事件，但它在这部电影的叙事中发生得太晚了。

问问你自己：为什么我会选择在这个时候开始我的故事呢？这与引发事件有关系吗？为了让观众跟上节奏，我是否只介绍了足够多的日常生活？有没有一种方法既能让人物的人生旅程快速启动，同时又包含足够多的人物信息，以便观众可以投入其中？

练习

写一个包括时间、地点和情境的片段，用一到两个辅助场景展示主人公的日常生活。明确主人公的总体需求是什么（甚至可能是第一个直接目标）。明确他或她的心境。请注意，每个场景都可以（也应该）包含一些冲突。在你写完一个或多个展现主人公正常生活的场景后，构思一个引发事件。你的主人公会对此有什么反应？这个场景带来的改变，看起来是好事还是坏事？

本章总结

- 电影故事的开篇要抓住读者／观众。

- 电影的类型应该在开场几分钟内就清晰明确。

- 主人公的正常生活和总体需求应该在电影的开头就展现出来。

- 每个场景都应该有一种冲突感（公开的或隐蔽的）。

- 考虑让引发事件尽可能地发生在电影故事的开端。

- 这个引发事件改变了主人公的正常生活，并使他融入了电影的主要故事情节。

第 8 章

情节

如果人物角色都很鲜明，情节是否会更有新意？是的。

情节和人物是否应该相互影响？是的。

情节指的是推动故事向前发展的事件和活动。一个好的电影故事会聚焦于某个人物的人生旅程。因此，人物弧线和情节需要完全相互关联。

亚里士多德的建议：让故事围绕一件事展开

这位生活在大约公元前340年的希腊故事大师说，故事应该是"从一种现状到另一种现状的成功转变，从而使观众得到情感上的满足"。

观众只有相对较短的时间去了解一个人物，了解他的需求和欲望，了解是什么样的物理障碍和情感障碍阻止他完成目标。然后观众会渐渐地对主人公投入更多的关注——关心他是否得到了所需要的东西——并让这种关注与电影结局关联，产生情感上的共鸣。想象一下一段友谊，在双方仅认识了两个小时之后，你们的人生旅程从此发自内心地紧紧相连。想象一下一段爱情，在双方仅认识了两个小时之后，你就情愿为了对方的幸福而死。这就是编剧的任务。你必须与你的观众建立联系——让他们关心你的人物。你必须让他们为刚认识的电影人物欢笑、哭泣或欢呼。如果一个故事里有太多的事件或人物，那么这种让观众产生共鸣的能力将不复存在。

《洛奇》（1976）讲述的是一名过气的拳击手意识到生命正在流逝，他不想面对自己是"无名小卒"的事实，他想要成为"大人物"。故事中的所有元素都与这一件事情有关：恐惧——他的拳击生涯、他的爱情、他的友谊。

《寻找梦幻岛》（2004）讲述的是一个男人想用想象力和戏剧来改变自己和他人的世界。他需要创造力。所有的故事情节都与他的这个愿望有关。他的妻子不理解他的愿望，他与西尔维娅及她的孩子们的关系满足了他的愿望，西尔维娅的母亲扼杀了他的创造力和快乐，他的戏剧制片人对他的想法虽有些质疑却一直支持他。

亚里士多德也提倡简单明了。他教他的学生塑造人物性格和设置角色处境：明确主人公的需求；增加"上升剧情"——换句话说，就是让事件和态势展开（成为一系列的直接目标）；增加情节的逆转、复杂性和障碍；迫使主人公下意识考虑他需要选择哪条路才能继续达成目标。他还告诉他的学生，进入故事的高潮意味着改变现状，主人公的生活会永远改变。他教学生如何将故事引入到"下降剧情"，也就是把悬而未决的问题一起解决掉。最后，在结局部分，主人公的新生活被清晰地表述出来。

亚里士多德的学说与"十一步故事结构"有什么关联？亚里士多德所有的写作元素都体现在"十一步故事结构"中，而"十一步故事结构"将故事元素进一步分解，为编剧设置故事情节提供了更多的指引。

我认为从亚里士多德那里学到的最重要的一点就是：好的故事是关于叙述一件事的。有时，这意味着只专注于一个主要人物，探索一个人；有时，可能是探索一段关系，这就需要充实两个（或更多的）人物；有时，是通过一组人物来探索一个主题。如果故事正在深入研究不止一个人物，那么其中的每个人物可能都需要一条完整的"十一步人物弧线"。

探索一个主要人物的时候，让所有故事元素都反映在这个人物的旅程中。假设你正在构建一个关于吉尔的故事，她是一个成功的广告总监，离过一次婚，是三个孩子的母亲，她不相信有那种热烈的、全心全意的、充满激情的真爱存在。她很愤世嫉俗，她认为她的朋友们之所以会结婚，只是为了获得安全感、陪伴或社会地位。她的愤世嫉俗让她有点脆弱和沮丧，但她从小就不相信童话故事或"从此过着幸福快乐的日子"，所以她接受了自己的不幸。直到有一天，她遇到了一个男人，这个人点燃了她未曾想会存于心的感情。她奋力对抗这份感情，犹如驱赶身旁的一头猛兽，她拒绝让自己变得脆弱。这个故事的结局将根据你所创作的电影的类型来决定：吉尔最终是接受了这份命中注定的真爱，还是拒不接受并摧毁了这份爱？这就是你的故事梗概。那么，你为了吉尔的旅程构建了哪些辅助性的情节和人物呢？如果她的一个孩子要结婚了，会怎样？如果她最好的朋友要离婚了，会怎样？如果她的老板总是对她献殷勤，但她知道他想要的只是鱼水之欢，会怎样？如果她的母亲决定嫁给一个老富豪，以获得安全感和陪伴，会怎样？如果在职场上，她正在做一个情人节的项目，会怎样？学会利用辅助性的情节、元素和人物来展现主人公的人生旅程。

主人公的总体需求必须是最重要的

问 如果我笔下的人物并不十分在乎他是否赢得了游戏、追到了女孩或者得到了工作呢？

答 扩大范围，找到主人公真正想要的东西。可能在电影故事的开始他并不知道自己想要什么，但在某个时刻，他突然意识到了想要的东西。接下来，他必须致力于此，否则这个故事很可能无法抓住观众。

故事是关于某个人物的性格变化之旅。这种变化是人物追求总体需求的结果。这个改变的愿望在剧本里必须是最为首要的。这个愿望对主人公来说必须很重要。坚持这一点：如果这个愿望得不到满足，主人公的生活将永远不会幸福安宁，或者在最极端的情况下，他甚至不值得活下去。如果这个愿望得不到满足，主人公的生活将被摧毁。如果这个愿望得不到满足，在主人公看来，这个世界将变得毫无意义，甚至更糟，面临毁灭。

想想《查理与巧克力工厂》（2005）与《欢乐糖果屋》（1971）的对比吧。这两部电影（根据罗尔德·达尔的故事改编）都是视觉盛宴，但哪部电影的主人公，也就是年轻的查理，表现出了更强烈的需求？1971年版的电影充分体现了查理极度渴望见到威利·旺卡，以及想要改善家人生活的强烈愿望。这是他生命中最重要的事情，他想不出别的了。他的家人一贫如洗，他想帮助他们。无论是情感上还是身体上，查理都痴迷于寻找一张黄金门票，这张门票会带他进入威利·旺卡的世界。一旦他进入了巧克力工厂，成功的需求就更大了，因为他想要赢得奖赏来帮助家人。2005年的改编版本失去了主人公这种迫切的需求，因此观众并没有很强的参与感，因此这版电影在各方面都不算成功。改编版的主人公查理有些被动，他的家庭状况并不是很糟糕，他的家人也只是有点"古怪"，所以当查理进入巧克力工厂之后，他就没有一个明确的目标了。他不需要赢得比赛来帮助家人改善生活，他只是看着其他的选手走向自我毁灭。为什么这部翻拍电影失去了焦点？因为它试图做太多事，却从未明确它是属于威利·旺卡的故事，还是属于查理的故事。它到底是谁的故事？谁的变化最大？谁有最强烈的需求和渴望？谁会为了达成自己的愿望而展开最紧张刺激的旅程？2005年改编版本的制片人从来没有明确他们的选择，所以他们也没有呈现出一个清晰的主人公。因此，从观感上来说，这部电影并不成功。

你要探索主人公的生活——他生活的方方面面（家庭、朋友、工作、爱情……），探索人物形象的不同侧面，使主人公的生活复杂化，让故事围绕主人公的危机展开。显然，你还要在主人公的周围安插有趣的人物、东西和事件（记住，有时会有多个主人公，但在大多数情况下，你只专注于一个主人公），但不要模糊焦点。这并不像听起来那么容易。问问自己为什么主人公没有出现在每场戏中。问问自己为什么会有一场戏与主人公无关，即便他没有出现在屏幕上。如果你的主人公在电影中出现的场次还不到85%，你可能需要重新评估故事的焦点了。

那么像《布达佩斯大饭店》（2014）这样的电影呢？编剧兼导演韦斯·安德森有着独特的创作风格和叙事方法。他的电影中经常有多个不同的人物，他们有着不同的需求和愿望。《布达佩斯大饭店》的主人公是门童零·穆斯塔法，他讲述了自己是如何成为这家大饭店的主人的。安德森编造了一个古怪的酒店经理古斯塔沃（拉尔夫·费因斯饰）的故事，以及他与门童之间深厚的师徒关系，还有一群疯狂的人物和一系列荒诞的情境。因为门童是叙述者，所以即使他有时不在银幕上出现，故事里还是有他。

问 如果我的故事中并没有什么具体的需求怎么办？如果我的人物不知道自己想要什么怎么办？

答 这时，编剧必须做出选择，并且更加深入地研究主人公。看看《毕业生》吧。本杰明认为他想一个人独处，想随波逐流。然后他意识到，他需要有一个目标——最终，随波逐流并不能让他满足。想想《迷魂记》。斯考蒂（詹姆斯·斯图尔特饰）认为他的职业生涯结束了，他想当警察局长的梦破灭了。他也在"随波逐流"。当他再次接到一个神秘的案件时，他感觉又活了过来。他（和观众）知道，他需要参与到比他自己更重要的事情中去，这样他才能感觉是在"活着"。

给观众时间去了解你的人物

什么因素会导致电影在前20分钟内失败？人物介绍不够，情节太多，情节点太多。

必须花时间介绍主要人物。必须花时间引导观众去关注片中人物，对这些人物产生兴趣。票房大片《哈利·波特与火焰杯》（2005）在这方面就很失败（相比之下，这之前和之后的"哈利·波特"电影则更成功一些）。在《哈利·波特与火焰杯》中，哈利首先做了一个关于伏地魔的噩梦。然后，他冒险去看魁地奇世界杯，并在食死徒的袭击中活了下来。接着，他回到学校，遇到一个很吸引他的女孩（秋），见到了新教授疯眼汉穆迪，又目睹了争夺火焰杯的其他学校参赛者的到来。然后他发现，尽管年龄不够，他也将作为一名选手参赛，这导致他最好的朋友暂时疏远了他。影片开场的几分钟内发生了太多事情，以至于观众没有时间对各位人物进行深入了解和关注（或者在续集中再次关注）。这其中缺少了什么呢？是以人物为主的场景，以及可以看到友谊在成长的人物戏。在人物戏中我们应该看到，哈利和朋友们讨论食死徒，想知道食死徒是否会把目标对准哈利；哈利与秋·张之间青涩的少年恋爱；哈利必须要对付一个大反派，而不仅仅是应付一系列的体力活儿；哈利积极地追求情感目标。哈利的需求从来没有在这部电影里交代过，他只是一个被情节摆布的棋子。而这部影片缺少的最重要的元素是让观众与配角产生联系的场景，而这些配角将在影片的高潮部分发挥重要作用。在影片的结尾，一个名叫塞德里克的学生死了，这本应该是一个引起观众情感反应的事件。不幸的是，观众从来没有机会真正地了解塞德里克，所以观众没有对其投入情感关注，更不关心他是死是活。观众并没有看到哈利和塞德里克之间是什么关系（他们只是说了几句话），因此这个人物可以被换成任何其他霍格沃茨的学生。如此说来，在电影的高潮部分，塞德里克的死对观众来说意义不大，他们也没有充分地感受到这件事对主人公哈利所产生的影响重大。这部电影是一个情节作用于人物的电影，但这并不是你想要的。尽管这部电影赚了很多钱，但如果是由人物驱动情节发展的话，它可能会成为一部经典之作。

使用大量的情节开场，然后再花时间去介绍主人公，这方面做得好的例子有哪个？《夺宝奇兵》（1981）。许多情节与主人公在南美洲的工作交错展现，然后……故事情节放慢，观众开始花时间去了解主人公印第安纳·琼斯，他是新泽西一所大学的教授。以人物为主的场景贯穿了整部电影。其中有他与玛丽昂的爱情戏，还有他与朋友萨拉的戏份。甚至在一些场景中，主人公和反派面对面，表达他们不同的观点。是的，这的确是一部动作／冒险片，但要注意有多少场戏的时间是花在人物关系上的。

《哈利·波特与火焰杯》和《夺宝奇兵》两者都是动作／冒险片，但一个比另一个的完成度更高。

问 如果一部电影没有一个令人满意且结构合理的故事，没有考验主人公，也没有阐明某个主题，但它能赚到数百万美元，而且电影公司／制片方很满意，那么编剧是否应该介意？

答 是的，应该介意。两者可以共存，也应该共存。编剧永远不要妥协。

花点时间介绍主要人物

如果你想用一场打斗、一段梦境、一次解雇、一场爱情戏，或者什么掘金挖宝的场面来为电影开场，当然可以，尽管去做。但是要知道，当这段情节结束时，你必须放慢节奏，让观众去了解人物。如果观众不了解人物，所有的特效和动作场面都毫无意义。记住，好的故事是一个人物的人生旅程。如果不了解这个人物，观众就无法沉浸于这段旅程之中。

想想主人公的故事要从哪里开始

一定不要开始得太早。你在写一些跟故事情节完全无关的事情吗？如果你的剧本写的是一位竞选美国总统的女参议员，那么这部电影的核心故事是什么？是努力争取获得提名的事？是在竞选期间努力保持自己的道德操守的事？还是竞选对她的家庭有很大影响的事？如果是上述事情中的一件，那么她在耶鲁的大学时光，她参加美国和平部队的日子，或者她三岁时的生日派对，都不会是你要在这个故事中讲述的。要选择能够推进故事发展的事件。

但也不要开始得太晚。你的主人公有改变的空间吗？他的生活中还会有别的事情发生吗？他还有采取行动的空间吗？他对别人的行为有反应的余地吗？如果你的故事是关于一个羞涩内向的数学呆子追求他梦寐以求的啦啦队队员，在故事开始时，他已经有勇气邀请这位啦啦队女孩跳舞了，并在全校师生面前第一次亲吻了她，那你可能就没有太多故事可讲了（除非故事的主旨是主人公渐渐发现受欢迎是件很危险的事情，或者是在初吻之后，他发现这个啦啦队队员竟然是一个40岁的连环杀手伪装的）。如果你在讲一个书呆子爱上啦啦队队员的故事，也许你想从他刚搬到一个新的城市开始讲——他不得不努力结交新朋友，当他第一次遇到啦啦队女孩，就坠入了爱河；也许你想从他看到了啦啦队女孩脆弱的一面开始讲——在他眼里，她突然从女神变成了现实中的女孩，现在他觉得自己有真正的机会去追求真爱了；也许你想从他被骗成为啦啦队唯一的男队员那天开始讲，然后他发现负责辅导自己的竟然是他暗恋的那个啦啦队女孩。

经常问问自己：你的主人公会有什么样的危险？他要接受什么样的考验？使他脱离正常生活的又会是什么？确保你笔下的主人公有一段人生旅程要去经历，并选择故事开始的最佳时机。

在大多数情况下，如果你想要开启你的银幕故事，那么就尽可能与引发事件相关联。

📓 **练习**

在一张纸的中间，写下改变主人公正常生活的那个引发事件。现在，在它的上方列出三个场景，设定主人公的正常生活（工作、家、感情生活，只要你觉得合适就行）。在引发事件的上方，再列出一个场景，揭示主人公的总体需求（可以从他的第一个直接目标中得到启发）。现在，在引发事件的下方列出三个场景，用来展示主人公生活的变化，以及他的总体需求是如何变得迫切的。

牢记你的电影类型

如果浪漫喜剧的主要情节不是围绕着理解真爱、寻找（或失去）真爱的主题展开的，也没有尽力让观众发笑，那么它就不能被称为浪漫喜剧。浪漫的部分研究爱情的真实性；喜剧的部分就用过度夸张的手法，通过生理或心理上荒唐的波折、不幸与期望的并存，来逗笑观众。

恐怖电影就要引起恐慌。它既要探索心理恐惧，也要探索生理恐惧。

另类电影必须探索一个进入新世界的人物。这个人物必须与完全陌生的规则、设想、生活方式，以及期望做斗争。语言是相通的吗？同样的东西会被认为有同样的吸引力吗？邪恶会被尊崇，善良会被藐视吗？这种类型片的情节点必须是探索人物在新世界中了解生存环境、努力生存的需求。

奇幻电影探索的是幻想世界，那是一个与我们生活的世界完全不同的地方。编剧的任务是为这个创造出来的新世界设定规则和逻辑，这样观众就能知道那些限制会为角色制造障碍。

传记片、西部片、悬疑片、家庭剧情片……各种类型的电影不胜枚举。无论是创作什么类型的电影，你都要提醒自己，将人物及其改变之旅设置为这个故事最重要的部分。

当你创作一个电影故事时，明确你要写的电影类型（记住，大多数电影都包含不止一种类型的元素）。考虑使用一些经过验证的、真实有效的情节点，这些情节点早已成为特定类型片中的传统元素。再在此基础上让故事变得曲折，而最终又回归到主旨上——但是始终要把人物放在首位。

设置时间的跨度

问问自己：故事的时间跨度有多长？十年？一年？一个月？还是一天？知道时间的跨度，会帮助你梳理好创作故事所需要用到的事件。这个故事是从一个圣诞节延续到下一个圣诞节吗？如果是的话，在这期间还有哪些节日？情人节、圣帕特里克节、感恩节，就不一一列举了。这期间会有谁过生日吗？会有快乐的或者悲伤的纪念日吗？注意，有很多电影巧妙地利用节日展现了时间的跨度。

事件是情节中不可或缺的

事件就是故事中所发生的事情。事件可以是任何事情：第一天上学、生日、初吻、争执、升职、面试、一见钟情、重聚、离婚、婚礼、海滨之旅、体育赛事、比赛、玩保龄球、买礼物、逛商店、去酒吧或餐馆、看牙医、打电话、发动下一场世界大战、遛狗、杀死外星怪物、领养孩子……不胜枚举。有些事件在故事中会显得很突出。你会把它们安排在主人公的日程上，并建立起期待或惶恐的情绪。有些事件则会很小。你可以从一个故事推进事件到另一个故事推进事件，如此来构建你的故事，从而确保不会跑题。

专注于把主人公从一个事件引入到另一个事件，这将有助于为你的电影故事带来动态感。同时，事件也易于阐释人物个性和情节发展。

例子1

在《角斗士》（2000）中，主人公最初经历的几件事，塑造了人物，构建了情节和挑战：

1. 马克西姆斯请求老国王马库斯·奥里利乌斯允许他回乡与家人团聚。

2. 老国王奥里利乌斯被他的儿子康莫迪乌斯杀害。

3. 马克西姆斯遭到袭击，逃跑了。

4. 马克西姆斯想办法回到了家，却发现他的妻子和孩子都被杀了。

5. 马克西姆斯成了奴隶。

6. 马克西姆斯被迫成为一名角斗士。

7. 康莫迪乌斯现在是罗马的新领袖。

这些都是主人公在电影开头经历的主要事件。这些事件也会影响主人公——主人公对每个事件都会有情感反应。如果没有情感反应，那么事件设置就毫无意义。这就是编剧需要关注的影响主人公的事件。

如果只是简单地设置一连串的事件，却没有让主人公参与其中，是不会推进人物或故事向前发展的。先想想这些随机事件：外星人来了，大打出手，小镇的警长死了，所有的动物都被瞬间冻结，建筑物都土崩瓦解，出租车司机是唯一幸存的人，还被当作神一样对待，外星人发现冰激凌后，突然变得柔和了。现在，添加一位受到这些事件影响的主要人物。约翰，我们的男主人公，是美国宇航局一位特立独行的工程师。他不小心打开了一个允许外星人进入地球的入口。外星人来了，大打出手。约翰的父亲是这个小镇的警长，他喝醉了，有些好战，单枪匹马地对付外星人。他被击中，死在约翰的怀里，去世前他一直责备约翰又闯祸了，约翰总是制造麻烦。约翰感到内疚，决心证明父亲是错的，他要承担起拯救地球的艰巨任务。他似乎总是比外星人晚一步，但后来发现他们只保护地球上一小部分居民——出租车司机。为什么？因为一个出租车司机无意中把冰激凌介绍给了外星人的首领吃，这个外星人一直心存感激。这位出租车司机是谁？是约翰前女友的男朋友吗？是他儿时的伙伴吗？是他的亲兄弟吗？这些事件都必须构建成能够直接影响主人公的事件。

例子2

想想《肖申克的救赎》（1994）中的几个重要事件。安迪（蒂姆·罗宾斯饰）一开始是一个不会表达情感的人。他想要对妻子更加热情，更直接表达爱意，但是他还没来得及表现，她就已经开始了一段婚外情。以下是这部电影的一些主要事件：

1. 安迪思忖要不要拿枪质问妻子和她的情人。

2. 妻子和情人被枪击，安迪声称自己是无辜的。

3. 安迪受审，被判有罪，终身监禁。

4. 安迪来到肖申克监狱。

5. 安迪请求瑞德（摩根·弗里曼饰）帮他偷运一把锤子到监狱。

6. 安迪被囚犯虐待。

7. 安迪无意中听到一个狱警抱怨交税问题，于是为他提供了建议。

8. 安迪的建议很好。他能在工作的时候为同住的狱友们弄点啤酒喝。

9. 监狱长要求安迪帮他逃税和投资。

10. 安迪建立了图书馆。

11. 安迪遇到了一个新囚犯，他知道杀死安迪妻子的真凶的线索。

12. 监狱长不让安迪追查这个新线索，因为安迪太有价值了，他是监狱长的私人会计。

13. 安迪不断地写信，最终为图书馆增添了许多书籍和歌剧唱片，提高了图书馆的质量。

14. 安迪通过广播系统为囚犯们播放歌剧。

15. 安迪被单独监禁。

16. 那个知道杀妻真凶、能够帮助安迪获得自由的犯人被监狱长谋杀了。

17. 安迪告诉瑞德，如果有一天他们逃出狱了，该如何找到他。

18. 安迪逃脱了监狱。

摩根·弗里曼和蒂姆·罗宾斯，《肖申克的救赎》（1994）。

想想主人公人生旅程中的那些支柱性的事件。如果你选择"轻描淡写"，你写的故事可能会陷入没有强大驱动力的危机，以及你可能会有把信息和场景都过度延展的风险。

当我班上的学生在处理剧本问题或者研究剧本大纲时，我会建议他们用影响主人公的事件来构建故事。这样可以阐明主人公的人生旅程，同时开拓了新思路、新领域，用新方法来讲述这个故事。

练习

如果你的电影故事是以一场婚礼结束的，会怎样？婚礼当天会有什么活动呢？找什么场地举行婚礼呢？决定好宴客的菜单了吗？选好婚纱了吗？在罗列宾客名单吗？设计婚礼蛋糕了吗？安排座位了吗？买戒指了吗？为婚礼找到乐队了吗（结果鼓手搭讪准新娘）？婚礼要彩排吗？向过去的恋人道别了吗？单身女子派对？蜜月计划？双方父母到齐了吗？要搬新家吗？继续这样列下去，你就能很好地了解你的主人公在故事中可能要处理的所有事件。尽可能多地罗列出这些问题，能够在这些问题中挑挑拣拣使用是一种奢侈的幸福。

想想可能发生的最糟糕的事情

列出一长串可能会在你的电影故事中发生的事件。情节需要被推动。如果事件、情况、问题和关系没有被推动得足够深入，故事就会失败。往大处着眼——大的情感，大的人物弧线，大的人物反应。

想想你的主人公可能会面临的最糟糕的事情，或是最丢脸的、最危险的、最困惑的事情。最能考验她的会是什么？最能触动她情感按钮的又是什么？你的主人公最害怕的噩梦是什么？弄清楚，看看你能不能让它成为现实。

一旦你知道故事要讲什么了，接下来就是研究它的每一个元素。探索每一个元素，看看你能把它发挥到什么程度。假如你的主人公很穷，请具体说明。她只能吃得起麦片，以及每一份仅能用以维持生命的食物吗？会有老鼠钻进她的橱柜里啃盒子吗？她必须要面对那只跟她抢食的老鼠吗？她是从商店还是从她父母的家里偷拿食物的？假如你的主人公很不懂社交礼仪，那么也通过你选择的事件来具体说明。他会在约女孩出去的时候大嚼热狗，然后对着她打嗝吗？他会在社交舞会上喝醉，让自己丑态毕现吗？他会对老板大吼大叫吗？

第一部《虎胆龙威》（1988），讲述了一个男人想要挽回妻子的故事。当麦卡伦抵达妻子在洛杉矶的办公大楼，努力实现这一目标时，故事开始了。他和妻子见面了，这是一个很不理想的时刻——她正忙着接待重要客户，而他说的话没有一句令她满意。很明显，他的自尊心受到了极大的打击。他需要被尊重，他想成为家里的经济支柱和决策者。当他的第一个直接目标没有实现（第3步，否定），第二次机会就出现了（第4步）。第二次机会是什么呢？恐怖分子潜入了这座大楼。麦卡伦现在要以更大的力度去"挽回"他的妻子（和婚姻）。情节要素是如何被推到如此紧张的程度的？

• 这是一座新建筑，只有极少数施工完毕的楼层可供人使用，因此在这栋楼里穿梭是有危险的。同时，这个细节也清楚地表明这栋楼里几乎没有其他居民，所以麦卡伦只能依靠自己。

• 恐怖分子技术娴熟，无所畏惧，实力强大。

• 主人公在这里显得格格不入。他不是当地的警察，他必须去赢得信任。

• 是有时间限制的。

那么，如何在一个"由人物驱动的小故事"中添加元素呢？你可以强迫自己往大了想。这一切都是相对的。如果这是一个缺失父爱的年轻女孩试图引起她父亲关注的故事，那她能做什么大事来达成这个目标呢？她最强烈的情绪是什么？如果他拒绝了她，她将会作何感受？务必让观众感受到，如果这个女孩没有让父亲意识到她的存在，她会成长为一个空壳女人，永远无法拥有一段满意的恋情。因此，她的任何尝试都是有效的。让她有所行动，然后夸大她的行为。

如果这是一个男孩爱上邻居家女孩的故事，那就大胆想象吧。他做些什么才能让自己处于优势地位呢？他的情敌是谁？他和情敌会展开怎样的角逐？选择那些会让你的主人公陷入尴尬困境的事件。他会冒着生命危险只是为了引起她的注意吗？想想故事中可能会发生的事件。有舞会吗？还是有体育比赛？野餐？外星人攻击？毕业？电视选秀节目？去巴黎旅行？如何把每一件事都尽可能推到灾难性的地步？

📝 练习

在一张纸上画一条直线，这就是你的时间轴。决定一下你的电影故事的时间跨度。是两天，还是三个星期？是两年，还是十年？在另一张纸上列出你讲述这个故事所必需用到的事件。现在把它们按照先后顺序放在时间轴上（即使你打算用倒叙的手法或者想打乱顺序讲故事，现在也先把它们按照时间顺序列出来）。

在你的时间轴上标记出其他可能奏效的事件和你需要的转折点。仔细研究你的时间轴。当你看到事情在一段时间内都进展顺利，就在此处添加一个事件，这将是一个情节的逆转。当事情在一段时间内越来越糟，也要添加一个逆转情节。

冲突，冲突，冲突……必须有冲突

如果你的故事中没有冲突，你可能需要重新审视一遍故事。你的主人公必须面对障碍——物理上的障碍，情感上的障碍。

利用人物去制造障碍。当然，你有反派可以用，但还是要探索其他人物。即使是朋友，也可能（应该）持有不同意见，会与主人公发生争吵。父母也并不总是给予支持的。老师的安排可能不利于学生。老板可能很讨厌。

利用环境去制造障碍。利用茂密的森林、汹涌的激流、流沙、不可逾越的高山、各种生物、风暴、雨、雪、飓风、龙卷风、地震，利用烈日，利用黑夜，利用一切可以为主人公制造困难的元素。

视角

你将用谁的视角来讲述你的故事？如果以护士的视角来讲述《莎翁情史》，情节可能是相同的，但故事的讲述方式就会有所不同。如果以女性视角来讲述《杯酒人生》，情节点可能类似，但故事的讲述方式也就有所不同。

全知视角：作者让观众的视角从一个人物切换到另一个人物，从而了解故事中所有的元素。例如：《一夜风流》《彗星美人》《电视台风云》《美女与野兽》。

主人公视角：作者只让观众知道主人公所知道的事情。故事所讲的主要是主人公看到的东西。例如：《卡萨布兰卡》（1942）、《日落大道》、《唐人街》、《走出非洲》、《虎胆龙威》（1988）、《律政俏佳人》、《晚安，好运》、《乌云背后的幸福线》（2012）、《狂怒》（2014）、《美国狙击手》（2014）、《鸟人》（2014）。

第三方视角：作者让观众从旁观者的角度去看故事。这样就可以挑选出故事中最相关的事件。例如：《肖申克的救赎》。

你会用倒叙手法吗？你会打乱顺序透露情节点吗？一旦你了解了全部故事和主人公的人生旅程，你就可以用任何有效的方式来讲述你的故事。看看《肖申克的救赎》吧，有倒叙，有闪回镜头，还有旁白。《记忆碎片》和《背叛》的故事则是按照从结尾到开头的顺序讲述的。《好家伙》（1990）从现在的危机点开始，然后闪回到20多年前，再从那里继续讲述。《走出非洲》（1985）是一个记忆片段，故事开始时我们看到一位老妇人在写回忆录，然后画面回到了几十年前。《改编剧本》（2002）则在时间上来回移动。

有什么必须遵守的规则吗？答案是没有。没有规则，只有讲得好与不好。如果故事精彩，如果观众投入，用任何方法来讲故事都是可以的。

那么次要情节呢？

次要情节可以分为"B线"故事、"C线"故事和重复性符号情节。下一章将会讨论次要情节。

本章总结

- 亚里士多德最重要的建议：让故事围绕一件事展开。
- 人物及其总体需求驱动情节的发展。情节是由一连串直接目标组成的，这些目标有可能会引导实现总体需求。
- 不影响人物的情节或行为对故事无益。
- 主人公的故事从哪里开始很重要。
- 知道你的故事的时间跨度。
- 事件是情节不可或缺的。
- 故事可以从不同的视角来讲述。
- 故事可以用许多不同的方法来讲述。

第 9 章

"A 线"故事、"B 线"故事、"C 线"故事和重复性符号情节

次要情节应该探索主人公生活的不同方面吗？是的。

次要情节应该阐明电影的主题吗？是的。

"A 线"故事是主人公的主要人生旅程

"A 线"故事包含了主人公的人物弧线和主要情节。"A 线"故事负责讲述主要情节。"A 线"故事必须贯穿所有的十一个步骤，必须有一个强有力的开端、发展和结局。"A 线"故事是你的剧本中最重要的部分。它才是能在最深层面上吸引观众的那个故事。

在迪士尼电影《美女与野兽》（1991）中，"A 线"故事是野兽与贝儿之间不断变化的关系——从不信任，到友情，再到爱情。他们在紧张和愤怒的状况下相遇。野兽希望贝儿就是那个能打破魔咒的人，这个魔咒把他从一个虚荣的王子变成不幸的野兽。于是，他试图追求她。他同意贝儿与她的父亲对换位置，成为城堡的囚徒。他先是邀请，后是要求贝儿与他共进晚餐。贝儿都拒绝了他（否定阶段），因为她不喜欢被囚禁，况且他还很不礼貌。当野兽将自己置于危险之中，把贝儿从狼群中救了出来，他有了第二次机会去获得她的青睐。她很感激他，并帮他缓解伤口疼痛。然后他们成了朋友，他们的关系更紧密了。在危机时刻，野兽为了贝儿牺牲了自己的未来（放走她，让她去见生病的父亲），这证明了他对她的爱。她被迫告诉村里人他的存在，这使他陷入了危险。在故事的高潮部分，野兽遭到围攻，在他奄奄一息时，贝儿承认了自己对他的爱。她的话解除了魔咒，野兽又变回了王子。

简单的 "A 线" 故事，有着清楚的开端、发展和结局。（注意：这个爱情故事不会跳过中间的友情，直接从不信任发展成爱情。任何故事如果没有第二幕的人物成长，都会让人觉得虚假和肤浅。）

"B 线" 故事（或次要情节）比 "A 线" 故事占用更少的时间和空间，但它仍然应该对主人公有所影响。"B 线" 故事还应该在第二幕尾声时直接影响到 "A 线" 故事的情节，这种影响也可能延续到最后。"B 线" 故事应该有一条自己的十一步故事弧线，有一个强有力的开端、发展和结局。一个电影故事中可以有多个 "B 线" 故事。

次要情节

次要情节是 "B 线" 或 "C 线" 故事，故事较小，也都有开端、发展和结局，并穿插于电影故事的主要情节之中。

次要情节可能是爱情故事，它与战争故事并行，像在《卡萨布兰卡》（1942）中那样。次要情节可能是一个朋友为达到某个目标而进行的旅程，它与主人公的成长故事并行，比如1939年版《绿野仙踪》里的狮子、稻草人和铁皮人的故事。次要情节也可能是动作惊悚片中发生的一段爱情故事，像在《谍影重重》（2002）中那样。

次要情节是极好的叙事工具，它有助于推进人物和故事，更有助于揭示主题。次要情节可以传达叙事的 "信息"，可以增添幽默或感伤，可以引导情绪由轻松到紧张。次要情节可以帮助阐明观点，可以帮助提高故事情节的张力。在那些最佳剧本中，次要情节还能通过展现主人公生活的不同侧面来丰满角色的性格和形象，比如主人公的朋友、家庭、工作、比赛、爱好、敌人、债务、梦想。

次要情节应该为主人公的人生旅程增加张力。在某个时间点（通常在靠近第9步"危机"或第10步"高潮"的部分），所有的次要情节都应该影响到故事的主要情节，增加主人公实现目标的难度。

电影的主要情节是"A线"故事。所有的次要情节都被认为是"B线"或"C线"故事。而"C线"故事比"B线"故事占用的银幕时间更少。同样，在一个电影故事中，可以有多个"C线"故事。

迪士尼电影《美女与野兽》的次要情节——"B线"故事

在迪士尼电影《美女与野兽》中，"B线"故事讲的是贝儿与自恋的加斯顿之间的关系。开端：加斯顿想要娶贝儿，他向她求婚，贝儿拒绝了他。发展：加斯顿获得了第二次机会，强迫贝儿与他结婚，他把贝儿的父亲送进精神病院，告诉贝儿如果肯嫁给他，他就会释放她的父亲。加斯顿的行为几乎没有道德上的冲突（毕竟他是典型的反派角色），但却有客观存在的冲突：贝儿不爱他，他的错误行为可能会被发现，这笔交易花了他很多钱，他的跟班可能会破坏这个计划。加斯顿找到了精神病院院长帮他签署假文件，一切顺利。贝儿破坏了计划，一切崩溃。加斯顿面临抉择危机。贝儿对他不感兴趣，这使他难堪，他要报仇才能平息心中的不满。他决定杀死野兽，向贝儿证明他才是更强、更有竞争力的追求者。高潮部分，加斯顿在嫉妒和愤怒中与他的情敌决斗。真相大白，野兽更强大，加斯顿摔死了。注意，当"B线"故事与"A线"故事在危机时刻相遇时，会增加故事的张力，并直接影响到故事的高潮。

《角斗士》的"A线"故事是主要情节

"A线"故事是主要情节。在大多数情况下，主要情节的梗概可以也应该非常简单，没有必要把它复杂化。让人物变得复杂，让情节变得简单。

《角斗士》（2000）是一个简单的故事。马克西姆斯将军需要平静的生活，他想把战争和杀戮抛在脑后，回到他宁静的农场。他合理地要求得到奖赏——准许他返乡回到农场的家，他的妻子和儿子在那里等着他。在马克西姆斯还没来得及开口要求奖赏前，老国王就被自己的儿子康莫迪乌斯杀害。他的愿望被否定了。为了进一步展开"否定"情节，康莫迪乌斯杀害了马克西姆斯的家人，马克西姆斯被迫成为奴隶，他必须当角斗士去表演，否则就得死。他为了什么而活着？为了复仇，为了正义。马克西姆斯意识到，他能找回内心平静的第二次机会就是揭露并推翻康莫迪乌斯。利用第二次机会时会遇到很多冲突和危险，但马克西姆斯选择抓住这个机会。事情进展顺利，他成了著名的蒙面角斗士。当他的身份暴露时，一切都崩溃了。康莫迪乌斯把他绑起来，然后他因受了严重的刀伤，而变得十分虚弱。马克西姆斯的危机是一个决定：他决定要努力活下去，直到有机会在角斗场与康莫迪乌斯决斗。故事的高潮是在一个强大而善良的主人公和一个强大而邪恶的反派之间进行的殊死搏斗。最后真相大白，我们发现马克西姆斯已经在死亡中回归了平静。

注意马克西姆斯生活的各个方面是如何被探究和呈现的：他作为一个战士的能力，他与老国王的友谊，他对家庭的爱，他对田园的爱，他对罗马的爱。所有这些元素都对塑造一个复杂的人物很有帮助，但要认真构思如何运用这些元素在简单的情节中塑造出一个复杂的人物。马克西姆斯生活的这些侧面构成了多个不同的"B线"故事。

这部电影在许多层面上变得有趣是因为这些"B线"故事。这些"B线"故事有助于呈现马克西姆斯的人物性格，也有助于创造他身处的危险世界。

《角斗士》的"B线"故事

"B线"故事阐明了马克西姆斯的人物性格，并为影片的最后时刻增加了张力。"B线"故事还包括康莫迪乌斯的妹妹露西亚——她与马克西姆斯的关系，以及康莫迪乌斯对她的爱。另一条"B线"故事是元老院推翻康莫迪乌斯的计划，马克西姆斯秘密地与他们并肩作战。还有一条"B线"故事是马克西姆斯与其他角斗士的友谊，以及他与奴隶角斗士的主人普洛西姆斯的关系。所有的"B线"故事都是用简单的十一步故事弧线设计的，并且都增加了"A线"故事的张力。

想想元老院的"B线"故事。他们想推翻康莫迪乌斯。他们合理地筹谋。他们被否定，因为康莫迪乌斯太聪明、太强大了。元老院的第二个机会是马克西姆斯作为著名的蒙面角斗士来到罗马。马克西姆斯加入元老院，为他们注入新的力量。冲突比比皆是，如果计划暴露，将会有很大的危险。在很短的一段时间里，一切都很顺利，然后康莫迪乌斯杀害了许多参议员，一切又都崩溃了。这个"B线"故事的结局让我们再次将注意力放回到马克西姆斯身上。现在他才是唯一能打倒康莫迪乌斯的人了。（注意：大多数经典的英雄故事都是这样设计的，只有主人公自己才能带来最终的结局。）

《杯酒人生》的"A线"和"B线"故事

《杯酒人生》（2004）也是一个简单的故事，讲的是一个名叫迈尔斯的男人，生活一团糟，他决定迈出第一步来改变自己的现状。观众看到了两个男性老友——迈尔斯和杰克，他们在杰克结婚前的最后一个周末前往葡萄酒之乡。迈尔斯离婚后很沮丧，他的生活过得也很艰难。杰克试图把迈尔斯从沮丧状态中解救出来，但迈尔斯拒绝了。杰克还安排了他们与两个当地女郎的四人约会，迈尔斯也想拒绝。最后，迈尔斯默许了，事态的发展迫使迈尔斯直面他的沮丧，并采取行动改变他的生活。

故事就是这样，非常简单。是"B线"故事中复杂的人物让这个简单的故事变得特别。杰克和女调酒师斯蒂芬妮的"B线"故事影响了迈尔斯的心态。

杰克想在即将到来的婚礼之前过一个狂野放纵的周末。他合理地追求目标。他邀请女调酒师斯蒂芬妮和他约会，并安排她带一个约会对象（玛雅）介绍给迈尔斯。杰克受挫，因为四人约会时迈尔斯表现得郁郁寡欢，这导致杰克无法和斯蒂芬妮有进一步发展。当斯蒂芬妮提出可以到她家过夜时，杰克得到了第二次机会。一切顺利，他成功和斯蒂芬妮有了一夜情。当斯蒂芬妮发现杰克就要结婚时，一切崩溃，她用摩托车头盔打杰克。杰克的"B 线"故事中所有情节点都直接影响了迈尔斯与玛雅之间渐渐成长的关系。杰克的行为可能会毁掉迈尔斯与这个女人交往的机会，而她很可能是他未来的灵魂伴侣。

保罗·吉亚玛提和托马斯·哈登·丘奇，《杯酒人生》（2004）

"B 线"故事必须直接影响"A 线"故事

在《卡萨布兰卡》中，"A 线"故事讲述的是里克重新觉醒的欲望，他开始对周围的世界产生兴趣，因为他那失去已久的爱人——伊尔莎，又回到了他的生活中。"B线"故事是里克和雷诺上尉（克劳德·雷恩斯饰）的关系。这个关系关系到追踪通行证的下落，而这些通行证直接影响到伊尔莎和里克的关系。随着"A线"凄美爱情故事的展开，"B线"故事也启动了，并不断影响着"A线"故事。

电影《桃色公寓》（1960）的"A线"故事讲述的是巴克斯特（杰克·莱蒙饰）渴望过上一种成功生活，其中包括赢得库伯利克小姐（雪莉·麦克雷恩饰）的爱。《桃色公寓》中有个重要的"B线"故事就是巴克斯特的老板希德瑞克和库伯利克小姐之间的情感纠葛。它也是有开端、发展和结局的。（开端：库伯利克小姐是希德瑞克的外遇对象，她相信他会离开他的妻子。希德瑞克用巴克斯特的公寓作为他们的约会地点，他并不知道巴克斯特爱上了库伯利克小姐。发展：当库伯利克小姐意识到希德瑞克并不想离婚时，她企图自杀。希德瑞克那个善妒的秘书把这件事告诉了他的妻子。结局：希德瑞克的妻子把他赶了出去，他想和库伯利克小姐重归于好——巴克斯特现在完全爱上了她。）库伯利克小姐确信希德瑞克现在打算娶她了，但当她意识到他并不是真的爱她时，她结束了这段恋情——也完成了"A线"故事，因为她选择了巴克斯特，她知道他的爱是真诚的，她也对他报以真爱。

问 一部电影故事中可以有多个"B线"故事吗？

答 可以。

问 它们都必须影响"A线"故事吗？

答 是的。

问 如果在"B线"故事上花费太多的时间，是否有脱离"A线"故事，甚至有失去故事重心的危险？

答 有可能。无论故事情节变得多么激动人心、有趣、疯狂，"B线"故事都应该是辅助性的存在。

"B 线"故事如何帮助揭示主题？

"B 线"故事应该烘托"A 线"故事的主题。在《美女与野兽》中，围绕加斯顿展开的"B 线"故事辅助了主题的表达："不愿为所爱之人做出牺牲，就不是真爱。"加斯顿的"B 线"故事是反主题的，它探讨了相反的信念："你爱不爱我并不重要，我的欲望是第一位的。"加斯顿的故事通过探讨相反的主题来烘托"A 线"故事。加斯顿所谓的爱是空洞的，因为他不愿意为了贝儿的幸福而牺牲自己的欲望。

《杯酒人生》的"B 线"故事中，杰克和斯蒂芬妮的关系，侧面烘托了这部电影的主题："没有诚实，就没有真正的幸福。"主人公迈尔斯对自己并不诚实：他抱着一种虚假的希望，他认为前妻会回到自己身边，他认为自己的书出版了会改变目前的生活状态，他对母亲说谎（他甚至还偷她的东西），他也不会诚实地告诉杰克他的感受、他的梦想、他的生活、他对爱的需求。杰克和斯蒂芬妮之间不诚实的关系揭示了迈尔斯进退两难的困境（后面一章更深入地讨论了这个主题）。

你的"B 线"故事应该反映出主人公的情感历程。让"B 线"故事为你带来更多的冲突，从而提高"A 线"故事的张力。

什么是"C 线"故事？

你可能会写一个（或者多个）"C 线"故事。"C 线"故事比"B 线"故事所占用的时间和篇幅会更少，但它同样也影响着"A 线"故事。它的故事弧线可能不那么明显，但是也会有一个大致形状——简略版的十一步故事结构。

在《美女与野兽》中，其中一个"C 线"故事是贝儿与她父亲的关系。有人可能会说，这应该称得上是"B 线"故事，因为它完全影响到了"A 线"故事——然而，在这个1991年版本的故事中，父亲这个角色并没有一个完整的人物弧线，因为他到最后也没有什么变化。（开端：莫瑞斯是个古怪而糊涂的发明家，他不小心被关进了野兽的城堡。他有病在身，贝儿必须去救他。发展：莫瑞斯游说全镇的人帮他把贝儿从野兽手里解救出来，但是没有人相信他。他设法回到女儿身边，但却在森林里迷路并受了伤，这导致贝儿不得不再次出去寻找他。结局：他——有那么点儿——试图保护贝儿，但在最后的高潮中几乎消失了。）

在《桃色公寓》里，巴克斯特和邻居医生的关系是一个小小的"C线"故事。（开端：医生认为巴克斯特是一个花花公子——一个他永远不想与之交朋友的人。发展：医生钦佩巴克斯特对库伯利克小姐的照顾。尽管他认为巴克斯特是有责任的，但他看到了巴克斯特是一个会通宵达旦照顾别人的人。结局：医生看到了巴克斯特人性好的一面，也同情他的悲伤。他邀请巴克斯特在节日共进晚餐。）"C线"故事也会辅助"A线"故事，但无须在此花费太多的时间或精力。

在《杯酒人生》中，其中一个"C线"故事是迈尔斯希望他的书能出版。在电影的开端，他就在等待经纪人告诉他出版商是否要出版这本书。杰克对玛雅撒谎，说迈尔斯的书已经被同意出版了，这使事情变得复杂起来。迈尔斯对这个谎言感到良心不安。最终，他得知这本书被拒绝出版，这加深了他的沮丧。他不得不向玛雅坦白这个谎言，因为杰克对斯蒂芬妮也说了谎（没有告诉斯蒂芬妮他就要结婚了），问题更加复杂了。注意，这个"C线"故事以谎言和真相为中心，这是这部电影的主题之一。

有了"A线""B线"，甚至"C线"故事，你就可以从一个场景切换到另一个场景，可以充实整个电影故事，可以介绍那些会在故事中出现并对主人公有影响的人物。这些次要情节可以有自己的生命，直到它们与"A线"故事相交，在主人公人生旅程的最后时刻，为其增加压力。

想想你的故事。有时，编剧会试图在一场戏中加入太多信息，使其讲述不只一件事情。记住亚里士多德的明智建议：故事是关于一件事的。让"A线"故事只围绕一件事情展开。"B线"故事可以探索这个故事的不同方面。"C

线"故事也是如此。如果你将故事元素划分为"A 线"、"B 线"和"C 线",那么你就可以专注于让每个故事各司其职,发挥它们自己的优势。然后,再慢慢地将这些故事交汇在一起,去影响主人公人生旅程的最终结果。

重复性符号情节

重复性符号情节(后文简称"符号情节")指的是一系列重复出现的动作、语言或者画面,它们对故事进行注释或强化,但其本身没有情节弧线。符号情节可以帮助展现时间的跨度,增加喜剧性调剂效果,提醒观众注意主题。在剧本中,符号情节可以"按需重复"。

《杯酒人生》中的符号情节:迈尔斯有一瓶特别的葡萄酒。他是为了某个特殊场合而买的。这瓶未开封的酒,标志着自从他买了这瓶酒,还没遇到什么"特殊场合"。这也标志着他拒绝享受当下。这瓶酒成了他生活的象征,他的生活停滞不前。这瓶酒在整部电影中都被提及。在故事的结尾,他独自一人在快餐店里用纸杯喝着这瓶酒。这显然不是什么"特殊场合",但是喝了这瓶酒象征着他已经顿悟了,他将不再执着于过去,他将开启新的生活。

重复性符号情节可以是喜剧性的、视觉性的或者戏剧性的,不需要有情节弧线。另一个例子:《夺宝奇兵》中的蛇。编剧设置了琼斯对蛇的恐惧。他遇到过一两次,但都不是在濒死的情况下。最后,在影片的高潮部分,他被成千上万的蛇包围,它们群起而攻之,他必须拯救自己和心爱的女孩。

另一个例子:《桃色公寓》里的一个符号情节是,高管们为了能使用巴克斯特的公寓进行幽会,不断对他施加压力。这是一个持续不断的压力。《桃色公寓》里还有另一个符号情节:交换钥匙。巴克斯特公寓的钥匙成为他人生选择的象征。当巴克斯特最终选择忠于自己的道德准则时,他把公寓的钥匙留给了自己。

《克莱默夫妇》(1979)也很好地利用了重复性符号情节。成为单身父亲的泰德·克莱默和他的儿子一起吃了三顿早餐。第一次是制作法式吐司却以失败告终。第二次是一份正合时宜的甜甜圈早餐。第三次发生在比利的妈妈来接他离开泰德家之前。这个符号情节展现了时间的跨度和父子关系的发展。这部电影的另一个符号情节是泰德送比利去学校。在第一个场景中，泰德甚至不知道比利在几年级，也不知道他的老师是谁。在第二个场景中，泰德习惯性地拿上午餐便当和家庭作业。在第三个场景中，泰德把比利送到学校后，观众看到比利的妈妈乔安娜在街对面看着他。这个符号情节展现了这段家庭关系的进展，并引出了电影的第8步：一切崩溃。

使用"B线"故事、"C线"故事和重复性符号情节可以拓宽你的故事。它们可以帮助观众从不同角度看你的人物。它们可以帮助完善人物的生活，让他们看起来就像生活在真实世界里。在大多数情况下，无论一个人的生活中发生了什么危机，日常琐事仍然需要处理（工作、购买生活必需品、送孩子上学、对付疯狂的邻居、解决朋友的问题……）。利用这些次要情节来展现你的主人公，丰富你的故事。

核心问题

侦探会找到罪犯吗？男孩会追到女孩吗？这个士兵能深入敌人后方拯救他的部队吗？这位证券经纪人会变得有钱有势吗？这位过气的棒球运动员还能获得下一次机会，并提升自己的影响力吗？这个女人会找到她的孩子，并把绑架团伙揪出来吗？这位候选人会当选吗？

核心问题与"A线"故事紧密相关。它是观众在看电影的过程中最好奇、最关心的问题。它是在影片开头就提出来的主要问题。

《证人》（1985）的核心问题：约翰·布克（哈里森·福特饰）会抓住那个杀人的警察吗？这是在影片开头提出的问题。"B线"故事是约翰和瑞秋（凯莉·麦吉利斯饰）之间的爱情故事，因为它影响了"A线"故事。约翰·布克对瑞秋的爱会让他停止寻找那个身为警察的杀人凶手吗？

《教父》（1972）的核心问题：麦克（阿尔·帕西诺饰）会挺身保护家族地位不变吗？各种各样的"B线"故事是促使他去承担责任还是让他远离这份责任？

《美丽心灵》（2001）的核心问题：约翰·纳什（罗素·克劳饰）能成功、成名，并自我认同吗？

《星际穿越》（2014）的核心问题：库珀（马修·麦康纳饰）会找到一个平行宇宙来帮助人类生存吗？

《杯酒人生》（2004）的核心问题：迈尔斯（保罗·吉亚玛提饰）能否继续他的生活？

《夺宝奇兵》（1981）的核心问题：印第安纳·琼斯（哈里森·福特饰）能否找到"约柜"，并确保其用于考古研究？

《星际迷航》（2009）的核心问题：柯克（克里斯·派恩饰）会被接受并在星际舰队中找到自己的位置吗？

迪士尼电影《美女与野兽》的核心问题：在玫瑰的最后一片花瓣掉落之前，野兽是否能够打破魔咒，重新变回人类？

《晚安，好运》（2005）的核心问题：爱德华·R.莫罗（大卫·斯特雷泽恩饰）的行动会帮助扳倒约瑟夫·麦卡锡吗？

《美国狙击手》（2014）的核心问题：服役于美国海豹突击队的克里斯·凯尔（布莱德利·库珀饰）能否挺过创伤后应激障碍，重新融入家庭生活？

《定制伴郎》（2015）的核心问题：吉米·卡拉翰（凯文·哈特饰）能否完成伴郎骗局？他的新朋友会成功举办婚礼吗？

《隔壁的男孩》（2015）的核心问题：一次不明智的风流韵事会毁掉克莱尔·彼得森（詹妮弗·洛佩兹饰）的生活吗？

引入次要情节

记住，"B线"故事和"A线"故事的结构是一样的。"B线"故事也应该有十一步故事弧线，应该有强有力的开端、发展和结局。它们应该影响"A线"故事。因此，它们也需要时间来展开，所以不要等太久才介绍它们。

"B线"故事是电影结构不可或缺的组成部分。《窈窕淑男》（1982）中，有一个"B线"故事，迈克尔（达斯汀·霍夫曼饰）和桑迪（特瑞·加尔饰）之间的关系和友谊，是在电影的前五分钟被引入的。另一个很重要的"B线"故事是迈克尔和朱莉（杰西卡·兰格饰）之间的关系和爱情故事，它在几分钟后也开始了。还有一个迈克尔和好色肥皂剧男演员之间的"C线"故事，是在迈克尔第一天开工拍摄日间肥皂剧时就开始了。

一些电影的次要情节与主要情节是密不可分的，它们会自然而然地出现。甚至，如果次要情节没有出现，这个故事将无法完全展开。

还有些时候，你看着自己的剧本或故事，可能会觉得它太线性、太单薄了。这就是对你的故事状态的技术评估，你可能需要考虑添加"B线"故事或"C线"故事。从哪里找呢？探寻主人公的生活世界。她有没有哪个朋友发生了什么事？有个令人讨厌的兄弟姐妹？有爱慕对象吗？工作问题？家庭冲突？他生活中有恶霸出现吗？想减肥吗？有没有想要塑身的愿望？有什么爱好吗？对什么上瘾吗？有什么秘密需要公开吗？

想想《卡波特》（2005）。"A线"故事是卡波特调查并写了《冷血》这本书。影片中没有强有力的"B线"故事，它们可能开始过，但是虎头蛇尾地就结束了。影片的后半部分之所以有些滞后，是因为"B线"故事（他与小说家哈珀·李的友谊，他与爱人的关系）没有得到充分的探索，也没有对"A线"故事产生任何影响。为了避免你的故事在发展过程中变得越来越单薄、越来越缺乏共鸣，就要充分利用"B线"故事。次要情节是特别好的叙事工具，你要学会用起来。

📝 **练习**

列个清单，列出所有可以反映主人公人生旅程的次要故事。例如：如果你的主人公正在竞选公职，他的总体需求是感觉自己很强大，那么也许其中一个次要故事与他专横的父亲有关，他什么事情都要按照父亲要求的方式来做。如果父亲生病了，不得不放弃掌控，医生们尽力挽救他的生命，那么在这个过程中，父亲学到了什么，儿子又学到了什么？

本章总结

• "A线"故事是主人公的主要人生旅程。

• 次要情节或者说"B线"和"C线"故事，是辅助"A线"故事，也就是电影主人公的主要人生旅程的。

• "B线"和"C线"故事也应该有自己的开端、发展和结局。

• 次要情节也要反映主题。

• 次要情节应该最终影响"A线"故事的主要情节。

第 10 章

节奏、场景、段落

剧本中的每一个元素都需要服务于某种目的吗？是的。

将剧本分解成各个部分，是否能弄清楚什么是有效的，什么是多余的？是的。

剧本可以分解成许多部分。了解这些分解后的内容对你很有帮助，这样你就可以与其他编剧、制片人、导演、电影公司主管交流了。正如身在法律、医学或其他职业之中你也会通晓术语一样，作为一名编剧，你也在完善一门技艺。当你开始创作剧本时，先熟悉这些术语。

节奏

"节奏"一词被过度使用，而且经常使用不当。在大多数情况下，它的意思是"暂停"。有些编剧会用这个术语来指导演员，让他在对一个事件或一段对白做出反应之前，先停顿或喘口气。然而，这样使用这个术语是不正确的。

编剧在剧本中使用"节奏"一词存在一个问题。编剧不需要指导演员工作。编剧的工作不是指导演员在一场戏的某个点上停顿，也不是建议演员什么时候应该呼吸，或者什么时候该挠头、什么时候该咳嗽、什么时候把头发从脸上拂去、什么时候大笑、什么时候叹息。编剧的工作就是讲故事，仅此而已。

一个编剧在演员说话或走位之前指出他应该在哪里停顿，这是在浪费编剧的时间，这也是在冒犯演员、导演，甚至读者。编剧在剧本中加入过多的演员提示，是不相信自己剧本的表现。如果编剧已经讲清楚了这场戏的意图，就不需要写具体的表演或导演提示了。"节奏"只能用来指明一个充满张力、感情强烈或犹豫不决的时刻，这是对白或动作都不足以表达的时刻。

专注于故事

编剧的工作就是专注于故事本身。只有当绝对有必要推进故事或阐明故事元素时，编剧才应该具体说明演员应该如何表达台词。放在括号里的注释，诸如"愁眉不展"、"聪明地"、"傻笑"、"懒洋洋地"或"热情地"等，不胜枚举，这些表演提示不应该出现在你的剧本中，除非故事接下来是由演员说台词的方式展开。

例如，想象这样一个场景，一个男人向一个女人求婚，她积极地回答："是的，我愿意嫁给你。我爱你。"没有必要在她的回答前加上括号注明"热烈地"。女人回答的话语表达了她的意图，而女演员会将这一刻表现得淋漓尽致。但是，如果有这样一个场景，一个男人向一个女人求婚，她的反应是积极的，但并不是真心的，你可能需要在她的对白前附加一个括号说明。

男人：你愿意嫁给我吗？

女人：是的，我愿意嫁给你。

（几乎被自己的谎言窒息）

我爱你。

只有在情景或对话的意图不明确时才使用括号说明。如果你的场景构筑能让演员清晰明确地表达意图，那么要相信故事进行顺利，相信演员和导演会发挥他们自己的才能，把这场戏拍得栩栩如生。

拍电影从头到尾都是一门合作的艺术。这意味着在最终呈现的作品上还会留有其他艺术家的印记。

但你会说，"我确实知道这句台词该怎么说……"

我知道。你想要确保演员能用正确的语调说出你想表达的那句讽刺的话。你想要确保演员能如你所愿，在某句特定的台词上哭出来、喊出来，或者在某个正确的时间点打嗝。

但还是算了吧。演员会熟记台词（不要期待他能在记住你精心设计的遣词造句之后有表演上的提高），现在他的工作就是把这个角色变成他自己的。他必须与现场的其他演员互动，他必须考虑导演的意愿。现实地讲，拍电影时，导演可能会要求演员用三到四种不同的方式来演绎同一场戏。这意味着，你想象中的愁容或泪水一定会消失。

编剧的作品是电影制作的基础，所以剧本通常被称为蓝图。然而想想设计图纸和成品房屋之间的区别。成品房子是合作的产物：木匠、建筑工人、电工、水管工、产品供应商都有参与。每个人在建造过程中施展自己的才华才能使房子建成。

编剧一定是希望与其他尊重编剧作品的艺术家合作。这些艺术家包括导演、演员、设计师、剪辑师、作曲家和其他训练有素的人。如果编剧想要控制作品的方方面面，那么他必须在每一个领域里都亲力亲为。如果做不到这点，那他就需要接受其他艺术家为他的电影故事所增添的诠释。

演员不是实现你幻想的木偶。演员的工作是在你的故事中找到他们自己的真实感受。他说话的节奏可能和你不太一样。她可能会决定在你提示"流泪"之前或者之后痛哭。这位女演员甚至可能决定，她不想扮演含泪的莎莉或者哀号的贝蒂，她对如何表达悲伤有自己的想法。如果这些都没有破坏故事情节或者人物弧线，那么你就放松一点，尊重他们的工作。

是的，许多编剧会在脑海中演绎这些场景，他们挥洒汗水把故事写得栩栩如生。但这并不意味着演一场戏只可以有这一种表现方法。敞开心扉，接受另一个人的贡献。

同心协力的合作是令人兴奋的。在理想状况下，演员会以一种你从未想过的方式（希望是好的方式）来赋予角色生命；而导演也会以一种令你惊讶的方式（希望是好的方式）来阐释你的作品。编剧的工作是寻找可以信任的导演来理解这个故事。编剧的工作是让剧本足够强大来吸引优秀的演员，而这些演员清楚自己的职责就是把编剧塑造的人物和人物历程演绎得栩栩如生。

当我作为《少年印第安纳·琼斯大冒险》的一名编剧为乔治·卢卡斯工作时，我遇到的就是这种情况：编剧辛苦劳作之后，乔治·卢卡斯将剧本托付给了非常会讲故事的导演。这部电视剧所吸引来的演员也都是最出色的，他们知道该如何诠释人物弧线。这些艺术家被要求忠于编剧的剧本，他们做到了。编剧可以放松下来（不必担心作品被他人改写），期待作品以最好的方式呈现出来。看到成品使人意识到，如果项目中的所有艺术家都致力于讲好这个故事，那么最终的作品会超越编剧最初的想象。

项目总会有成功或失败。当你的作品完成时，你看到它，可能会万分欣喜，也可能会万分心痛。这是创作过程的一部分，编剧的任务之一就是找到那些理解你的感受和懂得你所讲述故事的内容的人。如果每个人都能尊重他人的贡献，电影可以既是一种享受，又是一种艺术成就。

场景是电影剧本的组成部分

场景是发生在一个地点的情节片段。当编剧在故事中变换了地点，这个场景就结束了。

引入一个场景时都会有一行简短的文字说明，交代场景的位置。例如，"外景：农舍""内景：餐厅""外景：帝国大厦楼顶""内景：黑暗地牢"。当故事从"内景：黑暗地牢"转移到了"外景：魔法森林"时，这就意味着一个新的场景开始了。

问 如果一个场景从厨房开始，在没有中断对话的情况下移动到客厅，又如何呢？这算是两个场景吗？

答 从技术上来说，是的。编剧（或者更多情况下是导演）只是想让演员们动起来，不想让场景感觉是静止的。这两段内容可能服务于一个目的，但从技术上来讲，这是两个场景。

多个场景构成段落

如果一个场景演的是一个男人独自在一张单人床上醒来，这幅画面告诉观众这个男人没有妻子或者恋人，这让我们对这个人物有所了解。如果在下一个场景中，这个男人走到脏乱的厨房，翻找一片过期吐司，这个场景告诉我们，他没有兴趣创造一个温馨的家，他可能缺少自尊，显然也没有人替他打理这个家。如果在下一个场景中，他用洗洁精洗了个澡，这让我们知道，他没有很好地照顾自己。如果在接下来的场景中，他穿着胡乱搭配的衣服，上了一辆锈迹斑斑的旧车，我们可以推测，他没有很多钱，也没有兴趣用物质包装自己，给别人留下好印象。如果在下一个场景中，他在高速公路上被一个乱开车的司机撞了，他的旧车被撞坏了，他把手伸进杂物箱，掏出一把枪，开始横冲直撞，在高速公路上枪杀陌生人，然后开车逃跑了……我们已经设计出一个段落，展现了一个一无所有的人——他对生活中任何东西都不感兴趣，他情绪不稳、极其危险，他现在在逃……

场景是段落的组成部分。

每个段落都必须推动故事发展

段落是一组推进故事的场景。段落是一连串的场景，能在人物或情节上推动故事向前发展。《蝙蝠侠：侠影之谜》中有这样一个段落：布鲁斯·韦恩前往远东的一个山巅学习武术和灵修课程，他穿过无数村庄，翻越崇山峻岭，经历各种恶劣天气，最终到达目的地。把他从A点带到B点的这一系列场景就是一个段落。一个段落完成某个特定的目标，并推动故事向前发展。

在《窈窕淑男》（1982）中，迈克尔·多尔西（扮成女人）去试镜日间肥皂剧这一段，就是由一系列场景组成的。他与其他长得比他好看得多的试镜者站在一起面试，却因为长相没有吸引力而被拒绝。他要求试镜。执行制片人对他很感兴趣，但导演却持反对意见。他最终得到了试镜机会，也得到了那个角色。这个段落完成了什么？它将故事向前推进了一步，因为现在迈克尔有了一份表演工作（他的直接目标）。但是，他是在假扮女人的时候得到的这个工作机会，这种花招不得不继续下去（冲突）。这个段落还建立了反派人物。这个段落可以命名为：迈克尔得到了这份工作。

段落应该是为了推动故事向前发展而设计的。想想《唐人街》（1974）。最开始的段落是为了介绍杰克·吉茨这个人物和他的工作：杰克在他的办公室里，很明显，他是个私家侦探。他与一个客户打交道，然后熟练地去见另一个客户（冒牌的穆雷太太）。穆雷太太怀疑丈夫有外遇，想要请人跟踪。当杰克试图拒绝她的请求时，观众了解了杰克对不忠的看法。他认为，如果一个人真的爱另一个人，那么在遇到外遇情况时，就应该睁一只眼闭一只眼。他觉得，在这种心灵的较量中，没有人能赢回对方的心。这个段落中的元素让观众知道，杰克有他自己的行为准则，他对人性的弱点有同情心。当穆雷太太坚持要查，并给他一大笔钱的时候，他接了这个案子。这表明杰克是一个商人，并非不为高薪所动。这个段落完成了什么？它介绍了主人公的正常生活，展现了他的性格要素和道德准则，并向前推进了主要情节。这个段落可以命名为：介绍杰克。

《唐人街》的下一个段落可以题为：杰克发现了水利问题。杰克参加了一个公开的市政会议，因为他正在跟踪穆雷先生。在会上，"B线"故事（洛杉矶地区的水利问题）被引出。杰克尾随穆雷先生来到干旱的高地，然后又来到海边，他看到了有关水利问题的线索。杰克只专注于他眼前的案子——证实穆雷先生通奸——但最终这些线索会叠加在一起。这个段落设置了整个故事的驱动器——这个故事之所以会发生的原因。

注意：主人公杰克是水利问题线索的第一见证人。这个"B线"故事本可以在没有杰克在场的情况下展开，但就没那么有趣了。观众通过杰克的眼睛看到了这个故事的各个部分。这促成了几件事。首先，主人公在银幕上体验这个故事，使故事更有趣了。其次，它还建立了讲述这个故事的方法。观众会与杰克一道了解这件事情，因此，他们会像杰克一样试图解开谜团，并积极参与其中。

《唐人街》下一个段落的标题可以是：杰克发现自己被骗了。杰克和他的员工跟踪穆雷先生来到回声公园的湖边，并拍下了穆雷先生和一个年轻漂亮的女孩一起划船的照片。杰克继续尾随二人，拍到了他们接吻的照片。不知何故，这些照片出现在了报纸上（我们假设杰克此时已经把照片交给了客户）。杰克觉得自己完成了一件诚实又出色的工作，还在理发店为这份职业带来的荣誉而辩护。当杰克回到办公室，遇到了真正的穆雷太太，他意识到自己被利用了，被人当成傻子一样戏耍。这个段落在很大程度上推动了故事和人物向前发展：杰克的名誉岌岌可危，他决心找出自己被陷害的原因。

注意：想一下这个段落中的场景是如何激发杰克的自尊心的。他以工作出色为荣。他喜欢成功，渴望被尊重。这个段落有着巨大的张力，因为杰克正意气风发、情绪高涨地捍卫着自己的工作，他感觉良好，备受尊重。然后，当他意识到自己被利用时，情绪又跌到了谷底。

《唐人街》的前三个段落结束，大部分主要人物都被介绍了，观众知道是什么驱动着杰克向前，而谜团也在继续展开。

段落是完成某个目标并推动故事向前发展的一系列场景。你为这个段落所选的这些场景都应该是有针对性的，用以达成这个目标。编剧可以给每个段落拟一个标题。这将有助于聚焦故事，并提示编剧需要写出什么场景。

段落表

"段落表"是一个清单，一个场景接一个场景地列出你的电影故事将如何展开。给每个段落命名，这样你就知道自己想要在这部分故事中完成什么内容，而无须花时间去写一堆"漂亮的散文"。这是一个工具，编剧可以用它来专注于故事创作，并确保每个场景都对完成段落的目标有帮助。

例如，《哈利·波特与阿兹卡班的囚徒》（2004）开场的段落表可能是这样的：

段落一：哈利暑假在家的生活过得很惨。他待不下去了。

1. 哈利·波特躲在床单下借助魔杖的光读他的魔法书。他刻薄、小气的姨父过来检查，确保他没在看书。哈利假装睡着了。这一场景表明哈利在家里没有自由，不能做自己。

2. 第二天早晨。姨父那令人讨厌的姐姐来看望他了。她对哈利很不友好，还出言中伤他的父母。哈利大发脾气，把这个讨厌的女人吹得像气球一样飞向了天空。这一场景揭示了故事背景和哈利的特殊能力，当然，也给他带来了巨大的麻烦。

3. 哈利离开了他姨妈家，他知道自己将受到严厉的惩罚。他肯定不能再住在那里了。

4. 哈利搭上了骑士公共汽车，前去加入他的巫师伙伴。这辆神奇的公共汽车进一步介绍了哈利的特殊世界。

这个开场段落介绍了影片类型，以及主人公哈利在家中的生活常态，并将哈利送上了下一段冒险之旅。

再举一个例子：《谍影重重》（2002）。

丹尼尔·雷德克里夫，《哈利·波特与阿兹卡班的囚徒》（2004）

段落一：设置影片类型，介绍伯恩失忆。

1. 伯恩差点儿中枪身亡，他漂在海里被救了上来。注意，这是在一个晚上，而且是一个暴风骤雨的晚上。这增加了危险感和戏剧性。

2. 船长在伯恩的皮肤下发现了一个密码芯片，里面写着一串瑞士银行的账户号码。这帮助设定了影片类型——政治惊悚片，还说明了伯恩是一个特别的人。

3. 伯恩攻击了船长，展示了他的技能，他是一个训练有素的、有攻击性的人。

4. 显然，伯恩得了失忆症。这是故事的一个主要元素，它被设置在电影的前几分钟。现在，戏剧性的问题很清楚了：伯恩会查明自己是谁吗？

段落二：介绍谁在寻找伯恩。

1. 华盛顿特区。美国政府官员获悉伯恩的任务失败，而且他失踪了。观众开始了解故事的范围——政治阴谋，这可能会毁掉高级政府官员的职业生涯。这是一个"B线"故事。观众很清楚，这两个故事在一段时间内会平行发展，但最终会相交。

段落三：伯恩试图唤起自己的记忆。

1. 在船上，伯恩和捕鱼的船员们一起工作。这塑造了他的人物性格——他是一个愿意分担劳动、愿意尽一己之力的人，这让观众开始喜欢上他。

2. 伯恩试图唤起自己的记忆。他尝试说不同的语言。他检查自己身上的伤疤，希望这些伤疤能唤起记忆。他研究地图，希望能找到一个熟悉的地方。

段落四：伯恩踏上旅程，寻找线索。

1. 船靠岸了。船长给了伯恩一点钱让他前往瑞士。记住：伯恩掌握的唯一线索是瑞士银行的账户号码。

2. 伯恩乘火车前往瑞士，希望途中有什么能唤起他的记忆。他的总体需求还在继续——他想知道自己是谁。

3. 伯恩到达瑞士，睡在公园里。警察试图把他赶走，还要看他的证件。伯恩被迫对警察发起攻击。他能让两个警察缴械，这再一次证明了他超乎寻常的才能。然后，伯恩扔掉了枪，这表明他对毁灭性武器没有天生的欲望。注意：在整个故事中，观众都在想伯恩到底是"好人"还是"坏人"，这便增添了神秘感。

4. 伯恩来到瑞士银行。这串账户号码使他获准进入银行内部。他进入金库，在他的保险箱里找到一本护照。啊！他觉得好像找到答案了，他知道自己的身份了。

段落五：伯恩的希望破灭，不得不继续找寻。

1. 伯恩打开保险箱的另一个隔间，看到了更多的护照，上面都是他的照片，写着不同的名字，来自不同的国家。他的成功感转瞬即逝。

2. 伯恩走出了银行。

3. 华盛顿特区的政府官员被告知伯恩出现在这家银行。保持"B线"故事的活力。

马特·达蒙，《谍影重重》（2002）

4. 伯恩打了个电话到巴黎，询问其中一本护照上给出的地址是否有个"杰森·伯恩"仍然居住在此。他听到了答录机里自己录下的声音。现在伯恩有了一个新的直接目标：去巴黎。他需要到达那里，不断搜集线索，以确定自己的身份。

5. 伯恩意识到警察在跟踪他。他设法来到了美国大使馆。在这里，他遇到了一个女孩，这是他的第二次机会，故事（追捕）正式开始了。

多个段落构成一幕

使用段落表可以帮助编剧保持故事走向上的统一。一旦你知道了故事的大致轮廓，以及在每个段落中需要完成什么，你就可以尝试用不同的场景来实现每个段落的目标。

举个例子：你想讲一个关于艾米的故事，一个50岁的女人，决定重新加入舞蹈团，她年轻时曾在那里享有盛誉，度过了一段快乐的时光。从逻辑上讲，你可能需要一个段落来描述她竭尽全力恢复体形。将这个段落命名为：艾米决定恢复体形。把她可以做的各种锻炼方式列一个清单：健身、跑步、瑜伽、普拉提、伸展运动、有氧运动、健美操、芭蕾舞……这个清单可以展现从合情合理到十分荒谬的运动，一直列下去。在此基础上，选择一些更视觉化、更有趣的创意，然后创设场景，满足该段落的需要。

注意：请记住，要为你的主人公制造困难。是的，艾米想要恢复好身材，但每次尝试她都要面对失败、痛苦或者耻辱。永远不要让事情变得容易完成！

按段落思考可以帮助你组织规划，避免写那些对故事没有帮助的场景。

让每个段落只完成一件事。一次只专注于一个目标。

📝 练习

观看电影《桃色公寓》（1960）（美国编剧协会评选出的101部最佳剧本之一）。然后，再看一遍，使用下面的段落表来说明编剧是如何使用这些段落揭示了巴克斯特生活的不同领域，并逐一进行探索的。

《桃色公寓》（编剧：比利·怀尔德、I. A. L. 戴蒙德）中的段落：

段落一：介绍巴克斯特的工作和他在工作中的性格，以及他的总体需求（第1步）。

1.画外音介绍了人物性格、办公室政治和巴克斯特的工作。

2.从画面上我们可以看出，他是众多员工中的一员，显然不是管理层的。

段落二：介绍巴克斯特下班后的生活，以及他为了实现总体需求而进行的

杰克·莱蒙和雪莉·麦克雷恩，《桃色公寓》（1960）

合理尝试（第2步）。

1. 画外音仍在继续。巴克斯特工作到很晚，因为他允许高管们利用他的公寓进行幽会——他认为这将帮助他升职。巴克斯特的志向很明显了。

2. 介绍巴克斯特工作环境中的社交风气（办公室里的婚外恋和暧昧关系）。

3. 其中有位高管称巴克斯特为"某个蠢蛋"，这显示了高管们对他的真实评价，以及他们自我膨胀的形象。

4. 某位高管和情妇走后，巴克斯特回到他的公寓里，开始清理和善后。这表明高管们对巴克斯特毫无尊重，他也没有要求他们这样做。

5. 这位高管回来拿手套。很明显，巴克斯特低声下气，为了升职什么都肯迁就。这位高管把巴克斯特当成仆人一样对待。

段落三：展现巴克斯特独处时的性格。

1. 巴克斯特独自在公寓里看电视吃晚餐，他很孤独。

2. 介绍巴克斯特的邻居，一位医生。这个医生认为巴克斯特玩弄了很多女人，道德败坏。巴克斯特放任医生继续对他误解，因为在工作中获得晋升才是首要的事。在影片中，这是一个很重要的"C线"故事。

3. 孤独的晚餐之后，巴克斯特在看电视，但他对什么节目都不感兴趣。对他来说，他的生活绝对算不上成功。

4. 深夜，另一位高管叫醒了熟睡的巴克斯特。他想用巴克斯特的公寓进行一次短暂的幽会。巴克斯特本不同意，但这位高管承诺将在办公室里为他美言几句，于是巴克斯特妥协了。

5. 巴克斯特离开公寓，在一个寒冷的公园里睡着了。

✎ 注意

每个段落只专注于一件事。

段落四：介绍巴克斯特对浪漫爱情的憧憬，并继续他的合理尝试，以实现总体需求。

1. 得了重感冒的巴克斯特在电梯里与可爱的电梯操作员库伯利克小姐互动。

2. 介绍库伯利克小姐的性格：风趣、活泼、不轻浮。

3. 一位高管告诉巴克斯特，公司里的男人们都想和她约会，但都被她拒绝了。巴克斯特尊重她，并因此受到鼓舞——也许他有机会。

段落五：明确公寓使用规则，提升故事张力。

1. 巴克斯特现在感冒了，因为他在公园里睡了一整夜。他想要重新安排公寓的用途，这样他就可以在家里休息一晚恢复身体。观众可以看到公寓的使用范围和影响深远的用途。

2. 介绍管理层。在这家公司里，管理人员的工作日和非管理人员的工作日有区别。

3. 巴克斯特接到电话，要去见人事部主管希德瑞克。巴克斯特认为，这与高管们向他承诺的升职有关。

4. 希德瑞克操控巴克斯特，让他以为自己惹了麻烦（因为他得到了所有高管的大力推荐），但实际上，希德瑞克也想借这套公寓处理自己的情事。

5. 巴克斯特目睹希德瑞克打电话对妻子撒谎。巴克斯特虽不赞成，但在这一点上，他不是一个遵循自己的信念或按照道德准则行事的人。（注意：这在巴克斯特的生活中设置了一个将会改变的领域。请记住，如果他在影片结尾按照原则行事了，确保他在影片开头不是这么做的。）

6. 巴克斯特为了讨好上司，把当晚的公寓让给了希德瑞克。作为交换，他得到了两张《音乐奇才》的戏票。

段落六：爱情线的下一步，确立三角关系。巴克斯特继续进行合理尝试。

1. 巴克斯特邀请库伯利克小姐看戏。他很执着，坚持不懈。她同意了，但是得在她与曾经交往过的那个男人见面之后（我们得到的解释是，这段关系已经结束了）。巴克斯特很兴奋她同意和他约会，他们约好在剧院门口见面。

2. 一个"B线"故事开始了：库伯利克小姐和希德瑞克会面了。我们意识到希德瑞克就是她的"旧情人"。观众发现在希德瑞克的妻子外出度假时，他们有了一段风流韵事。库伯利克小姐显然对希德瑞克还有感觉，但她正在努力为自己的未来做出正确的选择。希德瑞克告诉她，他要离婚。她深受感动。她同意和他一起去公寓。

3. 希德瑞克的秘书看到他们在一起。很明显，她对这种情况有所了解。（注意：这里一个"C线"故事开始了。）

4. 巴克斯特在剧院外等着库伯利克小姐，显然她不会赴约了。（注意：再次表明，巴克斯特的孤独生活是令人不满、令人失望的。他需要改变。）

段落七：巴克斯特决定把公寓借给希德瑞克用的结果。合理尝试仍在继续。

1. 一个星期后，巴克斯特升职了。高管们一起前来祝贺他。我们发现希德瑞克现在拥有这套公寓的独家使用权，因为他是公司里的大老板，没人能反对什么。高管们因此对巴克斯特很不满。

2. 巴克斯特给了希德瑞克一个破裂的粉饼盒，这是希德瑞克的"女友"落在巴克斯特的公寓里的。（注意：巴克斯特完全不知道这位女友是库伯利克小姐，这个道具稍后会起作用。）

段落八：圣诞派对的情节。巴克斯特受到重大打击。（第3步）

1. 圣诞派对正在进行。巴克斯特很高兴，他现在是一名经理了，已经达成了自己的目标。他有点醉了，想要分享他的喜悦。他将库伯利克小姐从电梯里拉出来参加派对，并告诉她，他不会因为上次在剧院被放鸽子而怪她。显然，巴克斯特对库伯利克小姐还有感觉。

2. 库伯利克小姐从希德瑞克的秘书那里得知，自己只是他无数个情人中的一个而已。希德瑞克总是向每个情人都承诺离婚。库伯利克小姐伤心欲绝。

3. 巴克斯特不知情，天真地向库伯利克小姐展示了希德瑞克及其家人的圣诞照片。

4. 库伯利克小姐拿出她的粉盒来补妆。巴克斯特看到这正是那个他在家中捡到的破裂的粉盒，他恍然大悟原来库伯利克小姐是希德瑞克的情妇。（注意：巴克斯特现在明白了，他的雄心壮志是如何导致库伯利克小姐没能把他当作恋爱对象的。）

5. 希德瑞克打电话来确认晚上使用公寓，这又在巴克斯特的心上狠狠刺了一刀。

段落九：巴克斯特沉浸在悲伤中。库伯利克小姐也陷入悲伤。否定阶段继续。

1. 巴克斯特在酒吧里喝得酩酊大醉，另一个失意的灵魂也加入了他的行列——这是一个丈夫在监狱里的女人带来的喜剧性转折。

2. 在巴克斯特的公寓里，库伯利克小姐送给希德瑞克一份很好的圣诞礼物。而他给了她一张百元大钞。她崩溃了，觉得自己好像是援交女郎。她很害怕秘书告诉她的话是真的。希德瑞克离开她回到家人身边过圣诞节，库伯利克小姐独自待在公寓里。她看见了安眠药……

3. 巴克斯特和那个失意的女人在酒吧里跳舞。圣诞老人也喝醉了。都是些无家可归、无处可去的人。他们决定回巴克斯特的住处（他觉得希德瑞克和库伯利克小姐已经离开了）。

段落十：巴克斯特救了库伯利克小姐——他的第二次机会出现了（第4步）。

1. 巴克斯特在公寓里看到库伯利克小姐，意识到她服药过量，企图自杀。巴克斯特把他带回来的失意女人撵了出去。他找来了住在隔壁的医生，一起奋力挽救库伯利克小姐。（注意：这是巴克斯特实现总体需求的第二次机会——虽然这看起来不是一件好事，但最终会让巴克斯特和库伯利克小姐走到一起。）

2. 巴克斯特说服医生不要报告此事。

3. 巴克斯特整夜坐着守护在库伯利克小姐身边。

段落十一：第二次机会带来的结果、影响和冲突。事情开始进展顺利（第5步、第6步、第7步）。

1. 房东太太对巴克斯特发火，因为昨晚的吵闹声，还因为留宿女士在公寓里。

2. 巴克斯特打电话把库伯利克小姐的事告诉了希德瑞克。希德瑞克很冷漠，让巴克斯特处理好这件事。库伯利克小姐无意中听到了部分对话，但巴克斯特掩盖了希德瑞克的冷漠。

3. 巴克斯特让库伯利克小姐留在这里，直到完全恢复，这样就没有人会怀疑她做了什么。他拉着她一起玩扑克牌。

4. 他们分享秘密和情感故事。他们越来越亲密。库伯利克小姐问自己，为什么她永远不会爱上巴克斯特这样的好男人。巴克斯特的心意都写在了脸上，但他不能承认对她的感情……

5. 另一位高管携情妇出现，巴克斯特拒绝让他们进来。高管看到了库伯利克小姐。巴克斯特做了件"正确的事"——他把责任都揽到了自己身上。他做了一个道德上的选择。

段落十二：事情开始分崩离析（第8步）。

1. 希德瑞克解雇了他的秘书。

2. 希德瑞克的秘书很气愤，她发现了库伯利克小姐服药自杀的事，打电话约希德瑞克的夫人共进午餐。

3. 巴克斯特向库伯利克小姐承认，他过去也差点儿在感情失意的时候自杀。

4. 库伯利克的姐夫从公司高管那里打听到了她的下落。他冲进巴克斯特的公寓，打了巴克斯特一拳。

5. 巴克斯特将伤害库伯利克小姐的责任揽过来，替她和希德瑞克打掩护。这导致库伯利克小姐的姐夫和医生很不尊重他，但库伯利克小姐很感激他。

段落十三：反转和考验，事情继续分崩离析。

1. 巴克斯特去找希德瑞克，打算宣布他要从希德瑞克手中夺走库伯利克小姐，因为他爱她。还没等他开口，希德瑞克就告诉他，自己被妻子赶出家门，现在可以自由地和库伯利克小姐在一起了。但希德瑞克也明确表示，库伯利克小姐对于他只是"玩物",他无意与她结婚。

2. 希德瑞克又给巴克斯特升职了。巴克斯特接受了晋升。他没有遵从内心的原则行事,他不喜欢现在的情况,也不喜欢自己。

3. 库伯利克小姐以为希德瑞克是为了她离开了自己的妻子。但她现在不会见希德瑞克,直到他离完婚,以平息流言飞语。她告诉巴克斯特她想做"正确"的事。巴克斯特决定不告诉她真相,他很矛盾,但他不想破坏她的幸福,又或者因为他刚刚才升职。

段落十四:巴克斯特将自己的感受置于雄心壮志之上。危机、高潮、真相大白(第9步、第10步、第11步)。

1. 新年前夜。希德瑞克再次想用巴克斯特的公寓。巴克斯特终于受不了了。他拒绝了。希德瑞克威胁要解雇他。巴克斯特最终坚持原则并辞职了(这与他在电影开始时完全相反)。

2. 在巴克斯特的公寓里,巴克斯特正在收拾行李,他告诉邻居医生他要换工作、换公寓。

3. 库伯利克小姐和希德瑞克在参加跨年派对。希德瑞克告诉库伯利克,巴克斯特再也不让他用这间公寓了。库伯利克"明白"这意味着巴克斯特是爱她的。她跑向他的公寓。

4. 在巴克斯特的公寓门外,库伯利克小姐听到香槟爆开的声音,还以为是枪声。她担心巴克斯特又企图自杀,于是冲过去敲门。

5. 巴克斯特告诉库伯利克小姐,他爱她。很显然,她也爱他。

在段落表中,你没有必要讲得太细,只把它看作是一张笔记清单,用于帮助创建电影故事的骨架。编剧想到其他场景或段落需要囊括进来时,便可以将它们添加到段落表的正确位置上。有些场景或段落可能会被调整顺序,有些则会被扔进垃圾桶。

段落表是一个工具,用来确保故事不会偏离主旨。

本章总结

- 场景和段落需要推动故事向前发展。

- 每个场景和段落都必须服务于某个目标。

- 用"十一步故事结构"确保你的段落表都没有偏离故事主旨。

- 用必要的段落来构建故事，能帮助编剧确保故事是持续向前推进的，而不会在中途迷失方向。

第 11 章

阐释

是否有办法为人物和情境填充相关的背景故事？是的。

这些元素是充分理解一个故事所必需的吗？是的。

　　观众需要一定的信息，才能搭上这趟故事列车，享受旅程。

　　阐释就是给出观众所需要了解的信息，让他们去认识人物及他们的世界，并去充分理解故事的利害关系。观众想要知道是什么情况促使这个故事发生——并且现在就要发生。

　　观众需要知道一个人物是否对牛油果过敏，或者是否害怕蛇；她是否曾被强暴；他是否有赌博的历史；城里的水坝两年前是否决堤了；上周是否有人被私刑处死；市长的女儿是否和园丁发生过亲密关系；这位丈夫是否经常出轨；这位妻子是否四处留情……

　　记住，作为编剧，你最了解故事中这些人物、情境和其中的利害关系。它们对你来说很好理解。你的脑海中有每个人物的来龙去脉。你的工作就是确保观众也能了解这些重要的事实。

阐释可以慢慢地透露

　　并不是所有的阐释都需要（或应该）放到剧本的前几页中。在大多数情况下，阐释可以也应该在影片中慢慢地透露。但是最基本的信息，不要等得太久才呈现。

观众想知道他们为什么要投入到这个故事的人物和情境中去，而且在大多数情况下，他们在电影开场的5到10分钟里就想知道这个原因。如果你对观众隐瞒得太多，在故事的开头没有给出任何能引起他们兴趣的东西——如果他们不明白某个人物为何要如此行事——你可能就会失去他们。

所以，最有可能的是，你要想办法告诉观众一些基本信息：故事发生的地点、时间，主人公的性格特点，主人公是如何生存在这个世界上的（生活状态、工作、人际关系），是什么让主人公产生了变化，最重要的是，为什么这个故事现在开始了……

什么地点？

有多少电影是以某个特定地点的镜头开场的？2005年的《金刚》迅速将观众带到了20世纪30年代的纽约，当时纽约的日子很不好过，尤其是歌舞杂耍剧院。《断背山》（2005）迅速向观众介绍了怀俄明州的山脉。《偷心》（2004）的开场镜头拍的是伦敦街道，观众马上就知道故事发生在哪里。《不可饶恕》（1992）使用了一个中西部农民在挖坟墓的镜头作为开场。平坦开阔的空间给人一种遗世独立的感觉，让片中角色不得不面对这种孤独。然后镜头切换到一个狂野的西部小镇，大部分情节将会发生在那里。故事的引发事件发生在这里：镇上的酒馆里，一位妓女遭到了暴力对待，但却只有其他妓女为此事感到愤怒，认为这是不道德的。很快，观众就了解了这个故事中的世界，这都是通过服装、人物、交通方式，通过弥漫在小镇上的暴力感，以及通过语言和女性受到的待遇展现出来的。《骗中骗》（1973）立刻让观众进入背景——大萧条时代的芝加哥。《电视台风云》（1976）聚焦纽约，突出各种电视台的建筑，最后停在编剧查耶夫斯基虚构的那栋上面，让观众知道故事即将发生在那里。《成为朱莉娅》（2004）的第一个场景发生在伦敦剧院，讲的是一个舞台剧女演员凭借自己的能力摆脱了他人的利用的故事。《莎翁情史》（1998）从剧院的后台开始，让观众了解做戏剧制片人的危险。伍迪·艾伦的《曼哈顿》（1979）特写了曼哈顿的天际线。

阅读优秀剧本作品是个非常好的主意（很必要、很重要）。许多剧本都可以在网上找到。《卡萨布兰卡》（1942）的剧本要求用一个旋转的地球仪作为开场镜头，然后把观众引向非洲和一个叫卡萨布兰卡的城市。然后，旁白介绍了时间、地点和情境，这些都告诉观众，这个故事发生在第二次世界大战期间，政治难民前往卡萨布兰卡，以便赶上前往其他国家的交通工具。

看看《角斗士》（2000）的剧本，编剧建议拍摄一个罗马士兵（马克西姆斯）牵着妻儿穿过泛着微光的金色麦田的镜头，然后镜头快速切换到日耳曼尼亚的一片漆黑的被烧毁的森林，在这里马克西姆斯必须忘掉他对金色麦田的幻想，专注于即将来临的战斗。观众立刻对主人公生活的两个方面都有所了解。

📝 注意

网上找到的剧本可能是初稿，也可能是拍摄稿，或者是介于两者之间的版本。找到同一部剧本的初稿和拍摄稿，对比下它们有什么变化。有些网站提供剧本免费下载或免费阅读的服务，有些则会收取少量费用。其中运营良好的网站有Drew's Script-O-Rama和Simply Scripts Online。

什么时间？

你的故事发生在现在，还是发生在未来？是在多远的未来？你的故事发生在过去吗？现在和那时有什么不同？那时女性有选举权吗？每个人都能接受教育吗？是国王统治还是民主选举？正义是需要靠个人（持有枪、箭、矛或激光发射器）来伸张的吗？

当你选择把故事设定在一个历史时期，你就有机会去做些调查研究。这个世界是如何运转的？由谁统治？人们是如何吃饭、读书或者交谈的？搜集资料可以帮助你展开一个故事，添加一些细节，并给你一些灵感。

当你选择把故事设定在未来，你的想象力就可以变得狂野。这个世界将会是什么样子？由谁统领？人类在这个时代扮演的是什么样的角色？观众想知道这里的生活是如何运作的，他们想在你的想象力中尽情遨游，找到乐趣。尽快制定规则，并坚持执行下去。人类会读心术了吗？他们开始星际旅行了吗？医学进步到什么程度了？人们还会自然死亡吗？人们是如何感觉到爱的？你要把影响这个故事发展的规则说清楚。观众需要知道这个陌生世界的参数，他们还需要相信规则不会随意改变。

做什么？为什么？

为什么你的主人公会害怕和女孩约会？是他曾经在恋爱中焦头烂额，现在担心再次受伤？还是他以前从来没有约过女孩子，这是他的第一次尝试？他紧张和尴尬时会口吃吗？该如何对这些问题进行阐释呢？你可以考虑给你的主人公设置一个朋友——朋友可以鼓励或指导主人公，而当他这样做的时候，你的阐释就会不言而喻。或者给主人公安排一个敌人——让他奚落主人公，或者为了激怒主人公向他发起挑战，去接近女孩，请求约会。

这个因害怕和女孩约会而精神紧张的男人会是做什么的？他是白手起家的富人吗？他是修理电脑的吗？他是专业滑冰运动员吗？观众需要看到主人公生活的方方面面，从而觉得他们正在逐渐了解这个人物。《斯通家族》（2005）是一部优秀的群星片，它向观众介绍了大家族成员们的各种怪癖和性格特征。观众了解到，他们中一个是纪录片制片人，一个是教授，一个是想参观印度寺庙的商人，一个是对国家公共广播电台十分感兴趣的人，还有一个是打算收养婴儿的人。这些细节都是通过巧妙嵌入于故事的信息来逐一阐明的。这些信息有些是可视化的，有些是夹在对白中的。阐释能帮助观众建立起与人物的联系，产生共鸣。

为什么你的主人公，一个上流社会的女孩，决定去大城市里最贫穷且暴力事件频发的街区教小孩子读书？她是受某个政治人物、教授或朋友的启发吗？还是她读过的某篇文章，让她看到了弱势群体的困境？她总是想帮助别人吗？她的家人对此有什么看法？她结婚了吗？订婚了吗？她有要好的朋友吗？她有什么爱好吗？为什么你的主人公，一个年轻男孩，选择了拳击？是受他父亲的影响吗？还是他有想变强壮的特殊需求？为什么？因为他小时候经常挨打吗？这又是为什么？

阐释应该在何处进行，有规则吗？

一个编剧应该在他剧本的前5页、前10页或前15页里，进行多少阐释？这是一个很难回答的问题，因为这取决于故事叙述的风格，也取决于影片的类型，以及编剧对人物的展现方式。这还取决于编剧如何将故事层层剥开，引导观众进入一个惊喜不断、变化不断的故事。

阐释性的信息可以用作情节点，随着故事的发展，这些情节点会使故事变得更加复杂。阐释性的信息也可以增加故事的张力，《虎豹小霸王》（1969）就是一个很好的例子：直到最后一次逃亡，观众才发现太阳舞小子不会游泳。直到影片的结尾，观众才发现布奇·卡西迪从没开枪杀过人。这些外在的人物特征，是在需要被揭示的时候——有必要增加故事张力的时候，才会被揭示出来。《杯酒人生》（2004）则较早地进行了阐释。观众需要知道，迈尔斯因离婚而感到沮丧，无法继续正常生活。观众需要知道他是一个作家，他希望自己的书能出版，他已经很长时间没有和女性交往了，他是杰克的大学室友……在看电影、读剧本时，你会看到大部分的阐释都是以一种对抗的方式（表达不满、引起冲突）呈现出来的。

让人物的背景故事以一种动态的方式呈现出来，让它在一场激烈争论中表达出来，在一个精辟的评论中展现出来，在一个尴尬的局面里或者在一个令人不快的情况下表现出来。

将阐释隐藏起来

有没有什么方法可以在不直接说出来的情况下揭示背景故事？当然有。这就是所谓的"隐藏阐释"，让观众在不知道自己被"告知"的情况下获取信息。

编剧可以通过视觉资料来隐藏阐释：例如，门上写的名字"杰克·史密斯，私家侦探"；或者一个人办公室的大小和位置；汽车上虚荣的车牌；或者一个人的穿着，他的口音，他的家，他的朋友。我们看到她在健身房疯狂地锻炼和称体重吗？这个人的房子有多大？房子里面挂满了法国印象派画作还是非洲艺术？车库前面的私家车道上停有电力车吗？

编剧在创造人物时可以通过人物行为来展现其个性，把对人物的阐释隐藏起来。例如，一位田径明星输了比赛，表现出不祝贺优胜者的样子。或者一名没有经验的新闻播音员在打开摄像机的瞬间汗流浃背。或者一个女人在餐馆里要求"每样东西都要配菜"，然后盘问服务员鲜榨橙汁里有多少果肉。

举个例子：一个出轨惯犯——汉克，坐在餐厅的柜台前。透过餐厅的窗户，他看到一个女人——贝丝，下了长途巴士。她提着一个行李箱走了进来。她拿起一份当地报纸，打开到公寓出租那页。这个男人摘下他的结婚戒指，放进了衬衫口袋里。女服务员注意到了他这个动作，翻了个白眼。贝丝坐在柜台的另一头。汉克装腔作势地问能不能请她喝杯咖啡，开始了他"哎呀，我以前从没这么做过，但你实在太漂亮"的表演。贝丝上当了，受宠若惊。汉克的新欢提着一袋子他落在她家里的内裤，走了进来，她把它们都倒在柜台上让所有人都看到，并告诉他可以带回家让他的妻子洗。女服务员大笑，贝丝收起她的行李箱，迅速离开。

这个场景透露了大量的人物信息和背景故事。汉克已婚。他想装成单身，于是摘下了戒指。他搭讪的台词很流畅，因为久而久之越发完善了。他现在至少有一个情妇。他仍然和妻子住在家里。还有，我们知道女服务员以前见过汉克的这种套路。她在最后大笑的时候，我们知道她一点都不同情汉克。我们还了解了贝丝的情况。她刚搬到城里，一个行李箱意味着她没有太多的生活用品。她坐的是长途巴士，这意味着她的经济状况可能有些拮据。她起初接受了调情，这意味着她对恋爱持开放态度。她最后离开了，这意味着她对与花心男人陷入混乱关系并不感兴趣。

再举一例：穿着东印度传统服装的小女孩安贾莉被父亲开车送到了一所高中。安贾莉下车后朝学校的大门走去，但是当她意识到父亲的车已经拐过街角时，她就急忙跑去了学校的操场。她匆匆脱下传统服饰，露出一件田径运动服。在球场上，我们看到教练正在看表，焦急万分。教练瞥了一眼看台上的一排大学球探。他们也在看表。突然，教练看见安贾莉跑了过来，挥手示意她过去。安贾莉选了一条起跑线站好，百米冲刺即将开始。发令枪响，比赛开始了。安贾莉跑得像风一样快。她远远超过了所有人。

我们在这个场景中发现了什么？安贾莉来自一个管教严格的传统家庭。她对父母隐瞒了真相。她热爱跑步，也很擅长跑步。她的教练对她有信心，想要帮助她。安贾莉希望拿到田径奖学金上大学。这个段落提供了很多关于女孩家庭生活的信息，并且介绍了她的个人爱好和动力。

没有必要在故事的第一个场景中就把所有的阐释都罗列出来。随着故事的发展，有些信息可以作为改变故事的情节点。这会让你的故事变得更加复杂。

有许多电影在前五到十分钟里都是以阐释为主的。有时它们做得很好，都被"藏起来了"。有时做得不好,观众只觉得他们得到了一张有关人物和情境的事实一览表。编剧的任务就是,当需要阐释的时候,让它以一种自然的方式呈现出来。

需要多少阐释?

把你的阐释限制在"直接影响故事"这个范围内。没有必要让观众知道你的主人公在5岁时掉了第一颗乳牙,除非这对故事情节很重要。

想想《肖申克的救赎》(1994),由弗兰克·德拉邦特编剧和执导,根据斯蒂芬·金的原著小说改编。观众需要知道关于主人公安迪(蒂姆·罗宾斯饰)的什么信息,才能搭上这个故事的列车?观众需要知道发生了一起犯罪事件。这些信息是通过视觉传达的,而不是通过对话(他的妻子在与情人偷情时,被枪杀)。观众需要知道安迪被指控谋杀(他在法庭上是被告)。观众需要知道安迪坚称自己无罪,但被判有罪。简短的审判场景之后,我们很快进入电影的核心——肖申克监狱。没有必要展示主人公糟糕的婚姻,也无须看到他在餐馆里和当地人聊天,或者买杂货,或者回忆他的十岁生日。影片中最主要的关系是在监狱里,所以这里才是需要用简洁、有感染力且积极的方式引导观众关注的地方。

想想《百万美元宝贝》(2004)。法兰基(克林特·伊斯特伍德饰)这个人物,必须在麦琪(希拉里·斯万克饰)闯进他的生活,请求他训练自己成为一名拳击手参加比赛之前就先刻画好了。观众需要知道他是一个很好的教练,一个孤独的人;他正在经历宗教信仰危机;他在拳击界是个强硬的谈判者;他会为他信任的拳手坚持到底;他用最黑暗的眼光看待这个世界;他不喜欢女拳击手。如果观众没有充分了解他的性格,就不会对他随后的行为以及他与麦琪之间日益加深的情感关系产生共鸣。

想想《一夜风流》(1934)。观众知道艾莉出身于一个非常富有的家庭,因为她在一艘游艇上，她的父亲称与她一起私奔的男人为"淘金者"，她还有仆人随时待命。在艾莉跳下游艇寻找自由之前，观众很快就了解她的重要特质——她是倔强的、沮丧的、被过度保护的。在《桃色公寓》（1960）里，我们知道巴克斯特是一家大公司的底层员工，因为我们看到他和其他员工一起坐在数不清的办公桌前，做着同样的工作。我们很快就知道了他的志向，从视觉上我们也完全理解他想要离开这样的工作环境。《走出非洲》（1985）在丹麦的冰天雪地中开场，我们看到了卡琳（梅丽尔·斯特里普饰）情绪不安的样子，她需要控制。她最想做的首要事情就是结婚（这会让她觉得自己在掌控自己的生活）。在影片的开始，她感觉这将永远不会发生了。很快，她向她的一个朋友求婚了，他们达成一致决定结婚，而我们则被剧中人物带到一个与冰雪和寒冷截然相反的大陆——非洲。因为我们已经看到了卡琳来自哪里，不说一句话我们也明白，她面临着巨大的挑战。一辆火车载着卡琳隆隆驶过，我们从火车上看到非洲是一片广阔的乡村景观，没有什么城镇，也没有什么人口聚集中心。丹尼斯·芬奇·哈顿（罗伯特·雷德福饰）正徒步穿越这片广袤的土地，他只是挥挥手就可以让火车停下来，以便他装载象牙。这表明非洲并不是一个按时间表和规则运行的世界。这一举动还告诉我们，这里的社交圈非常小，似乎人人都互相认识。

如果需要口头上的阐释，那么将其设置在一个活跃的情境中

在《窈窕淑男》（1982）中，电影一开始，迈克尔·多西（达斯汀·霍夫曼饰）在自己的生日派对上试图给女人们留下深刻的印象。派对上没有人说"迈克尔的女人缘不好，他太自以为是了……"，但是我们都能看出他试图以一种缺乏尊重的方式与人攀谈，却没有任何进展。当他活跃地做着惹人讨厌的自己时，我们开始逐渐了解这个人物。

在《教父》（1972）中，麦克·柯里昂（阿尔·帕西诺饰）第一次出现在

人们面前穿着军装。这是一次视觉上的人物阐释。麦克和未婚妻（黛安·基顿饰）之间的对话，让我们了解到麦克黑手党家族的一些规则和背景。这也用一种动态的方式让我们知道了麦克想要什么样的生活。

在《电视台风云》（1976）中，麦克斯（威廉·霍尔登饰）向他的朋友霍华德（彼得·芬奇饰）讲述他最喜欢的那些有关新闻报道的记忆。这段对话是为了让霍华德在被解雇时能感到好受些，同时也提醒他做新闻记者已经不是从前的样子了。这也可以当作一种阐释，因为它让观众知道了麦克斯的恐惧——他担心自己的好日子就要结束了。这是一个关于男人中年危机的故事，而该场景成功完成了这一设定。

在《克莱默夫妇》（1979）中，泰德·克莱默（达斯汀·霍夫曼饰）一直都花很多的时间和老板在一起，总是工作到很晚，显然把工作放在了家庭之上。场景中的对话并不是要直接"告诉"观众什么才是泰德生活中最重要的事，而是让观众看到他心中的优先事件。观众根据他所做的选择，拼凑出了他的性格。

在《唐人街》（1974）中，最激动人心的场景之一发生在电影快要结束的时候。它以一种非常动态的方式进行了阐释：杰克·吉茨（杰克·尼科尔森饰）正在掌掴伊芙琳·穆雷（费·唐娜薇饰），而此时伊芙琳告诉他，和她住在一起的神秘女孩既是她的妹妹又是她的女儿。这是一个直到第二幕结束才能被揭晓的真相——当它需要被揭晓，而且能影响到杰克和他制定的计划的时候。

在动画片《盒子怪》（2014）中，当大家都被困在敌人的"监狱"里时，"蛋生"得知他有父亲，且他的父亲还活着，于是"蛋生"决定必须集中精力逃跑。

在《超体》（2014）中，露西（斯嘉丽·约翰逊饰）在影片开场时，手上铐着一个神秘的公文箱，她还被毒枭和他的手下挟持为人质。当公文箱被打开后，她看到了里面的东西：一袋袋明亮的蓝色小球。这个喜怒无常的毒枭带出了其他俘虏，要让他们当毒骡。有些人当着露西的面被枪杀，目的是杀鸡儆猴，让她知道逃跑的后果。这整个开场段落都围绕着公文箱和露西被囚禁展开。编剧兼导演吕克·贝松抓住了观众的全部注意力，因为很明显，露西被卷入了极其可怕的环境之中，而她还不知道到底发生了什么。

演出来，别讲出来

不要低估视觉资料的力量。如果你能用视觉的方式告诉观众一些事情，你就无须用语言来表达。如果你养成了边演示边讲解的习惯，观众就会开始反感，认为你是在填鸭。如果你能用画面演出阐释内容，就不必用台词说出来。

📝 练习

请用视觉方式来展现这段文字说明：

今天是杰克的生日，他刚满30岁。他住在芝加哥，在一家百货公司工作。他爱上同事凯西很多年了，但是她正在和百货公司的经理约会。杰克工作到很晚。没有人记得他的生日。他独自住在公寓里，唯一的伙伴就是在公寓外的消防通道上游荡的那只猫。

善用闪回

一个故事可以用很多种方式讲述，任何有效的方法都是可以接受的。闪回可以用作故事的补充说明，但要记住：每个场景都应该有助于推动故事或人物向前发展。这也同样适用于闪回。如果闪回的片段没有推进人物的故事在当下时空的发展，那么也许在这个故事中闪回不是最有效的表达方式。在《达·芬奇密码》（2006）中，不断使用闪回的手法来阐释这个故事，是没有必要的。闪回没有给观众提供任何新的信息（正常对白中也有相同的信息）。闪回还放慢了影片的节奏，突出了这是一个过分依赖情节来驱动的故事。问问你自己：如果闪回被删除了，故事还能成立吗？如果答案是肯定的，那就删掉闪回。

问 如果一个编剧确实需要使用倒叙，他能只用一次吗？还是说他必须准备一系列的？

答 这件事没有规则，你的故事要用你认为最好的方式来讲述。但要注意，使用倒叙往往是一种风格的选择，除非风格是平衡一致的，否则电影故事可能会让人觉得无所适从。

本章总结

- 根据剧本的需要填充背景故事。
- 人物和情境的补充资料，应该隐藏在人物的行为和故事的发展之中。
- 一位优秀的编剧会在把人物塑造得丰满有趣的同时，隐藏对人物的解释说明。
- 一位优秀的编剧会在写作过程中穿插一些背景故事——在需要这些信息的时候，能确保信息在一个推动故事发展的场景中被呈现出来。

第 12 章

对白

每个场景中都需要有对白吗？不是。

人物必须用语言来回答问题吗？不是。

人物必须通过语言对每个意见或每种情况做出回应吗？不是。

真正经典的对白是令人愉悦的体验。谁不喜欢有趣、巧妙的台词，或是灭人威风的辛辣俏皮话，抑或是发自肺腑的爱的宣言和忠诚誓言？教练们在更衣室里发表的那些鼓舞人心的演讲怎么样？那些为了引导主人公沿着正确的道路前进而讲的警世故事呢？恋人之间或者好朋友之间开的玩笑呢？辛酸往事的倾诉呢？士兵们在誓师大会上激动人心的呐喊呢？

对白在大多数电影故事中都是很重要的。但是，只有在需要展现人物个性和推进故事的时候才会用到。

记住，电影是一种视觉媒介。如果视觉能传达这一刻，就没有必要使用对话了。

当你写剧本的时候，你的脑海中可能会浮现一些场景。请把这些画面写在纸上。一个坐着的角色，在听到谋杀的消息时会突然站起来吗？她会呕吐吗？会昏过去吗？还是会打人？是否仅凭她的动作就足以说明她的精神状态，根本不需要对白？如果是这样，那就删掉对白。

如果一个角色亲眼看到她的男朋友正在和另一个女孩在餐厅里约会，她可能会愤怒地向餐厅的窗户上扔东西。她也可能会哭，会踢他的车，会把他送的项链从脖子上扯下来，然后径直走进餐厅扔进他的汤里。她还可以回到家，独自坐在黑暗中，盯着他们高中毕业舞会的照片。这些场景都不需要对白，因为人物的行为会将其所思所想展露无遗。

如果角色的意图和情感状态可以通过视觉传达，那么就可以考虑删掉那些只是重复场景中已知信息的对白。

行动是更有力的表达。相信它们。

然后，当你需要对白时，努力写出精彩的对白。

精彩的对白能展现人物并推进故事

精彩的对白可以触动、责怪、取笑、质疑、激怒。精彩的对白能引发情感反应，从而揭示相关信息。精彩的对白可以引发冲突。精彩的对白可以设计成口是心非。

每句话都应该是有目的的。以《唐人街》（1974）为例：杰克·吉茨正在给他的男员工讲一个低俗笑话。这个笑话的内容并不重要，重要的是穆雷夫人（费·唐纳薇饰）在杰克不知情的情况下正听着这个笑话。这段对白的目的是制造一个尴尬场面，让杰克措手不及。在《低俗小说》（1994）中，朱尔斯（塞缪尔·杰克逊饰）发表了自己对汉堡包的看法。他不是要教公寓里的年轻人如何吃牛肉饼，他是在明确表示，他才是这个房间里最危险、最难以捉摸、最有权势的人。

找到每个人物的声音

角色说话的方式会赋予他们生命。你要为角色打造他们专有的对白。让这些对白来帮助你诠释人物。

这个人物来自世界的哪个地区？

- 他是外国人还是本地人？

- 她来自哪个国家的哪个地区？

- 使用俚语和方言可以展现人物来自哪里。

- 使用通俗的隐喻或类比也可以展现人物。

这个人物的教育程度如何？

- 喜欢说高深的词还是简单的词？

- 语法呢？

- 词语误用？

- 对世界的认识？

- 清晰表达自己观点的能力？

这个人物的性格是什么样的？

- 暴力的？温顺的？羞怯的？缺乏安全感的？自负的？任性的？

- 在任何情况下都能保持幽默感？

- 在任何情况下都很有戏剧性？

- 因受到不公平待遇而愤怒，耿耿于怀？

- 每句话都有吸引力？

探索不同的说话模式是很有趣的。做些调查研究，找出这个国家乃至世界的某个地区所使用的词汇。如果你笔下的人物喜欢小说《了不起的盖茨比》，那就从这部菲茨杰拉德的杰作中选取一个俚语常用词。如果你笔下的人物喜欢说唱歌手，可能他说话也是饱含节奏和韵律的？如果你笔下的人物出身贫寒，几乎没有受过什么教育，却想扮成公主，那你就为她找到一个她认为特别"高贵"的词。如果你笔下的人物缺乏自信，那他的开场白就会经常是："我不太确定这个……"或者"当然，我有可能是错的，但是……"。如果你笔下的人物爱吹牛皮、爱欺负人，那么他的开场白就经常是："听我说……"或者"你懂个什么？"。如果你笔下的人物很天真，总是对世界感到惊奇，那她对几乎所有事情都会用同一种反应："哇哦……"、"太神奇了……"或者"真的吗？"。

对白也关乎态度。性格开朗的人会觉得每片乌云的背后都有一线希望。将世界视为黑暗、险恶之地的人，就会找到相应的文字、图像和思想来反映这一点。

对白技巧

在剧本中，不完整的句子也是可以出现的。没有必要非常及时地完成每一个你所知道的想法。对白可以是时髦又独特的。对白可以亲切友好，也可以势利傲慢。只有一个字的对白也可以使用，只要能让对方明白你的意思就可以。

听听你的朋友说话，再听听你自己说话。在大多数情况下，完整的句子并不是自然的交流方式。当人们彼此熟悉或对环境很熟悉时，他们之间的对话就会更简略。理解一种感受或情况所需要的词汇量，会随着人物之间亲密程度的提升而减少。

在大多数情况下，对白要简短。一个词或者半句话就可以了。如果这个人物是个很啰唆的人，也还是要精打细算简约一点。在大多数情况下，你不会想让任何人物喋喋不休。如果你的故事就需要这样一个元素，可以考虑让另一个人物用提问或评论的方式，打断这个啰唆人物的独白，这样场景才会保持动感。

对白可以揭示人物内心的想法和执念。对白能使一个人变得立体，展现出他的兴趣爱好，也展现出他是深刻还是肤浅。

📓 **练习**

和你的一位朋友或家人坐下来。问这个人问题，然后逐字逐句地写下他们的回答。注意他的讲话方式和用词。他们是否都不说整句话？他们的说话方式独特在哪里？他们说话时会看着你的眼睛吗？他们对自己说的话有把握吗？他们想取悦你吗？他们很傲慢，还是不耐烦？他们选择用什么样的字眼来表达自己的态度？

你的人物在跟谁说话？

人物可能会在面对不同的人时采用不同的说话方式。想象一下，当一个人向她保守的祖母而不是她狂热的室友描述她的火辣约会时，她会表现出什么不同；或者，一个人把丢掉了生意这件事对他紧张易怒、吹毛求疵的老板讲述，跟对酒吧里的人讲述，相比较而言，他的说话方式会有什么不同；或者，一个人不得不告诉小孩，她的妈妈已经离家出走再也不回来了，相比于告诉一个朋友他的妻子和水管工私奔了，在表达上会有什么不同。品一品人物在用词和态度上的差异。

📝 **练习**

尼克是一名高中优等生，有着十足的书呆子气，却试图融入一个很酷、很叛逆的群体。因为他迷恋上了薇琪——一个身上穿了很多洞，傲慢无礼，还爱挖苦人的女孩，她还是那群酷小孩的头头。写两个场景。第一个场景是尼克告诉他最好的书呆子朋友阿诺德，他是如何科学系统地研究邀请薇琪约会的方式。第二个场景是尼克试图融入薇琪的世界，寻找机会约薇琪出来。千万不要让尼克轻易完成任务。让他在困境中挣扎，还要让他很有创意，因为他得在这两种情况下都能找到恰当的词语来表达自己。

每个人物都有不同的说话节奏

剧本中的每个人物都应该有其独特的说话节奏。每个人物也都应该有其独特的词汇。编剧要为每个人物找到一个最喜欢用的短语或单词。有些人说话很快，有些人说话很慢。有些人爱用长句，有些人爱用短句。有些人总是用错词。有些人喜欢说大而空洞的词。有些人从来不说超过两个音节的单词。有些人说的每句话都咄咄逼人。有些人则比较内向、安静，用词谨慎。

想想《安妮·霍尔》（1977）：安妮最喜欢用的短语是"la di da"（装腔作势）。这个短语帮助揭示了这个人物谦逊、不爱出风头的性格。想想伍迪·艾伦为自己塑造的人物吧——他们总是自我反省和神经质地以自我为中心，他们思维敏捷、说话迅速，总是自我防卫。

《教父》（1972）中的麦克·柯里昂说话谨慎克制，很有分寸。他都是三思而后言。他哥哥桑尼（詹姆斯·肯恩饰）的说话方式非常夸张，他控制不住自己的脾气，说话从不过脑子。他的二哥弗雷多（约翰·凯泽尔饰）说话轻声细语，他缺乏安全感，他的沟通方式清楚地表明了这一点。

想想《大白鲨》（1975）中的三个主要人物。马特·霍伯（理查德·德莱弗斯饰）总是说个不停。警察局长布罗迪（罗伊·沙伊德尔饰）不愿透露自己的想法和感受，是一个安静的人。昆特（罗伯特·肖饰）满嘴粗话，爱吹牛，爱惹麻烦。编剧们让每个人物都与众不同，并为每个人设计了不同的说话节奏，正因如此，这部夏季灾难片才能脱颖而出。

确保你剧本中的每个人物都有自己的声音，也都持有对这个世界的不同态度。他们中是否有人偏执？有人悲观？有人不太自信？有人是利己主义者？

📖 练习

为你的每个主要人物选一个词，用来表达事情进展顺利。你的人物如果要描述一次美好的经历，会用"太棒了""超级厉害""神奇""了不起"，还是"震撼"？

再为你的每个主要人物选一个词，用来表达事情进展不顺。你的人物用的是"难以置信""这是毁灭性打击"，还是"真差劲"？

为一些人物选择口头语。口头语就是出现在人物真正想说的话之前或之后的词。常见的例子："好吧""我不知道，但是……""啊""噢""你不知道……""听着""亲爱的""宝贝"，或者像是安妮·霍尔的"la di da"。这些口头语已经成为人物的语言习惯。有时添加一个口头语可以帮助突出这个人物的个性，也可以使对白听起来更自然。注意：不要过度使用口头语，也不要让每个人物都用。

写一下这个场景：五个来自不同地区、有着不同教育背景和不同经济实力的人在一家百货公司的大厅里等候。他们每个人都赢得了一次疯狂购物的机会，而且每个人都有半个小时的时间来挑选自己想要的东西。设置情境（阐释说明），让每个人物用自己独特的声音来填充背景故事的一部分。然后添加这个冲突：商店经理进来告诉这五位客人，此次购物规则是没有人可以在店里选择相同的商品。展现出有三个人非常想要最新的电子游戏。现在离商店开门营业还有五分钟，气氛非常紧张。这三个人将如何努力实现他们的目标？其中一人会试图贿赂另外两人吗？其中一人会试图禁止另外两人吗？其中一人会因为他对电子游戏的需求超过了其他人试图说服另外两人吗？确保每个人物都有其独特的声音，并能够反映出他们的背景、年龄和社会地位。

精彩的对白推动故事向前发展

假日电影《斯通家族》（2005）就是一个"没有废话"的好例子。这是一部群星合作的电影，所以有很多人物需要关注。每个人的故事都清晰、干净，富有情感。精彩的对白为此功不可没。

《鸟人》（2014）的对白颇具特色，在揭示人物性格（人的需求、欲望、恐惧和生存状态等核心部分）的同时，又能在每个场景中都引发冲突（感知、观点和欲望的碰撞）。这些冲突将主人公里根（迈克尔·基顿饰）推向了疯狂的边缘，让他更想结束这充满失望和痛苦的生活了。

迈克尔·基顿，《鸟人》（2014）

看一看《训练日》（2001）的剧本。每一个场景和每一次对话交流都是为了把杰克·霍伊特（伊桑·霍克饰）推向他不得不面对的时刻：为他未来的警察生涯做出一个道德上的选择。

再看一看《杯酒人生》（2004）的剧本。每一个场景和每一次对话交流都是为了敦促迈尔斯做出选择——继续（还是不继续）进入人生的下一个篇章。

去掉所有的"繁文缛节"

除非"哈啰"这个词在场景中有很重要的意义，否则删掉。除非"你好吗？"或者"你还好吗？"在这个场景中有很重要的意义，否则删掉。除非"天气确实很好"在这个场景中有很重要的意义，否则删掉。的确，有时候使用这些简单、常见的词汇可能是为了掩盖尴尬的处境或者是掩饰强烈的情绪。如果是这样的话，那没问题。这就是所谓的潜台词，我们将在本章稍后讨论。

还有以下这样的对白可以直接从你的剧本中删除：用话语告诉观众他们即将看到的东西。比如，在这样一个场景里，主人公在森林小木屋里遇见了他的哥哥，没有必要让人物说出"我们去山脚下的湖边吧，每年夏天我们来到这里的第一件事就是去那个我们最喜欢的地方"这样的话。你所需要描述的就只是：兄弟俩到达小木屋，疯狂地穿过森林，边跑边脱掉衣服，飞奔下山，跳进湖里。这些画面会让观众了解到兄弟俩对这片湖泊的熟悉和喜爱。

当然，如果你可以直接把画面切到人物所坐的咖啡店里的话，人物也不需要说出"我们去咖啡店吧……"这样的台词。编剧不需要用语言告知观众这个人物要去哪里，然后再用画面展示他去了哪里。当然了，如果去咖啡店对这个人物来说是一个挑战，是为了呈现他的某种反应（也许这个咖啡店是他前妻工作的地方，也许这里曾是某个激动人心的时刻发生的地方），那就保留这句对白，因为其中含有潜台词（简单句子下面的深层含义）。

另一个多余对白的例子：男人向女人求婚，送她一枚订婚戒指。她高兴得跳了起来，吻他，在房间里跳舞，把他拉到床上，开始和他做爱。而"我太高兴了，我想跳舞！让我们做爱吧……"这些话，对这个场景来说太多余了。

如果能用画面呈现情节内容，就不要用对白说出来。

精彩的对白可以发出挑战、逗人开心、唤起情感

写得精彩的对白可以提出有力的论点、全新的想法和不同的观点。对白可以带来欢笑也可以引人落泪。对白具有很强的影响力。在合适的时间为合适的人物找到合适的台词——编剧便可以此引起观众的情感反应。

帕迪·查耶夫斯基（《电视台风云》《医生故事》）、托尼·库什纳（《天使在美国》《慕尼黑》）、温迪·沃瑟斯坦（《海蒂传奇》《媒体审判》）、斯蒂芬·加汉（《辛瑞那》）、妮可·哈罗芬瑟（《无须多言》《请给予》），这些编剧所创造的人物都是具有强烈的政治观点和社会学观点的。他们的剧本看起来并不"说教"，因为他们的人物都刻画得很好，并且展现了不同的论点或观点。他们让所有人物（甚至反派人物）都有合乎逻辑的有效论点和观点。

如何通过对白进行阐释?

说明性的对白会让你的电影黯然失色。在前一章中,我们已经讲过为何要"隐藏阐释"。如果一个编剧想要通过对白来表达观点,那么他的观点必须要"藏好",这样观众才不会觉得自己被塞了一张信息清单。

如果你需要用对白传达信息或介绍背景故事,那就用争论、反对、讽刺的话语来表达,或者故意触动另一个人物的情绪,引起他的反应,加以陈述。对白应该保持张力和持续的冲突,甚至让对白显得很伤人,或者充满挑衅。

可以考虑将说明性的对白用问句的形式展开。也许它的目的就是惹某人生气:"你以为你一个失败的高中辍学生,还能当上全世界最有名的国际象棋比赛冠军吗?我可不这么认为。" 还可以考虑将说明性的对白用言语攻击的形式表现出来:"你不够漂亮,你在高中时甚至都没约会过。"

考虑一下把说明性对话以操控他人的形式表达出来:"你爸爸需要10万美元才能不去坐牢,而你需要做的就是吃饭、跳舞,让我的老板24小时都开心,然后他会给你开一张10万美元的支票。你要是爱你爸爸,会愿意为他这样做吗?"还可以考虑用说明性的对白来打击某人的真实感:"你爸不可能把他那辆价值百万美元的车托付给你。那车以前是某个酋长的,记得吗?你还想用它载着某个没出息的人去她根本不配参加的舞会?"(这已经说明了很多:我们发现父亲不信任儿子,这位父亲可能很富有,因为他拥有一辆价值百万美元且有着神秘渊源的汽车,而那个想用车的儿子正在和一个上不起他那豪华私立学校的乡下女孩约会。)最后一个例子用一句话阐释得太多了。为了跟上节奏,观众的大脑得不停地运转。注意不要在一次对话交流中加载过多的解释说明。

阐释应该自然、缓慢地进行。一个优秀的编剧在运用对白的同时,也可以结合运用视觉线索。

问 喜剧片比剧情片更依赖于对白吗?

答 在大多数情况下:是的。广义上的喜剧(尤其是肢体喜剧)都需要向伟大的无声喜剧演员和电影制作人致敬，像是卓别林、马克斯兄弟、哈罗德·劳埃德等。像《阿呆与阿瓜》（1994）、《足球老爹》（2005）这样的电影大部分依赖于视觉幽默。像《律政俏佳人》、《BJ单身日记》、《王牌播音员》、《鸟人》和《世界末日》（2013）这样的电影将肢体和语言元素融合在一起，以突出喜剧效果。伍迪·艾伦的喜剧依赖于巧妙的对白，好似语言的乒乓球对打，在口头上探讨想法和观点。

谎言和误解

不是每个人都会一直说真话。情景和言辞有时也会被误解。人们不是总能坦率地表达自己的情感。谣言、流言飞语以及恶意的谎言会导致冲突和争执。用你的对白来制造冲突吧。

如果你想把对白设计得很自然，要先记住，人们并不是总能说出他们的真意。人们有时会采用"钓鱼"的方式来获取信息，有时会掩盖自己的情绪，不显出脆弱的一面，有时也会试图唤起他人的回应。

有时人们在说话前不加思考，真话假话都会脱口而出；有时人们又会组织会话，用以操控和明确了解自己的所作所为；还有时人们会说一些残酷的话来掩盖自己受伤的事实。请自然地运用对白，以确保它能影响场景，并促进人物之间的互动。

要经常探究那些会引发冲突或者把事情推向一个尴尬境地的对话。构建这样的对话，使人物处于这种尴尬的情节之中。

直抒胸臆的对白和潜台词

直抒胸臆的对白，是指一个角色在陈述一个显而易见的事实，或者在大胆地表明他的意图。这种表达没有掩饰，没有托词，也没有经过处理。直抒胸臆的对白，是潜台词的反义词。

潜台词，指的是"说的是一件事，但表达的意思却是另一件事"的对白。有些编剧会因担心他们的对白过于直截了当，或者过于简单、没有层次，而努力使用潜台词。

使用潜台词是为了让你笔下的人物不必说出他们的真实想法或感受。在现实生活中，人们有很多方法来隐藏他们的真情实感。没有多少人愿意展露自己的脆弱。潜台词也可以通过行为进行表达。例如，一位年轻女性极力否认喜欢上了自己的同事，但是她却规划好了自己的日程，以确保能跟他在相同的时间喝个咖啡休息一下。她安排自己去送他办公室的邮件。她下班后一直徘徊在自己的车旁，直到他出来，然后表现出很惊讶的表情，因为她的车就停在他车的旁边……

练习

写这样一个场景，让角色大胆地说出他们的需求、欲望和想法。把事情摊开来说：鲍勃的父亲是一个被定罪的罪犯。鲍勃想告诉他的父亲，他恨他，他认为父亲是一个坏人，是很多人痛苦的根源，他不配成为这个家庭的一分子。将这个场景写得"直抒胸臆"，要有强烈的情感，并带出你为人物设想的具体背景故事。要尽可能情绪化地、详细地、刻薄地去回忆、描述过去的事情、曾经的绝望，以及破碎了的梦想。

然后花点时间想想，怎样用寥寥数语写出同样的场景。想想地点：你可以将这段故事设置在哪里，以便让这场戏的画面和动作可以承担一部分繁重的工作？在监狱里？在入狱之前的管教所吗？在父亲逃亡前最后躲藏的地方？然后仔细考虑潜台词对白，并创造一个情感丰沛的场景。也许你会选择把场景设定在鲍勃家门口的台阶上，此时他的儿子正在举行生日派对。鲍勃的父亲戈登想进去参加他孙子的生日派对，但鲍勃明确表示不欢迎他。你可能会这样写：

淡入：

外景：比弗利山庄郊区大宅，白天

这所雅致的房子里满是生日气球。里面响起了孩子们兴高采烈的聚会声。鲍勃，35岁，打电话回来和屋里面的某个人开玩笑，然后打开门看到他的父亲——戈登，60岁，正在整理他的旧夹克和污渍斑斑的领带。戈登的表情紧张，但是颇为挑衅。鲍勃的笑容消失了，他的眼睛开始变得冷酷……

鲍勃：我想我已经说得很清楚了。

戈登：他是我的孙子……

鲍勃：听着，我从小被孩子们指指点点——"看，那边那个孩子，他的爸爸是个人渣"——我的孩子不会经历这些。

戈登：那都是过去的事了。

鲍勃：是的，这句话很耳熟。

戈登：多漂亮的房子。我猜我不适合见你的新朋友们，是吧。丢人？

鲍勃：我相信你还有别的地方可以去……

鲍勃当着父亲的面关上了门。

在这场戏中，没有直接说出来的背景故事已经阐述得很清楚了：这是一个孩子的生日聚会。鲍勃以前告诉过他的父亲不要来这里。戈登想要过有家人的生活，这对他很重要，他需要一种归属感。鲍勃因为他父亲的过错，在成长过程中饱受煎熬。戈登觉得鲍勃太脆弱，在向自己发难。鲍勃觉得自己很坚强，敢于反抗父亲，把他拒之门外。

注意潜台词的用法：当戈登说"他是我的孙子……"时，他的意思是他觉得有权利参加生日派对。当戈登说，"多漂亮的房子。我猜我不适合见你的新朋友们……"，观众们明白鲍勃并不是在什么优质环境中长大的，他疏远了老朋友，选择拥抱一种新的生活方式。要是鲍勃"嫁入豪门", 或许是他有一份薪水很高的工作, 这其中的张力和情感包袱比摆在面前的事实更有趣。观众喜欢自己填补没说出来的空白。

潜台词是指人物在一个场景中没有说出来, 但却能明显地感觉到且渴望或想要说的话。这是一种潜在的感觉, 或者说是该场景的真实意图。

例子: 一个目中无人的高中生富二代, 比利, 来到了他女朋友萨莉的家中。比利在那里看到了穷酸的书呆子凯文。很明显凯文暗恋萨莉, 而比利想让凯文看起来不受欢迎。比利不必直言不讳表达自己的感受。他所要做的就是给萨莉两张很棒的音乐会门票, 提到他有去俱乐部的贵宾卡, 并指出凯文那辆生锈的自行车就停在他的保时捷旁边。

一名优秀的编剧不会想要写得太过直抒胸臆 (说出人物所想的一切), 而是会构建场景和对话, 让观众去理解其中的潜台词。

想想《莎翁情史》中的一场戏: 莎士比亚在酒吧里偶然遇见了同为剧作家的马洛。莎士比亚对马洛的成功感到不安和嫉妒。莎士比亚绝不会透露这一点, 他不想让马洛占上风。但他又迫切希望马洛能帮助他解决最新剧本中的一个故事问题。

通过他们的交流, 我们看到这两人互相竞争, 都想被认为是伦敦"最顶尖的剧作家"。虽然没有人会直接说出自己心中的所思所想, 但这场戏已表达得很清楚。

那些溢于言表、发自内心的时刻

有没有哪个时刻潜台词是非常不可取的? 有。

作为一个编剧, 你可以表达你的世界观, 或者你对人际关系、非法商业行为、政治……任何你想探究的东西的个人看法。写作让你有机会表达自己的感受——关于爱的重要性、邪恶的重要性、友谊的重要性、希望的重要性……

如果是时候深入挖掘了，是时候让人物准确地说出他的意思了，那就这样做吧。当你笔下的人物为了达成自己的目标经历了地狱般的磨难时，他可能已经学到了一些东西。如果你想让他说出所学到的东西（只要它还在推动故事向前发展并能引起一定的反应），那就让他说吧，无须隐藏，无所顾忌。

这个人物可能已经意识到伟大的爱是存在的；或者暴力不是解决问题的答案；或者他们信任的人并不值得被信任；或者友谊是唯一能给他们安全感的东西；或者相信自己，就有可能实现梦想；或者一个曾经看起来无比重要的目标，结果远没有看到一个孩子安全或成为某人的好朋友等来得重要。

人物可以用语言来表达情感和领悟。观众能够欣赏言之凿凿的真理。观众渴望有个人物站出来为自己说话。那么，如何让这席话听起来不过于"直白"呢？也许这个人物搜肠刮肚想找到合适的词语；也许他们使用了一个类比或隐喻；也许他们控制了一个能替自己发声的局面；也许他们的思想和语言朝着一个方向倾泻而出，然后偶然发现了一个真理；也许他们通过愤怒、讽刺或攻击来承认自己的感受。无论如何，人物必须找到一种能表达他们思想和情感的方式。

有些时候，编剧可以让观众来填写这些空白；有些时候，编剧又要确保观众能确切知道人物想说什么。

本章总结

- 对白是大多数电影的重要组成部分。
- 精彩的对白推动故事向前发展。
- 直抒胸臆的对白陈述显而易见的事实。
- 潜台词，指的是"说的是一件事，但表达的意思却是另一件事"。
- 每个人物说话都应该有自己独特的声音和节奏。

第 13 章

动作、冲突和障碍

每种类型的电影都需要有动作感？是的。

如果情节对主人公来说太过于简单了，故事就会有失去观众的危险？是的。

动作

动作是故事情节的动态效果。动作是人物的行为举动和感官活动。

动作不仅是一些实体运动事件：汽车追逐、决斗、舞蹈比赛、大型游戏、被野兽攻击等。动作也可以是情感上发生的事情。银河之战，也有能改变世界的目光。两者都意味着动作，或者说故事的动态效果。

你的故事应该给人一种不断向前推进的感觉。每个段落都应该积极地推进人物弧线，同时将情节推向高潮。

确保你的故事有动作

需要牢记的要素：

1. 人物弧线。你笔下的人物正在从一种情绪转变为另一种情绪吗？情感上的赌注越来越高了吗？你的人物会经历高潮和低谷吗？你的人物学习了吗？成长了吗？增长知识了吗？

2. 你的人物是否在推动剧情的发展？他是否在制造麻烦？她是否要强行做某事？他的行为、思想和疑问是否改变了情节中的一些细节？在《十一罗汉》（2001）中，丹尼·奥逊（乔治·克鲁尼饰）因为对前妻的爱才促成了故事情节的发生和发展。在《唐人街》（1974）中，杰克·吉茨（杰克·尼科尔森饰）因为想知道为什么自己像个傻瓜似的被选中，才促成了故事情节的发生。在《律政俏佳人》（2001）中，艾丽（瑞茜·威瑟斯彭饰）在每一个关键时刻都在扭转剧情：她追随前男友来到哈佛，努力获得实习机会，并在法庭上想办法为一名女大学生联谊会成员辩护。在《美国狙击手》（2014）中，克里斯·凯尔（布莱德利·库珀饰）决定加入海豹突击队，并报名参加中东战区的额外任务。

3. 人物使情节变得重要。企业收购肯定不是什么有趣的戏，除非你了解其中所涉及的人物。《邮购新娘》的剧本也没什么吸引力，除非你了解其中所涉及的人物。一场征服世界的战争并不吸引人，除非发起攻击或被攻击的人物是有吸引力且具有变化的。

4. 故事中的事件够多吗？通过一个接一个发生的事件，编剧让观众感受到了时间的流逝，也感受到事情在发展（无论完成了还是没有完成）。

实体运动必不可少

剧本是用来拍电影的。而电影最擅长的是用动态的画面来讲述一个故事。首先，场景有实体组成部分，场景应该发生在哪里？假设你有以下两个选择：a）隔着桌子坐的两个人在讨论他们的关系；b）打手球，或摘花，或悬挂在一幢30层的大楼上的两个人在讨论他们的关系。请选择后者。找出场景可以发生的实体场地。

📝 **练习**

列出10个你能想象到的最奇怪的场景。然后想两个人物：一个男朋友和一个女朋友。写一个女孩和她男朋友分手的场景。让这个分手场景发生在一个奇怪的地点，并利用上这个地点。

例如：地点是斗牛场。看台上的一个女孩试图与她的西班牙男友分手。他听不懂英语，她也不会说西班牙语。在她试图表达清楚自己的立场时，她不小心撞到了一个狂热的斗牛粉丝。这个粉丝异常愤怒，把她的男朋友扔进了斗牛场。公牛冲向了她的男朋友。这个穿红裙子的女孩跳进斗牛场去解救她的男朋友。当他们逃离公牛后，她表明了自己的立场——她现在就想分手！她的男朋友心烦意乱，决定与公牛一搏生死，向他爱的人证明他是配得上她的。

不要把实体运动和故事的动作混为一谈

实体运动就是追车、抢银行、跳舞、玩游戏……即你在创作故事时所使用的运动。运动本身并不构成这个场景的情节。（想想前面斗牛的例子。如果没有情感或故事情节的发展，故事中就不需要与公牛搏斗，因为这最终会拖慢影片的节奏。）只有与故事相关的运动才能使场景更加有趣、紧张和愉悦。

场景中真正的动作是故事的发展和主人公的人物弧线的发展。

例如：电影《谍影重重》（2002）。在美国大使馆的动作段落中，杰森·伯恩意识到，连美国人都在追捕他，他没有安全的避风港。这个段落推进了剧情的发展，也增进了观众对杰森这个人物的认识。因为他在如何制服攻击者、完成高难度身体特技、寻找逃生路线方面，表现出丰富的经验。这个逃跑段落使得下一个情节的发生成为必然：杰森要和一个他不认识的年轻女人一起去巴黎。

随机的动作段落会拖延你的故事

动作段落无论多么富有想象力、执行得多好，都无法推进人物或情节的发展，也无法增强电影的故事性，如太空大战、体育赛事、舞蹈表演、战场交锋、汽车追逐、公共汽车失控等。编剧可以写出许多惊人的电影开场动作段落，包括徘徊在生死边缘，或重大的成功或者失败……但是，除非观众投入到人物和故事当中，否则所有努力都会白费。在观众登上这辆故事列车之前，特效、镜头角度和大胆的肢体动作都不会引人入胜。观众将会等待故事的开始。

为什么大多数好的电影会先介绍主人公，而不是先让主人公去完成一项考验他的技能、智慧和生存决心的艰巨的体力任务？因为这样的顺序才能引出真正的情节——人物的发展和故事的发展。以《虎胆龙威》（1988）为例，约翰·麦克莱恩第一次露面是在飞机上，他因为马上要与妻子见面而紧张不安。他来到洛杉矶，要和她当面谈一谈他们陷入困境的婚姻。观众被一个关心家庭、爱妻子的男人所吸引，即使他并不知道他的妻子想要的是什么。观众开始了解这个男人，在大楼被袭击、麦克莱恩被迫扮演拯救世界的英雄之前，他们就已对他产生了怜悯之情。

《世界之战》（2005）先介绍了主人公雷（汤姆·克鲁斯饰）在工作中是一个不愿意帮助他人的人，在生活中是一个失败的丈夫和一个平庸的父亲。他有一种辛辣的幽默感，还有一种让观众产生共鸣的"迷惘"气质。显然，这是一个需要在生活中承担起责任的男人。他爱他的孩子，但他没有担负起全心全意地照顾他们的义务。我们祈祷他在外星人来袭之前把这些事情都处理好。《勇敢的心》（1995）介绍了主人公威廉·华莱士（梅尔·吉布森饰）一心只想娶自己心爱的女孩儿，过简单的生活。他拒绝加入这个想要改变糟糕世界的军队。当他的妻子被杀害时，我们开始同情这个男人，因为我们在大战爆发之前就已经很在意他了。了解人物才能让动作段落有序地发挥应有的作用。

建立主人公的日常生活。让观众知道是谁在追车、打仗或比赛……以及为什么这个段落会影响到主人公和故事的发展。

每件事都应该有因果关系

就算电影里有飞车追逐、大帮派争斗或者爱情戏，也并不意味着这些动作戏在故事里是有效的。故事的每个段落都需要有一些因果关系。《史密斯夫妇》（2005）就是一个"用许多大动作来讲很少故事"的例子。很多的枪、火、炸弹、掉落的酒瓶……但很少有真正的故事或人物的发展。这部电影很明显一直停滞在故事的前提阶段，没有任何基于人物的故事发展。（可以看看希区柯克唯一的喜剧《史密斯夫妇》（1941），由卡罗尔·隆巴德主演，它有一个完全不同的故事前提——最终也讲了一个很好的故事。）那么，为什么2005年的《史密斯夫妇》没能达到一个好故事的标准呢？因为它缺乏人物探索和人物成长。首先，观众一直不知道关于这两个主人公的任何事情。他们为什么成为杀手？他们在为谁工作？他们的敌人是谁？他们为什么要这么做？他们为什么会坠入爱河？为什么挽救这段婚姻很重要？试图杀死你的配偶会对你的情绪产生什么影响？这部电影是否属于"谁更胜人一筹的动作喜剧"类型并不重要，重要的是这些利害关系和因果关系所承载的情感包袱。（没错，这部电影之所以赚钱，是因为它的明星效应，由布拉德·皮特和安吉丽娜·朱莉出演，但这仍然无法使它成为一部佳作。）

一些导演喜欢设计战争戏、追车戏和武打戏。这是一个能引起他们兴趣的挑战，但对故事本身的帮助并不大。一些导演想把一个90分钟的电影拍成MV（音乐录影带）——快速剪辑、性感的声音、令人动情的视觉渲染。这些导演可能不是最会讲故事的人。

找到一个会问你问题的导演。"为什么会发生这场战斗？""它会推动故事的发展吗？""它会在某种程度上改变人物性格吗？""为什么电影要花五分钟的时间来讲这个摩托车极速追逐的戏码呢？它会推动故事发展吗？会改变人物性格吗？"塑造人物和好好讲故事总是要放在首位的。

为主人公创造一个实体进程

电影故事中情感和身体上的张力应该在剧本中逐步升级。角色技能的提高会让观众感到满意。一名拳击手，开始时在当地的健身房参加拳击赛，然后一路努力，为获得世界冠军的头衔而奋斗。一个赛车手，一路从希克斯维尔赛道走到国家电视台的比赛。一名股票市场中的小交易员最终晋升为一家经纪公司的负责人。一名酒店女服务员用她的智慧和巧计收购了一家连锁酒店，成为世界上最富有的女性之一。当然你也可以倒着写。世界上最富有的人失去了一切，却在自家花园里一棵发芽的蔬菜上找到了快乐。又或许是世界上最美丽的女人经历了一场悲惨的事故，在她的内在美受到肯定时，她找到了平静。（或者在一个悲惨或恐怖的世界里，当她沿着一条毁灭性的道路前进时，她发现自己现在的外表与内心一直存在怪兽是相匹配的。）不管故事是什么，尽量让开头和结尾相差得远一点儿，因为你想让你笔下的人物经历一段漫长而艰难的人生旅程。影片中的实体进程可以帮助你探索故事的真正情节。

为主人公创造一个强大的人物发展进程

人物的动作反映一个角色的信仰体系中情感的轨迹和变化。

假设你的主人公是一个不相信爱情的女人。她一直认为任何强烈的感情都会令她变得软弱。在第一幕中，她遇到一个男人，觉得他很讨厌。经过第二幕，她意识到她的感情发生了变化，她对他感兴趣。她与这份感情做斗争。她意识到她爱上了他。她拒绝见他。她想尽办法让他恨自己。她努力使自己变得卑鄙。在第三幕结束时，她顿悟了，她明白如果无法和这个男人在一起，她的生活将变得毫无意义。她终于承认她相信爱情了。她冒着变得脆弱的风险，却发现真正的爱会让她变得更坚强。她已经从惧怕爱情的人，变成了一个为了她所爱的男人愿意去做任何事情的女人，因为爱给了她力量。这就是人物的动作。

这个爱情故事的实体情节和所在世界可以是任何你想要的地方：这个女人可能是在考古寻宝，可能是在领导一次公司收购，可能是在参加全美运动汽车竞赛。电影的实体情节会有它自己的组成部分和情节弧线，但是故事中人物的动作所带来的情感共鸣和同理心，是所有优秀的故事都需要的。

在《桃色公寓》（1960）中，巴克斯特认为库伯利克小姐很可爱，是这栋楼里最好的电梯操作员，但他的主要精力都集中在职场晋升上，这对他来说是最重要的。他为了晋升"出卖灵魂"。然而，随着巴克斯特对库伯利克小姐感情的加深（很多事情都说明了这一点：他约她出去，她放他鸽子，他试图压抑自己的感情。她在他的公寓里服药自杀，他照顾她，他对她的感情加深。在电影的结尾，我们知道他心碎了，因为他认为他的老板希德瑞克先生和库伯利克小姐已经重修旧好。当希德瑞克先生明确表示他无意与库伯利克小姐结婚时，巴克斯特的伤感变成了愤怒。当巴克斯特告诉希德瑞克再也不能用他的公寓跟库伯利克小姐约会时，他终于敢把他的事业置于危险而不顾），他做出了在电影开始时绝不会做出的选择。巴克斯特根据自己不断变化的无形感受做出有形的选择，他的人物弧线很鲜明。这是人物自身变化促使情节发生的一个明显的例子。

《艺妓回忆录》（2005）没能为主人公展现一个强烈、清晰、悠长的人物弧线。在电影故事的开头，年轻的女孩小百合需要自由。她在另一个人物的带领下去实现她的目标——逃离艺妓馆的奴隶身份去寻找她的姐姐。事情进展不顺利，她又回到了奴隶的生活。当她长大后，她又被另一个人物引领去实现她的目标（自由）——成为一名优秀的艺妓，并希望通过掌管艺妓馆来获得某种自由。注意，小百合并没有主导这些事件，而是由其他人物制定计划，她只是被牵着鼻子走。这让她看起来很被动，最终也不是很有吸引力。在影片的某一时刻，小百合的需求或者说愿望发生了变化。她爱上了指挥官，并只想和他在一起。［注意，当一个人物的主要需求／愿望在电影的中途发生变化时，观众很难再有参与感。观众变成了一个被动的看客，因为他们不再相信，他们对主人公寄予的期望（在这个例子中是自由）就是主人公将会努力实现的目标。观众不再相信讲故事的人，就会与故事脱节。] 即使小百合有了新的需求／愿望（得到指挥官的爱），她仍然是被动的，是环境的受害者。她没有采取行动来实现她的目标。难道这就是这部电影要表达的吗？一个艺妓被训练得很顺从，因此不能竭尽全力去追求属于她自己的幸福。这一点（如果是真的）能构成一个好故事吗？

电影故事的构建不应该仅仅是为了表明一个观点或简单地进行指示。一个故事需要有真正的情感引擎，让人物去实现（或没有实现）一个强烈的愿望。一个故事需要有开端、发展、结局，从而探索一种渗透到人物骨子里的强烈需求。《艺妓回忆录》就是一个情节推动人物，以人物完全服务于情节的方式去呈现故事的例子。这个人物只是被用作探索历史时期和传统风貌的工具。小百合在电影的开头渴望的自由呢？在影片的结尾，小百合成为指挥官的情妇，被他包养，并得到经济上的支持。这是她想要的自由吗？我们看这部电影时，会发现它缺乏清晰、强烈的人物弧线，这就很容易理解这部电影为什么没有激发广大观众的想象力了。

把真正的动作融入每个段落

每个段落都应该完成一些事情，推进人物的弧线或推进情节发展（或两者兼而有之）。编剧有一百多页的篇幅来讲述一个故事，这个故事将引领、告知、娱悦和挑战它的观众。没有时间留给那些不能提升故事情节的段落。

因为每个段落都需要推进故事或人物，所以没有时间留给重复信息的段落（即使是用某种新的、不同的方式进行讲述，它也仍然是相同的信息）。在《律政俏佳人》中，艾丽的男友在餐厅和她分手。观众知道了这个信息。如果艾丽回到女生联谊会，告诉朋友们她刚被甩了，那就是重复的信息。注意，接下来我们见到艾丽的时候，她躺在床上，吃着巧克力，她的朋友们已经知道了这一切。艾丽决定考入哈佛法学院，并告诉朋友们她的计划。注意，之后并没有重复的场景来宣布这个愿望。以下场景从中间开始，在艾丽表明了她的意图之后：她的父母试图劝她放弃，她的大学辅导员告诉她需要做什么才能进入法学院。"延缓"的场景可以帮助编剧避免重复的信息，因为这会减慢故事讲述的速度。

构建你的电影故事中的场景，让所需的故事情节信息只出现一次。让每个场景都推动着故事和人物向前发展。

冲突

所有的故事都需要冲突。

在电影《教父》中，麦克·柯里昂和他的非意大利籍未婚妻凯来到家族庄园参加他姐姐的婚礼。这里介绍了多少冲突的元素？举几个例子：麦克的未婚妻不了解他的家庭情况，他不能告诉她真相；新郎（麦克的姐夫）希望完全参与到家族生意中，但没人信任他；邻居和朋友们焦急地排着队，向"教父"寻求特殊的帮助；大儿子逊尼正在楼上和一个伴娘鬼混，而他本应该关注自己的家人；有人提到其他黑手党家族计划参与毒品交易，这显然是个问题，但由于场合特殊，"教父"不会马上处理它。这部电影以一场婚礼开场，然而这个"欢乐"的时刻却充满了冲突。

《足球老爹》（2005）是一部充满父子冲突的喜剧。菲尔·韦斯顿（威尔·法瑞尔饰）和他的老爸巴克（罗伯特·杜瓦尔饰）在不断地较量——在体育运动上，在与女性的交往上，在对其他"男子气概"的追求上。巴克和邻居麦克·迪特卡经常发生冲突，因为他们一直在欢闹地较量着。迪特卡和他的妻子（即使她从未出现在银幕上）之间也是冲突不断。

《穿越美国》（2005）也充满了冲突。布里（菲丽西蒂·霍夫曼饰）在期待最后的变性手术到来时，内心充满了个人情感冲突，因为这个手术将会把他从一个男人变成一个女人。他的心理医生拒绝签署必要文件，直到布里调查了一通奇怪的电话，这使他确信自己有一个儿子（是他在大学的时候不小心当了父亲）。当他把儿子从监狱里救出来时，更多的冲突出现了：儿子吸毒、堕落，并且他下定决心去加利福尼亚见他的生父。布里违背了自己的最佳判断，他决定带着儿子穿越美国（但没有告诉他自己就是他的生父）。当他们的车被偷，他的激素药也一起丢了，冲突加剧。当他不得不向父母求助时，更多的冲突出现了。他的母亲不愿意接受儿子是一个女人。冲突继续升级——没有什么是容易解决的。

《美国狙击手》（2014）根据真实故事改编，充满了个人冲突。克里斯·凯尔（布莱德利·库珀饰）在经历了"9·11"恐怖袭击事件后，努力去做一些对他来说有意义的事情。他加入海豹突击队，成为一名顶级狙击手。在训练期间，他坠入爱河并结婚。克里斯在海外战场上需要做出生死抉择时的内心冲突，以及在战场之外适应家庭生活的内心冲突，贯穿了整部电影。

所有类型电影都在冲突中茁壮成长。所有故事都构建于冲突之上。

冲突是故事的动力。冲突创造了剧情片，冲突创造了喜剧片，冲突创造了冒险片。所以，你要构建一个充满冲突的故事。

布莱德利·库珀和西耶娜·米勒，《美国狙击手》（2014）

每个动作都应该引起反应并创建冲突

一直不给你笔下的人物他们需要的或者他们想要的东西，并制造障碍，冲突就会产生。（看，又回到了人物总体需求和直接目标。在每一个段落或场景中，人物必须想要点什么。）

"不"是一个神奇的词，可以使一场戏变得更加有趣，并推动你笔下的人物更加努力地去实现自己的目标。这可以是一个人去杂货店买牛奶这样简单的事情——商店没有牛奶了，他被拒绝了。这个人物会有所反应，他的反应影响了情节发展或者揭示了人物性格。这也可能是件大事——总统希望导弹能及时到达某个预定地点，结果传送通道被蓄意破坏了。总统的反应是关键。他需要在很短的时间内制定替代计划，冲突已然升级。

使用"不"这个神奇的词。不要在你笔下的人物想要什么的时候就直接给他们，要让他们通过自己的努力来获取。没有什么是容易获得的。

编剧们信奉的另一个神奇的词是"但是"。使用"但是"来制造冲突：对主人公来说，帝国大厦还矗立在那儿是个好消息——但是，时光穿梭机仍然不受控制，他无法阻止炸弹的爆炸……

或者，看起来婚礼计划都安排好了，新娘已经准备好步入婚姻殿堂了——但是，她的妈妈不会出现，因为她不想面对她的前夫；或者——但是，新郎意识到他爱的其实是新娘的妹妹；或者——但是，宇宙飞船即将着陆；或者……

看起来她会升职，但是，她必须通过讨好老板来达成协议，或者她必须同意雇用一个古怪的秘书，或者她必须把秘密卖给竞争对手，或者……

没有什么是容易实现的。一切都应该有附加条件。使用"不"和"但是"来帮助你在故事中制造冲突。冲突越多越好。探索主人公如何处理摆在他面前的每一个障碍，这些就是会让你的人物成长的事件。

"十一步故事结构"可以帮助你专注于冲突

使用"十一步故事结构"来帮助你制造冲突。当主人公完成第二步（合理地追求目标）之后，他显然没有达到他的目标（如果他达到了，故事就结束了）。他可以尝试两三种（甚至十种）合理的方法来追求目标，但每次尝试都失败了。

例如：主人公（让我们称他为雷）是一个需要在生活中感觉到自己越来越强大的人。雷合理地报了个功夫班。不幸的是，他摔伤了背，无法继续。接着，他试图阻止母亲为他打包工作午餐，毕竟，他已经45岁了。不幸的是，他的妈妈不听，第二天就做了他最喜欢的千层面、煮鸡蛋和布朗尼，他没有毅力不吃午饭。接着，雷发现有一个升职机会，他递交了申请书。不幸的是，他无意中听到老板看到他的申请书时的笑声，并看到老板把它扔进了垃圾桶。雷合理地尝试各种可以让他觉得自己变强大的事情都失败了。最后，还有一个否定（第3步），这是一个更大、更全面的耳光，迫使雷走上一条全新的道路。也许他被解雇了；也许他的母亲去世了，他没法救活她；也许那个他以为最终会嫁给他的女人厌倦了等待，嫁给了其他人；也许外星人袭击地球，雷没有加入战斗，而是躲起来，胆小得不敢保卫自己。但现在他知道，风险更高了，他必须做出决定。

在"十一步故事结构"中，应该反复使用"不"这个词。从第4步到第9步都是在"不"的思想下构建的。虽然还有第二次机会（第4步），但利用第二次机会引发的冲突（第5步）可以确保没有什么是容易实现的。虽然一切顺利（第7步），但是很快一切崩溃（第8步）。很多的"不"，没有什么是容易实现的。

无论你的剧本是一个包含大量动作场面的故事，还是一部亲密的家庭剧情片，都要确保每个场景都有情感上的冲突和外部的冲突。

障碍

设置障碍。如果没有障碍，人物的人生旅程就会变得太过简单。如果人物的人生旅程太过简单，也许这个故事就不值得被拍成电影。只有当故事中的人物遭遇了巨大而危险的困难时，观众才会做出反应。人物处理逆境是故事的主要组成部分。你需要在剧本中设置障碍，夸大障碍。

障碍引发冲突，冲突会丰富你的故事。

"男孩得到女孩，男孩失去女孩，男孩必须克服所有的障碍和冲突，追回女孩。"这是浪漫喜剧久经考验的正确模板。如果没有"失去"的部分，故事就是"男孩得到女孩，并留住女孩"，没有太多情节的起伏、内心的挣扎和情感上的挫折。这基本上会非常无趣。

"主人公拒绝被拉入战斗，主人公被拉入战斗，主人公冒着失败的风险，在战斗中几乎死去——不过最终主人公获得了胜利。"这是动作片久经考验的正确模板。这里有很多的博弈和努力。如果你的主人公整日闲坐等待战斗或任务，不会像他拒绝战斗那么有趣。在电影《七宗罪》（1995）中，摩根·弗里曼饰演的角色即将退休，但他又卷入了另一起案件。在《勇敢的心》（1995）中，威廉·华莱士不想打仗，但在他的妻子被杀害后，他带领处于弱势的军队投入战斗。在《炎热的夜晚》（1967）中，警官蒂布斯不想留在这个充满偏执的南方小镇解决谋杀案，但环境迫使他留了下来。在《怪物史瑞克》（2001）中，主人公不想帮助其他童话人物，但他意识到这是他实现直接目标——独处——的唯一途径。史瑞克不想让一头驴子做他的帮手，但他意识到反抗驴子的坚持实在是太麻烦了。史瑞克不想屠龙，但这是他完成任务的唯一方法。

一个人物可能会因被骗而不得不采取行动。一个人物可能被引诱、被挑衅或被迫采取行动。给你的人物设置障碍，以防他们迅速采取行动。以下哪一个更有趣：是一个想要坠入爱河、寻找灵魂伴侣的女人？还是一个不相信爱情的女人，结果遇到了她的梦中情人，却仍然拒绝恋爱？以下哪一个更有趣：是一个男人想要在家族企业中步步高升，然后爬到公司领导层的位置？还是一个男人不愿在汽车配件商店卖轮胎，他想追随自己的梦想，并且拒绝进入家族企业，直到环境让他别无选择？再次强调：要有冲突。

观众喜欢有所担心

如果你的主人公从来没有置身于危险之中，他就不能表现出很多英雄气概。如果你的主人公没有障碍去跨越，他就不是一个真正的英雄。如果他不必为了克服一切困难而奋斗（主观的和客观的），他的"英雄"地位就值得怀疑。

如果主人公永生不死——这可能是一个故事的难题，一场生死搏斗就会变得毫无意义，观众也不会担心。也许他是永生的，但是如果他所爱的女人离他而去，他也会心碎。找出你的人物可以让观众担心的部分。找出你的人物的弱点。

如果你的主人公比其他人都强，观众就不会为他担心。为你的主人公创造一些弱点和缺陷。试问，他能达成他的目标吗？让你的观众坐立难安。他能活下来吗？你的主人公这次能克服自己的弱点并取得胜利吗？

想想你笔下人物的缺点。不完美的人物比完美先生或完美小姐更有趣。让他遇到的障碍与他自身的缺点有关。什么样的障碍会对一个没有耐心的人造成额外伤害？脾气暴躁的人处理障碍的方式肯定与性格胆怯的人不同。有生理缺陷的人遇到的障碍是不同的，还会产生特殊的问题。虚荣的人面对的障碍会因他的自负而加剧。高智商的知识分子如果不能控制自己的身体，也会遇到一些特定的障碍。那么自卑的人呢？人物的缺陷可以是身体上的、精神上的或情感上的。找出人物脆弱的部分，用故事来攻击它。

障碍会让主人公的人生旅程更加艰难。障碍可能是可怕的、滑稽的、戏剧化的、暴力的……任何适合你故事的障碍都可以使用。

当人物开心满足时，故事就会停滞不前。把人物带出他们的舒适区。

想想《美丽心灵》中主人公在处理自己的精神疾病时所遭遇的那些障碍（精神的、情感的）。想想《夺宝奇兵》系列电影中的任何一部——它们都是关于生理和心理障碍的。想想《21克》（2003）。其中一个人物有巨大的情感障碍，这与她丈夫和孩子的死亡有关；另外一个人物要面对巨大的身体障碍（心脏问题）；而第三个人物则是在努力过一种正常的生活，与此同时也需要面对各种各样的障碍。列出你的故事中的主要人物有可能遇到的障碍，然后，使用它们！

克服障碍的过程就是主人公成长的过程。克服障碍是吸取教训和做出新的选择。直面障碍会挑战和改变一个人。

障碍应该在困境中不断升级。随着剧情的发展，挑战会变得越来越难。如果在影片的开头，你的主人公为了救人不得不将帝国大厦连根拔起，但在影片的结尾，他却只是打个电话就把电影带到了高潮，你就可能想要重新思考个结尾（或开头）了，除非你能让那个电话看起来比把帝国大厦连根拔起还困难。观众们希望被带入到故事的高潮。你要让他们大吃一惊，让他们心生敬畏。

在第三幕，电影的高潮，终极障碍被克服（或没有）。最后，经过一段艰苦而又充满感情的人生旅程，主人公终于实现了自己的目标（或没有实现）。

红灯 / 绿灯

你如何确保你的故事不是遵循一条直线发展，并不以相同的速度贯穿始终？你想要弯道，你想要停车标志，你想要红绿灯，你想要让路标志……将它们混合起来！你想在路上遇到颠簸；你想要爬上高山，冲下山谷（也许你在下坡的时候刹车失灵了……）；你想要交通堵塞，你想要撞车一两次……换句话说，任何事情都不应该一帆风顺。你的电影不应该处于巡航控制的状态。你笔下人物不应该都是最好的司机。他们可能会有"路怒症"。他们可能会紧张手滑。有些人开着大卡车，有些人开着大众甲壳虫。但最重要的是，他们都在走走停停……

换句话说，把你剧本中的障碍和逆转看作是红灯和绿灯。

我们来看一看《夺宝奇兵》的前十分钟。

影片最初的时刻有很多的"红绿灯"。印第安纳·琼斯进入一个洞穴，这里设置了很多陷阱（停）。他通过了（走），移动了几步，什么东西阻止了他（停）。他通过了（走）。再走几步，他的一个向导被杀了（停）。他继续前进（走）。再走几步，他脚下的楼梯塌了（停）。他终于找到了黄金宝藏（走），但是贪婪的向导偷走了它，留下琼斯等死（停）。琼斯设法找回了宝藏（走），终于逃出了山洞！他成功了！他刚刚经历了一系列激动人心、生死较量的部分，但是他最终获得了宝藏！他离开洞穴，迎面碰上他的主要竞争对手——法国考古学家贝洛克（停）。琼斯认为自己能战胜他（走），结果看到对手还有一群后备杀手。贝洛克拿走了宝藏（停）。走、停、走、停，走得飞快，停下差点儿死掉，极速前进，停下感受到巨大的挫败和背叛。这一切都发生在故事的前几分钟。

接下来，你的故事要走向哪里？会有更多的动作戏吗？大多数情况下，现在是时候了解一下人物了。让主人公的生活变得丰富多彩，让我们充分地了解他，了解他生活的不同侧面。在《夺宝奇兵》中，印第安纳·琼斯从考古寻宝的荒野来到枯燥乏味的大学从事教书的工作。他希望与其他人分享他对考古学的热情。他正在讲课（走），希望能影响到他的学生。但是他看到了什么？教室里的女同学在眼皮上给他写情话示爱，很明显她们没有在听他讲课（停）。

那么，接下来你的故事要如何发展？也许你可以借此机会进一步拓展主人公的世界。还有另一个机会（走）。政府正在考虑聘请琼斯找回最著名的失踪文物之一——"约柜"。他很兴奋，他想得到这份工作。但这并不容易（停）。政府对琼斯的成功纪录持保留态度，对他执行任务的能力也还在观望。这只是个面试。这项工作还没有交给他。但是那天深夜，琼斯在家的时候（再次向我们展示了更多的人物信息——他是个单身汉），大学的系主任到访，他得到消息，琼斯被选中了。这推动琼斯进入了接下来的故事（走）。看看这部电影开场段落中的所有"红绿灯"——这就是很会讲故事。

当然,这部电影充满了永不停息的"红绿灯"。每走一步,琼斯的人际关系(朋友和爱人)和寻找"约柜"的进程都会遇到一个新的障碍。而情感和身体上的障碍会制造冲突。

《百万美元宝贝》(2004)是一部爱情片,不是动作片和冒险片。但是电影中的"红绿灯"比比皆是——所有好的故事都应该如此。法兰基(克林特·伊斯特伍德饰)是一个需要心灵平静的人。他与大多数人断绝了联系,并经营着一家小型拳击馆。他正在训练一名他认为可以"一路晋级"的拳手。法兰基很谨慎,他是一个完美主义者。拳手开始变得不耐烦,并在大战之前抛弃了法兰基这个教练(停)。在法兰基的个人生活中,他最希望收到女儿的来信。但她把他所有的信都原封不动地退了回来。在法兰基的精神生活中,他想要获得某种宗教上的理解。牧师厌倦了法兰基,因为他无法"只相信,不质疑",于是牧师让他不要再来教堂了(停),但法兰基仍在继续寻找精神上的答案(走)。这是他找到内心平静的第二次机会:麦琪,一个立志成为拳击手的年轻女子,她希望法兰基能收她为徒。法兰基拒绝了(停),他让这个女孩儿不要再来拳击馆了。她不理会他的要求(停),每天出现,最后在经历了几个"红绿灯"之后,他同意当她的教练(走)……电影的主要故事开始了。

把你最喜欢的部分分解成"红灯""绿灯"。它们是讲故事的重要元素,适用于所有电影类型。

📝 **练习**

在这本书的推荐名单中,找一部电影观看前十分钟,并注意那些"红绿灯"的时刻。留意人物的个人缺点是如何导致这些"红灯""绿灯"时刻的。

主人公在生活中的停停走走会帮助你构建一个有高潮和低谷、有成功和失败的故事。所有这些元素都会引领你来到故事的结尾。记住,在不知道故事结局的情况下，你无法决定你的故事需要什么样的高潮和低谷。确保你的人物在努力达成他的需求和目标时，能接受到充分的挑战。

冲突升级

外星人正在攻击地球，我们可能都会死！这就是冲突。这就是戏剧。人物想要的东西（直接目标）很明确，他们想要生存。但是观众在乎吗？

你还是要回到人物，聚焦于人物。唯一能让实体冲突升级的方法就是，让观众对你的人物投入感情，这样他们才会关心某个人的生死。《泰坦尼克号》（1997）是一部灾难片，但它很重视人物。《世界之战》（2005）是一部以人物为中心的灾难片。这两部电影都很成功。灾难片需要有强有力的人物故事，并探索所有人物之间的互动，从而创造强烈的人物需求，制造情感冲突。

在灾难片中，人物经常会面临濒死的情况。灾难片中的人物所面临的个人冲突必须很重要，重要到即使人物可能会死去，也要处理这些冲突。人物想要被理解，想要真相大白，想要问心无愧地死去，或者其他任何需求——愿望必须是强烈的。只要人物坚定地追寻他们的需求和愿望，观众就会感兴趣。

（问） 如果你的电影以一声刺耳的外星人尖叫开始，加上超级酷炫的特效攻击，在之后的90分钟里，你还必须要努力超越自己吗？

（答） 是的。

（问） 怎样才能做到呢？

（答） 创造观众会关心和认同的人物。当观众希望某个人物能成功的时候，他们就会更加地投入。

问问你自己，如果主人公没有达成他的目标，那会有什么风险？如果他的生活没有因此在精神上、情感上、身体上失去什么，或者未来世代人的世界将没有改变，那么，你要重新思考一下你的故事。无论是找到一张旧的棒球卡让爷爷开心，还是为了人类拯救世界，目标对你的主人公来说应是至关重要的。

主人公的目标需要个性化。即使这位英雄是完全无私的，一个伟大的爱国者，一个甘愿献身的战士，也要在某种程度上把他拯救世界的目标个人化，可以是为了一个孩子、一个爱人、一个宿敌。总之，要个性化一点。

本章总结

- 动作是故事情节的动态效果，是人物的行为举动和感官活动。
- 实体运动本身并不构成故事真正的动作。
- 所有动作都应该有一个因果关系。
- 冲突应该存在于每一个场景和每一段关系中。
- "不"和"但是"这两个神奇的词会给你的故事增加冲突。
- "十一步故事结构"可以帮助你专注于制造冲突。
- 设置障碍考验你的主人公，并帮助他成长。

第 14 章

事件

电影故事中事件的选择能让影片变得独一无二吗？是的。

编剧可以用事件来明确时间的流逝？是的。

    无论你的故事发生在一天之中、一年之内，还是十年或几十年之间，你都可以通过发生的事件来塑造你笔下的人物。

    以《美女与野兽》（1991）的故事框架为例，它根据博蒙夫人的经典故事改编。在博蒙夫人的故事中，一个王子因为自私和虚荣被施了魔咒。在他能证明自己可以爱别人也能得到别人的爱之前，他会一直是一只野兽。他抓住了一个闯入自己领地的年轻女孩，想让她爱上自己。但他逐渐认识到，一个人不能要求被爱，爱是要靠自己争取的。

    想象一下，如果是你接受了这个故事的改编任务，你要如何丰满人物形象，同时丰富故事细节，还要创造次要人物，以及整部电影故事所发生的社会环境？

    最先要做的决定是：电影的类型、故事发生的时期、地点和人物特征。然后就是——事件。你选择的事件要让你的故事有别于其他编剧的故事。

事件让你的故事与众不同

    在你对这个故事的改编版本中，什么事件会导致年轻女孩来到野兽的领地？她是个发明家，她的热气球在他的城堡附近坠毁了？她是个乡村医生，被叫来照顾一个奇怪的动物？她被飓风中吹来的碎片弄瞎了眼睛，绊倒在他身上，而她从来没见过野兽的样子？

需要通过什么事件来表现野兽和年轻女主人公之间的不信任？什么事件会改变这种不信任，让他们有可能成为朋友？需要通过什么事件来展示他们友谊的增进？什么事件会让这段友谊经受考验，并表明这段关系正朝着爱情的方向发展？什么事件能考验这份爱情，并证明它确实是真爱？

迪士尼版本的《美女与野兽》中选择了哪些事件？想想引发事件：贝儿的父亲在森林里迷了路，于是去野兽的城堡避难，被关进了监狱。下一个主要事件是贝儿来救她的父亲。在接下来的事件中，贝儿看到父亲生病了感到很害怕，她提出用自己与父亲交换，成为野兽城堡的囚徒。请注意，会有一些场景（被施了魔法的仆人们的场景，以及贝儿意识到父亲已经迷路、身陷险境的场景）来连接这些事件，这些场景都是为了把人物从一个事件引入到另一个重要的、能推动故事发展的事件中去。

在迪士尼的版本中，野兽接受了贝儿和父亲交换的提议，把贝儿的父亲送回了家。下一个大事件是什么呢？贝儿在钟罩下发现了玫瑰。编剧们是怎么做到的？利用冲突和障碍。首先，野兽邀请贝儿共进晚餐，她拒绝了，因为她讨厌当一名囚徒。然后，野兽严肃要求她与他共进晚餐，但她拒绝离开自己的房间。野兽生气地走开了。饥肠辘辘的贝儿接受了由被施了魔法的仆人在厨房提供的晚餐。贝儿吃了一顿令人惊叹的神奇晚餐。（要注意的是，神奇晚餐的音乐剧段落并不是一个推动故事发展的事件。它中断了故事的行进，仅仅是为了娱乐而存在，这是它被称为"表演拦路虎"的原因。）晚饭后，仆人们提议带贝儿参观城堡。她从被施了魔法的仆人身边溜走，来到了西翼的禁区。下一个大事件：贝儿发现了玫瑰。正当她要取下玫瑰的玻璃防护罩时，野兽拦住了她。他的异常愤怒和高度焦虑使她害怕，她也以怒气反击，冲出城堡，消失在一个暴风雪的漆黑夜晚。下一个大事件呢？野兽从狼群中救出了贝儿。导致该事件的场景呢？贝儿骑上马，准备离开城堡。狼群袭击了她和马。贝儿试图去救她的马，就在她命在旦夕之时，野兽来解救她了。一番搏斗过后，野兽受伤了，狼群也撤退了。下一个事件呢？贝儿为野兽处理伤口，他们之间开出了友谊的花朵。

把一个剧本看成一连串的事件，编剧便可以保持故事持续向前发展。每个剧本都需要一个马达，让一个事件到另一个事件接连发生，以保持电影故事的无限驱动力。

在你的故事中添加事件

被捕，领养一只狗，升职，球队选拔，第一次见到那个女孩，被放鸽子，请求约会，第一次坐飞机，买一辆新车，把火箭发射到空中，在科学博览会上迷路，拯救地球，船撞冰山，妻子离家出走后再也不回来了，病人获得了新的心脏，外星人偷走了帝国大厦……

你的故事中将会发生什么事件？你笔下的人物将如何经历以这一系列事件为基础的故事？

记住，使用障碍和逆转来完成从一个事件到另一个事件的转换。一切都不应该是一帆风顺的，没有什么是容易的。

练习

从下面的列表中选择两个事件，并为人物设置一系列的障碍，让他们从一个事件过渡到另一个事件。

例如：一起交通事故和高中毕业典礼。首先决定你的人物是谁——是毕业生、家长、女朋友，还是老师或高中校长？假设交通事故中的人物是一个叫雷的高中毕业生，如果雷不能参加毕业典礼，他的生活将会被摧毁（当然，你必须想出一个原因）。需要考虑的问题：这是什么类型的电影？喜剧片？剧情片？恐怖片？科幻片？交通事故是雷造成的，还是他是受害者？从事故现场到学校需要多长时间？他需要逃跑吗？他会选择丢弃车子吗？他会避免报警吗？他会搭便车吗？他会奔跑前往吗？他会偷辆自行车吗？从一个事件到另一个事件，你会给雷设置哪些障碍？

1. 一场婚礼和蜜月之夜。

2. 登上飞机，着陆中国。

3. 宣誓就任美国总统，在总统舞会上跳第一支舞。

4. 宣誓就任总统，宣战。

5. 获得奥运会冰上速滑冠军，在冠军领奖台上接受颁发的奖牌。

6. 宣誓成为一名警察，第一次参与逮捕行动。

想想《慕尼黑》（2005）里的主要事件。这部电影由托尼·库什纳和埃里克·罗斯编剧，根据乔治·乔纳斯的原著改编，记录了1972年的奥运会上以色列运动员被"黑色九月"组织杀害后的余波。

1. 阿夫纳被要求领导一个秘密复仇者团体，对奥运会上的杀戮事件进行报复。阿夫纳受宠若惊。他已故的父亲曾是一个英雄，他也想成为一个英雄。

2. 阿夫纳和他的复仇伙伴见面。

3. 阿夫纳参与了第一起谋杀。在这里我们看到阿夫纳的犹豫不决，杀戮对他来说并非易事。

4. 阿夫纳回家迎接孩子的诞生。（从影片开始我们就知道他的妻子将在两个月内分娩，因此我们知道现在已经两个月过去了。这是一个展现时间的事件，也是一个给阿夫纳带来更多情感压力的事件。）

5. 一系列的爆炸事件表明该组织正在实现其目标。

6. 阿夫纳遇到了卖给自己情报的线人的父亲。

7. 阿夫纳发现了一名复仇伙伴的尸体。

8. 阿夫纳为他的同伴复仇。这个事件表明了阿夫纳对杀人的态度有所转变。这也改变了故事的进程，因为现在阿夫纳意识到他已经被盯上了。

9. 一枚炸弹爆炸了，阿夫纳的团队又有一个人死去。这标志着阿夫纳的另一个变化，他已经对做这项工作不感兴趣了。

10. 阿夫纳和他的团队开始袭击他们的主要目标。但他们的进攻以失败告终。

11. 阿夫纳退出了这个项目，并拒绝接受询问。他没有当英雄的感觉。

12. 阿夫纳前往美国和他的妻子和小女儿团聚。这个事件让我们意识到时间过去了多久，他的女儿现在已经长大了。

13. 阿夫纳拒绝返回以色列，这表示他已接受祖国不再是他的家。他不仅改变了自己心目中对英雄的定义，也不再相信那些许诺给他英雄地位的人。

通过将顺这个电影故事中的主要事件，你可以看到情节是多么简单。经历了这些事件，阿夫纳的性格变得十分复杂。他交到朋友，他经历痛苦和孤独，他自我怀疑。他努力使自己的婚姻步入正轨。他试图照顾他的母亲。他在充满政治阴谋的黑暗世界中遇到了奇怪而有趣的人。但是"A线"故事的支柱、框架、事件都十分简单。情节要简单，人物要复杂。

将事件作为"符号情节"来帮助显示时间的流逝

利用节假日，还有像生日或周年纪念这样具有里程碑意义的日子，像夏天游泳或秋天树叶变成金黄这样的季节性时刻……这些都是让观众知道时间已经流逝了多少的视觉方式。

如果这是一桩不断发展的建造新办公楼的事业，就展示从设计蓝图到结构框架，再到门窗完整的建筑，最后到人们搬进办公室的那一天。如果你的故事发生在剧院，就让排练和演出过程展示时间的流逝。演员就只是在选角吗？还有试装、彩排和开幕之夜。

每个人的生活也都有事件。选择和使用事件可以让你的故事成形，留住观众，并在故事中为观众"报时"。你都可以使用什么事件呢？

建立对各种事件的预期。篮球赛下周就要开始了，或者圣诞节就要来了，或者除夕将至。如果你的故事发生在订婚和婚礼之间，你就已经为自己建立两个事件了。

本章总结

- 把你的剧本想象成一系列的事件，有助于营造一种动态感。
- 选择特殊的事件可以使剧本更加独特。
- 探索你所选择的事件中可能存在的障碍。
- 列出主要事件，这样可以帮助你厘清故事的情节。
- 事件的使用可以帮助揭示电影故事中时间的流逝。

第 15 章

戏剧性问题、主题和观点

编剧们是否在探索自己的感受和观点时处于最佳状态？是的。

主题是为了增加故事的深度和共鸣吗？是的。

如果你表达了你对个人选择的看法，你对社会行为的看法，你对解决问题（或没有解决问题）的看法，你对人际关系、家庭、企业公司的看法——也就是你个人的世界观，你的电影故事将会脱颖而出。

作为一名编剧，最令人兴奋的事情之一就是有机会不断探索个人观点。这不仅仅是一个机会，更是一种需要。每个编剧都有自己的道德准则，每个编剧也都有自己的背景经历，这些决定了他对于对与错的判断。每个编剧对于什么是真爱都有自己的见解。每个编剧对于邪恶、失败和不道德也都有自己的看法。想想昆汀·塔伦蒂诺、南希·迈耶斯、亚历山大·佩恩、比利·怀尔德、帕迪·查耶夫斯基、温迪·沃瑟斯坦、简·安德森、斯蒂芬·加汉、托尼·库什纳、大卫·马梅、马克·鲍尔、贾德·阿帕图、塞斯·罗根、卡莉·克里、丽莎·查罗登科、大卫·O.拉塞尔、韦斯·安德森、保罗·托马斯·安德森、妮可·哈罗芬瑟……他们的电影剧本通过对人物的探索，来寻找关于如何生活、为什么而活、什么能带来个人满足感等问题的答案。而且以上列举的编剧，在探索不同类型的电影和不同性格的主人公时，他们的戏剧性问题和主题也基本保持不变。

生活中经常让你感兴趣的问题是什么？你想知道为什么人们会以某种方式行事吗？你想知道为什么权力会导致腐败吗？你想知道为什么爱会对人们如此重要

吗？你想知道是否存在与生俱来的道德？你想知道为什么那么多人害怕与自己不同的人？你想知道为什么归属感如此重要？你想知道金钱是否能带来幸福？

在一个编剧展示大会上，我作为小组成员听到一位开发总监向一位编剧提出了这样的建议：找到能让你产生共鸣的主题，找到你想一遍又一遍探究的主题，因为对你来说，它有着无穷无尽的魅力。让它成为你的标志性主题，无论你是在写剧情片、喜剧片、恐怖片还是其他类型的作品，都要从各个角度来探究这个主题。例如，你的主题是：没有爱，就没有家的感觉。主人公认识到，为了给家庭带来和谐，他需要敞开心扉去爱和被爱。你还可以通过其中一个人物来探索"反主题"（拒绝爱或摧毁爱，会破坏家庭的感觉），这个人物伤害了他周围的人，最终孤独地离开了家庭。从各个角度审视主题，这样才能为你的故事找到引起共鸣的方法。

只要主题清晰，编剧就会得到电影公司、导演、演员和观众的尊重和关注。

戏剧性问题

戏剧性问题是故事中提出的主要问题。它应该是一个激发编剧兴趣的问题。

确保这个戏剧性问题是你的故事和人物所特有的。有多少电影都会问这些普通的问题：男主角会拯救世界吗？女主角会找到真爱吗？女主角会为父亲的死而复仇吗？男主角会抓住凶手吗？女主角会找到宝藏吗？男主角会赢得拼写比赛吗？这些问题没有内在的危险或冲突。

构思一个专属于你的故事的戏剧性问题。用你的人物弧线和情节来构成戏剧性问题。这将促使你专注于探索一种独特的体验。例如：主人公能在自身不陷于危险的情况下得到救赎吗？主人公能在不相信真爱存在的情况下找到真爱吗？

想一想这些电影中的戏剧性问题：

《碧血金沙》（1948）：多布斯还能坚持他的道德准则吗？贪婪会吞噬他的灵魂吗？（电影里贪婪赢了，并摧毁了多布斯。）

《甜心先生》（1996）：杰里会冒险给出真正的承诺吗？（电影里杰里选择冒这个险，尽管冒险的结果尚不清楚。）

《不可饶恕》（1992）：威廉·曼尼努力不辜负亡妻的期望，他的暴力倾向会再出现吗？（这部电影的故事围绕着曼尼的挣扎展开。他是一个真正的"反英雄"吗？他正在为正确的理由做错误的事情？还是，他正在用错误的方式做正确的事情？他会用回到自己过去的方式去保护他的家人吗？还是会为一个真正的错误报仇？这部电影之所以成功，是因为它的戏剧性问题有很多方面。）

《永不妥协》（2000）：埃琳·布罗克维奇能克服别人对她的偏见和自己的弱点，去赢得尊重吗？（电影说"可以"：一个人可以超越他人的期望，把自己的缺点变成优点，从而改变这个世界。）

《杯酒人生》（2004）：迈尔斯能从过去的伤痛中走出来，拥抱新的机会吗？（电影在结尾处传达了希望。）

《乌云背后的幸福线》（2012）：帕特能看到并接受来自家人和蒂芙尼的爱吗？

《国王的演讲》（2010）：英国国王能够克服他的语言障碍，充满信心地领导他的人民吗？

《星际穿越》（2014）：库珀能否找到一个平行宇宙，让地球上的人们（尤其是他的家人）建立一个新世界？

《鸟人》（2014）：里根会成功地上演一出百老汇舞台剧来重振自己和他的事业吗？

把戏剧性问题贴在你写作的地方是个好主意。当你探究人物和情节的可能性时，有时，剧本可能会偏离主题。让你的戏剧性问题帮你集中注意力，牢记你的剧本中需要回答的基本问题。

在大多数情况下，直到影片的最后一刻，你才希望观众知道这个最重要的问题的答案。因为一旦观众知道了答案，故事讲述过程中最激动人心的部分也就结束了。

主题

主题是编剧一直在他的故事中探究的，统一的道德、哲学或情感的假设。主题贯穿于人物和情节之中。

有一个简单的方法可以让你开始思考主题：问问自己，我的主人公在故事发展的过程中学到了什么或意识到了什么？他是否知道了，没有爱的生活是空虚的？他是否知道了，越是想要控制生活的方方面面，生活就会越失控？他是否明白，不了解历史，就永远无法真正了解现在？

主题探究人物变化的原因

如果你的主人公从天真、信任人变成厌倦、不信任人，他是否明白了，如果没能用正确的知识或人际关系武装自己，就会被利用、被占便宜？这个故事是在探究一个失去纯真的人物吗？

音乐通常以主题为特色，贯穿整个音乐作品。在音乐中，一个主题不断被重复、翻转和颠倒用于不同的变奏。把你的电影故事想象成一段音乐，一段音乐探索一个主题，这个主题在主人公的故事里、在反派的故事里、在配角的故事里，以及在情节中引发共鸣。同样的主题，不同的变奏曲。

让人物和故事情节支撑你的主题。

问 电影故事中是否应该有多个主题?

答 应该优先考虑一个主题。《四十岁的老处男》(2005),最主要的主题是:如果不去冒险,目标可能一直遥不可及。编剧贾德·阿帕图和史蒂夫·卡瑞尔也认为,爱和性是不同的,爱更令人满足,但这不是他们在剧本中想要论证的主题。为了体验爱情,主人公需要冒险——让冒险的经验教训成为压倒一切的主题。

证明你的主题

如果你想充分激活你的主题,就把它当作一个科学实验。你要去证明某些力量或元素的组合是必要的,由此才能得出某个结论。假设你的主题是:不相信自己,就不可能成就真正的伟大。如何在你的故事中证明这一点?你的主人公不相信自己,然后失败了吗?也许这个人物对自己的才能有错误的信念,但是通过说服别人达到了他的目标。主人公对自己的信念动摇,对他人造成了伤害吗?想想《龙威小子》(1984)里的主人公丹尼尔,《星球大战》中的卢克,《律政俏佳人》里的艾丽,《杯酒人生》里的迈尔斯,《分歧者:异类觉醒》(2014)里的碧翠丝。所有这些人物都在探索这个主题:如果不相信自己,就不能充分发挥自己的潜能。

假如主题是:没有信任,就没有真爱。这个故事该如何着手证明或反驳这个主题?是不是有一个人物会不断地原谅出轨的恋人?有没有哪个女性角色与丈夫闹翻,因为他隐瞒了自己的背景、工作和感情?[看看《谜中谜》(1963)。]有没有哪个男性角色试图欺骗他的爱人,让她以为自己疯了?[看看《煤气灯下》(1944),或者《惊声尖叫》(1996),或者《危机四伏》(2000)。]

把你的主题隐藏在一个精彩人物的故事里

观众不想被主题冲昏头脑。在大多数情况下，主题应该是无形的。如果有人问观众一部电影讲的是什么，有些人会不假思索地说出情节要点，而聪明的观众会称赞电影的主题。悟性高的观众会看到，《四十岁的老处男》讲述的是一个人为了实现目标而决定去冒险的故事。还有观众可能会说，这部电影是关于认识到爱和性是不同的，爱会更加令人满足。二者对主题的观察都是正确的。

呈现某个主题的电影故事必须有原创元素，但主题不必是独一无二的。主题往往反映人类的状况，而人类的状况在数千年里一直保持着相当稳定的状态。"爱能战胜一切"这个主题在许多电影中都得到了很好的运用。

什么类型的电影会不断探究"没有真相，就没有内心的平静"这个主题？想想法庭戏。想想以这个为主题的爱情故事。想想那些讲复仇故事的电影。想想恐怖片。这个主题有一个不言而喻的道理——大多数人重视事实真相，且只有在完全了解情况后才能罢休。

许多电影的主题都在探讨信任问题，探讨真相，探讨尊重，探讨"认识自己"，探讨爱、权力、控制的好与坏。没有理由去尝试寻找一个原创的、从未做过的主题。

当考虑你的主题时，是时候表现出真心、多愁善感、热衷政治、关心心理了，是时候展现个人信念的力量了。问问自己：我想在这个剧本中探讨什么？我的主人公需要什么才能找到真正的成功、幸福或者内心的平静？要相信你的观点是有效的。相信你认为重要的东西，相信它能促使人们以一种全新的方式思考。相信每个故事里都有人生的启示。换句话说，你要自信地表达你的主题。

莎士比亚的《奥赛罗》讲述了一个男人任由嫉妒吞噬自己的故事，它有一个不容忽视的强烈主题：没有信任，爱就会被摧毁。这个故事从各种不同的角度探讨信任。**奥赛罗信任伊阿古，但伊阿古只是假装自己是值得被信任的。奥**

赛罗无法相信自己的判断，因为它被嫉妒所左右。奥赛罗不信任他的妻子苔丝狄蒙娜，尽管她是最值得信赖的人。莎士比亚显然在探讨信任的概念。他试图证明，没有信任，一个人可以摧毁他所爱的东西。

主题在观众眼中因人而异

故事的美妙之处在于，它们以各种不同的方式影响着人们。人们可以把《电视台风云》（1976）看作是一部以商业为主题的电影——贪婪摧毁了优秀的判断力。人们也可以从这部电影中看到爱情的主题——情感关系需要理解和承诺，没有这些，真爱就不会开花结果。或者你还可以把《电视台风云》看作一个警世故事——没有真实的生活，一代电视人将会变得冷漠无情。最好的方法是通过故事里的主要人物来表现故事的主题。在《电视台风云》中，主人公麦克斯正在经历一场中年危机。世界在不停地变化，他觉得自己老了，跟不上时代了。电影的人物主题是：没有坚守自己的道德和伦理，就会失去灵魂。这个人物主题与上述所有主题都有关联，但它是以人物为基础的，因此作者可以用人物来构建场景，从而证明或反驳主题。

在找寻你的主题时，试着填空：没有＿＿＿＿，就没有＿＿＿＿。

例如：

《欲望号街车》（1951）：没有接受，就没有爱。想想这个主题与布兰奇毁掉她年轻恋人的行径有何关联，与史黛拉和史丹利的关系有何关联，与米奇和布兰奇的关系有何关联，与斯特拉和布兰奇的关系有何关联。这个故事中的每个人物都需要学会接受真实的自己，而当他们不接受的时候，他们生命中重要的东西就被摧毁了。

《唐人街》（1974）：不面对真相，就没有自由。这一主题与主人公杰克·吉茨、杰克的委托人兼心上人穆雷太太、穆雷太太控制欲强的父亲，以及她无辜的女儿都有关联。

《走出非洲》（1985）：没有信任，关系就会被破坏。

《致命诱惑》（1987）：不承担责任，就不会有信任。

《美女与野兽》（1991）：不懂得真爱，我们就都是野兽。

《我知道你去年夏天干了什么》（1997）：不肯面对过去，就不可能有快乐的未来。每个主要人物的生活中都对这个主题进行了探讨。

《莎翁情史》（1998）：不冒险，就不可能有伟大的爱情。

《角斗士》（2000）：不面对你的恶魔，就没有和平可言。

《欲盖弥彰》（2003）：没有真相，就不可能有真正的成功。

《杯酒人生》（2004）：如果不能从过去的伤痛中走出来，就不可能有幸福的未来。

《鸟人》（2014）：不去冒险，人就永远无法理解生命的奥秘。

《盒子怪》（2014）：没有自己的坚持，伟大的目标就不可能实现。

《灰姑娘》（2015）：不去冒险，人可能永远找不到真爱。

主题经常在写作的过程中出现

编剧对每个故事的看法都不一样。有时，正是对某个主题的探究欲吸引着编剧去构思一个故事。想想《撞车》（2005），它的主题在第一个场景就出现了——人们是否需要相互碰撞才会有感觉？编剧在此探讨了生命的概念，这些生命以暴力的方式交织在一起，并带来了在个人态度和个人偏见上，以及人与人之间的关系上的改变（或启示）。

📝 **练习**

探讨这个主题：不忠于自己，你就无法赢得尊重。你能创造出什么样的人物和场景来证明这个主题？写一个简短的剧本，约10页的长度。这个剧本还需要有开端、发展和结局。剧中人物不超过4个。

有时候编剧可能不知道是什么吸引他去讲一个故事。他开始写作时，可能不知道主题是什么。没关系，可能是某个人物或某个情境激发了他来探讨这个故事。在大多数情况下，主题将会在他写作时出现。如果没有的话，编剧则需要研究一下他对剧中人物和情境的个人观点。

你发现主题时，要欣然接受它。编剧可以质疑，可以多愁善感，可以坚信某些事情。如果你相信爱能让一个人变得更好，这就是有道理的。如果你认为爱是虚假的，是对独处的恐惧将我们吸引到其他人身边，这也是有道理的。你的观点不需要得到别人的认同。这是你的故事。

主题可能是你开始写故事的动力，也可能在你写故事的过程中才显现出来。但你必须在某个时刻找到它。它可以帮助你讲故事，可以帮助你塑造场景，可以让你的故事内容更集中。

编剧的观点

想想《碧血金沙》（1948）。编剧认为，当贪婪介入，一个人的道德准则就会丢失。想想《X战警》系列，很明显，编剧相信接受差异可以给世界带来和平。想想《杯酒人生》。哪一个人物被塑造为最富有同情心的？哪一个人物有着相反的观点，并迫使主人公重新审视自己的信仰？迈尔斯是主人公，他踏上了一段将改变他人生的旅程。他的朋友杰克正在追求某种欲望，但这种追求并没有改变他的生活。编剧讲述的是迈尔斯的故事，这个故事承载着去改变的希望（去终结谎言）。

在大多数情况下，编剧的观点会在主人公的故事中得到验证。编剧希望观众认同哪个人物？哪个人物是道德的风向标？如果主人公是邪恶的，那么编剧认为他是一个值得尊敬的人，还是一个令人恐惧或令人憎恨的人？

《六月虫》（2005）讲述了一个家庭的生活片段，一家人聚在一起度过一个星期，体验了喜悦、沮丧、爱和心痛。每个人物都是独一无二的，他们有着自己的是非观念。编剧不评判任何关系，也不决定哪个人物"更正确"。那么编剧的观点是什么？家庭要会接纳包容，家人要会彼此关爱，生活是一个学习的过程，每个人都必须有自己独立的空间。

《鸟人》（2014）探讨了一个决定赌上自己的职业生涯和创作声誉的人所承受的心理压力。无论在心理上还是在情感上，这种冒险都很痛苦。编剧的观点是什么？电影故事支持这样一种观点，即为了挑战自我和考验自己的勇气而付出的痛苦是值得的。

编剧的观点常常是故事讲述过程中的独特之处。编剧会下意识地或有意识地表达他们的看法。这是一个公平的行为吗？这个世界是好是坏？真爱存在还是不存在？如果你发现自己在冷静地、不带任何感情地讲述一个故事，那就在人物、事件和对白中加入你的个人观点。

创作出独具你个人观点的电影故事。

🖊 练习

探讨一下你对友谊的看法。友谊是神圣不可侵犯的吗？尽管你认为说谎、欺骗、偷窃是不对的，你会为朋友做这些吗？还是你相信真正的朋友不会让你违背自己的原则？什么会破坏友谊？写一小段你对于友谊的看法。然后写一个10页左右的简短剧本（要有开端、发展和结局），人物不要超过4个，以此探索一段友谊的破裂。

本章总结

- 戏剧性问题是故事所提出的主要问题，应该具体到主人公身上。
- 主题是编剧想要在他的故事中探讨的统一的道德、哲学或情感假设。

- 主题通常围绕着清晰可辨的人类需求和欲望。

- 编剧既要努力探究自己的主题，又要探究反主题。

- 当编剧在素材上倾注了自己的观点时，故事就变得更加独特和新颖。

第 16 章

故事线、故事梗概、分场大纲和剧本小样

编剧是否需要有能力以不同的方式介绍他的故事？是的。

总结故事的任务是否有助于专注于故事本身？是的。

故事线

故事线，由三到五个句子组成，主要用于围绕人物弧线和故事主题来概述电影故事。一个故事线应该包含故事的开端、发展和结局，更重要的是，要有一个强大而有趣的人物开启一段艰难的人生旅程。

故事线有许多用途。

• 写好故事线可以帮助你聚焦于这个电影故事。你投入越多的精力去关注这个故事的本质——它真正的内容是关于什么，其中的人物弧线究竟是怎样的——你就越有机会写出一个成功的剧本。

• 写好故事线可以帮助你将电影故事的基本内容传达给别人，例如，业内人士、你的朋友或编剧同行。有人给你讲一个故事，你却只听到太多的细节或无关紧要的信息，以至于你没听明白故事的主旨或意图。这样的情况你遇到过多少次？你想知道为什么自己要听这个，想知道这种漫无边际的描述是否有重点。为你的电影故事写一个故事线，让它帮你简洁地传递最重要的元素：故事里的世界、电影类型、故事情节、人物弧线和故事主题。

• 你给制片人或经纪人写自荐信，希望他们对你的剧本感兴趣时，就需要使用故事线。在自荐信中，你需要附上故事线，这样买方或经纪人就可以快速判定你的故事是否符合他们的兴趣。买家很可能为某个特定的演员在寻找特定类型的剧本或媒介，或者买家有特殊的经费限制。看完故事线，买方或经纪人就可以做出判断，决定是否要看整个剧本。

你的故事线要包括以下内容：

• 电影类型。大多数电影都以一种强势的电影类型为主导，还可能会有一个重要的辅助类型，例如：冒险／爱情、惊悚／恐怖、灾难／剧情。

• 人物弧线。

• 故事／情节。

• 主题。

（问） 但是，我如何才能用短短几句话的故事线恰如其分地描述我的电影故事呢？我的故事很复杂，有那么多惊人的曲折和反转内容。这样做不是给我自己减分吗？

（答） 不会。当然，你的故事情节、人物曲折和视觉效果等种种精彩的细节都不会出现在故事线中，但是买家或经纪人并不需要知道所有细节，就能知道他们是否有兴趣进一步阅读整个剧本。记住，买方或经纪人想要寻找新的特性。如果你的故事线让他们感兴趣，他们会要求看你的剧本。

📝 练习

使用下面的模板，填写你的电影故事的具体细节。这样做可以让你了解故事线应该包括哪些内容。填空之后，抛开框架，让它成为你自己的故事线，但保留基本要素。

将你的电影故事的具体细节填入这个模板：（电影故事的名字）是一个（电影类型），是关于（主人公的名字和两个描述他的形容词或短语）想要（直接目标）的故事。当（情节点1，通常是引发事件）和（情节点2）和（情节点3，通常是中点）发生时，（人物的名字）就开始了（高潮的行动）到（高潮的顶点）的人生旅程。在这段旅程中，他发现（主题，记住，主题是主人公领悟到或学习到的，通常是情感层面上的，与他的总体需求相关，使用"没有X，就不可能有Y"的公式去探索它）。如果为了有助于解释剧情，你还可以在结尾对主人公的这段人生旅程做一些"评论"。

故事线的示例：《教父》（1972）是一部犯罪／动作／剧情片，是关于麦克·柯里昂（30岁出头）的故事。他是一位非常有影响力的黑手党领袖的儿子，他足智多谋、充满希望、意志坚定，他想脱离家庭，过上合法的（在法律范围内的）"美国梦"生活。当纽约市的敌对帮派家族企图谋杀他的父亲，并且他的家人也受到攻击时，麦克采取了行动，被迫暂时流亡。在意大利，麦克遭人背叛，他年轻的妻子被杀害。现在，麦克变得愤世嫉俗、不信任他人、坚毅果断，他知道自己必须回到美国复仇，并去保护和支持他的家人。他踏上了一段充满暴力的人生旅程，这导致敌人（和盟友）被杀，家人被驱逐，他自己也进入了一段基于秘密的婚姻。麦克现在明白，没有家庭的荣誉和尊严，他的生活就没有安宁。观众可能会质疑他的选择，但现在的麦克已经改变，他相信这就是他的命运。

《百万美元宝贝》（2004）的故事线可以这样写：《百万美元宝贝》是一部体育剧情片，讲述的是法兰基（60多岁）的成长故事。法兰基是一位饱经风霜的拳击教练，他寻求理解上帝的旨意。麦琪（25岁左右）是一名女拳击手，但她年纪太大，并不适合开启拳击生涯。当麦琪最终说服法兰基收她为徒，他踏上了一段新的人际关系之旅。麦琪因一次悲惨的拳击暴力事件被送进医院，命悬一线，法兰基被迫在上帝的教导和爱与友谊的新纽带之间做出选择，他遵从了自己的内心，并意识到如果不冒险承受痛苦，就什么也得不到。

一旦你写好了故事线，就可以运用所有重要的元素对它进行微调和修整，并为它注入你的故事基调。

更多的例子：

　　《律政俏佳人》（2001）是一部成长喜剧，讲述了一个娇生惯养、金发碧眼的富人区姐妹会女孩——艾丽（20多岁）立志要取得法学学位的故事。当男朋友甩了她，她竭尽全力考进哈佛法学院想要追回他，因为她觉得自己注定是"这个男人背后的女人"。在哈佛，这位古怪而聪明的年轻女性必须在社交和智力方面证明自己，最后她终于意识到自己是有才华的，这使她摆脱了嫁错人的生活。

　　《走出非洲》（1985）是一部爱情／剧情／史诗片。凯伦，一个缺乏安全感的丹麦女人，迫切想要控制她世界里的方方面面，包括爱情。她经历了一段被误导的婚姻、社会的偏见以及自己的非洲农场的毁灭。当她深深地爱上了一个需要信任和自由的男人时，她明白了，在试图控制一切的过程中，她失去了能给她带来最大幸福的东西。

　　《超体》（2014）是一个惊悚／犯罪故事，露西（20多岁）是一名在中国台北的留学生，她无意中被迫为一个暴力的贩毒集团用身体运送毒品，他们企图将最新设计的能改变大脑思维的毒品推向市场。这种药丸能提高人类大脑使用的比例——使心灵遥感能力、超感官知觉、信息快速整合等成为可能。毒品藏在露西的肠道内，当她受到攻击时，袋子的保护层就会被破坏，大量的毒品进入到露西的体内。她很快就能百分之百地运用她的大脑了。露西利用这种新发现的超能力与顶级科学家和法国警方取得联系，他们帮助她追击贩毒集

斯嘉丽·约翰逊，《超体》（2014）

团。她在这段人生经历中领悟到了宇宙的奥秘，并通过这段经历，与宇宙融为一体。

问 我想在故事线中融入剧本的个性。故事线可以写得很有趣吗（或者给人一种恐怖、讽刺或其他的感觉）？

答 当然。让你的故事线带有你自己的风格，让它彰显个性。只要保持简短就好，且其中包含电影类型、主要人物的开始和结局，以及故事的主题。

故事线不是电影预告

故事线的目的是用几句话把这个故事讲完。故事线必须给出人物弧线的开端、发展和结局。

而预告是一种吸引观众走进电影院的营销工具。预告会出现在宣传海报、报纸广告、广播电台和电视广告中。预告给电影故事留下开放式的结局。它不是一个编剧的工具，因此，编剧应该把预告的工作留给市场营销团队。

想象一下，如果你在一家电影公司的高管办公室里，这位高管让你给他讲讲剧本里的故事。而你（假设你写了《律政俏佳人》）回答说："一个金发碧眼、娇生惯养的富人区姐妹会女孩艾丽追随她的前男友去了哈佛法学院，发生在她身上的事真的很有趣，也很神奇。"然后你和高官之间很可能会有很长时间的沉默，表明这位高管在等待听到更多的内容，他想知道艾丽身上发生了什么。她会因为考试不及格而跑去当服务员吗？她会不会因为在校园里救了谁的命，而进入了医学院？她会不会遇见一个摩托车手，而变成一个地狱天使？这位高管希望听完这个故事线，并且想知道艾丽变成了什么样子。他想知道这个故事的基本内容。

写故事线的提示

• 写得好的故事线可以帮助作者集中注意力，且作者要由此被迫去审视剧中人物人生旅程的本质。

• 写得好的故事线聚焦于人物弧线。人物要比情节更有趣。你的主人公在整个故事进程中是如何变化的？她起初是否是一个没有安全感的女人，最后却找到了力量？他起初是否骄傲自大或者不负责任，最后为自己的行为负责了？你的主人公起初是否过度自信，最后认识到学海无涯，还有东西需要学习？

• 故事线要简短。最好的故事线不超过五句话（这并不意味着可以用超级长且不间断的句子）。记住，如果听到"哦，我想再听听……"，绝对是一件好事。如果你提供的故事线引起了某人的兴趣，这意味着你的故事本身就是有趣的。

故事梗概

故事梗概，是简单的一页或一页半篇幅的电影故事总结。故事梗概要围绕主人公的人物弧线展开。

以"十一步故事结构"作为指南，可以帮助你了解在故事梗概中都需要涵盖什么内容。介绍主人公的日常生活。明确他的直接目标，以及为什么要这样做（这个原因可以让人感觉到他的总体需求）。这其中还要包括一两个合理步骤，说明他是如何努力以达成他的目标的，以及他又是如何被否定的。这种否定的挫折关闭了合理的途径，主人公现在必须选择（或不选择）利用第二次的机会。这包括主人公在选择这条新道路时所要面临的冲突和危险，还包括他是如何决定走上新道路的，而他在人生旅途中遇到的起起落落，要用粗线条带过而不是细节描写。这包括他发现自己处于危机时刻的情境，追踪他决定步入（或者不步入）高潮时的情感变化。用粗线条大致描绘出高潮段落，以及高潮的结果。追踪主人公的情感变化，包括在故事的结尾出现的一个或多个真相大白的时刻。介绍一个新的常态。这样你的故事梗概就完成了。

这项任务不像听起来那么容易。编剧们会非常热衷于细节。他们不喜欢自己的故事被认为过于简单。毕竟，他们为创造一个复杂、有层次的故事付出了辛勤的汗水。但是，将故事精简到仅仅讲述人物主要的人生旅程，将会阐明你故事的精髓。

故事梗概应该围绕主人公的人生轨迹展开，用宽泛的笔触描绘出大致情节和动作，并追踪主人公的情感历程。记住，故事梗概最好就用一页纸表述。

问 你所说的宽泛笔触是什么意思？

答 让我举个例子。如果你的主人公塞德里克，穿越森林去营救一个被囚禁在塔中的少女，在这段经历中他进行了一系列精彩有趣的战斗。你可能会冲动地想展示你是多么优秀和聪明，展示他遇到的所有奇怪的生物和障碍。但是，你不可能在一份梗概中讲得很详细，因为你只有一页纸的篇幅来讲述整个故事。所以你可以像这样大致勾勒出整个段落：塞德里克筋疲力尽、濒临绝望，他进入森林，面临着来自奇怪生物的一连串疯狂袭击。令人难以置信的是，他找到了一个魔法勋章，这枚勋章把他带到了少女之塔。带着新的希望，他鼓起勇气去面对他最大的恐惧……

问 大纲比梗概更加详细吗？

答 是的，两者互为基础。大纲更贴近人物的情感历程，并提供更多的故事细节。

故事梗概的基本样式：

• 标题在页面顶部居中。

• 标题下方是编剧姓名。

• 一页至一页半的篇幅，双倍行距的文字。

- 使用段落缩进，使文档更容易阅读。

- 第一次提到一个人物时，其人名用全部大写的字母来介绍他。在人物第一次出现之后，就不需要继续把他的名字全部大写了。

- 第一次介绍一个人物时，要注明他的年龄。读者想要在脑海中"描绘"人物的样子，而年龄是很重要的因素。向读者传达你对人物和故事的构想是很重要的。

例子：**约翰**（15岁）想在学校的科学展览会上获得一等奖（他的直接目标）。他既羞怯又紧张。他决定找**南希**（12岁）——学校里最聪明也最讨厌的学生，做他的搭档。南希，脸上总是挂着冷笑，看着约翰，仿佛他是从火星来的……

✒ **注意**

> 在故事梗概中使用短句，会使你的作品显得更加清晰。

分场大纲

有时候"分场大纲"和"剧本小样"这两个术语可以互换使用，但还是有一点区别。

分场大纲是编剧用来阐述电影故事基本结构的文件。它是一个工具，用来保持编剧的写作思路和保证故事的连贯性。它可以与开发总监或制作人共享，但是在大多数情况下，它太过粗略，对故事中各种元素不熟悉的人无法正确理解它。分场大纲应该包括"十一步故事结构"的所有元素。如果你的主人公花大量的时间在第2步（合理追求目标）上，分场大纲应该列出这个部分包含的所有段落或故事的场景。对故事的所有步骤做同样的处理，你的分场大纲就完成了。

希区柯克的电影《迷魂记》（1958）第一幕的大纲，可能是这样的。

《迷魂记》（1958）/ 第一幕

编剧：亚历克·科佩尔和萨缪尔·A. 泰勒

1. 斯考蒂（40多岁）是一名便衣警探，他在旧金山的楼顶上追捕一名罪犯。他意志坚决，但汗流浃背，追逐得很辛苦。还有一名身穿制服的警察陪着他。罪犯从一幢楼跳到另一幢楼，斯考蒂犹豫了一下，不想做出危险的跳跃，差点儿从屋顶边缘摔下来。那个穿制服的警察试图跳过去，但失败了，他用指尖悬挂在屋顶的窗台上。一阵突如其来的眩晕冲垮了斯考蒂，他没能挽救警察的性命。这名警察摔死了，斯考蒂也永远改变了。

2. 斯考蒂合理追求他需要的东西。

a. 斯考蒂与最好的朋友米姬（她的职业是设计文胸）在一起。他想知道为什么他们还没有结婚，心想也许婚姻可以解决他缺乏方向的问题。这个内容设置介绍了他希望生活中能拥有爱情或稳定的关系。斯考蒂需要为他的人生找到一个目标。在经历了生死考验之后，他迷失了方向，他所有的人生计划都不再有意义。他觉得自己不配担任警察局长了，而之前他一直以为这会是他职业生涯的巅峰。

b. 让我们简单了解一下斯考蒂这个人物。他不懂米姬。她还爱着他。他们曾经订过婚，她想把这个计划重新提上日程。作为一名警探，斯考蒂对人没有很好的洞察力。

c. 斯考蒂试图克服他的眩晕症。他爬上梯子，希望自己不会晕眩。他爬上梯子，确实还会感到头晕目眩。他仍然为此感到痛苦。

d. 斯考蒂收到了一张老同学加文约他见面的纸条。为了找到一个目标，不再无所适从，他去见了加文。加文提出了他想请求帮助，他想让斯考蒂跟踪他的妻子玛德琳。为什么呢？加文告诉斯考蒂，他担心妻子疯了。加文认为他的妻子被鬼魂附身——她死去的曾外祖母，卡洛塔。

e. 斯考蒂同意当晚跟踪加文的妻子，这会让他觉得"有事可做"。

f. 那天晚上，在一家餐馆里，斯考蒂第一次见到玛德琳。她很美丽，斯考蒂立刻被她迷住了。

g. 斯考蒂跟着玛德琳，监视她。

h. 他跟着她，来到一个黑暗的小巷。我们以为会有什么可怕的事情发生，但一扇门打开了，通向一家美丽的花店。

i. 博物馆。

j. 坟墓。

k. 理发店。

l. 斯考蒂变得越发着迷。他向米姬求助，他们一起去了家书店，想了解卡洛塔的背景故事。米姬对斯考蒂的入迷感到嫉妒，也想参与侦探的工作。斯考蒂拒绝了她。他们之间的关系变得紧张起来。

m. 加文告诉斯考蒂，他现在担心玛德琳会试图自杀。

n. 斯考蒂救下了企图跳河自杀的玛德琳。

o. 斯考蒂把昏迷的玛德琳带回他的公寓。他被她吸引，爱上了她。他为自己的人生找到了一个"目标"。

p. 斯考蒂和玛德琳建立了某种关系／联系。

q. 他们开车去郊外，观赏红树林。

r. 亲吻。

s. 米姬试图拿斯考蒂的痴迷开玩笑，结果却失败了。她才发现斯考蒂对玛德琳的感情有多深。

t. 斯考蒂沉迷其中，他对目标的追求已经成为一种痴迷。

u. 斯考蒂和玛德琳前往教堂。他极力诉说着他的爱，她变得心烦意乱，飞快地跑上环形楼梯，奔向高塔。斯考蒂试图跟上她，但他的眩晕症发作了，他停了下来，没办法爬上塔顶去找玛德琳。

3. 斯考蒂被否定。

a. 玛德琳失去平衡，从塔上摔了下来。斯考蒂目睹心爱的女人坠楼身亡。

b. 斯考蒂感到自己负有责任，因为他的缺陷（眩晕症）导致了她的死亡（他认为）。

c. 在"听证会"上，斯考蒂被判无罪，但他的内心却充满了愧疚。

d. 斯考蒂忘不了玛德琳。他去探访她的坟墓。

e. 斯考蒂做噩梦。

f. 斯考蒂进了精神病院，被诊断为"急性抑郁症"。

第一幕结束。

分场大纲是编剧可以使用的最有用的工具。它的格式很简单，方便回溯并对故事内容进行添加或删减。场景可以轻易地移动和改变。电影故事中的各个事件也可以清晰展示。它还可以帮助确定每个场景或段落是否正在推动故事向前发展。分场大纲迫使编剧专注于主人公的人生旅程，但也为"B线"或"C线"故事留出了空间。

分场大纲的基本样式：

• 标题位于页面顶部居中。

• 编剧姓名写在标题下方。

• 把故事分成几幕：第一幕、第二幕和第三幕。

• 可以使用项目符号（黑点、星号、箭头等）或数字来表示新的场景或段落。

• 写作风格可以是粗略的，但是一定要包括贯穿于整个故事的人物弧线。

问 为什么制片人或者开发总监会想看剧本小样？

答 这是一份可以在办公室里传阅和讨论的文件。这是一份表明编剧追求的方向和基调的文件。这是一份让编剧能在写剧本之前解决故事问题的文件（基于这个目的，分场大纲的效果更好）。这是一份可以向投资方展示以获取资金支持的文件。

剧本小样

剧本小样（或称"剧本精缩"）与分场大纲的风格不同，目的也不同。剧本小样是一份7到12页长的文件，它以文字的形式再现电影故事，并对故事进行充分的探索。在大多数情况下，它读起来像是一个短篇故事。这是一份官方文件，经常用作销售工具。有时候，必须在剧本小样得到制片人／电影公司／执行总监的批准后，编剧才可以正式开始写剧本。有时这是一个合同规定的步骤，有时它是为了"方便理解"。有时编剧写剧本小样会得到报酬，有时编剧被期望免费完成这项艰巨的任务。由于剧本小样被认为是一种销售工具，它必须激发读者的热情，并让他们相信，这个故事将成为一部成功电影的基础。

因为它是一种销售工具，所以剧本小样必须要写得有风格，要字斟句酌，要着眼于引起读者的情感共鸣。故事中激动人心的部分必须用令人振奋的语言来描述，悲怆的部分必须引得读者落泪。如果这是一个恐怖故事，一定要让读者感觉到危险。如果是喜剧，一定得让读者发笑。

问 如果我花这么多时间写剧本小样，让它读起来像一部写得很好的短篇小说，我会不会因此失去对这个故事的激情呢？

答 有可能。这就是为什么，如果不是合同约定的内容，最好避免写完整的剧本小样。分场大纲就很有用了，它会为你绘制一条路线，让你的故事情节保持简单，让你在写场景的时候拥有新鲜的能量和创造力。

问 那么写剧本小样有什么好处吗？

答 任何时候，弄清楚在主人公的人生旅程中推动他前进的重要元素，所花费的时间都是值得的。

问 哪里可以找到剧本小样的示例？

答 使用搜索引擎，搜索关键词"剧本小样"或"剧本大纲"。相关网站包括：www.simplyscripts.com和www.script-o-rama.com。

　　大多数编剧都不喜欢写剧本小样，因为这需要一种不同于写剧本的写作技能，而且这个过程需要付出大量的努力。大多数的情况下，剧本小样中是没有对白的。编剧无法做到让故事细微缓慢地展开。特殊的视觉效果、节奏和某些结构要素，也都无法在剧本小样中很好地表达出来。精彩的动作段落或者剧烈的情感爆发，或者仅仅是时间和地点，也都无法恰当表达。换句话说，剧本小样不是剧本，而编剧们想写的是剧本。但是，知道如何写剧本小样也是编剧工作的一部分。

　　如何写出好的剧本小样呢？就像所有好的故事一样，集中笔墨在主人公的人生旅程上。如果你已经写好了一个故事梗概，那么可以在它的基础上扩写出剧本小样。你需要加入细节，加入特殊场景的描写。你仍然需要用粗线条来大致讲述复杂的段落，但是与故事梗概相比，你可以描述更多的细节。

　　还记得故事梗概中那段粗略的塞德里克森林之旅吗？它是这样写的：塞德里克筋疲力尽、濒临绝望，他进入森林，面临着来自奇怪生物的一连串疯狂袭击。令人难以置信的是，他找到了一个魔法勋章，这枚勋章把他带到了少女之塔。带着新的希望，他鼓起勇气去面对他最大的恐惧……

　　在剧本小样中，这个部分可以拓展成这样：塞德里克筋疲力尽、濒临绝望，他走进了黑暗的魔法森林。当他遭遇奇怪生物、飓风、流沙、沼泽、有毒气体和食肉植物的暴力袭击时，他一直努力坚定决心。他受伤了，几近崩溃，认为这个任务是不可能完成的。塞德里克停下来喝了一口清澈凉爽的溪水。接着，水面在他周围神奇地升了起来，他拼命地想游出来，但却被吸了进去。这时，他面前出现了一枚神奇的勋章。他伸手去拿——竟然拿到了！他冲出水面，看到了那座塔……剧本小样应该集中在主人公和反派的"A线"故事上。在大多数情况下，只有当"B线"故事会直接影响"A线"故事时，才应该引入"B线"故事的元素。对"B线"故事的介绍要很简单。

　　还有：

- 故事的主题必须很显而易见。

- 写作风格应该传达出故事的基调。

- 应该追踪主人公对故事曲折情节的情感反应。

- 剧本小样的写作格式有些基本要素，其中最重要的一点就是清晰。然后再将你的个人风格融入剧本小样中。

剧本小样的基本样式：

- 标题在第一页的顶部居中。标题下方是编剧姓名。

- 7至12页的篇幅，双倍行距的文字。

- 在剧本小样的开头，写上你的故事线。（故事线包括电影类型、主人公的直接目标、人物弧线和故事主题，引导读者熟悉故事的形式和基调。）

- 装订文档。

- 把你的名字和故事的标题写在每一页的上方，以防纸张散开。

- 把故事分成几幕：第一幕、第二幕和第三幕。

- 把文字分成短小的段落，这样更容易阅读。

一旦剧本小样完成，并得到正式的认可，你就得到写剧本的机会了，你可以运用剧本小样来构建完整的剧本。（其实，分场大纲在这方面的效果通常更好，但如果已经有人支付报酬让你写剧本小样，你就需要提供给他们。）

写剧本小样的小贴士

在开始写剧本小样之前，你要先写下故事大纲的要点，并且要先知道故事的开端、发展和结局。不要用剧本小样的形式来创作你的故事，因为对风格的期望在大多数情况下会阻碍创意的发挥。允许自己粗略地只写剧本的大致框架，并尽快写完。一天内完成，或者每天完成一幕，三天内完成全部内容。之后，再润色一遍，但不要太着重于此。

本章总结

- 故事线由三到五句话组成，概括电影故事的同时，专注于人物弧线和故事主题。
- 故事线常在创意提案、自荐信和分场大纲中使用。
- 故事梗概是一到两页篇幅的简单故事总结，主要关注人物弧线和故事主题。
- 使用"十一步故事结构"来帮你创作故事梗概，以确保你能传达一个完整的故事。
- 分场大纲是编剧用来讲述电影主要故事的文件。它是一个帮助故事保持连贯性的工具。
- 剧本小样的篇幅是7至12页，以文字形式转述电影故事。
- 剧本小样可以被用作一种销售工具。
- 剧本小样通常是在获得批准正式写剧本之前，合同要求履行的一个必要步骤。

第 17 章

开始写作：第一幕

所有分场大纲和故事线的前期工作都对写作过程有帮助吗？是的。

编剧需要给自己制定一个写作计划吗？是的。

你已经用"十一步故事结构"构建了你的故事。你已经写好了分场大纲或者段落表，也许你已经写了一个完整的剧本小样。现在该做什么呢？也许你想写的开场画面或开篇场景已经很明确了，也许你的脑海中已经有了对白、场景和人物，你渴望坐下来，执笔写下"淡入"二字。那就这样做吧。你已经完成了人物和故事的创作，继续写，不要阻拦自己。但如果你还不确定影片开头的场景或段落的话，在你冒险动笔之前，你还需要做一些事情。

在第一幕中探索的特定段落

1. 塑造一个展现主人公日常生活的段落。在他的日常生活中，有哪些内在的冲突和情感？用一个场景或段落来把这些信息呈现给观众。你的主人公生活中最有趣的地方是什么？做什么工作？有何爱好？最喜欢去哪里？有什么朋友？尽量避开这样一个段落：主人公听到刺耳的闹铃声，从床上醒来，跑去淋浴，他的家干净／凌乱，他冲出公寓／房子，钻进他的车里，开车去大楼／学校／公司。这个段落过于老气了。寻求一个段落，既可以告诉我们更多关于这个人物的信息，还可以推进故事。考虑从某个情境的中间开始一个场景。

问 假如电影故事的开场没有主人公会怎么样？

答 从你认为最好的地方开始你的故事。只要开场段落是整个故事拼图中的一块，它适合整个故事，有助于设定类型、基调和时间地点，并把我们推向这段故事中的旅程，那么没有主人公的开场也是可以的。

例子：《一夜风流》（1934）以主人公艾丽和她父亲之间的一场争论开始，争论的焦点是父亲想要取消她近期将要举行的婚礼。最后，艾丽跳下游艇，游向自由。观众从一开始就沉浸在故事的情节中。《雨人》（1988）以主人公查理处理自己汽车进出口业务的危机开始。观众了解到查理很缺钱，他被迫要追求成功，他的生活里充满了冲突。《第六感》（1991）以马尔科姆和妻子庆祝他因在儿童心理学方面的工作获得市长奖励开始。这个场景之后就是引发事件——马尔科姆遭到枪击。观众被吓得集中了注意力。《撞车》（2005）的开始，主人公之一格雷厄姆和他的爱人以及警察同事在一辆汽车里。他们在一起交通事故中被追尾了。这一幕设定了电影的主题——格雷厄姆说："有时我们不得不撞到一起，只是为了感受一些东西。"《银河护卫队》（2014）的开始，年轻的彼得·奎尔，一个刚刚失去母亲的孩子，被太空海盗绑架。二十多年后，奎尔偷走一个价值连城的球体，成了一名通缉犯。

电影故事中不以主人公开场的例子：《莎翁情史》（1998）以一位戏剧制片人被折磨还债的场景开始。观众立刻就知道了时间段、所处世界、利害关系以及莎士比亚必须写出一部好剧本的重要原因。这个场景引出了下一个场景——莎士比亚被介绍出场。莎士比亚正处于"日常生活"的状态中——写作，他对自己的作品感到沮丧。如果莎士比亚失败了，利害关系已经在第一个场景中说清楚了，所以在这里开始引入莎士比亚的故事就会更加令人紧张。

《证人》（1985）以一场在宾夕法尼亚州的阿米什人部落举行的葬礼开始。先介绍了次要人物。新寡妇瑞秋和她的儿子山姆登上一列火车，然后在费城站下车准备换乘火车去巴尔的摩。山姆目击了一起谋杀案。这个段落为主人

克里斯·帕拉特，《银河护卫队》（2014）

公约翰·布克的到来做了铺垫，约翰是费城的一名硬汉警察，他是来破案的。通过阿米什人部落的开场，编剧将阿米什人部落和费城犯罪世界的生活方式和信仰体系进行了对比。这种对比在讲述这个故事时是非常重要的。

    2. 设计一个段落，突出主人公的总体需求或直接目标（"十一步故事结构"中的第1步）。他站在夜店的中央，看着别人跳舞，这是否很明显表示他想在生活中拥有一段感情？这个段落可以用来表示他需要爱。她在医院里夜以继日地实习，是否是想要向她的上级证明她是获得住院医生职位的最佳人选？这个段落可以用来表示她需要被尊重。他不能报名参加田径赛或国际象棋比赛？不能反抗他的父亲？不能在课堂上举手？在警察的追捕行动中，他不能越过栅栏逮捕罪犯？这些段落中的任何一个都可以用来表明他需要相信自己。她是否决心要主导谈话？或者她正在抨击迅速发展的太空殖民地？还是她在电脑前通过在线服务仔细地挑选约会对象？这些段落中的任何一个都可以用来表明她需要权力和控制。

    想想《莎翁情史》。在介绍莎士比亚的场景中，很明显，他想找到一位缪斯女神，他想写一部伟大的戏剧。想想《角斗士》。很明显，在马克西姆斯的第一场戏里，他想要和平，他想回家，回到他的农场，和他的妻儿在一起。想想《四十岁的老处男》（2005）。很明显，在安迪最初的几场戏中，他想要一段性关系（尽管他不知道如何去实现他的目标）。

不要害怕让人物说出他的直接目标。如果他明确知道自己的总体需求，就不要害怕去探究人物表达这种愿望的方式。你写初稿的时候，探索一下阐明人物和故事的方法。

3. 列出主人公为了得到他所需要的东西，可以合理地去做的至少三件事情（"十一步故事结构"中的第2步）。如果你的主人公需要爱，特别是想要一段爱情关系，他会与别人约会吗？他会同意相亲吗？他会跟同事调情吗？他会与最好的朋友暧昧吗？他会去单身度假胜地吗？他会向他的妈妈求助吗？

一旦你列出了三个或三个以上的场景或段落，就让主人公去追求他的总体需求，并在每一个合理的步骤中设置障碍来阻挡他前进的道路。障碍可能来自性格缺陷、其他人物、运气不好、环境、大自然的不可抗力等。记住你的风格，找出那些能加强这种风格的障碍。

4. 列出主人公在追求总体需求时遇到的最大挫折（"十一步故事结构"中的第3步）的场景或段落。这个挫折将迫使主人公走上一条新的道路。记住，不一定只有一个挫折——主人公在生活的不同领域都能被否定，这可以为第一幕带来一个强有力的结尾。例如，一个人的总体需求是得到尊重，这就可以通过多种方式被否定：被公司解雇，失去富有的男友，摔断了腿，付不起房租，因不得不搬去与母亲同住而失去了所有的自尊。如果一个人的总体需求是相信自己，她可能会将电脑不小心掉到海里，电脑硬盘里有她快写完的小说，也可能一场风暴掀翻了船，她被砸到头，失去记忆，而失去了自我意识也就失去了自信。或者一个人的总体需求是成功，他可能在药检中呈阳性并被踢出球队，他的父亲把他赶出家门，他最好的朋友被捕了，他的大学奖学金不见了，他的车被偷了，他慈爱的祖母去世了，现在他不得不以新的方式追求他渴望的成功。或者一个人的总体需求是爱，她在选美比赛中失利，发现男友对她不忠，她踩在一堆狗屎上，不小心把头发染成了绿色，去一个陌生城市相亲的路上车子突然没油了。当然，这个受挫的步骤可以只有一个场景。在《克莱默夫妇》

（1979）中，泰德·克莱默按照自己的逻辑已经建立了完美的生活，但当他下班回到家，他的妻子告诉他她要离婚时，他被否定了。这个否定的强大之处正在于它的简单。

问 如果我塑造的人物需要爱，但又太害羞或无法积极主动地追求爱，那该怎么办？我怎样才能说清楚他需要什么？如何避免写一个被动的人物？

答 把你的人物放在一个他可以积极追求目标的环境中，但是因为他的性格缺陷，他不能主动追求或者不能成功（他无法采取行动就是一种行动）。让观众了解他的沮丧。构建一些活跃的场景，突出他对某一特定行为的回避。

问 第一幕中应该有多少个场景？

答 没有规定。你需要多少场景去创造人物、人物需求、冲突和故事情节，就用多少。记住，每一个电影故事都将按照自己的节奏展开。只要记住让主人公去追求他的需求和目标，并让他在这个过程中遇到冲突。只要你了解了这个人物，而且他正在朝着他的目标前进，你就有了基本的情节，就可以放松些了。你努力讲述这个人物的故事时，看看灵感缪斯会把你带向哪里。如果你开始感到迷茫，还有"十一步故事结构"可以帮助你回到正轨。

无论是一个场景还是一系列场景，记住，这个挫折需要推动主人公进入第二幕的艰难旅程。

关于第一幕的最后一些想法

• 你是否考虑过用一个类型片场景来为故事奠定基调？当然，这里可以出现所有的主要人物。

• 在把主人公推上他的人生旅程之前，你有没有给观众留出时间与他建立联系？

• 你是否是在尽可能接近引发事件的时候开始故事的？

• 看看人物生活的不同方面：家庭、工作、爱情、友谊；他在咖啡馆、发廊、健身房或其他可能经常光顾的地方与人的交往；他与宠物的关系，与父母、祖父母、兄弟姐妹的关系，与自然的关系，与艺术或一本书的关系……这个清单可以一直列下去。展现人物生活的不同部分，让他显得更真实，更有亲和力。此外，你可能会提供一些"B线"故事或"C线"故事，或者一两个重复的"符号情节"。

• 你想好时间线了吗？你的故事会经历几天、几周、几个月还是几年？你给人物足够的时间去改变了吗？你给人物足够的时间去实现目标了吗？通过使用电影语言，你可以把观众从一个重要事件直接带到另一个重要事件。没有必要时刻跟踪你的人物。你可以依靠剪辑直接从白天到晚上，从夏天到冬天，从这十年到那十年……

• 给你的故事留有呼吸的空间。话虽如此，但要知道故事的时间跨度越长，就越难保持故事的紧张感。

故事发展的节奏

你不仅想要确保每个段落或场景都有动作，还想要确保故事背后有一种积极活跃的感觉。这就取决于故事发展的节奏。研究一些你最喜欢的电影。在大多数情况下，电影前半部分的场景会更长，它们会随着故事的发展而缩短（观众对人物和故事的了解会填补一些空白）。在高潮的大部分段落中，场景的长度会变得更短。记住，你要引导观众。你决定哪些是故事的重要元素，哪些是你决定使用或丢弃的元素。你决定是否让故事继续前行。如果有人在早上约好与某人共进晚餐，观众会知道，在约会到来前的这个白天，生活还在继续。没有必要表现主人公当天的工作，也不需要展示其为了约会穿衣打扮，除非相关情节或人物有进一步的发展。简单地切入晚餐的约会，让人物的穿着、态度，或者赴约时间的早晚来向观众透露他们这一天的状况。选择能够推动故事发展的事件。让你的人物直接从一个事件转移到另一个事件。

确保每个场景都有价值。如果它没有"情节点"，或者未能推进故事和揭示人物，它最终就会被剪掉。如果一些场景有着精彩的对白或令人惊叹的视觉效果，却没有推动故事的发展，那它们将会成为剪辑的备选对象。

晚一点进入场景

考虑从一次争吵中或者在一项活动中开启一个场景。不需要表现有人开车来到一所房子前，停车，走到前门，按门铃，直到有人来开门。如果开门是场景真正开始的地方，就直接从这里开始故事。

不需要表现坏人知道黄金抵达的消息，然后进入直升机，去码头，戴上他们的面具，放下空中的梯子，偷取战利品。这个段落中最具戏剧性、最活跃的部分（推动故事向前发展的部分）是战利品的到来和盗窃。这才是会引起反应的动作。

当你觉得已经尽可能晚地进入场景了，再问问自己是否有办法能进入得更晚一些。

没有必要说"你好，最近好吗？""嗨""拜拜""再见"，不要闲聊，除非这对故事很重要。剪掉所有不会推动故事向前发展的部分。

问　当一个人物在银幕上（我们叫他山姆）被告知某事或者发现某事，而同时必须让另一个人物（我们叫她朱迪）也知道这个信息时，你会怎么做？你要如何避免重复观众已经知道的信息？

答　还记得"晚进早出"的建议吗？在朱迪被告知或看到最新信息后开始这个场景，并把注意力集中在她的反应上。或者切到另一个场景，让朱迪做一个动作，表明她现在已经知道了这个信息。观众能领会到她已经知道了。如果有必要知道她是怎么发现的，那就稍后再说。信任你的观众，没有必要把所有事情都跟他们交代得清清楚楚。

问 但是那些很棒的人物时刻和对白呢？如果我将场景精简到最少，会不会感觉剩下的全是故事情节了？

答 永远不要忘记人物。如果场景对展现人物有帮助，它们就是剧本中最重要的元素。只要确保这个场景对追踪人物的旅程和情节是必要的就好。

早一点离开场景

不要告诉我们将要看到或者知道什么。不要让一个人物说出"再见，我要去餐厅看看有没有坏人……"，而是让人物离开房间，开车去餐厅。一旦人物到达那里，观众就会知道他的去向。

可能感觉上有点儿奇怪，但如果你直接进入场景中最重要的部分或者在这之前的片刻，这会是一种解放。你的故事节奏会加快。

你希望读者带着兴奋的心情翻看你的剧本，并想知道接下来会发生什么。如果你以一种衔接过紧的方式引导他们，那么读者可能会走在故事前面，而编剧总是想要避免这种情况的发生。

小心不要爱上那些不能推动故事发展的对白或情节。

📝 练习

你写完第一幕的初稿后，回头看看那些场景里的内容。看看它们是否存在重复信息？是否在一开始就设定了太多的场景？场景有多长？它们长短各不相同吗？你能删掉那些对剧情发展没有帮助的过渡场景吗？

本章总结

- 使用"十一步故事结构"来帮助你塑造第一幕，这有很多事情需要完成。

- 确保故事的主要类型是明确的。

- 介绍主人公的日常生活和他的总体需求。

- 考虑在接近引发事件的时刻开始你的故事。

- 探索主人公生活的各个方面。

- 使用"十一步故事结构"来构建人物弧线和塑造故事形态。

- 给你的故事留有呼吸的空间。没有必要时时都讲、事事都讲。

- 编剧引导，观众会跟随。

第18章

继续写第二幕

第二幕需要升级冲突吗？是的。

第二幕需要打开故事的范围吗？是的。

第二幕需要集中在主人公的人生旅程上吗？是的。

请注意，第二幕的写作过程可以考验一个编剧的决心。许多剧本就是在编剧写到第二幕时，被放在书架上、抽屉里或电脑文件夹中一个安全的幽暗角落，从此再也不见天日。编剧们写到这里时，可能会怀疑他们的创意、他们的故事、他们的才华、他们的职业选择，甚至他们活着的理由。这时，许多编剧决定"休息一下"来好好思考或重新振作。他们会着迷于一个新的想法，并开始写一个全新的故事。然后，在这个新剧本的第一幕已经有了很好的雏形时，他们开始着手写第二幕……接着又遇到了同样的障碍，于是搁置了这个项目，重新思考，最终又迷恋上一个全新的想法。这个循环很明显了，最后他们什么也没有完成。

编剧该如何避免在写剧本的第二幕时被卡住呢？

知道故事的走向

把"十一步故事结构"的分解表放在手边。时刻提醒自己，你已经完成了艰难的故事创作部分，虽然你可能还没有弄清楚故事的每个细节或段落，但你已经清楚你要往哪里走。相信你的作品，相信你自己和你的故事，做自己的啦啦队队长。

为每天的写作设定一个时间。是时候全力以赴了。没有必要想太多，只要按照你的大纲去写，每天完成几页就好。你写到第二幕的结尾时，深呼吸，然后评估一下剧本还需要做哪些改变。

第二幕对你的人物来说是最重要的

我曾经与一位电影公司的高管共事，他突然一拍脑袋说电影故事不需要第二幕。他希望编剧们在第一幕设置人物和情境，然后让主人公立刻进入长达一小时的高潮中去，充满狂欢、危险和奇遇，不管电影的类型是什么。在一次会议上他告诉我，他想让编剧们遵循这种新的方法。我的心一沉。我知道我的项目注定要失败了。幸运的是，这位高管并没有长期任职，我被调到了另一位懂得第二幕价值所在的高管那里。

如果没有第二幕，主人公就几乎没有机会进行一场情感或身体上的改变之旅。第二幕是人物成熟的过程。想象一下，一个人幼儿园毕业后，就直接进入一段婚姻，或者直接在手术室挽救某人的生命，或者直接成为国家的统治者。大多数只拥有幼儿园技能的人对此都会不知所措。你的主人公必须在第二幕学习技能，为故事高潮的巨大需求做好准备。这些技能包括理解自己，理解他人，学习功夫，成为角斗士，去法学院上学，筹备一场婚礼，学习商业世界是如何运作的，学习如何恋爱，学习如何接纳别人，知道邪恶确实存在，接受有鬼魂（或没有）……

如果没有第二幕，主人公就没有机会从错误中吸取教训，直面障碍，并做出改变。主人公卷入复杂的事情会让高潮变得更加刺激。想想《谍影重重》（2002）第二幕的复杂情节：爱情关系的日益密切。如果没有这个"B线"故事，这部电影就不会那么引人入胜了。伯恩的行动现在会影响到另一个他在乎

罗素·克劳，《角斗士》（2000）

的人。想想《角斗士》（2000）第二幕的主要情节：马克西姆斯作为奴隶的新生活迫使他与普通罗马人建立新的友谊，了解他们的生活。第二幕花费了大量的时间，这让马克西姆斯一跃成为顶级角斗士是有说服力的。元老院反对康莫迪乌斯的情节也在花费时间进行，且让马克西姆斯能够参与其中。第二幕还探讨了马克西姆斯与露西亚的关系。康莫迪乌斯的残暴统治在这部分也是显而易见的。所有这些元素都是讲好故事的组成部分，没有它们，电影的高潮就无法真正地引起观众的兴趣。

你想要在第二幕中出现一些重大难题。你的主人公需要进入一个完全陌生的领域——无论是在情感层面还是在身体层面。他需要让自己身处一个新的环境，在那里他将获得一番新体验。他必须找到处理问题的新方法。编剧永远不要让事情太容易解决！你的主人公还不够优秀，他必须成长。一个不自在的、充满疑惑的、不知晓问题答案的人物，会比一个能做出所有正确决定、在哪里都感觉很自在的人物更具有吸引力。

将第二幕分成两部分

为什么要这样做？这其中既有现实原因，也有艺术原因。首先，你的任务将不再是填满50~60页，而是25~30页，这会让剧本的第二幕变得更好管理。其次，知道故事的中点位置，借此你可以为主人公创造一个改变的时刻。

第一部分：从第二次机会（第4步）开始，以你的方式进入到电影故事的中点。

中点

中点位于一个剧本的正中间。如果你的剧本有100页，那么它在第50页。主人公正在追求总体需求的道路上。在第二幕开始的时候，第二次机会出现了——这条路与他的本性或技能有点出入。他走上这条路，面临着障碍和挫折。现在，在中点处，是时候添加另外一条线了，也许是一个中途下车的落脚点，也许是一个十字路口——现在有两条路了，他需要选择走哪条路。编剧必须加大故事的风险，增加故事的复杂性。新的信息会自动出现，新的事物可能会显露出来，新的感觉也会浮出水面。这种位于中点的转变将提升故事的张力，增加新的冲突，并在第二幕结尾将主人公推向至关重要的危机。

问 第二幕是如此重要的一部分，我怎样做才能不迷失方向呢？

答 首先，不要忘记你的"十一步故事结构"分解表，以及你的段落表或分场大纲。用上它们。这些会帮助你把故事从一个事件推进到另一个事件，并保持故事的节奏。你一定是希望这个故事继续向前发展。其次，把第二幕分成两个部分。

问 在"十一步故事结构"中，中点在哪里？

答 没有明确的规定。你的故事将决定你会在每一步花费多长时间。只要记住，在剧本中，不管是主人公进展顺利的地方，还是进展不顺利的地方，如果你已经将故事写到一半，就要考虑情节的转折，这将进一步提高故事的张力，同时拓宽（或收紧）故事里的世界，甚至迫使你的主人公发生性格的转变。

第一幕重点回顾

把"十一步故事结构"的前三步看成第一幕。记住，你的第一幕可长可短，它不需要达到特定的页数，但它需要包含一些故事元素：

1. 设定主人公的总体需求以及原因。

2. 主人公合理地去实现他的总体需求，他会通过追求直接目标来做到这一点。这些合理的尝试可能会适得其反，可能会失败，也可能实现不了他的目标——为你的主人公制造障碍、逆转和冲突。

3. 最后，主人公在追求自己的目标时，会碰到一个无法跨越的情感上或身体上的障碍。这是一种否定，它将迫使主人公考虑一条新的道路，一个新的选择——他追求自己总体需求的备选路线。

看看"'十一步故事结构'的电影分解"那一章。你会看到每个电影故事是如何用不同的方式处理这些相同的基本故事点的。每个故事都有自己的步调，每一步花费的时间都不同。

让我们进入第二幕的具体细节。

第二幕的前半部分

令人兴奋的第一幕——建立故事里的世界、塑造精彩的人物和有趣的情境——已经结束了。现在艰苦的工作开始了。

第二次机会

第4步。在第一幕中，主人公没有达成他的目标。大多数或者所有的合理路径都已经探索过了，但都没有成功。主人公需要找到一种新的方式来继续追求他的目标。仙女教母出现了吗？主人公找到新工作了吗？她经历离婚？经历死亡？她是一场犯罪的受害者吗？她下定决心成为一名罪犯了吗？他会搬出父母的房子吗？记住，第二次机会不一定是一个主动的选择。《角斗士》中的马克西姆斯想成为奴隶和角斗士吗？不想。但这种糟糕境遇反而是他最终实现目标的机会。

主人公不知道自己人生旅程的结局。他不知道到底需要什么才能达到预期的目标。也许他真的遇到一个精灵，实现了他的三个愿望。也许他遇到了自己的梦中情人。也许主人公的第二次机会起初会被视为一场灾难，甚至是一场悲剧。

问 是不是有许多电影都把中点放在"一切顺利"（第7步）的结尾和"一切崩溃"（第8步）的开端？

答 是的，但是记住，这也不是必需的。

第二次机会可以把主人公带入一个新的世界

是时候提升故事张力，进入新的危险领域了。想想《谍影重重》。患有失忆症的杰森·伯恩已经采取了合理的步骤来寻找他的真实身份，所有的尝试都失败了，警察正在追捕他。他向一个陌生人求助，请求搭车去巴黎。那个陌生人确定当局正在通缉他。她会载他一程吗？她会相信他吗？她是他可以信任的人吗？他会把一个无辜的人置于危险之中吗？这个决定使他陷入困境，迫使他的个性发展并改变。想想《玩具总动员》（1995）。胡迪想成为安迪收藏的玩具中的老大。当巴斯光年到来并夺取了这个位置时，胡迪试图证明巴斯光年并不值得其他玩具尊重。他的尝试失败，巴斯光年掉出窗外，胡迪被迫冒险离开了他的安全世界去救巴斯光年。这是胡迪重新获得玩具伙伴们尊敬的唯一机会——但这个新世界充满了巨大的风险，包括卡车、比萨店和隔壁的虐待狂男孩。

主人公将要进入的"新世界"是什么？想想迪士尼电影《小美人鱼》（1989）中的爱丽儿吧。她为了获得双腿而放弃了鱼尾，现在住在王子的城堡里。《律政俏佳人》（2001）中的艾丽现在就读于哈佛法学院。《窈窕淑男》中的迈克尔·多西进入了一个只有他继续假扮女人才会被接受的世界。《鱿鱼和鲸》（2005）中的家庭在第二幕父母决定离婚时，进入了一个新世界。在《分歧者：异类觉醒》中，碧翠丝离开了家、加入无畏派后，进入了一个新世界。无论新世界相比之前是完全不同还是略有不同，第二幕应该改变主人公的生活现状，迫使他进入一个陌生的世界。

在第二幕扩大你的故事范围

主人公的人生旅程现在影响到了更广泛的人群吗？想想《丝克伍事件》（1983）的第一幕，主人公凯伦关心一个朋友受到辐射后的健康状况。在第二幕，凯伦也被辐射污染了，这增加了她的个人风险。最后，她为更安全的工作环境争取新的立法，她的行为影响了她的男朋友、最好的朋友和她在化工厂工作的所有同事。在迪士尼电影《美女与野兽》中，贝儿开始想要自己的新生活。她进入了一个新的世界，很快她的愿望影响了加斯顿（想娶她的男人）、野兽、被施了魔法的仆人和她的父亲。她的故事不断扩大，直到全体村民都参与进来。在《律政俏佳人》中，艾丽拓宽了她的世界。她试图融入哈佛法学院，她与一位美甲师成了朋友，她进入了法律界。她的世界开阔之后，她找到了真正的自我。《百万美元宝贝》（2004）中，法兰基最终同意训练一名女拳击手，这是他以前从未考虑过的。

利用第二次机会引发的冲突

第5步。记住，戏剧等于冲突，冲突等于戏剧。如果你的主人公利用第二次机会没有产生冲突，你就很难写出精彩的第二幕。找出主人公所面临的情感、道德、精神和身体上的冲突。她将自己置于更大的风险之中了吗？他天生被动，但现在他必须积极主动，却不知道该如何去做？父母（或亲近的人）不赞成吗？行动必须保密，而主人公不善于保守秘密吗？她违背诺言了吗？她的腿骨折了？他害怕承诺？他要背着某人暗中行事吗？电影《不可饶恕》（1992）中的主人公曼尼，对回到职业杀手的生活有很多矛盾：他答应妻子会改过自新，如果他食言，就失去了在天堂与她相见的机会。他不得不把孩子单独留下，没有大人照顾。他已经失去了一些技能，再也不能开枪射击，甚至不能很好地骑马。他担心一旦离开他偏远的养猪场，他可能会重新染上酗酒等恶习。他最好的朋友拒绝参加这次冒险，这凸显了曼尼违背了自己的诺言，也增加了他的罪恶感。

设置这些冲突会让编剧在电影中有大量的场景可以写。所有这些冲突的结果是什么？主人公能很好地处理这些问题吗？它们将如何浮出水面，让人生旅程变得更加艰难？

看看"'十一步故事结构'的电影分解"那一章。注意这一步在人物的人生旅程中是多么重要。

📝 **练习**

为你的主人公列出3~5个利用第二次机会时会遇到的冲突。确保你考虑了情感、身体、精神和道德等几个方面的冲突。列出来后，为第二幕中出现的一个或多个与冲突相关的场景写下一句或两句。例如：在《不可饶恕》中，曼尼向妻子承诺他会戒酒。一到镇上，他就需要进入一家酒馆。在那里，他面临着喝还是不喝的抉择。第一次，他能够拒绝喝威士忌。在之后的故事里，当情况变得更加可怕和紧张时，他屈服了，并要承担后果。

去争取

第6步。主人公决定，不去管所有的冲突和利用第二次机会的反对声音，他必须追求他的总体需求。记住，如果主人公对实现自己的目标优柔寡断，观众就不会与之产生共鸣。无论是赢得一场足球比赛还是拯救世界，主人公都必须全力以赴。这是此时此刻主人公生命中最重要的事情。他以后的事业、爱情、生活或存在都取决于这个故事的结局。永远不要让你的主人公不在乎。他可能嘴上说不在乎，但观众必须知道，在内心深处，这份需求对他的快乐或满足至关重要。找到一个场景去展示人物的决定：他会放弃还是前进？

一切顺利

第7步。让主人公尝到成功的滋味。让他瞥一眼，或者浅尝辄止。这会让他从触手可及的地方掉下来的那一刻更加紧张有力。如果你的故事像《恋爱中的莎士比亚》（1998）、《王牌特工：特工学院》（2014）或者其他许多神秘题材的电影一样，在这一步花费了大量时间，你就必须确保你的故事在任何时候都存在冲突，主人公在任何时候都有失败的可能。没有什么是容易实现的。

一切崩溃

第8步。想想你的电影故事的情感、身体、精神和道德方面。想想你的主人公生活中的每一件事。不仅是他的工作变得不堪一击，他的家庭、友谊、梦想、机会和信仰也变得摇摇欲坠。

在故事中的这个部分，主人公需要经受考验，无论是身体上的，还是情感上的。所有事情都不好了。在动作片中，每个场景都会让主人公的处境更加艰难。在浪漫喜剧中，不好的事情可能是破碎的感情、误解的事件、错误的决定。在剧情片中，主人公可能正在走下坡路，面临死亡、离婚或毁灭，看不到一丝好转的迹象。

📝 练习

列出10~12个对主人公来说很不好的事件或事情。看看清单上的每一项，问问自己，怎么能让这件坏事变得更糟。一旦有了这份清单，写一两句话描述相关场景或段落，来说明每一个崩溃的时刻。

看一下"'十一步故事结构'的电影分解"那章，你会发现大部分电影都花费了很多时间在"一切崩溃"这个部分。

危机

第9步。把危机看作是第二幕的结尾。在传统的电影剧本中，这部分发生在第75到80页左右。但请记住，要根据你的剧本结构来，没有必要一定在哪一页上触发危机。这样做的目的是让剧本成为你自己的，且只属于你。如果你有一个很短的第一幕、一个中等长度的第二幕和一个较长的第三幕，你的故事仍然有效。你需要涵盖所有经典的人物故事要点，但不需要在确切的某一页。观众看电影已有很长时间了，他们的潜意识里知道电影故事的结构。如果电影不同于常规，但又具备所有需要的故事要点，这将是一个可喜的改变。

以下三件事情可以促成一场好的危机：

1. 主人公应该处于他人生的最低点，无论是在情感上还是在身体上，或者两者兼而有之。花点时间来评估一下他的状况。也许是所有的朋友都离开他了。也许是他失去家人。也许是救援队来晚了，或者根本没来，或者已经改道，他不可能被救援了。也许是所爱之人永远地离开了。也许是梦寐以求的工作现在已经遥不可及。也许是纽约被洪水淹没了，主人公断了两条腿，血流不止，他因为缺氧几乎昏倒，而他的女朋友已经被情敌引诱。所有的事情都看起来很糟糕，主人公意识到自己的困境，而放弃也可以是一种选择。

2. 主人公看起来已无路可走。观众们应该想知道，这种两难的局面如何才能解决。看似把自己写进一个死胡同里。你要记住人物的性格特点，可能是情感上的无路可走，也可能是身体上的。如果你能同时做到这两点，你的剧本会更好。（然后，编剧必须让观众感到惊讶，要在这种无路可走的情况下创造一个出口，同时仍然忠于人物、故事和电影类型。）

3. 决定。这是危机中最重要的部分。主人公必须做出决定，去深入挖掘自己的灵魂，挖掘自己的储备力量，他比以往任何时候都更渴望生存。主人公必须决定进入故事的高潮。如果他没有这样做，可能你塑造的就是一个被动的人物，这个人物只会被推着走向故事的结局和他的新生活。让主人公在这个关键时刻做出决定是很重要的。在很大程度上，当人物主动参与故事的结局时，他们会更有趣、更吸引人。如果主人公是靠运气或者其他人的努力实现了自己的目标，这个故事就非常不尽如人意。让你的主人公自己来完成这个艰苦的工作。

注意，当主人公有很大的可能性会选择另一条路的时候，危机点才会发挥最佳作用。因此，形势必须对他不利。他会放弃吗？他会选择勇往直前，直面最大的困难吗？他会将自己和他人置于危险之中吗？他会下最后的赌注吗？他会进入那个最黑暗的房间吗？在婚礼的圣坛上，她会选择嫁给富有、英俊、对她的事业有帮助的男人，还是她会让家人和朋友失望，选择跟那个贫穷孤独、相貌平平的荒岛渔夫私奔，只因他在她的内心激起了某种特殊的火花？

在《卡萨布兰卡》（1942）中，里克的危机点：伊尔莎在深夜来到里克的房间。很明显，她爱他，他也爱她。如果他们决定在一起，就会影响到他们的生活，还可能会影响到反对纳粹战争的努力。伊尔莎很痛苦，她要求里克"为他们俩着想"。里克现在进退两难，观众不知道他会怎么做。他会选择爱情吗？他爱她，他强烈的自我意识会感到被认可，这会让其他人知道，伊尔莎选择了他而不是那个伟大的战场英雄。他会选择荣誉吗？在一场他一直坚持保持中立的战争中，他会选择站在哪一边吗？里克的危机：他会选择个人幸福，还是选择为世界更大的福祉做出贡献？

在《绿野仙踪》（1939）中，桃乐丝的危机点：桃乐丝、铁皮人、稻草人和狮子最后去见了魔法师（在疯狂的第二幕之后，他们遇到了邪恶的女巫，知道她是强大而又邪恶的）。桃乐丝以为她的旅程已经结束了，她现在可以回家了。但是魔法师告诉他们，他们必须从坏女巫那里为他拿到扫帚，他才会帮助他们，并把桃乐丝送回家。桃乐丝会决定再次面对邪恶女巫吗？她会把自己的朋友置于危险之中吗？他们可能会在这个过程中死去。而她可以永远待在奥兹国，她在那里很愉快，被很多人喜欢。她可以放弃她的梦想和朋友住在这里。这岂不是更容易吗？但她会决定走捷径吗？

在《借刀杀人》（2004）中，麦克斯的危机点：他是一名出租车司机，他必须决定是否要撞坏自己的出租车，这甚至有可能让自己（还有杀手文森特）死掉，从而去阻止文森特继续他的杀人计划。麦克斯会保全自己的性命，而对别人的生死置之不顾吗？还是他会冒这个险？

在《超体》（2014）中，露西的危机点：毒枭和他的手下步步逼近，露西只有片刻的时间来使用她的超强脑力，把她渊博的知识转存到一台大型计算机上，然后为科学家们提供一个超级强大的驱动器。她知道如果她这么做了，她就将不复存在。但她必须做出选择。

第二幕的建议

1. 让次要情节发挥作用。你的"B线"故事和"C线"故事应该也朝着主人公的"A线"故事的方向发展。在第三幕中，你希望所有的故事都能相互交叉或相互影响，所以不要让它们偏离主题，进入一个与主线故事无关的地方（不论多么有趣）。

2. 重复性符号情节。如果有"笑点符号"或"视觉符号"，找到最有力的地方来放置它们。一个符号情节应该至少重复使用三次（否则它就不是符号情节了）。

3. 让你的主题贯穿始终。写一些支持主题的场景或段落。尽量让这些场景或段落浑然天成，但是不要羞于表达你的观点。

4. 人物发展。所有的主要人物都必须有性格的改变。在第二幕向观众展示这些改变是如何发生的，展示影响人物的主要因素。不要让这些改变在剧本结束时才突然发生。

5. 确保所有的次要情节和次要人物都出现了。你不会希望在第三幕剧情需要他们加入时，他们才突然出现。如果这样做，第三幕会显得太"简单"和太"省事"了，观众会感觉被欺骗了。

6. 逆转。你一路写下来，对主人公来说，事情似乎在朝着正确的方向发展。但不要让事情进展得太顺利且太久，给主人公设置一些阻力。如果事情进展不顺利，也许就增添了一丝希望，好让观众继续猜测。

7. 故事发展的节奏。不要让事情发展过于平缓。你可以暂停一下，做一个人物瞬间或主题时刻，但是行动还是要继续。剧本进入后半部分时，应该有一种动作加快的感觉（即使是在剧情片中）。考虑把场景缩短，给人一种节奏感。

8. 让新的信息出现。这是很重要的。这将使故事继续发展，扩大故事的范围。

9. 在第二幕的结尾，主人公需要身处危机时刻。他是否足够强大，可以直接步入故事的高潮，进行最后一场战斗？还是他会选择放弃？让主人公对他的行为、他的选择负责。为主人公创建一个决策点。

本章总结

- 为了更好管理，将第二幕分成两个部分。

- 用"十一步故事结构"作为指导，确保第二幕有高潮和低谷。

- 第二幕主要是"十一步故事结构"的第4步到第9步。

- 第二幕需要开拓故事的范围和人物的世界。

- 中点应该是以利害关系的变化或者故事的转折为特征。

- 第二幕应该探索人物的成长——在生理上和情感上的成长。第二幕必须让主人公和观众为电影故事的高潮做好准备。

第 19 章

写第三幕

一个很差的第三幕会让整部电影都令人失望吗？是的。

编剧能构建出一个令人满意和充满惊喜的第三幕吗？是的。

主人公应该获得他的故事的结局。想象一下，假设你多年来一直存钱买美国橄榄球超级杯大赛的门票。你热爱足球比赛——它充满竞争、喧闹和兴奋。你坐在座位上，现在是第四节中段，比赛打平了。突然，裁判宣布比赛结束，所有人都回家了。你被剥夺了在比赛结束时体验肆意宣泄喜悦或悲伤——这取决于你喜欢的球队是赢了还是输了——的机会。这就像是你辛苦赚来的钱瞬间花光了，你觉得自己被骗了。

观众带着与观看体育赛事相同的期待去看电影。他们渴望得到一次宣泄的体验。他们选择了自己想看的电影类型，带着一定的预期来到这里。编剧要给他们一次激动人心的经历——它可以是发人深省的经历，也可以像坐过山车一样，还可以是某种情感体验。随着故事的发展，电影让他们哭，让他们笑，让他们尖叫，让他们思考。他们已经付了钱——他们应该得到一个故事结局，觉得自己的钱花得值。

一些制片人在讨论故事的其他部分之前，想提前知道电影的结局是什么。在他们看来，如果故事没有一个令人兴奋的、有意义的、精彩的结局，就不会是一部好电影。这是有一定原因的。

电影故事的高潮必须超越故事的其他时刻，无论是在动作上、情感上还是启示上。

高潮过后，有关人物和情境的真相最终揭晓，必须要做到令人满意并且引人深思。编剧应该知道主人公的未来。并不是所有关于主人公新面貌或新境况的问题都必须得到答案，但是观众需要知道，主人公人生中的一个篇章已经结束，新的篇章即将开启。

观众对你的故事很感兴趣，他们参与了第一幕和第二幕。现在你必须实现他们的期待和愿望。当这个故事结束时，你要给观众一个惊喜，不要让他们失望。

高潮

高潮（第10步）是第一幕和第二幕中设置的所有故事元素的巅峰。危机迫使主人公为实现自己的目标做出最后的一搏，并直接进入故事的高潮。一旦进入高潮，主人公便无法回头，一切都处于无处不在的危险之中。最好的高潮是建立在情感和身体上的，通常会给主人公带来宣泄或顿悟。

电影故事的高潮需要以一种前所未有的全新方式来考验主人公。他要么胜任这项任务，要么失败。他要么赢，要么输，但不能介于这两者之间。

动作片的编剧必须设计一个充满艰巨挑战和任务的高潮。如果任务太简单，当主人公战胜一切并取得胜利时，观众就不会有那种情绪高涨的感觉。记住，没有什么是容易实现的。

在喜剧片中，如果故事高潮的复杂程度没有上升到荒谬、疯狂或情绪激动的高度，以至于主人公不得不面对整部电影中最离谱的挑战，观众就会感到失望。大笑会让人感觉很好。影迷们会选择花钱去看喜剧，是因为他们想得到欢笑。不要让你的观众失望。

在爱情片中，如果相爱的人终于结合（或不结合），这之前的高潮不强烈，如果人物没有遇到困难（情感上的、身体上的，或者两者都有）就来表达他们的爱，观众是不会为他们感到强烈的担忧和间接心痛的，而这正是爱情片爱好者渴望得到的感受。

主人公直面反派

不要做任何容易的选择。让你的主人公足智多谋，比以往任何时候都聪明（聪明要比幸运好）。这将有助于主人公调动他的未知才能，超越个人最佳状态去夺取胜利。不要忘记反派必须和主人公一样聪明／坚强／足智多谋。主人公和反派在最后的对战中一决高下。两个人的弱点都显现出来，谁能够强大到足以克服自己的弱点并取得胜利？

把所有的关键人物聚集在一起，让剧情达到高潮

高潮应该把"A线"、"B线"和"C线"故事联系在一起。

想想电影《证人》（1985）。影片的主要人物包括费城警探约翰·布克、阿米什寡妇瑞秋、瑞秋的儿子山姆、瑞秋的父亲、费城的黑警，以及阿米什部落的人。这些人物在整部影片中相互影响，但在高潮前从未同时出现在同一个地方。高潮就是把所有的故事元素和人物聚集在一起的时候。迪士尼的《美女与野兽》（1991），高潮把野兽、贝儿、加斯顿、被施了魔法的仆人和村民们聚集在一起，进行最后的战斗。《克莱默夫妇》（1979）将主要人物聚集在一起，展开了一场法庭大战。《寻找梦幻岛》（2004）将所有的主要人物聚集在一起，把情感推向了高潮：J. M. 巴里、生病的西尔维娅和她的儿子们、西尔维娅的母亲以及戏剧《彼得·潘》——这部戏道出了他们所有的希望、梦想和关系。《毕业生》（1967）将所有的主要人物聚集在伊莱恩的婚礼上，上演了一场高潮迭起的对峙。《逃离德黑兰》（2012）的高潮中，所有的人物都聚集在一起作为人质登上一架飞机，这架飞机将他们带到安全地带，而那些在美国的

人正等着看这个计划是否会成功。《分歧者：异类觉醒》（2014）的高潮中，通过一场阻止博学派邪恶计划的战役，把所有人物（包括无畏派、博学派、无私派的人）都聚集起来了。

如果将"A线"、"B线"和"C线"的故事融合在一起，高潮之战——无论是在情感上，还是身体上，或者两者兼而有之——将会更加丰富多彩，引起更多共鸣。

如果高潮影响到了故事中所有的主要人物，就会表现得更加强烈。

高潮发生的地点和时间

故事高潮发生的地点重要吗？是的，这很重要。如果编剧要为一部动作片的高潮创作一个拍摄场景，他必须考虑一个具有情感意义的地点。想想《教父》中的高潮时刻。当麦克的教子在教堂接受洗礼时，高潮全部展开了。想想《迷魂记》（1958）的高潮时刻，发生的地点是最令主人公痛心的塔楼。《角斗士》的高潮发生在罗马最大的体育场——主人公和反派都充满感情的一个地方，所有主要人物都见证了这场最后的决斗。

再思考下高潮是发生在白天还是晚上。什么时间会让人感觉更危险？什么时间会更加令人动情？

高潮是一场冲向终点的赛跑

在大多数情况下，电影故事的节奏会在高潮时加快。场景往往更短。许多电影利用了"嘀嗒作响的时钟"，即某项任务必须在这最后期限前完成，如：在婚礼之前，在炸弹爆炸之前，在船起航之前，在飞机起飞之前，在毕业之前，在外星人获得终极力量之前，在夏天结束之前，在大型比赛或体育赛事之前……在《骗中骗》（1973）中，一切都必须在瞬间完成——在骗局被揭露之前，在当局追查到骗子之前。在《律政俏佳人》（2001）中，艾丽必须在某一天的特定时间在法庭为当事人辩护，否则她的当事人将被判入狱。在《寻找梦幻岛》（2004）中，所有事情都必须在西尔维娅去世之前完成。在《晚安，好运》（2005）中，新闻记者爱德华·默罗的节目（调查、撰写、播放）必须在电视广播公司的禁令下达之前完成。在《川流熙攘》中，录音小样必须制作完成后，及时送到来拜访老邻居的音乐人手里。想想《后天》（2004）、《独立日》（1996）、《模仿游戏》（2014）、《盒子怪》（2014）等更多电影中的"嘀嗒作响的时钟"吧。

问 编剧如何能使高潮看起来既新颖，又忠于自己电影类型的风格？

答 回归到人物上。相信你的人物和你为他所创造的独特个性。每个人物都会用自己的方式应对故事高潮的压力。忠于你的人物，会让你故事的高潮耳目一新。选择一个能引发共鸣的地点。具体地说明次要故事，以及它们是如何影响"A线"故事的。制造意外的障碍和逆转。测试让主人公失败的方法。让自己的创作陷入绝境，再找到一个出口。最重要的是，切勿一味追求"新与异"，而是尽可能地为你独特的主人公创造出充满艰辛的故事高潮。

练习

列出你的"A线"、"B线"和"C线"故事的所有元素。想想它们在高潮时该如何交汇到一起。列出主要人物的名单。考虑一下如何将他们设置为故事高潮的一部分。列出故事高潮可能发生的地点，探讨哪个地方最能引发共鸣。

与影片类型保持一致

忠于你的影片类型。故事的高潮必须以出人意料的方式表达出预期的效果。在《沉默的羔羊》（1991）中，你不会想要在惊悚片的高潮部分加上一首百老汇音乐剧的曲目。在电影《足球老爹》（2005）中，你不会想要在喜剧片的高潮部分加上一场恐怖袭击。在电影高潮中，突然改变影片类型会令人不安，最终也会让观众失望。观众已经渐渐相信了你的故事，他们已经支付了观赏电影的费用。你要在影片中给他们惊喜，给他们意想不到的情节，但始终要忠于影片的类型。

真相大白

剧本故事的最后时刻（第11步）。你只需回答需要回答的问题，那些不需要答案也能让故事有令人满意结局的问题就不要回答了。

灰姑娘确实说谎了，她违背了继母的意愿。她很爱王子，想嫁给他。在《克莱默夫妇》中，泰德的妻子很爱她的儿子，她看到了泰德的变化，也认为泰德应该拥有孩子的主要抚养权。在迪士尼的《美女与野兽》中，贝儿确实是爱野兽的，而野兽也的确是一位王子。在《川流熙攘》中，主人公进了监狱，但他把自己的音乐带到了这世上，并得到了人们的欣赏。他会比那些令他失望的说唱歌手更慷慨。在《律政俏佳人》中，艾丽成为法学院的顶尖学生，她甩了失败的前男友，那天晚上，她将会被一个更好的人求婚。在《模仿游戏》中，图灵的工作很成功，然而出于国家安全考虑，这件事必须保密，他还因为自己的性取向遭受虐待。

新常态

主人公的新生活是什么？她的未来会怎样？这段人生旅程是如何影响他的生活和选择的？他现在是独自一人吗？她现在正奔向自由吗？

给观众一幅关于主人公未来的画面。想想《卡萨布兰卡》。里克，在放弃了他的一生所爱之后，他明确地承诺要参与到战争中来，他和雷诺上尉走进雾中，"路易斯，我想这可能是一段美好友谊的开始"。《克莱默夫妇》中，当妻子放弃孩子的主要监护权时，泰德感到很惊讶。这个故事有一个令人满意的结局，并提出了一个关于这个分离家庭的耐人寻味的问题。想想《寻找梦幻岛》。J. M. 巴里获得了已故西尔维娅的孩子的部分监护权。他将与西尔维娅的母亲分享抚养权，西尔维娅的母亲与他的关系并不好。一个明确的未来和冲突就在眼前，这将引起观众的强烈兴趣。想想《角斗士》。马克西姆斯被杀后，他的灵魂飘过宁静的麦田，离开尘世，与妻子和孩子在来世相会。这给观众留下了想象这次团聚的空间……

之后的讨论

编剧想要引发讨论。因为编剧在探索一个观点、一个人物，以及一个主题时，都会给观众（或剧本的读者）留有同意或不同意编剧观点的空间。分歧是好的，争议是好的，友好的争论也是好的。编剧希望观众能认真思考他创作的电影故事。创造出一幅未来的画面——新常态，将有助于为你的电影建立一个来世。让观众对新常态感到好奇：她会成为美国总统吗？这个罪犯会成为一名有价值的社会成员吗？离家出走的父亲真的会成为一个好爸爸吗？"对不起"三个字真的能修复一段关系吗？这段爱情会长久吗？想想《甜心先生》（1996），恋爱关系的结果并不确定。想想《分歧者：异类觉醒》（2014），最后一次与博学派的战斗结果暂时是明确的，但显然未来还有更多场战斗。

没有必要对所有的事都做一个了结。没有必要做一个齐整的、完美的结尾。

主人公必须努力去赢得故事的结局

她克服了最大的困难。他通过了艰难的考验，证明了他的真爱。她深入挖掘自己的潜能，发现了隐藏的力量或天赋来实现自己的目标。他发现自己拥有了从未有过的情感力量或道德标准。胜算取决于人物和故事本身。在第一幕和第二幕，编剧设置了一个强大的反派，以及主人公自身的恐惧、缺点和障碍，这些都在阻止他完成这趟人生旅程，阻碍他达成人物性格的转变。在第三幕中，这些障碍变得更危险、更不易察觉，且影响深远。然后，主人公成功了（或者没有成功）。

很少会听到观众这么说："哦，电影的开头很棒，所以这是一次很好的观影体验。"如果只有电影的开头抓住了观众的想象力，他们就不会把这段经历当作美好的回忆。也很少听到有人说："电影的中间部分让我想一遍又一遍地重温那个故事。"当然，在整部电影中，良好的叙事方式会获得观众的喜爱，但请记住——电影的最后时刻才是最有力量的，因为它会给观众留下最终印象。

第三幕的建议

• 保持主人公的总体需求始终如一。记住，直接目标可能会改变，但主人公的总体需求（尊重、爱、权力、控制欲、归属感等）要保持不变。

• 最激烈的战斗，最严重的问题。第三幕必须比其他几幕更精彩。

• 加快步伐，深化问题，提高风险。

- 所有的故事都应该聚集到一起。"A线"、"B线"和"C线"故事应该合并或交叉，并有助于为主人公制造冲突和问题。

- 没有什么是容易实现，或者便利的。不要让你的人物——那个急需钱的人——突然中了彩票。不要让你的人物——那个偷偷暗恋别人的人——发现一封他爱慕的对象承认也爱着他的信。这也太容易了。主人公必须努力以赢得故事的结局。

- 风险一定要高。是生，还是死？主人公的余生是幸福，还是遗憾？是一个有希望的未来，还是一个没有希望的未来？如果风险不高（个人的、家庭的、公司的、世界的、宇宙的……），观众就不能完全沉浸在故事中，享受一种宣泄的体验。如果主人公认为风险很高，观众也会这样觉得。

- 让主人公和反派真正一决高下吧。面对面，不再有信使或者中间人。他们必须是值得尊敬的对手。永远不要走捷径。

- 危险、紧张、惊喜。情感上的或身体上的。在故事的高潮的部分，编剧希望观众仍然好奇将会发生什么，以及如何发生。主人公应该处于失去一切的危险之中。

- 保持故事的基调一致。不要突然转换影片类型。

- 让观众对电影中人物的未来有一个概念。这些人物将会走哪条路？这条路的前景如何？看起来危险吗？我们变得依依不舍了——我们和他们一起走过了这段人生旅程。让我们知道未来还会发生什么，给人一种生活还在继续的感觉。

问 如果电影里有一个目标（体育赛事、选举、为争夺同一个人的爱而战等），而主人公没有实现这个目标，但是他对自己的"新常态"感到很满意，结果会怎么样呢？

答 记住，直接目标不是为了让主人公有个圆满的结局而必须达成的。剧本中设定的直接目标是为了让主人公朝着他的总体需求前进。主人公所追求的情感需求是什么？如果他输掉了足球比赛，但让他最好的朋友戒掉了类固醇，并让整个球队团结在了一起，那么他得到他所期望的尊重了吗？如果主人公没有赢得舞会皇后的选举，但却让她的家人重新团聚在一起，那么她是否获得了她想要的归属感？

本章总结

- 第三幕必须超过前两幕——它要给观众留下最深刻的印象。
- 在投拍一部电影之前，制片人通常想知道第三幕都包括什么。
- 故事的高潮应该忠于该影片所属的主要电影类型。
- 巧妙选择故事高潮发生的地点可以增加共鸣。
- 主人公必须努力去赢得故事的结局。

第 20 章

每一幕的核对清单

第一幕的核对清单（"十一步故事结构"的第1~3步）

1. 介绍故事中的这个世界。故事发生在什么时候？发生在现在，还是过去？如果这是一个历史作品，你的故事发生在哪个年代？是发生在未来吗？未来多少年？那时社会的规则是什么？明确这个世界和它的规则。

2. 设置地点。纽约？小镇蒙大拿？洛杉矶？堪萨斯城？不同的地区有不同的风俗习惯、不同的说话方式、不同的政治。这个故事发生在非洲？欧洲？亚洲？这是一个地方性的故事，还是一个世界性的故事？

3. 设置基调。这个故事充满黑色幽默吗？这个故事很傻，且"比傻瓜更傻"吗？这个故事充满智慧，具有知性的意味吗？这是一个充满讽刺的粗犷剧情片吗？这是一个天真而甜蜜的故事吗？让观众融入电影的基调中。

4. 设置电影类型。恐怖片？喜剧片？浪漫喜剧片还是浪漫剧情片？成长片？西部片？悬疑片？惊悚剧情片？记住，大多数电影都是各种类型的组合，最好知道自己作品的首要类型是哪一个。

5. 用一种能让观众感兴趣的方式介绍主人公。是用视觉介绍吗？还是用言语介绍？把主人公放置在一个便于观众了解他性格的地方。让主人公身处一个行动之中，以便展现他的性格。在引发事件之前，探索人物的正常生活是什么样的。

6. 你的故事是围绕一个主要人物展开的吗？几乎所有的场景都围绕着这个人吗？这里有一个实际原因：电影是由"明星"驱动的，一位杰出的演员会被一部以他为中心的电影所吸引。当然也有"多主角电影"和"兄弟电影"，但是，大多数情况下，电影只有一位主角。

7. 考虑一下主人公的故事是从哪里开始的。是否离他人生旅程的终点太近？或太远？任何场景都是推进故事向前发展的。让你的故事开始时尽可能地接近引发事件。

8. 你是否选择了对人物人生旅程有帮助的最激烈的事件？

9. 明确主人公的总体需求。（原因可以现在揭晓，也可以稍后揭晓，这取决于你想如何讲述你的故事。）如果你的主人公有自我意识，他就能说出自己的总体需求和内心深处的渴望。如果你的主人公不知道（或否认）他的总体需求，就让另一个人物作为观察者，给观众一个线索。如果主人公的需求可以通过视觉来传达，就没必要通过对话来表现。如何阐明主人公的总体需求取决于你讲述故事的方式，但是这些方式必须要明确。

10. 一定要区分出主人公的直接目标和总体需求之间的差异。直接目标能在人物还没有完成总体需求时就达成。随着情节的发展，直接目标可以改变、加强和变形。例如，《律政俏佳人》里，艾丽的第一个直接目标是和她的男朋友订婚。失败后，她的直接目标就是进入哈佛大学法学院。这个目标完成后，她的直接目标变成加入她前男友所在的学习小组，并交到朋友。失败后，她的直接目标是在教授的律师事务所获得宝贵的实习机会。但是，艾丽的总体需求（渴望被尊重）从未改变。

11. 确保你的主人公有缺点。这可能会阻碍他及时达到直接目标和实现总体需求。明确主人公的缺点是什么，这也正是他在电影开始时没有意识到自己的需求的原因。反派也是一样。

12. 确保你已经知道主人公最大的恐惧了。这会与他最大的愿望相反吗？他害怕永远不被爱吗？他害怕没有权势吗？她害怕贫穷吗？

13. 使主人公的直接目标和总体需求难以实现。没有什么是容易得到的。设置障碍和反转。你有没有让主人公努力去追求他的目标？他已经试过最合理的方法了吗？

14. 介绍反派。几乎在所有情况下，你都会希望反派在第一幕就出现并发挥作用。

15. 弄清楚反派想要什么，以及这与主人公的总体需求有何关联。如果他们的需求没有冲突，你可能为这个故事选错反派了。弄清楚为什么反派想要阻止主人公实现他的目标。

16. 考虑一下用视觉的方式来讲述故事。当画面可以讲述故事时，你可以考虑剪掉对白。

17. 考虑构建活跃的场景的机会。让你的人物做点什么。让动作帮助你展现人物。运动？项目？爱好？家务？人物的行动将有助于揭示人物的性格（只是坐着聊天通常不是最有趣的选择）。

18. 介绍其他会影响主人公人生旅程的人物。利用朋友、家人、爱人、老板、同事和邻居来辅助讲述故事。在第一幕中设置好所有重要人物。你肯定不希望人物在第二幕时才出现，因为那样看起来会像你为了故事硬添加的人物。确保每个人物都服务于一个目的。用一个人物就可以达到目的时，没必要用两个人物来执行相同的事情。例如：在《教父》中，三兄弟（桑尼、弗雷多和麦克）风格迥异，在故事中每个人都服务于不同的目的。

19. 看看人物的不同侧面：家庭、爱情、工作、友谊，与咖啡店里的人的关系、与理发店里的人的关系……是否还有与宠物的关系？与父母、祖父母、兄弟姐妹的关系呢？也许你想探究一段不属于故事主线的关系，它会有助于增加主人公的维度，并将最终汇入"A线"故事。例如：在《律政俏佳人》中，艾丽和美容院的美甲师成为朋友的这条线。

20. 考虑你需要用故事中的几天（或几周、几个月）来传达第一幕中的事件。是不是进行得太慢了？太过"时时刻刻"地描述了？增加时间（比如：从晚上到早上，从早上到晚上再到次日下午，从工作日到周末）会给你更多机会从一个事件进展到下一个重要事件吗？记住，一切由你做主，观众会随着你的引导走。

21. 考虑加入一个可以在第二幕和第三幕中进行重复的"符号情节"。

22. 让主人公遇到一个主要障碍，并被否定。现在他必须改变路线，以实现他的总体需求。你在第一幕中设置的所有小障碍和小挫折都会迫使主人公去考虑另一种选择——一个将他推出舒适区的选择。这个否定应该关闭主人公所有可用的合理通道，迫使他考虑一个更现实可行的替代方案。

第二幕的核对清单（"十一步故事结构"的第 4~9 步）

1. 你为自己制定好写作计划了吗？你是否下定决心要撑过这一段漫长的写作时间？

2. 你是否扩大了故事的冲突范围？考虑让主人公面临的问题比他或观众所预期的更深远。这个故事现在影响到更多人了吗？你的主人公的行为／愿望／结局会影响更广阔的世界吗？

3. 你笔下的主人公在接受挑战吗？她已知的才能／关系／资源不足吗？她需要学习新的方法来实现自己的目标吗？

4. 检查一下主人公的总体需求是否前后一致。例如：简需要爱，她认为自己爱上了乔，所以她去追求乔。但后来她久未联系的父亲生病了，她不得不离开乔，去照顾父亲，并希望重新找回失去的父爱。与此同时，乔背叛了她，她失恋了。然后她发现最好的朋友山姆才是她的灵魂伴侣，尽管她曾因为心碎发誓再也不要浪漫的爱情了，但她还是爱上了山姆，因为爱使她的生活变得更有意义。这与她最初的总体需求（渴望找到爱）是一致的。

5. 强化实现直接目标和总体需求的必要性。

6. 你是否利用了主人公和反派人物的缺点来增加故事的复杂性？

7. 你是否介绍了所有的次要情节和次要人物？如果你太晚添加这些次要情节和人物，就会让它们看上去像为帮助故事顺利结束而强制安排的内容。

8. 继续发展故事的次要情节（"B 线"和"C 线"故事），让它们与主线同时进行。这些次要情节应该与故事主线有关联，并有自己的故事弧线。

9. 继续使用障碍和反转（"红灯／绿灯"）。记住，没有什么是容易实现的。

10. 为每个行为构建身体和精神上的后果。如果主人公遭遇了新的偏见，他现在是否不再那么天真了？如果主人公发现爱人对她不忠，她是否变得更加冷酷和不信任人了？

11. 跟随人物的情感轨迹。情节是必要的，但人物的成长才是最重要的。

12. 你是否为电影设定了一个故事的中点，来增加人物风险和反转情节？

13. 你是否透露了关于人物或情节的新信息？

14. 你有没有找机会让主人公尝到成功的滋味？让事情仅在短时间内进展顺利，并用胜利的感觉来戏弄主人公，然后反转形势。

15. 你有没有想过你笔下的主人公可能会出现什么问题？在这个范围内选择，通常是最有说服力的。

16. 你的"B线"和"C线"故事是否有助于主人公故事的恶性发展？让他生活的所有领域都濒临崩溃。

17. 你一直让故事保持着很强张力吗？

18. 检查一下有没有尽可能晚地进入场景，并在紧张情绪消散之前离开场景。

19. 让故事中一直存有动力并推动其发展。让观众一直想知道接下来会发生什么。要走在观众的前面。

20. 确保没有重复的信息。

21. 你有没有进行更深入的思考？记住，这是一个故事。要增强其现实感，做些更大的选择。

22. 在第二幕的结尾，在危机时刻，你是否把主人公置于一个需要做出决定的境地？他是继续前进还是放弃？她会选择哪条路？

第三幕的核对清单（"十一步故事结构"的第10~11步）

编剧们常说，如果第一幕和第二幕结构正确，第三幕就会自己写出来。大多数情况下，这是真的。当然，这一幕不会真的自己写好，它需要你花费与写前75~80页时同样的精力去完成。但是，如果第一幕和第二幕已经建立了主人公、反派、戏剧性问题和危机时刻，那么故事的高潮就是必然发生的事情（虽然不可预测），编剧应该知道自己要写什么了。这样就减轻了编剧的压力，所以编剧有望能更快地完成第三幕。

1. 确保主人公的总体需求保持不变。如果主人公在故事开始时就需要被尊重，不论是来自别人的还是来自自己的尊重，她现在还在追求被尊重吗？直接目标可以变化，但是总体需求要保持一致。主人公可能认为她想要得到父亲的尊重，但她最后（在故事的高潮或决策时）意识到，她只要得到自我尊重就会快乐。

2. 确保所有故事都能汇聚到一起。"B线"和"C线"故事是否影响了"A线"故事，反之亦然？故事所有的主要冲突和次要情节是否交织在一起，并给主人公带来棘手的问题？

3. 确保所有主要人物都受到了故事结局的影响。故事中的世界发生了怎样的变化（或大或小）？

4. 你是否考验了主人公道德、身体和情感的力量，而且是在这个故事的其他地方没有出现过的？

5. 你尽可能地提高风险了吗？你的人物是在经历她最大的斗争吗？是在面临他最大的问题吗？是在面对她最大的恐惧吗？所有的防御都会崩溃吗？

6. 你有加快行动吗？场景变短了吗？

7. 你有没有让反派和主人公真正地对峙？面对面，不再有任何信使或中间人参与。永远不要走捷径。

8. 你为故事创造了出人意料和令人兴奋的高潮场景吗？

9. 你的主人公处于失去一切的危险之中吗？

10. 你有没有避免完满解答每一件事？

11. 你创造了一个充满意外但又令人满意的结局吗？当真相大白、新常态出现时，是否会有一个关于未来的画面被呈现？

再多一点提醒

1. 了解你的观众。问问自己，谁会对我讲的故事感兴趣？如果这个问题的答案是"所有人""所有青少年""恐怖电影爱好者"，或者另一个大的观影群体，那就全力以赴吧。如果不是，那么你要知道你可能在写一部小众的电影，而这部电影将更难制作。但如果你对此充满激情，那就全力以赴吧。

2. 你的剧本有自己的观点吗？有主题吗？有想要表达的关于人类状况或这个世界的某些东西吗？

3. 你是否做了必要的调查研究，来为故事提供真实的细节？

4. 你的主要人物复杂吗？他们是否"这样但也那样……"？例如：坚强但缺乏安全感，可爱但神经质，聪明但不善于识人……有缺点的主人公比完美的主人公更可信、更有趣。有道德准则的恶棍比那些邪恶的、热爱邪恶的，或以各种形式追求邪恶的恶棍更可信、更有吸引力。

5. 你塑造的人物是否彼此不同？他们有分歧吗？他们有争论吗？他们有不同的信仰吗？他们有不同的说话模式吗？受过不同的教育吗？有不同的背景吗？

6. 是否有一个戏剧性问题驱动着你的剧本？她会找到真爱吗？他会找到宝藏并拯救世界吗？他扣动扳机了吗？观众会被这个问题吸引，并享受这段观影旅程吗？

7. 你是否在情感上和身体上都设置了看似无法逾越的障碍？你的剧本是否充满了逆转和惊喜？这不仅是在故事情节中，还在个别场景中吗？每个场景都应该有所成就。

8. 你忠于影片类型了吗？如果是喜剧，它有趣吗？如果是恐怖片，它够恐怖吗？如果是剧情片，观众会热泪盈眶吗？如果是历史片，它还原所处的年代了吗？

9. 你通过视觉的方式来讲述故事了吗？你是否利用声音、天气、时间、地点来帮助营造氛围并增添故事元素？

10. 情感！情感！！情感！！！塑造情感深刻的人物。你写作时，不要害怕探索自己的情感深度。如果作者都没有感觉到故事中丰沛的情感，观众也不会有很好的情感体验。

11. 你是否下定决心要完成剧本了？制定一个时间表。阅读已经写完的部分，以此来激发创作过程。即使你不想写，也要写。写完它！

剧本的样子很重要

编剧界的竞争非常激烈。读者、高管、导演、制片人都有很多剧本可以选择。他们只会推荐几个供认真考虑。你希望自己的剧本被拍成电影，这就是你的最终目标。不要错过每一个机会——首先要确保你的剧本格式正确。永远不要提交不符合行业标准的剧本。

• 有一些关于剧本正确格式的好书。其中包括科尔和哈格的《标准剧本格式完整指南》、克里斯托弗·莱利的《好莱坞剧本标准格式：剧本风格与格式的完整权威指南》。

• 剧本写作软件，如Final Draft、Script Wizard 和 Movie Magic会提供正确的剧本格式模板。有一个免费的软件Celtx，可以通过互联网下载。如果使用Celtx，在通过电子邮件或其他共享设备发送你的作品之前，请确认将其"保存"为PDF格式，这样会有助于保证文件格式是你想要的格式。

• 网上或书店里的剧本都是很好的资源，但是如果要拿它们当格式指南就要小心了。因为这些剧本中有些是制作手稿，每个场景都有编号。你给电影公司和投资方看的草稿不应该包括拍摄场景编号。关于使用网络下载的剧本或者已出版的剧本作为模板的其他注意事项：下载时可能会出现格式不一致的情况（无论是从网上下载到你的电脑里，还是将原始手稿上传到网站时）；已出版的剧本格式需要适合图书的尺寸和出版的需要，它们很少以剧本行业标准格式出版印刷。

• 你的剧本应该是一个适合快速阅读的读物。不需要解释的事情，不要过度解释。

• 避免写镜头的移动，你在写一个故事，而不是在控制镜头。

• 让布景设计师设计布景，让布景装饰师负责装饰。你需要做的就是让读剧本的人知道这个地点，再用几个形容词给出这个地点的感觉。混乱的？整洁的？现代的？如果它与主人公有关，可能包含某个特定的元素。没有必要告诉读者是谁设计了这些椅子，谁画了这些画（除非这对故事本身有影响）。

• 让导演去控制演员的动作。除非"起立"或"坐下"是讲故事的关键点，否则不应该出现在剧本里。咀嚼、深呼吸（或者用"节奏"这个词来建议停顿）都是最好省略的细节。走到门口，转动门把手，打开门，走出去，关上门，这些都是无关紧要的细节（你可以简单地写：这个人物大步流星地走出来，或者一瘸一拐地走了……或者只是写"离开"）。

• 营造气氛。不需要对灯光做特别的说明，除非它是故事和人物刻画的关键。

• 尊重读者。不需要在动作和对白中重复信息。

• 在大多数情况下，保持对白简短、清晰，人物性格尽可能真实、自然。不需要写完整的句子，人们很少用完整的句子说话。

• 剧本页数以接近100页为宜。过长的剧本会显得不专业。

• 让情节保持简单，让人物变得复杂。

• 清楚地知道你的电影故事是关于什么内容的——如果你不知道，读者也很有可能看不出来。

第 21 章

编剧这一行

编剧能忽略电影行业中的实际业务吗？不能。

编剧能找到进入这个行业的方法吗？能。

编剧要写作，而不是年复一年地谈论那个即将完成的剧本。

一旦你涉足剧本写作界，你将会遇到一百个，也许是一千个"正在创作中"的人，或者"在动笔之前就想要彻底解决所有问题"的人，或者"一直困在第二幕，等着剧本有重大突破后，再把它呈递给最合适的制片人"的人……

他们中的大多数人永远不会完成他们的剧本。你绝不想成为这些人中的一员。他们是空谈者，不是实干家。

你想成为一个实干家。

你可以是安静的，也可以是派对的焦点。你可以向任何愿意倾听你的人展示自己的才华，或者你只是悄悄地完成你的剧本，并通过恰当的渠道将它发送给合适的制作人、导演、经纪人、剧作竞赛组织者……在编剧的世界里，你是哪种个性都可以。

作为编剧，唯一绝对必要的是什么？那就是，你必须完成你的剧本，完成你已经着手写的那个剧本。半成品的剧本毫无价值。仅仅有想法，甚至分场大纲或剧本小样，是不够的。已经写作完成、润色、执行良好的剧本正是你所需要的职场敲门砖。该如何确保你是一个实干家，而不是一个空谈者呢？

给自己制定一个时间表

知道你在什么时候工作状态最好。

我是一个早起型人。我在早上四点半或五点起床,然后去附近24小时的咖啡店写作。（这样我就不会想回到床上、打扫房间、决定把什么东西从冰箱里拿出来做饭,或者浏览网站——是的,我不去有无线网络的咖啡馆,这些太让我分心。）我发现,如果我在一天的开始,花上两三个或四个小时专心写我的故事或剧本,然后暂停一下（办件事情或者开个会）,这之后还是能够在一天剩下的时间里,随时重新回到作品创作中去。我正在努力解决的创造性问题已经成为我心中的首要问题,会跟随着我一整天。每天平均写作多久?七到八个小时。

我请其他编剧分享了他们的方法:

获得艾美奖的编剧兼电影导演简·安德森［《来自俄亥俄的获奖者》（2005）、《亲密风暴》（2003）、《奥丽芙·基特里奇》（2014）等影片的编剧兼导演］有自己的习惯。"我像任何优秀编剧一样坚持规律地写作,每周五天,每天我从早上九点到下午五点,除去一小时的午餐时间,都在敲打电脑,中间休息几次,舒展一下颈部肌肉。但是如果我在两三处都卡住,我就会停下来。我曾经强迫自己在筋疲力尽的时候硬着头皮写作,但当灵感呼啸而去的时候,我就写不出任何像样的东西了。"

编剧汤姆·贝内德克［曾因《魔茧》（1985）获得金球奖提名,并担任《吉雅丝和罗克珊》（1997）等故事片的编剧］有一个固定的习惯。"我每天早上都要到办公桌前待上三个小时,直到我开始写作。我永远不知道这是好是坏。如果写得很流畅,我会觉得我在电脑前度过了生命中最美好的一天。而另外某一天,我可能会陷入挣扎,觉得自己所做的一切都很糟糕。这种想法有时是正确的,有时是错误的。下午,我会打开笔记本电脑,重新看我的大纲和我写过的东西。我从来不知道我写的是什么,只有在重写的过程中,我才真正了解我都写了些什么。"

编剧黛安·莱克［曾因《弗里达》（2002）获得奥斯卡提名的编剧］有自己的工作方式。"我不受日程表的驱使，我受人物和场景的驱使，这取决于我处于写作的哪个阶段。我可能会突然醒来，跑到电脑前，写下我一直在思考的问题的答案。或者，我可能会在醒来后花一整天时间明智地避免去写作，因为在我要写的场景中，还有一个问题我没弄清楚。但我有一个固定的写作模式，当我快要写完一个剧本的时候，我就停不下来，这一点儿也不夸张。如果我的前期工作完成得不错，一切都安排妥当，那么最后20页的内容就会喷涌而出。那是一种很棒的感觉，就像你10岁的时候，坐着雪橇从镇上最高的山上滑下来！"

获奖编剧搭档雷蒙德·辛格和尤金妮娅·博斯特威克［《花木兰》（1998）、《约瑟传说：梦幻国王》（2000）、《女权天使》（2004）］也有他们自己的习惯。雷蒙德说道："我的一天总是从写作以外的活动开始。我送女儿去学校，然后和朋友在附近喝杯咖啡，然后，大约9点，我会坐在自己的办公桌前。我通常知道该如何开始，因为我很清楚前一天停在哪里。尽管剧中人物可能已经不再和我说话了，但故事的总体情况还是很清楚的，我在前一天做了笔记，以便在第二天早上重新开始。我一直工作到'不知道接下来会发生什么'的可怕时刻，然后再多写一些。这'多写的'部分通常是我第二天会重写的，以便能再次进入流畅的写作状态。我总是带着一个小笔记本，桌上堆满了纸片和黄色的便利贴，就像冬天的雪一样，或者像是海滩上乱扔的垃圾。随你怎么觉得吧。"作为合作伙伴，雷蒙德和尤金妮娅开始时会分开写剧本的不同部分（根据他们已经达成一致的大纲），然后交换写好的东西，修改润色彼此的稿子。在整个过程的最后，他们最终会在同一个房间里工作，讨论（争论）每一个句子、词语或画面，并一起对剧本做最后的修改。

每个编剧都有自己的写作习惯。有些人喜欢在咖啡馆或图书馆工作，有些人需要安静，有些人需要噪声或音乐作为背景音，有些人在经过数周的"思考"和做笔记后，再集中进行大量连续的写作。不管习惯如何，最重要的是完成作品，打磨作品，让作品横空出世。

待售剧本

这将是一个碰运气的剧本（没人付钱让你写它）。大多数编剧都是从这里开始的，而且大多数成功的编剧在他们的职业生涯中都会持续写待售剧本。待售剧本非常重要。请记在心里，你每年至少需要写一个待售剧本。即使你的其他写作是有报酬的，也要挤出时间来写你的原创作品。它不仅能让你保持你独特的观点、你自己的声音、你个人的兴趣（是你自己选择题材、人物、故事、声音，而不是制片人或电影公司），而且在这整个过程之后，你也会拥有自己的作品。

问 如果我做着一份全职工作，与此同时我还想找一份有报酬的编剧工作，该怎么办？

答 显然，你每天的写作计划会被其他任务干扰。但要知道，别的编剧也在从事其他工作，他们利用周末、清晨和深夜来完成剧本。如果你想要有竞争力，你必须花时间完成和完善你的作品，同时为它找到一条出路，将它交到那些会改变你职业生涯的人手中。

问 如果我从制片人那里得到一个具体的反馈意见，他指定了一个修改剧本的具体方法。我能告诉他一个更好的解决问题的方案吗？

答 首先，试着按照制片人的建议来修改剧本。你的目的是让他投资这个剧本，这样做才能达到目的。他的建议可能会奏效。如果在你试过之后，你觉得用另一种方式写明显更好，那就向他展示你按照他的方式写的剧本，并温和地建议可以用另一种方式来写，然后让他选择哪种方式他更喜欢。如果这是一个待售剧本，你写它或改写它是没有报酬的，那么最终决定权在你。如果制片人买了这个剧本，那么按照他的要求写是一个好主意。

一直写委托剧本可能会让你赚钱，但是在最后，你并不拥有这个作品。付钱让你写剧本的人，才拥有这个剧本。如果这部电影没有被拍出来（有很大的可能性如此），你就没有资格把它卖给其他制片厂或电影公司，因为它不属于你。一个编剧应该有属于他自己的作品——那些是他智慧的结晶，他可以尝试把它卖出去、自己制片或者自己执导。

采纳反馈意见

很少有人能毫无偏见地给出反馈意见。每个人都有不同的价值观和生活经历，以及不同的幽默感和不同的立场。编剧要强大（而不是固执），要相信自己的想法。是的，阅读过很多剧本的朋友、经纪人或同行可能会给出有效和有益的建议，或者精彩的反馈意见，让你的剧本更上一层楼。但也可能有的朋友、同行和业内专家给出的反馈意见会让一个故事失去生命力。除了编剧本人，没有人能真正理解改变人物或故事的某一个细节会完全瓦解整个剧本。要学会保护你的作品。知道自己为什么写它，知道你写的主题，知道什么对你来说是最重要的。让反馈意见开拓你的视野。不要为了取悦他人而重写你的剧本。

有时候，经纪人、经理人、制片人、导演、朋友或任何给你提反馈意见的人会指出电影故事中的某个问题。你可能同意，也可能不认同这个故事元素是一个问题。如果你从多处获得相同的反馈意见，这时通常要认真考虑这个反馈的可信性了。很可能你的剧本的确是有这个问题。在如何解决问题方面，所有读者都会有不同的建议。不要感到困惑。你怎么修改它不重要，只要你把它改好即可。你会找到自己的修改方法，走你自己的路。

感激所有的反馈意见吧。有人花时间读了你的作品，并对它进行了思考。即使你最终不会采纳反馈意见，也要感谢读者花费时间，并向他们保证你会认真考虑所有的反馈意见。没有必要抗拒。写下所有的评语，回家，坐在你的剧本旁，考虑一下你是否想要采纳这些修改意见。（请记住，一个为现有市场写作的编剧可能会错失目标。电影需要时间来创作、制作和发行。如果一个编剧打算按照他刚刚在电影院里看过的影片风格写一个剧本，那么当剧本完成的时候，风潮可能已经改变了。没有人能预测什么能抓住观众的想象力。所以一个编剧的作品应该总是在表达他所热爱的人物和故事——编剧需要追随自己的灵感。）

委托写作

当你被雇用来为电影公司、导演、制片人、朋友或其他单位写剧本时，你会因此获得报酬——这被称为"委托写作"。因为接受了写作报酬，编剧就要取悦老板，并且需要有一种协作感。有些制片人想让编剧主导，有些制片人则希望自己来掌控故事和剧本。如果你接受的是"委托写作"的工作，就要乐于合作。

创意提案

创意提案是对电影故事的口头陈述。开发主管和制片人几乎每天都能听到创意提案，寻找可能票房大卖的故事。如果创意提案能抓住制片人的想象力，他就会和你签约，你就会被雇来为你"提案"的故事写剧本。一个好的创意提案不应该超过十分钟，应该专注于主人公的成长和人生旅程，介绍世界和故事的主要冲突，勾勒出反对和支持的力量，并尽可能地令人兴奋。要有创意，如果可能的话使用一些简单的视觉辅助，但要简短。以"十一步故事结构"为指导，可以确保创意提案故事有坚实的开端、发展和结局，并包括一系列的冲突和人物性格的改变。

问 电影公司每年会购买很多创意提案吗?

答 卖出一个创意提案并不容易,尤其是对于一个没有名气的编剧来说。如果你对这个项目充满激情,并且有幸能进入一个房间来演讲你的故事,那就去做吧,因为这是一个跟专业领域建立联系的好机会。如果你的创意提案没有被购买也不要失望。不要对你的故事失去信心。你在推销创意提案的同时可以把剧本写出来。基本上,卖一个剧本会比卖一个创意提案更容易。

经纪人

经纪人是编剧在电影行业的代表。编剧同意支付其经纪人每一次委托写作或卖掉剧本后百分之十的酬劳。

有两种经纪人:一种经纪人热爱剧本,会给你的作品提供意见,对你的作品充满激情,并对销售你的作品感兴趣。另一种经纪人很少读剧本,他们依靠读者和助手的反馈来衡量你的剧本,并只对销售剧本感兴趣。两者都是可以接受的,各有优缺点。

问 怎么知道一个经纪人是否合法?

答 在美国,信誉良好的经纪人会与美国编剧协会签约,这是一个代表电影和电视编剧的工会。这表示他们同意遵守工会制定的规章制度和行业标准。

问 如果一个经纪人或编剧代理人在阅读我的剧本之前要向我收钱,怎么办?

答 根据美国编剧协会的合同,这是绝对不允许的。这个人很可能是一个声誉不太好的经纪人。

那些真正读过你的剧本、有自己的观点、想给你提反馈意见的经纪人可能是好的，也可能是坏的。这些意见有价值吗？能拓宽你的视野吗？这些意见会彻底改变你的剧本，让你脱离最初的轨道吗？经纪人会不会试图让你的剧本迎合当前市场？还是迎合他自己对故事的想法？经纪人是否会出于某种原因，不愿意将你的剧本投放市场？他对你的剧本有信心吗？

不亲自看剧本、依靠助手的意见进行判断的经纪人也有他自己的好处。如果这个经纪人是一个了不起的销售人员，能够把你的剧本卖出去，这就足够了。这个经纪人就完成了他的工作。有些编剧会让导师、同行或家人给他们的作品提意见，不需要经纪人的额外关注。

找一个能让你感觉舒服的经纪人来处理你的作品。

编剧在与经纪人打交道时必须记住最重要的一点：经纪人是商人。经纪人需要付房租，保住工作，给老板留下好印象。大多数人都想在这个行业有所成就，就像编剧一样。经纪人只能通过他们的客户来取得成就。所以他们希望你优秀，希望你多产，希望你能使他们的工作更轻松。

经纪人也希望编剧们能够自己建立人脉，多方接触，保持联系，并能够与不同风格的制片人和导演合作。一旦你有了经纪人，不要干坐着等电话铃响。

经纪人会特别关注那些能带来最大回报的客户。这就是现实。编剧的工作，就是在没有委托写作的时候坚持写待售剧本，这样经纪人才能有产品可以推向市场。

经理人

经理人为客户寻找工作机会和联系方式。经理人通常与经纪人或代理律师合作，确定并安排与买家／制片人／导演／电影公司高管的会议。他们会帮助你找到适合的工作，并十分了解市场情况。经理人通常处理较小的客户群体，与在大公司就职、拥有大量客户的经纪人相比，他们更容易接触到编剧。经理人会从编剧的报酬中再拿走一部分，通常这个百分比是根据个人情况商定的。

许多编剧在找到合法的经纪人之前会先与经理人签约。

律师

编剧最明智的做法就是聘请一位娱乐律师，来查看他们有意签署的所有合同或协议。因为电影公司和制作公司的律师的工作就是起草合同，并把尽可能多的钱和控制权放在雇主手里。编剧也需要自己的律师来权衡自身的利益。

电影公司和制作公司的律师为了保住自己的工作，会想尽办法让电影公司和制作公司持有编剧创作作品的版权、后期分红、奖金、收入、续集拍摄权，并且参与分享周边玩具、书籍或者电视节目的权利。而编剧方代理律师的工作，就是想方设法让编剧能够参与到自己作品的衍生作品中并得到分红。

作为编剧一方的娱乐律师，要对业内人士、电影公司体系、电影行业的所有领域都有广泛了解，这对辅助编剧工作来说是很必要的。

问 如果我的朋友、兄弟、叔叔或侄女是俄克拉荷马州专攻税法的律师，我能让他们看看我的合同吗？

答 是的，当然可以。但是这样你会把自己置于劣势。首先，这些律师不具备电影行业的专业知识。他们可能无法指出合同中某些需要质疑或调整的地方。我的建议是，找一位专攻娱乐行业的律师。

问 找到经纪人或经理人需要多长时间？

答 竞争很激烈，经纪人或经理人的时间会被很多事情占用。不要把鸡蛋都放在一个篮子里，将你的自荐信和剧本样品一次发送给多个人（想发多少人就发多少人）。问问朋友、家人或编剧同行是否认识这个行业的人，尽可能多地去与他们接触。通过礼貌地致电来跟进你的自荐信或投稿。提要求、打的电话过多、贿赂等行为都是很不专业的表现。避免让别人感觉到你的沮丧。你所期待的回复是没有固定时间的。对于没有名气的编剧来说，小的经纪公司可能更好。年轻的经纪人在寻找新的热门客户时，更有可能认真阅读新的作品。可以先把目标锁定在他们身上。

编剧如何找到经纪人、经理人或代理律师？

最简单的答案：得到一份写剧本的工作，证明你是一个可以通过编剧赚钱的人。记住，经纪人、经理人和律师都是商人，对他们来说，拍电影与其说是一门艺术，不如说是一门生意。

有个真实的故事为我们提供了一个如何找到经纪人的例子：搬到洛杉矶后，我找到了几份专题写作的工作，还在一个电视节目中任职。我向我的经纪人推荐了一位才华横溢的朋友。她有一个待售的半小时喜剧剧本，非常搞笑，我知道她可以在电视领域取得成功。我让我的经纪人读读这个剧本。一年过去了，他从来没有找到时间（这是一个30页的剧本，且是双倍行距）。我的朋友没有等这位经纪人的肯定答复，也没有等他答应帮忙找工作，而是继续自己到处联系。她参加了美国编剧协会在纽约举办的写作研讨会。在那里，她遇到了网络电视情景喜剧的首席编剧之一。这位首席编剧欣赏她在研讨会上的表现，阅读了她的剧本，并认定她会成为自己手下一名优秀的员工，于是雇用了她。当我打电话告诉我的经纪人这个好消息时，他突然说"昨天晚上刚看完她的剧本，打算今天打电话给她，做她的经纪代表"。他让我给她打个电话，说他很乐意为她商议新的合同。

如何吸引经纪人的注意？得到一份工作。如何引起经理人的注意？得到一份工作。如何引起代理律师的注意？得到一份工作。

找到第一份工作

没有经纪人、经理人或律师，你怎么得到一份工作？写待售剧本，并用它们参加比赛。通过赢得比赛或斩获荣誉奖，你可以让自己看起来更具吸引力。一个很好的信息来源是withoutabox.com，这是一个电影类比赛的信息交换网站，其中就包括剧本写作比赛。多接触相关人士，报名参加课程或研讨会，你可能会学到一些东西，除此之外，你还会开始与有着相似目标和兴趣的人交往。一旦你与他们建立了联系，就要保持联系。很可能其中有人会找到一份工作、签约一个经纪人或经理人，并利用这种联系为朋友／编剧同行铺平道路。

去放映会，敞开心扉与人交谈。找一个编剧的在线聊天室。当然，一定要运用最好的判断力，找到和你一样认真的编剧。如果批评他人的作品占用了你的写作时间，不要陷入这种困境。相信自己的判断，寻找那些你所欣赏的作品的编剧，并与他们保持联系。

美国编剧协会举办的研讨会和活动中，有些对非会员也开放。美国编剧协会的网站也是一个很好的资源，很多信息对非会员开放。洛杉矶电视艺术与科学学院会定期举办活动，有电影界的专业人士会出面解答问题或发表演讲，其中有些对非会员开放。

发出自荐信，请求经纪人、经理人、制片人和开发部门总监阅读你的作品。自荐信是什么样子的？

自荐信

写自荐信是希望买家或编剧代理人对你的电影剧本感兴趣。首先，用一句话让他们知道你是谁。你是刚来洛杉矶的吗？你是律师、医生、牧师还是牛仔？如果已经有人向他们举荐了你，这点也要让他们知道，用一句话来说明。

把下面这封信的空白处填上，再稍加修改，就变成你自己的自荐信。

亲爱的_____女士或先生：

您好！

我的名字是_____（在括号内填上一个你作为编剧的个人特点）。最近，我完成了一部原创剧本，名为_____。

（填上你的电影剧本名字）是一个（填上类型）电影，关于（填上你的故事线。使用一两个简短的句子，不能用长句子，介绍你认为重要并能激发起他们兴趣的情节或人物）。

让大多数人印象深刻的是／这个剧本的独特之处在于，我的主人公是（用几句话来填充细节）。在我看来，这个剧本可以吸引到像_____或_____这样的演员。

我希望您会阅读我的剧本，因为我很欣赏您的作品（提及他参与的电影，或者该机构享有很高的声誉……）。

下周我会向您的办公室致电询问是否可以把我的剧本寄送过去，供您详细审阅，或者请随时联系我。当然，我愿意签署一份免责协议。

由衷希望您能对我的剧本感兴趣。

此致

敬礼！

你的名字

日期

自荐信一定要简短——如果你意愿强烈的话，就再增加一点个性。请记住，这是一项业务，需要使用恰当的业务方法。查看网站http://www.wga.org获取更多关于自荐信的建议。

编剧比赛

参加编剧比赛。我的一位经纪人告诉我，他更倾向于阅读在编剧比赛中获奖（或获得荣誉奖项）的剧本。之前提到过一个关于编剧比赛信息的好网站：withoutabox.com。

编剧小组

编剧互助小组会组织定期会面，有些在咖啡馆里见面，有些在成员家里见面。小组通常是这样组织会面的：编剧成员每周或每月聚会一次，大声朗读他们的作品。编剧可以自己朗读剧本，也可以让小组里的其他人朗读，还可以每个人扮演不同的角色。一次聚会可以朗读全部或部分剧本。然后，编剧会得到关于作品的反馈，从而得到其他编剧的建议和支持。

我搬到洛杉矶之后，加入了一个叫作"编剧联盟"的小组。直到今天，小组里的那些编剧仍然是我最亲密的朋友，他们也是会被我请来阅读我剧本的早期草稿的人。我重视他们的意见。其中许多人后来成为成功的、有作品的编剧，我们仍然每月聚会一次，分享我们的作品和相关的业内信息。

可以建立自己的编剧小组。邀请那些你所欣赏其作品和职业道德的编剧加入。

写！写!! 写!!!

写！写!! 写!!! 当你写完一个剧本，就写另一个。当你又写完了那个剧本，再写另一个。把你的剧本推向世界。请人来阅读你的这些剧本，请他们把剧本传阅给任何有可能对剧本的出售或制作有帮助的人。

开会

乐于结识行业内的人，无论他们是做什么的。每个人都必须从某个地方开始，工作中的友谊可能会在意想不到的地方开花。（注意：要保护好你的时间。你的主要工作是写作。每天开会可能不是最有效的利用时间的方式。把写作放在首位。）

美国编剧协会（WGA）

美国编剧协会是一个由电影、电视节目、新闻节目、纪录片、动画和新媒体内容的编剧们组成的工会。美国编剧协会最重要的职责是代表编剧与电影、电视制片人谈判。美国编剧协会制定了一份集体谈判合同，规定了工资标准、医疗保险定期缴纳、署名权和后期分红。

美国编剧协会的合同规定了编剧服务的最低工资。如果制片人雇用了编剧，业务谈判将从规定的最低工资开始谈。在故事片领域，有一个与电影预算相对应的最低标准。在电视剧领域，网络制作和有线电视制作有着不同的最低标准。

与美国编剧协会签约的雇主（同意遵守最新的WGA集体谈判合同的制片人）在编剧工资的基础上，要向美国编剧协会设立的医保项目缴纳一小部分费用。

美国编剧协会负责决定电影和电视节目奖项的署名。这是一个很重要的议题，编剧协会对此非常重视。在大银幕上获奖的编剧不仅会获得艺术上的认可，还会获得奖金，这在编剧协会的合同里都会有明确的规定。美国编剧协会有一个仲裁系统，当有多名编剧在创作一个作品时，每位编剧都会准备一份书面的署名陈述。编剧协会有一个核心仲裁小组，由自愿筛选所有剧本草稿的编剧成员组成。然后由这些仲裁员来决定参与项目的每一位编剧所做工作的百分比，从而决定作品的署名。

美国编剧协会监督并代收其成员的后期分红。后期分红是电影和电视节目再播出时需要支付的费用。如果是由编剧协会成员编写的电影在网络上或有线电视上播放，编剧将收到一份该电影的使用报酬。如果一个电视节目正在不断重播，编剧将收到每一次重播的报酬。这是美国编剧协会承担的工作，可以想象，跟踪电影或电视节目的后续市场是一项艰巨的任务。

美国编剧协会的注册中心是世界上最大的剧本注册服务机构。注册原创作品的主要原因是确定作品完成日期。如果你在职业生涯的某个阶段觉得自己的作品被剽窃了，且你曾在美国编剧协会的平台上注册过这个剧本，你就可以用它来采取任何法律行动。

美国编剧协会西区的总部设在洛杉矶，东区的总部设在纽约。美国编剧协会的网站是www.wga.org，英国和加拿大也有类似的工会，它们彼此合作愉快。

最喜欢的网站

互联网上经常出现一些新的或者有用的网站。以下是一些不错的选择：

http://www.imdb.com——互联网电影数据库，包括电影作品、行业新闻、制片人对话等。

http://www.moviebytes.com——这是一个关于编剧比赛、行业新闻、电影销售和制作的很好的信息来源。

http://www.boxofficemojo.com——在线电影制作和票房报告的网站，还包括电影评论、行业简介等。

http://gointothestory.blcklst.com——由斯科特·迈尔斯开发的一个关于剧本写作技巧的好网站。

http://www.wordplayer.com——一个专门面向编剧的网站，有编剧写的文章。

https://www.blcklst.com——提供剧本写作资料、剧本和比赛信息的网站，该公司创始人富兰克林·莱昂纳德曾是一名电影公司高管。

http://patverducci.com——由编剧顾问和写作指导帕特·韦尔杜奇创建的网站。

http://johnaugust.com——由编剧兼编剧分析师约翰·奥古斯特创建的网站。

http://www.script-o-rama.com——这个网站是一个很好的地方，你可以从这里开始寻找你想要阅读或下载的剧本。

http://www.screenplayguide.com——这个网站可以帮助处理格式问题。

http://www.scriptsales.com——这个网站是以已成交的作品为主要内容，列出最近已售出的书籍、剧本和创意提案。它还有经纪人、经理人、律师事务所、制作公司的名单等。

用搜索引擎去寻找你可能感兴趣的其他网站吧。科技让人很容易就能找到大部分疑问的答案，好好利用吧。我曾让学生通过网站Craigslist（克雷格列表）找到了编剧和制片的工作。

本章总结

- 要想成功，了解编剧这一行的业务是必不可少的。
- 最重要的是不断地创作作品并投放到市场里。
- 经纪人、经理人和代理律师对编剧的职业生涯很有帮助。
- 在这个行业中建立一个编剧同行和商业伙伴的关系网。
- 写! 写!! 写!!!

第 22 章

"十一步故事结构"的电影分解

分解成功的影片可以看出其高水准的结构。这些按照"十一步故事结构"分解的作品都是屡获殊荣和备受推崇的电影。注意这些分解是如何专注于人物和人物的人生旅程的。它们都是以主人公的愿望／需求开始，并展示了剧本中的所有元素是如何聚焦于此的。再次观看这些伟大的电影：一旦你理解了剧本的创作过程，就再也不会以同样的方式看待一部电影了。

《分歧者：异类觉醒》（2014）

埃文·达赫迪和瓦内莎·泰勒编剧

根据维罗妮卡·罗斯的小说改编

　　碧翠丝（翠丝）·普赖尔，由谢琳·伍德蕾饰演，影片开始时用她的画外音叙述。她告诉我们，她生活在未来的反乌托邦世界里，社会分为五个集团（派系）：无畏派（勇敢者）、诚实派（诚实者）、友好派（和平者）、博学派（智慧者）、无私派（无私者，现在的统治集团）。到了翠丝要离开家的日子，她要做出选择将余生献给哪个派系（目标）。在强制性的测试后，一位富有同情心的伙伴托丽（李美琪饰）告诉翠丝，她是一个分歧者，并不属于任何的派别。当她发现了一个消灭所有分歧者的阴谋时，翠丝和她的导师"老四"必须尽快查明使分歧者陷入危险的原因。

主人公的"十一步故事结构"分解和注释

1. 翠丝需要找到她的目标。

a. 为什么？她做出的选择将决定她的未来。

2. 翠丝合理地追求她想要的东西，通过以下的方式：

a. 翠丝接受政府提供的测试。

● 这是可视化的。翠丝喝了一种药水，她被送到一个"虚拟"的世界去测试她的反应。

● 翠丝被告知，她的类型很罕见：她是一个分歧者。这是危险的（如果被其他人知道，她将被处死），她不能将结果告诉任何人。

b. 翠丝去参加选择仪式。

c. 翠丝没有选择留在家族的派系，她选择加入了无畏派。

d. 翠丝在无畏派的"新兵训练营"，努力通过小组所有的心理和身体测试。她最初是小组的最后一名。在"老四"（提奥·詹姆斯饰）的帮助下，她学会了如何正确地训练，并勇敢地站起来反抗无畏派的恶霸埃里克（贾伊·考特尼饰）。

e. 翠丝不得不和彼得（迈尔斯·特勒饰）决斗，试图在无畏派中找到一个位置，但她输了。

● 注：这对翠丝来说是一条艰难的路，她不断尝试，经常失败。

3. 翠丝的目标被否定。

a. 翠丝被告知她没能晋级，她将会成为"无派系者"（一个可怕的命运）。

4. 翠丝利用她的第二次机会。

a. 翠丝没有接受"拒绝"，并为自己辩护。

5. 利用第二机会引发的冲突。

a. 翠丝仍有被发现是分歧者的危险，身在无畏派中，她的秘密可能会被发现。

b. 作为无畏派的一分子，意味着将自己不断地置于危险之中，因为他们是

"警察部队",职责是要让每个人都遵守秩序——尤其是不可预测的"无派系者",其中就包括分歧者。

6. 翠丝决定去争取。

a. 翠丝离开病榻,去赶火车,火车正载着无畏派到他们的下一个训练地点。她设法上了火车,她被接受了(因为她没有放弃)。现在,她已经正式"越线",并有望继续留在无畏派的阵营中。

7. 一切顺利。

a. 翠丝和"老四"开始合作。

b. 翠丝在训练测试中取胜,并被邀请和其他人一起参加高空滑索的庆祝活动。

8. 一切崩溃。

a. 翠丝的母亲(艾什莉·贾德饰)找到了她。在秘密会议上,翠丝的母亲警告她,博学派的人正积极寻求消灭一切的分歧者(这让我们感觉,翠丝的母亲也是个秘密的分歧者)。

b. 翠丝必须通过心理测试,这将测试受测者深层的、令人不安的恐惧,以及其控制/处理恐惧的能力。这项测试由"老四"负责。翠丝在一系列测试中的表现令他感到惊讶。

c. "老四"发现翠丝是一名分歧者。

d. 翠丝的伙伴/密友托丽告诉她,她必须继续隐藏自己是分歧者的身份——如果无畏派(以及其他人)知道的话会试图杀死她。

e. 翠丝去找她的哥哥(现在是博学派的一员),希望他能帮助自己。他拒绝帮助她。他们的关系中断了。

f. 珍宁(凯特·温斯莱特饰),一个博学派的领导,她怀疑翠丝,并质疑她的忠诚(父母/家庭/血液vs.派系)。

g. 无畏派的受训者同伴试图除掉翠丝,这样她就不会威胁到他们在无畏派小组的最终位置。

• "老四"出现,救了翠丝。

h. 翠丝很担心她的父母——如果博学派打算推翻无私派的统治，他们的处境就很危险。

i. 她的一个无畏派的同伴（袭击过她的人）自杀了。

j. 翠丝告诉"老四"她的秘密。他同意帮助她"赢得"测试，这样别人就不会发现了。他们一起参加"恐惧测试"，他教她如何"正常"地进行测试。

- 翠丝和"老四"有着爱情关系。

k. "老四"发现证据，博学派正计划使用一瓶认知转移血清来对抗其他派系，从而获得政治掌控权。

l. 翠丝在博学派的专家组面前参加最后一次无畏派的心理测试，她必须在通过"虚拟测试"时隐藏自己的真实能力。

m. 翠丝认为她通过了测试，但珍宁让她再测试一次。她必须射杀她的父母和兄弟（在虚拟测试中）。

n. 恶霸埃里克祝贺她，让她和其他派系成员一起注射了血清。她意识到自己不像其他人那样会受影响（因为她是一个分歧者）。他们现在只是"无条件的追随者"，她必须努力不让自己暴露。她发现"老四"——"也是装的"——他也是个分歧者。

o. 无畏派入侵并攻击博学派。翠丝和"老四"去找翠丝的父母，恶霸埃里克拦住"老四"，想要试探他是否是一个分歧者。

9. 危机。

a. 翠丝决定保护"老四"。这暴露了她分歧者的身份。"老四"也试图保护翠丝。他们两个的身份都被识破了。

- 他们被抓起来，带到博学派的珍宁那里。

10. 高潮。

a. 珍宁下令杀死翠丝，并带走了"老四"。

b. 翠丝就要被杀了。她的母亲来救她。母亲和翠丝逃跑了。

c. 射杀。

- 翠丝必须杀死一个已经被血清控制的无畏派的朋友。

d. 翠丝的母亲被击中，她死了，翠丝现在独自一人。

e. 翠丝找到了她的父亲，把他妻子的死讯告诉了他。翠丝的哥哥也在，他意识到了博学派的人是邪恶的。

f. 翠丝带着她的父亲和哥哥以及无私派，与那些"被注射血清"的无畏派和邪恶的博学派做斗争。她说服无畏派的同伴——彼得，为她提供必要的信息。

g. 她的父亲被枪杀了。

h. 翠丝潜入博学派的总部。她找到了"老四"。他已经被药物控制，珍宁告诉翠丝，"老四"的记忆已经被抹去。

i. "老四"攻击翠丝。当翠丝威胁说要开枪射杀自己，并告诉"老四"自己爱他时，他终于清醒过来。

j. 翠丝和"老四"干掉了博学派的人，翠丝巧妙地阻止了珍宁操控总部外的人。

k. 翠丝和"老四"现在需要接管流浪的无畏派成员（而这就是2015年的续集《分歧者2：绝地反击》要讲的）。

• 注：这部电影本身就是一个完整而令人满意的故事，有一种结局感。"章节电影"（如"X战警"系列、新"詹姆斯·邦德"系列和"星际迷航"系列）中的每部电影都可以作为"独立的电影"来欣赏，这是一种最佳的状态。编剧运用结构的技巧和知识，可以把系列中的每一部电影构建成有完整人物弧线、探索特定主题的电影。这会使观众满意，并吸引他们想要去看人物生活的下一个章节。

11. 真相大白。

a. 父母的死令翠丝感到悲痛。

b. 翠丝和"老四"接受了自己分歧者的身份，也接受了彼此。

c. 翠丝明确了自己的目标。

《鸟人》（2014）

亚利杭德罗·冈萨雷斯·伊纳里图、尼古拉斯·迦科波恩、亚历山大·迪内拉里斯、阿尔曼多·博编剧

里根·汤姆森（迈克尔·基顿饰）是一位前电影明星，他决定摆脱他曾经"扮演"的角色（"鸟人"），试图重新找回他对工作和生活的热情。他的舞台剧根据雷蒙德·卡佛的作品《当我们谈论爱情时我们在谈论什么》改编，由他自己编剧、导演的和主演，即将在百老汇上演。观众对它的反响令里根非常焦虑。他需要成功，这样他才能自我感觉良好。他的焦虑是显而易见的，他的过去（出现在里根脑海中的鸟人）一直是他身边的荆棘：鸟人试图说服里根，他最近的选择都值得怀疑。随着戏剧制作的开展，里根和女儿萨米（艾玛·斯通饰）、前妻西尔维娅（艾米·莱安饰）的关系变得更加紧张，里根的精神状态变得更加狂躁。里根与"爱的绝对主义"（在工作中，在与人相处中，在生活选择中）的思想做斗争。这部电影的叙事需要观众进行复杂的理解，并挑战经典叙事结构和美国叙事技巧（这个创意力量来自墨西哥）。然而，故事有一个经典的发展过程，可以指引编剧。注意叙事的流动性，时间和地点总是在转换。注意几乎每个段落中反转的数量。

主人公的"十一步故事结构"分解和注释

1. 里根需要相信他的创造性，为了获得尊重和认可。

a. 为什么？他正处于人生危机之中，不知道自己是谁，不确定自己的人生选择，不知道生活中什么是重要的。

2. 里根合理地追求他想要的东西，通过以下的方式：

a. 里根会冥想，试图获得内心的平静。

b. 里根正在制作、导演和主演他写的一部舞台剧。

• 他倾注了一切在这部作品上，如果它失败了，他就会破产，他的职业生涯就会结束，他的自我意识将会受到更大的伤害——他的生活，很可能将

无法挽回。

c. 里根和他的制片人、律师兼朋友杰克（扎克·加利费安纳基斯饰）合作，一起努力让这部剧继续下去。

d. 里根试图跟鸟人的"声音"对抗。这个"声音"告诉他，作为一个成功的超级英雄系列电影的演员，他"无所不能"，现在他在正规剧院的工作，是一个错误的选择。里根试图忽视鸟人一直告诉他的——他所拥有的"力量"（向他展示他"能用意念移动物体"等）。电影制作者在故事中引入"超现实"来表现里根的一种精神状态，还使用里根意识中的鸟人这一元素，让其成为他必须去搞清楚的一件事情。

● 鸟人的"存在"让里根感到不安，他怀疑自己是否神志清醒，并试图阻止消极情绪完全吞噬自己。

e. 里根接受记者的采访，他希望自己的舞台剧能引起观众的注意，这样观众就会前来观看。

● 但是，记者们想把焦点放在他曾经扮演鸟人的这件事情上。

f. 里根试图与他的女儿萨米联系，想帮助她摆脱毒瘾。

● 但是，萨米抗拒里根的帮助，他们有一段不愉快的经历。

g. 里根取下了更衣室里鸟人的海报。

3. 里根被否定。

a. 里根想要解雇一个他觉得会影响戏剧制作水准的演员。在他解雇这名演员之前，舞台的灯具击中了演员的头部，演员被送进了医院，退出了演出。

b. 里根不得不取消了该剧的首次预演，并把观众的钱退还给他们。

4. 里根获得第二次机会。

a. 女演员莱斯利（内奥米·沃茨饰）告诉里根，她的男友，一个名叫迈克的著名演员，有兴趣加入剧组。迈克能"带动票房"，他是评论家的宠儿。这看起来是个很好的机会。

5. 利用第二次机会产生的冲突。

a. 迈克出了名地难相处。

b. 该剧的首演之夜即将来临，里根担心迈克没有时间来熟悉这个角色。

c. 迈克质疑里根作为编剧和演员的才能。

6. 里根决定去争取。

a. 里根同意让迈克代替剧中的演员出演，说服迈克这是演出需要。

7. 一切顺利。

a. 迈克推动里根更深入地挖掘他的戏剧和角色。

b. 里根和迈克在排练，里根很兴奋能与一个满足他艺术欲望的人合作。

• 然而，很明显，迈克情绪不稳定，演出结果将不可预测。因此，迈克加入演员阵容的风险是显而易见的。

8. 一切崩溃。

a. 里根年轻的情人告诉他，她怀孕了。很显然，他对此并没感到兴奋，但他掩饰过去了。

b. 在剧场的首次预演中，里根让迈克的角色做一场关于理解"真爱"的演讲，但迈克脱离了剧本，当晚的表演被毁了。

• 里根想解雇迈克，但现在合同已经无法更改了。

• 杰克提醒他，为了获得尊重和认可，他必须完成演出。他们必须得到《纽约时报》评论家的好评。

c. 里根试图安抚他的前妻西尔维娅。

• 他的前妻希望他戒酒，希望他对他们的女儿萨米好一点。里根很愿意照办，但是环境和他的精神状态让他无法这么做。

• 他的前妻告诉他，他把爱和崇拜混为一谈。

d. 里根开始幻想死亡可能是解决他所有烦恼的方法。

e. 里根允许游客给他拍照（因为他曾经饰演过鸟人），他这样做让人感觉不真实。

f. 里根遇到了剧评家塔比莎·迪金森（林赛·邓肯饰），她可能帮助——也可能毁掉——他的戏。很明显，她不喜欢这位"电影明星"在百老汇制作满足自己虚荣心作品的行为。

g. 里根试图与女儿萨米取得联系。她告诉他，他们已经毫不相干，不需要有任何联系了。他怀疑她又在吸毒。他发现了她的大麻。

h. 下一次的预演也不太顺利，迈克再次演砸了，他把一部分戏也毁掉了。

i. 迈克向里根抱怨在舞台上使用假枪，他坚持在演出中使用真枪。

• （伏笔）

j. 报纸上关于这部作品的报道出来了——这篇文章的焦点是迈克，而不是里根。

k. 里根的情人和他分手了，并告诉他自己没有怀孕。

l. 迈克认为里根不是一个伟大的演员。里根编造了一个关于他过去的故事——迈克相信了他。里根认为这"证明"了他是个好演员。

m. 里根在下一次预演之前就崩溃了。鸟人跟他"交谈"，告诉他回去继续拍电影。鸟人想"占有"里根。里根想取消下次预演。杰克告诉他不能那样做。

n. 里根意识到迈克和他的女儿发生了关系。他认为这对萨米不好。他感到无能为力，因为他无法阻止。

o. 最后的预演。

• 演出期间，里根走到小巷里吸烟。他身后的门关上了，他的长袍卡在门里。他必须穿着内裤穿过时代广场，从前门进入剧院。

p. 萨米来到里根的更衣室里，告诉他，他现在 "成了流行话题"，因为他穿着内裤跑过时代广场。他出现在推特、照片墙和脸谱等网站上。萨米告诉他这才是真正的"力量"。她开始同情他，想知道他是否还好。他们建立起一种良好的沟通方式。

q. 里根在酒吧，他为剧评人塔比莎买了一杯饮料。她告诉他，她讨厌好莱坞对纽约剧院所做的一切。里根能找到最合适的话——告诉她，她不能仅仅因为他是电影明星就把他归类。因为他的过去，他要承担更大的风险。她应该尊重他的冒险。

9. 危机。

a. 里根必须做出决定。他会出现在首演之夜吗？他会冒险吗？他带了一瓶酒并一饮而尽——他看到一个无家可归的人在街上背诵《哈姆雷特》中的台词。他喝得酩酊大醉，在一堆垃圾中醒来。鸟人叫他起床，告诉他不要放弃，因为他是一个"电影明星"。突然，里根出现在电影场景中，他正在空中飞翔。他最后站在屋顶上，有可能跳楼自杀。一个旁观者问他是否还好并知道要去哪里。里根做了一个决定，说："是的，我知道去哪里。"他确实跳了，但他还是在"电影明星"的模式下，他飞起来，降落在百老汇剧院。

10. 高潮。

a. 一辆出租车停在剧院门前，司机想要得到报酬。这表明是出租车把里根带到那里的（所以观众怀疑里根疯了，因为他认为自己是"飞"到了那里，但实际上他没有）。

b. 戏剧上演了。中场休息时，里根的妻子来到他的更衣室。里根承认他被死亡所吸引，并一度试图自杀。

c. 里根在剧中用真枪表演了这个场景。他用枪指着自己的太阳穴，并开了枪。

11. 真相大白。

a. 里根没有自杀。他开枪打到了自己的鼻子。他在医院里。他的妻子、女儿和朋友杰克来看望他，他们希望他早日康复。

b. 这出戏受到了塔比莎的高度评价。

c. 里根把鼻子上的绷带取下来。他鼻子的形状现在更像"鸟人"鼻子的侧面了。

d. 里根走到病房的高窗边，看着鸟儿飞翔。他跳了下去。

e. 萨米走进房间，看到窗户开着，担心她的父亲已经跳楼身亡。但她看到他在空中飞翔。

《彗星美人》（1950）

约瑟夫·L.曼凯维奇编剧

在戏剧界，一个女演员的伟大程度取决于她的上一个角色。一个女演员的年纪取决于观众相信她有多大。一个女演员只是一个明星，直到公众不想再听到她的消息。随着时间的推移，变化无常的公众对美的喜爱也会发生变化。当一位上了年纪的女演员看到她的星途逐渐暗淡时，她是如何平静下来的？她发现生活中最重要的是什么了吗？是粉丝对她的崇拜，还是真正的友谊和爱情？

玛戈是主角。多年来她一直是位知名的女演员，但她一直生活在恐惧之中，担心随着年龄的增长，她将失去所有她努力得到的东西。我们可以从她生活的三个方面看出这一点：事业、爱情和朋友。这个故事变得很平易近人，因为它讲述了她的爱情、生活和友谊。记得让你的人物更加丰满，讨论他们生活的方方面面。

主人公的"十一步故事结构"分解和注释

1. 玛戈需要被欣赏、被爱和有安全感。

a. 为什么？害怕变老，害怕失去吸引力，她没有安全感，并用攻击和愤怒来掩饰。玛戈的性格缺陷是缺乏安全感，说话尖刻。这个缺点很可能毁掉她。

2. 玛戈合理地追求她想要的东西，通过以下方式：

a. 扮演仍然把她描绘得"年轻"的角色。

b. 不断地要求朋友、同伴和粉丝对她的关注。

c. 考验比尔，指责这个爱她的男人不在乎她，因为他计划去好莱坞，为他的导演生涯寻求机会。

3. 玛戈的安全感被否定。

a. 比尔去加利福尼亚工作。

b. 剧评人评论她的年纪。

c. 一种她无法摆脱的根深蒂固的恐惧，她相信，年龄的增长会让她失去所有她认为重要的东西。

4. 玛戈获得她的第二次机会。

a. 伊芙进入玛戈的生活。伊芙阿谀奉承,让玛戈觉得自己很重要,受到尊重。这给了玛戈一种安全感。

5. 利用第二次机会产生的冲突。

a. 玛戈的服装师不太开心,也不相信伊芙。

6. 玛戈决定去争取。

a. 伊芙被安排到玛戈的家里做私人秘书／助理。

7. 一切顺利。

a. 伊芙把一切都想好,巴结玛戈,侍候着她。玛戈的生活没办法离开伊芙了。

8. 一切崩溃。

a. 玛戈开始感觉到伊芙越界了,她在偷偷利用自己身边的朋友。

b. 伊芙记得比尔的生日并安排了玛戈(不记得他生日)和他通话。玛戈怀疑这是为了让她难堪。

c. 玛戈看到伊芙在舞台上"假装"扮演自己的角色。她的猜疑和不安与日俱增。

d. 玛戈的情人比尔从加利福尼亚回来后,并没有直接去找玛戈,而是先去和伊芙谈。这伤害了玛戈的自尊。

e. 玛戈的朋友们为伊芙辩护。这伤害了玛戈的自尊。

f. "一波三折"的灾难性派对上,玛戈冒犯了所有人。

g. 玛戈发现伊芙在未经自己同意的情况下,成为自己的替补。这表明玛戈的权力正在下降。

h. 玛戈和比尔争吵并分手了。

i. 朋友们试图让玛戈和比尔重归于好。他们让伊芙做一个晚上的替补,给玛戈和她的爱人一点时间来平息争吵。

j. 玛戈被困在乡村,伊芙必须在舞台上继续饰演玛戈的角色。

9. 危机。

a. 玛戈必须做出决定：她是否应该接受这个"不可避免"的事实（她的职业生涯将随着年龄的增长而改变），或者她会不顾一切地赶回剧院，及时完成演出，或者她会暂时收起自己的野心，想想什么对她来说是最重要的——是对比尔的爱，还是对自己事业的坚持。

10. 高潮。

a. 伊芙作为替补的表演获得了巨大的成功。

b. 评论家写了一篇反对玛戈、支持伊芙的文章。

c. 玛戈不得不决定"离开"伊芙，夺回自己的友谊和地位。

d. 玛戈知道伊芙在玩弄比尔。

e. 玛戈知道伊芙耍手段成了玛戈朋友写的新剧的主角——这部剧最初是为玛戈设计的。玛戈知道自己的年龄太大，不适合扮演这个角色，但她能面对事实继续前进吗？

f. 玛戈夺回了她的朋友和在剧院的地位。

11. 真相大白。

a. 玛戈的情人明确表示爱的是她。玛戈终于接受这个事实，比尔对她的感情并不取决于她的年龄或者她是否仍是剧院的当红女主角。

b. 所有人都知道了伊芙的操纵和卑鄙。

c. 玛戈的朋友们都支持她。她在朋友和爱人的身上得到了赏识和安全感。她找到了平静。

伊芙的人物弧线

作为反派，伊芙也有一个和玛戈（主人公）一样有趣的弧线。伊芙是个谜。影迷们对她的口是心非有着不同的看法。她是从一开始就计划好的吗？还是随着时间的推移，她才打算接管玛戈的生活？她是超级操纵者，还是当她作为一名职业女演员努力取得成功时，她"变成"了一个操纵者？我的观点是伊芙很聪明，善于操纵，从一开始就有了计划。作为一个反派，她需要从一开始就和主人公对着干。记住，每个主人公都需要一个值得尊敬的对手。

反派的 "十一步故事结构" 分解和注释

1. 伊芙需要被欣赏、被爱、有安全感。

a.（注意，这和玛戈是一样的，但是玛戈已经是明星了，伊芙处于职业生涯的一个不同阶段。）为什么伊芙需要被欣赏和崇拜？在她的前史中她缺少一些东西，没有说清楚到底是什么，但我们知道她编造了一些关于自己的故事，让她觉得自己很重要 / 特别。

2. 伊芙合理地追求她想要的东西，通过以下的方式：

a. 确保人们（尤其是玛戈最好的朋友凯伦）每天晚上都能在剧院看到她。她终于和凯伦通了电话，让她把自己介绍给玛戈。她一进入更衣室，就想方设法为玛戈工作。

b. 伊芙让玛戈的所有朋友（除了她的服装师）都觉得伊芙很棒，并同他们的关系变得很友好。

3. 当玛戈开始了解伊芙的做法并怀疑她的意图时，伊芙被否定。伊芙意识到自己的好日子不多了……

4. 伊芙获得她的第二次机会。

a. 伊芙操纵凯伦为自己争取到试镜机会，成为玛戈的替补。

5. 利用第二次机会产生的冲突。

a. 伊芙的游戏越来越复杂了。她必须耍很多花招，必须尽量久地瞒住玛戈关于她要去试镜的事实。

b. 剧评家艾迪生正在密切地观察她，并逐渐了解她。他们有着相同的品质，他了解伊芙，看到了她的本来面目，她是一个雄心勃勃的操纵者。

c. 伊芙知道她作为 "玛戈助手" 的日子很快就要结束了，时钟在倒计时，要么现在，要么永远不发生。

6. 伊芙决定去争取。

a. 她试镜成为玛戈角色的替补演员。

7. 一切顺利。

a. 伊芙获得替补角色。

b. 伊芙又操纵凯伦（或者利用凯伦想让玛戈和比尔复合的愿望）。她说服凯伦从中做手脚，让玛戈误了回城里的火车，而错过了一场演出。当玛戈被困在乡村时，伊芙继续扮演玛戈的角色。

c. 伊芙成功了，她获得了好评，她现在是城里最炙手可热的人。

d. 伊芙开始游说凯伦的丈夫，一位剧作家，让她在他的新剧中扮演一个重要的角色。她对他表达爱慕之情，他被吸引。

e. 伊芙和艾迪生成为亲密的盟友，他在报纸上写关于她的文章。

f. 伊芙得到了新剧中的角色，她觉得自己也赢得了凯伦的丈夫。

8. 一切崩溃。

a. 对伊芙的意图产生怀疑的种子开始在她的同盟军中生长。

b. 伊芙的傲慢开始显露出来，她认为自己现在地位牢固，开始露出她的真面目。

c. 凯伦看出她是什么样的人，不再和她做朋友了。

d. 艾迪生现在是她唯一的朋友。

e. 伊芙在一家高档餐厅受到玛戈忠实拥护者的冷落。

9. 危机。

a. 伊芙意识到凯伦现在完全依赖自己，决定去威胁凯伦，让她为自己的阴谋保守秘密。凯伦没有屈服，伊芙不再能控制凯伦了。

10. 高潮。

a. 艾迪生加强对伊芙的控制，他拒绝让伊芙追求凯伦的丈夫。

b. 艾迪生告诉伊芙，她现在是属于他的——伊芙无法胜过艾迪生，他和她一样聪明狡诈。（注：艾迪生是伊芙的对手。）

11. 真相大白。

a. 最后的戏剧颁奖典礼。伊芙是个成功者（她得到了她想要的），但代价是没有朋友，没有她可以信任的人。

b. 所有人都知道伊芙的操纵和卑鄙，玛戈的朋友们都支持玛戈。

c. 当然，还有一个令人毛骨悚然的事实：在她的公寓里，有一位年轻的、野心勃勃的女演员在等着伊芙。这位年轻女演员开始玩伊芙的游戏。我们知道她是一个新的伊芙，历史会重演。

《电视台风云》（1976）

帕迪·查耶夫斯基编剧

帕迪·查耶夫斯基早在 20 世纪 50 年代就开始写他的电视剧《90 分钟剧场》。他是一名优秀的编剧，他写短篇小说、广播剧、话剧，早期还写电视剧。他的电影作品包括《君子好逑》（根据他的电视剧剧本改编的奥斯卡获奖作品）、《医生故事》和《艾米丽的美国化》。由于不喜欢《灵魂大搜索》拍出来的样子，他把自己的名字从编剧一栏中移除。

每当我想到那些全身心投入到自己作品中的编剧时，脑海中总会浮现出他的名字。他的世界观总是清晰、完整地展现在你的面前。由于他笔下的人物有自己的观点，他能展示出一个论点／观点的两面。他的人物是真实的，有深刻的情感和人性的弱点。

主人公的"十一步故事结构"分解和注释

• 使用画外音——全知的，我们不知道是谁在说话——介绍地点和时间。给我们做一个简单的背景介绍：超级新闻主播霍华德·比尔，正在经历收视率的下滑，他接到了两周后要被解雇的通知。

• 介绍电视新闻正在发生变化——"一切都为了收视率"。

• 介绍我们的主人公——麦克斯（威廉·霍尔登饰），还有他与霍华德·比尔（彼得·芬奇饰）的友情。我们了解到他们对电视新闻的热情，他们为了获得故事不顾一切，喜欢新闻的及时性和制作过程的刺激。

1. 麦克斯需要在他的生活中再次感受到那种兴奋的冲动。

a. 为什么？他过去通过工作获得过这种感觉，他把自己过去的兴奋情绪放大成了一生中最具标志性的时刻。他还想成为一名道德健全、成功的电视新闻制作人——这也是令人兴奋的——获得挖掘和追逐真实故事的兴奋感。

2. 麦克斯合理地追求他想要的东西，通过以下的方式：

a. 他继续担任新闻主管。

b. 他对新闻只关注收视率表示失望。

c. 他因朋友霍华德被解雇而感到遗憾，但他的工作是第一位的。

d. 他试图让霍华德有尊严地离开电视台。

3. 麦克斯被否定。

a. 麦克斯对他的朋友霍华德被辞退无能为力。

b. 哈克特想加入麦克斯的新闻部门，麦克斯反对。

c. 麦克斯强迫自己去做真正的新闻，但他被迫为了收视率而耸人听闻。

d. 戴安娜表现出了她的能力和野心，这对麦克斯的职位造成威胁。

e. 麦克斯被大型股东会议拒之门外，也没有人向他提供信息，他很生气。麦克斯估计自己也会被解雇。他便允许霍华德回到节目中"胡说"作为报复。

f. 麦克斯被解雇了。

g. 麦克斯收拾好自己的办公室，他觉得自己老了（他过去的那种兴奋感哪里去了？）。他再次向他的员工讲述自己曾经的辉煌。

4. 麦克斯获得第二次机会，他感到兴奋并希望把工作做好。

a. 霍华德在观众中大受欢迎，他又回到了电视上，开始他的"真相"节目。

b. 麦克斯因为和霍华德的友情，被重新雇用。

5. 麦克斯利用第二次机会而产生的冲突。

a. 麦克斯知道电视台正在发生剧变。

b. 麦克斯知道戴安娜会争夺他的位置。

c. 麦克斯认为霍华德变得有失公允。他觉得让霍华德主持是不对的，麦克斯违背了自己最佳的道德判断。

6. 麦克斯决定去争取。

a. 麦克斯把工作抢了回来。

7. 一切顺利。

a. 霍华德持续受到电视观众的强烈欢迎。麦克斯的工作暂时没有受到影响。

b. 戴安娜与麦克斯调情,她试图向他兜售耸人听闻的新闻想法。她还引发了一场激烈的竞争——告诉他自己想管理他的部门。他邀请她吃饭(她使他兴奋)。

c. 这里我们知道了戴安娜还是学生的时候,她在大学里听过麦克斯的演讲(这让他想起了自己的年龄,燃起了他的中年危机感)。

d. 戴安娜冷静地取消了和麦克斯的约会,我们看到她在生活的各个方面都很冷酷无情。

e. 通过这次晚餐,影片向我们展示了很多东西。这是很好的,我们现在对这些人物很感兴趣,我们想更多地了解他们。

f. 戴安娜和麦克斯发生了关系,他们的婚外情关系开始(麦克斯很兴奋)。

g. 霍华德开始在午夜听到声音,作为一个电视人物,他认为这变得更加值得关注。

8. 一切崩溃。

a. 对麦克斯来说,友谊比收视率更重要。他不想利用霍华德的不稳定情绪,他想带霍华德去看医生。他违反了电视台的规定,电视台的负责人并不领情。

b. 麦克斯发现戴安娜得到了自己新闻主管的职位,这标志着他们爱情关系的结束。

c. 麦克斯又被解雇了。他在家中和家人一起看霍华德浸在雨中的疯狂谩骂,"我疯了,我再也受不了了……"。

d. 戴安娜雇用恐怖组织做了一个"新闻"节目——所有麦克斯痛恨的和耸人听闻的新闻都出现了——像"预言家西比尔"这样的新闻。

e. 埃德·鲁迪（麦克斯的朋友）死了，这再次让麦克斯想到他自己的死亡。

●注：在这里，查耶夫斯基（通过霍华德）表达了自己的观点，就是对电视的抨击。他可以把这个观点包括进来，因为它影响了故事。

f. 哈克特宣布电视台获得了巨大利润。

g. 在鲁迪的葬礼上，麦克斯和戴安娜见面了，他们的爱情关系又开始了。

●请记住，麦克斯的总体需要是兴奋，感觉到自己的与众不同。他的同龄人和朋友的死亡让他觉得自己是在虚度光阴。他受不了了。

9. 危机。

a. 麦克斯把他和戴安娜的风流韵事告诉了他的妻子。

●注：这是另一处，查耶夫斯基加入了口诛笔伐——麦克斯的妻子（比阿特丽斯·斯特雷特饰演，她凭借此片获得了奥斯卡最佳女配角）指出了这个不公平的世界，她没有得到她丈夫的"冬日激情"。

b. 麦克斯知道戴安娜的缺点，但这仍然无法改变他的决定，他搬出去和戴安娜住在一起。

10. 高潮。

a. 詹森（这家公司的老板，电视台的拥有者）打电话给霍华德约他见面，想要利用霍华德的精神不稳定。霍华德上了电视，成为詹森的传声筒——颂扬金钱和资本主义的优点，并指出金钱主宰世界。

b. 麦克斯目睹朋友的精神健康状况进一步恶化。

c. 然而，霍华德作为詹森的传声筒，他节目的收视率并不像他发表自己观点时那么高。戴安娜讨厌这样，这影响了她和麦克斯的关系。

d. 麦克斯以新的眼光看待戴安娜的缺点——她的自私、盲目的野心，以及没能力去感受真正深层的内涵。

e. 麦克斯与戴安娜分手。

●注：查耶夫斯基通过麦克斯的台词再次表达了自己的观点——关于人类的尊严和爱。麦克斯注意到自己是多么想被真正地爱着，而戴安娜却无法真正地去爱。她同意，且认为麦克斯想要／需要被深爱。她选择接电话和处理工作，而不去理会真实的情感。

f. 麦克斯搬出去了。

g. 麦克斯担心戴安娜会崩溃，他真的很关心她。这让他很伤心。

11. 真相大白。

a. 麦克斯想回到他妻子的身边，"如果她愿意的话"。

b. 哈克特、戴安娜和电视台的负责人决定在节目中杀掉霍华德，这样他们的节目收视率就会更高。

c. 霍华德在直播节目中被杀了，这证明电视里没有道德准则。

这是一部强有力的电影，它有想要传达的信息，这让观众感到震惊。整个电影的创意从影片的人物中得到了支撑。他们忠于自己的行为准则。

《克莱默夫妇》（1979）

罗伯特·本顿编剧

根据埃弗里·科尔曼的小说改编

这是泰德·克莱默的故事，尽管乔安娜·克莱默也经历了一个重大的变化。观众和泰德（达斯汀·霍夫曼饰）一起，踏上了这段人生旅程。他学会不那么以自我为中心，把别人放在自己的直接目标之前，他学会成为一个朋友，一个有同情心的人，最重要的是成为一个父亲。

注意罗伯特·本顿是如何向观众展示时间跨度的。故事中过了两次圣诞节，让我们知道了泰德的人生旅程很长，他投入了时间和精力，他没有在一夜之间就发生改变。

重复使用某些场景也是一个好办法。第一次的早餐场景是一场灾难，爸爸和儿子根本没有交流。最后的早餐场景是完美的，爸爸和儿子已经成为一个团队，他们已经形成了习惯。这些场景也充满了感情，它们是人物成长的场景。

还有一个场景重复了三遍：泰德送比利上学。每当看到这个场景，我们就能感受到泰德对儿子的了解加深了（第一次他甚至不知道儿子在几年级；第二次他是一位忧心忡忡的父亲，他知道带午餐盒并已经成为习惯了；第三次是乔安娜看着泰德和比利，泰德承诺做个好父亲）。你也可以把这些重复的场景想象成"符号情节"，它们有助于表现关系的进展和时间的流逝。

这是一部"话题"电影，它探索了家庭传统和观念，以及夫妻、父母和孩子在家庭里所扮演的角色。是什么阻止它说教？是什么阻止它成为一个"训诫"？是情感在发挥作用，幽默、愤怒、人物的成长。观众可以看到这些，而不是被告知。法庭上的最后一幕充满了感情，所以它不会变成讲座。让观众自己做决定，因为影片中没有人被刻画成是完全正确的，也没有人被刻画成是完全错误的。

主人公的"十一步故事结构"分解和注释

1. 以自我为中心的泰德·克莱默想要获得自己建立了一个"完美生活"的成就感。对他来说，这就是事业上的成功、完美的妻子、完美的孩子，他自己来养家。为什么？他认为这是他的职责，这让他觉得自己像个"男人"。然而，泰德真正需要的是懂得家庭的重要性和如何关心一个人，而不仅仅是为家人提供食物和住所这种表面文章。他需要学会倾听，真正了解爱和家庭可能需要付出更多的关注和牺牲。

2. 泰德合理地追求他的目标。

a. 他试图把自己打造成一个年轻、事业有成的人。

b. 他有一个美丽的妻子和一个可爱的儿子。

c. 他花更多的时间和老板在一起，他升职了。

d. 他为家人提供了一套很好的公寓。

3. 泰德被否定。

a. 他的妻子乔安娜离开了这个家，因为她感到窒息、被困住了，留下他独自抚养儿子。

  • 注：非常非常短的第一幕。故事很快进入第二幕。

4. 泰德的第二次机会。

a. 学习成为单身父亲。

  • 注：在当时，对他来说，这看起来不是一个很好的机会。记住，第二次机会不需要像仙女教母一样帮助人物解决所有的问题。在回顾往事时，这个人物可能会认为这段经历是一件"坏事"，或者是喜忧参半。构建一个这样的机会效果会很好：在故事的旅程中，主人公通过一个困难的方式学习到自己必须要学习的东西。

5. 泰德利用第二次机会产生的冲突。

a. 担心他的工作会受到影响。

b. 不知道抚养孩子和照顾家庭的基本常识。

c. 不了解他的儿子比利。

6. 泰德决定去争取。

a. 老板建议泰德把比利送到亲戚那里去，这样他的工作就不会受到影响。泰德拒绝了老板的建议。泰德（他想为自己和家人提供一个美好的生活）决定自己来做这所有的事情。

7. 一切顺利。

a. 泰德和比利互相了解。

b. 泰德很好地向儿子解释了乔安娜离开家的原因。

c. 泰德和邻居玛格丽特逐渐成为朋友，泰德也更多地了解了一个女人对相夫教子的看法，以及女人在家庭之外的个人需求。

d. 泰德继续努力工作，但他有些力不从心。

e. 比利考验泰德，但泰德并没有放弃做一个好爸爸。

f. 泰德曾经试图抹去公寓中乔安娜的生活印记，现在他却在比利的床边放了一张乔安娜的照片，因为他从情感上明白了，这样做才是对比利好。

g. 泰德开始明白乔安娜为什么会离开他。

h. 泰德教比利骑自行车。

i. 泰德陪比利参加学校的话剧演出。

j. 比利在操场上受伤，泰德把他送到急诊室，缝针时泰德陪在他身边。

8. 一切崩溃。

a. 乔安娜回到纽约，想要比利的抚养权。

b. 泰德的律师告诉他，泰德要留住儿子的抚养权并不容易。

c. 泰德被解雇了。

d. 泰德的律师告诉他，没有工作，他就没有机会获得比利的抚养权。

9. 泰德的危机。

a. 泰德知道没有工作他就无法在法庭上和乔安娜争夺抚养权，所以他要全力以赴在24小时内找到一份工作。他做出决定，让自己冒险在公司的圣诞派对上要求得到求职申请答复。

10. 高潮。

a. 法庭场景

- 乔安娜的情感流露的证词。
- 泰德的情感流露的证词。

11. 真相大白。

a. 律师通知泰德乔安娜获得了抚养权。

b. 泰德告诉比利抚养权的事情。他已经成为一个慈爱的好父亲，努力让儿子完全了解情况。

c. 乔安娜·克莱默来接她的儿子，她意识到她做不到。她告诉泰德，比利会和泰德在一起生活。

d. 泰德显然变了一个人。他能够真切地了解乔安娜——作为一个女人，而不是作为他的妻子——了解她所有的痛苦和焦虑，并理解她。

这是一部非常简单的电影，也是一部非常感人的电影。没有大型的汽车追逐场面，也没有特效。它是关于家庭、理解和爱的作品。最重要的是，这部电影有着很强烈的观点，它不会回避难题，也不介意塑造不招人喜欢的人物。没有人是完美的，这让人感觉很真实。这就是它会如此成功的原因。

《雨人》（1988）

巴里·莫罗和罗纳德·巴斯编剧

这个电影故事刻画了两个性格截然相反的人物。一个是傲慢自大、精明能干、野心勃勃、缺乏安全感又冷酷无情的查理（汤姆·克鲁斯饰），他陷入了财务困境。另一个是脾气温和的白痴天才雷蒙德（达斯汀·霍夫曼饰）。雷蒙德无法在这个世界上独自生活，他没有野心，对自己的生活很满意。他们是兄弟，其中一个掌握着从他们父亲那里得到的遗产。还有一个事实，查理在故事一开始甚至不知道他有这样一个不正常的哥哥。查理无法解决和自己父亲之间的问题，因为他的父亲已经去世了。此外，查理住在西海岸，雷蒙德住在东海岸。查理计划把他不正常的哥哥从一个专门为智力缺陷人士设立的疗养院中带出来，带着他穿越这个国家。雷蒙德有强烈的飞行恐惧——这个选择行不通了。所以，他们只能乘汽车旅行，兄弟俩被迫要互相了解。

很明显，在设计这些人物时，对立面就被建立和推动起来了。这样做有助于产生冲突——冲突是好的。

这不是一个"谁继承了遗产"的故事。处理这个问题只是情节元素之一。故事主要讲述了一个骄傲自大的弟弟的情感旅程，他了解到自己是被爱着的——现在他也学会了去爱。他意识到自己的生活中缺少强烈的亲情。当查理为哥哥的未来做出正确的选择时，他已经完成了一次完满的改变之旅。

主人公的"十一步故事结构"分解和注释

1. 查理需要感受到被爱和被认可。

a. 为什么？他和父亲艰难地告别——查理从来没有从父亲那里感受到爱。

• 注：整个电影都提到查理和他的父亲是多么相像。尽管他们疏远了，我们仍能从查理的生活中看出他父亲的喜好——特别是对汽车。这是一种有利于叙事的元素，它在整部电影中都发挥着作用。这些元素增加了共鸣，使查理无意识的欲望更加明显。

2. 查理合理地追求一种被认可／被爱的感觉。

a. 查理努力经营他的汽车生意，认为富有就可以得到他想要的。

b. 查理有女朋友了，他认为这个爱就足够了。

c. 当查理得知父亲去世后，他去继承遗产，他认为这会解决他的财务问题。

3. 查理被否定，他没有得到来自父亲的肯定／爱。

a. 查理只得到玫瑰花丛和一辆别克车。

b. 查理没有从父亲的遗嘱中得到充满温情或爱的话语。

4. 查理得到第二次获得认可／爱的机会。

a. 查理发现钱到了布鲁纳医生手里。

b. 查理发现自己有一个哥哥，三百万遗产已交由信托基金替他的哥哥看管着。查理认为自己能弄到一些遗产。

• 注：这并不那么容易，他哥哥是个白痴天才。

c. 查理与他的哥哥见面。查理认为如果把哥哥"带走"，并成为他的监护人，那么自己就能拿到钱。

5. 查理利用第二次机会引发的冲突。

a. 查理的哥哥是个白痴天才。他在某些方面很聪明，但在现实世界中却不能自理。

b. 查理的哥哥无法决定自己的财务状况。

c. 女朋友不支持查理的计划。

6. 查理决定去争取。

a. 查理决定"绑架"雷蒙德，他打电话给布鲁纳医生，并威胁说如果自己得不到一半的钱就扣下雷蒙德。

7. 一切顺利。

a. 查理和雷蒙德互相了解，查理也学会理解雷蒙德的一些怪癖。查理开始和雷蒙德建立联系，亲情正在蔓延。

• 注：增加一个"嘀嗒作响的时钟"，查理需要回洛杉矶出差。

b. 查理的女朋友离开了他。

• 注：这段关系支持着查理对改变的需求。虽然她爱查理，但他不能真正地承诺或真正与她沟通，因为他没有"完整的"情感。她在剧本中起到很好的作用，因为她可以替观众发声："你真是个混蛋，查理。"

c. 雷蒙德无法乘坐飞机，查理同意坐汽车回去。

d. 查理和雷蒙德开始建立联系。

• 在建立联系的过程中，总是会有冲突。没有什么事情是容易实现的，每一步都是艰难而令人沮丧的。

e. 查理发现了这个秘密：他知道了雷蒙德被送到疗养院的原因（查理小的时候，雷蒙德的行为使他的弟弟处于危险之中。为了保护查理，他们的父亲把雷蒙德送进了疗养院）。查理加深了对父亲的了解，感觉到父亲对自己的关心。

f. 在拉斯维加斯，查理看出雷蒙德的才能可以施展在赌桌上。他们可以赚钱。查理此时已经在感情上和雷蒙德建立了联系——现在看来这也将是一笔经济上的收益。

g. 查理决定让雷蒙德留下来，他们将在洛杉矶一起生活。

8. 对于查理来说，一切崩溃。

a. 拉斯维加斯的保安人员要求他们离开赌场。

b. 查理和雷蒙德回到洛杉矶。很明显，雷蒙德无法在查理工作的时候一个人待着。

• 注：到目前为止，狡猾的、始终掌控着一切的、无法给出承诺的查理已经改变了。我们看到查理成为一个更加真实和富有情感的人。

c. 布鲁纳医生要给查理钱——如果他能把雷蒙德送回疗养院。

- 注：钱曾经是查理生活中的驱动力。现在查理拒绝了这笔钱。我们现在支持查理，因为我们已经看到，为了拥有这个"家庭"，他做出了多大的牺牲。

d. 雷蒙德差点儿把查理的公寓烧了。雷蒙德情绪激动。查理第一次被迫审视自己为雷蒙德安排的新生活。

9. 危机。

a. 查理不知道自己是否可以"留住"雷蒙德，并给予他所需的照料。查理去看心理医生，他知道自己需要做出决定。

10. 高潮。

a. 法院裁定雷蒙德应该回到医院去。

11. 真相大白。

a. 让雷蒙德离开，替他做出最好的选择，这跟试图"留住"雷蒙德相比，体现了查理更多的爱。他确认这么做才是正确的。

b. 计划去拜访。

c. 终于有了家的感觉。

《证人》（1985）

威廉·凯利、厄尔·W. 华莱士和帕姆·华莱士编剧

完美并存的两个人物：一个男人，名叫约翰·布克（哈里森·福特饰），他依靠自己的智慧生活，他在努力地维护世界正义的同时，在生活中也认可一定程度的暴力；一个女人，名叫瑞秋（凯莉·麦吉利斯饰），她生长在一个受保护的社会，远离暴力和那些犯罪分子。

影片的戏剧性问题：这两个截然不同的人能在彼此截然不同的世界里找到幸福吗？

主人公的"十一步故事结构"分解和注释

1. 约翰·布克需要正义。

a. 为什么? 这让他的世界变得有意义。他是一名警探,喜欢控制自己的世界,希望一切都是对的。他的妹妹甚至在电影开头对瑞秋说:"约翰总认为他是对的。"

- 注:约翰性格中的一个重要元素是他愿意使用暴力来实现正义。这种暴力行为间接地违背了阿米什人的信仰,而他将不得不进入阿米什部落去破案。

2. 布克合理地追求正义。

a. 布克通过问讯年幼的山姆——他是唯一的谋杀证人——试图确认另一名警探是否为杀人凶手。他拒绝了山姆的母亲(瑞秋)不让她的儿子参与调查的请求。

b. 布克去一家破旧的街边酒吧抓一名犯罪嫌疑人。他在逮捕犯罪嫌疑人时很明显地使用了暴力。

c. 布克试图让山姆辨认出犯罪嫌疑人。

d. 布克为了利用山姆来侦破案件,让瑞秋和山姆留在城市里,并安排他们在他的妹妹家过夜。

e. 布克让山姆查看辖区内犯罪嫌疑人的照片。

f. 山姆认出凶手是警探迈克菲,布克将这个消息报告给他的上司。

3. 布克的正义被否定。

a. 布克发现他的上司也参与了犯罪。

b. 布克中弹,伤势严重。

c. 布克为了保护山姆、瑞秋和他自己的安全,不得不离开城市、工作和搭档。他明白自己和证人必须活着,才能获得他想要的正义。

4. 布克获得第二次机会,找到他世界中的正义/道德。

a. 布克去阿米什部落生活。

5. 布克利用第二次机会产生的冲突。

a. 布克受伤了，他需要从枪伤中恢复过来。

b. 这个世界对他来说是陌生的，他不知道该怎么做。

c. 阿米什部落的人不希望他出现在他们的生活中。他是个局外人，会给他们带来很大的危险。

d. 他被瑞秋所吸引。

6. 布克决定去争取。

a. 布克别无选择，他必须休养生息、重整旗鼓。他还不够强壮，无法重新投入战斗。

7. 一切顺利。

a. 布克的身体恢复了。

b. 布克了解了阿米什部落的生活方式。

c. 布克开始与瑞秋和她的家人建立良好的关系。

d. 布克帮邻居盖谷仓，其他人开始接受他。

e. 布克对瑞秋的感情与日俱增。布克有一种能在这个地方获得正义和"正确"的感觉。

8. 一切崩溃。

a. 布克的搭档通过电话告诉他调查的犯罪事件的最新进展，同时官方对布克的搜寻步伐也在加快。

b. 瑞秋的行为／感情使阿米什部落的人感到紧张。

9. 这部电影中的危机与"一切崩溃"交织在一起。

a. 布克和瑞秋无法否认他们相互吸引。他必须做出决定，他会和她发生关系吗？他会令她的生活变得复杂吗？他会毁了她在阿米什部落的声誉吗？他愿意背弃自己的世界，去接受她的世界吗？爱会胜出吗？此刻，他与瑞秋是否发生关系的决定是非常重要的。有很多后果需要考虑……

b. 布克发现他的搭档被杀了。他决定打电话给他的上司，发誓要报复。

c. 布克与伊莱回到农场，他选择与取笑阿米什部落的游客／当地人打了起来。

d. 布克（画外音）告诉伊莱他要回家了。

10. 高潮。

a. 瑞秋发现布克要离开，他们拥抱，我们假设他们的爱情圆满了。

b. 布克的上司和迈克菲找到了他。

c. 布克必须用他知道的唯一方式去保护他的阿米什朋友，他在部落中建立的所有关系现在都发挥了作用。他们会支持他吗？他能保护他们吗？

d. 枪战。

11. 真相大白。

a. 布克面对着迈克菲，他问了一个问题，这说明了布克的改变。他对使用暴力来满足自己欲望的做法有了全新的认识。他质疑暴力是否可以解决问题。暴力会带来正义吗？更重要的是，他看到暴力会引发暴力，他想知道暴力是否最终会结束。

b. 布克知道他必须离开瑞秋。他们的爱不足以连接两个世界。

c. 布克离开了阿米什部落，他知道自己不属于这里。但是，他已经完全改变了。

《莎翁情史》（1998）

马克·诺曼和汤姆·斯托帕德编剧

主要人物是莎士比亚（约瑟夫·费因斯饰）。莎士比亚是让这个故事发生的人，是他的需求推动事件的发生。薇拉（格温妮斯·帕特洛饰）也有一条重要的情感弧线。大多数优秀的浪漫喜剧都会为两个爱情主人公制造强有力的情感弧线。

主人公的"十一步故事结构"分解和注释

1. 莎士比亚需要一位缪斯女神。他认为灵感来自伟大的爱。

a. 为什么他需要缪斯女神？作家需要创作，莎士比亚无法写出一部伟大的戏剧，这令他感到窒息和痛苦。

- 此外，他还需要还清债务。
- 此外，他希望有一个剧院能来演他的戏。

2. 莎士比亚合理地追求他想要的东西。

a. 莎士比亚试图写作。

b. 莎士比亚去找一个炼金术士（16世纪的治疗师），他给了莎士比亚一个手镯，让他给一个女人，这样她就会做梦，而她做的梦会解开他的写作困境。

c. 莎士比亚选择了罗莎琳德，他认为她将是他的缪斯女神。他把手镯给了她。

d. 莎士比亚去剧院和伯布里奇谈他在剧院的股份，他希望伯布里奇能制作他的戏（但还没有写出来）。

e. 他回家写作，想着自己很快就会有缪斯女神了。

3. 莎士比亚被否定。

a. 莎士比亚发现他的缪斯女神与另一个人有染。

b. 伯布里奇决定制作马洛的剧本，而不是莎士比亚的（还未完成的）作品。

c. 莎士比亚把他写的东西扔了。

d. 莎士比亚觉得自己无法胜任。

4. 莎士比亚获得第二次机会。

a. 马洛给了莎士比亚一些故事创意，激发了他创作的灵感。

b. 托马斯·肯特（格温妮斯·帕特洛扮成的男孩儿）在最近试镜时说的一段台词给了莎士比亚更多的灵感。

- 托马斯·肯特在试镜后就跑掉了。莎士比亚不得不跟随他，希望能见到这位把他的台词演绎得如此之好的演员。但是，肯特消失在一处贵族庄园里。

c. 肯特的消失令莎士比亚"闯入"庄园的一个派对中。在那里，他见到了薇拉（格温妮斯·帕特洛在电影中"真实"的自己）。莎士比亚的灵感被她的美丽所启发。他们跳舞。一段爱情开始了。

5. 莎士比亚利用第二次机会产生的冲突。

a. 莎士比亚发现肯特其实就是薇拉。女人不能在舞台上表演,这是英国女王坚持的规定,这对莎士比亚来说是个问题。

• 薇拉想在舞台上表演,但她知道这不能被别人发现,因此她必须继续假扮成男孩儿。

b. 薇拉的社会地位与莎士比亚不同。她不应该和他扯在一起。

c. 薇拉的父亲宣布,她将与一个她讨厌的富有且傲慢的贵族订婚,莎士比亚必须离开。

• 注:莎士比亚假扮成马洛的"符号情节"从这时开始。这个"符号情节"也有自己发展的故事弧线。

6. 莎士比亚决定去争取。

a. 那晚莎士比亚走到薇拉的窗前表达了他的爱。(她成了他的缪斯。这是主人公在影片的中途就达成愿望的一个例子。然而,这加剧了冲突——他还有更多的东西需要学习/理解。记住,关于伟大的爱情,他认为这是能够创造出伟大作品的一部分。)

7. 一切顺利。

a. 灵感受到激发,莎士比亚彻夜写作。

b. 肯特出现在彩排现场,这激励着其他演员。

c. 这出戏很成功,莎士比亚很兴奋,他的剧团也很兴奋。

d. 薇拉和莎士比亚的爱更加强烈。

• 注:这部电影中"一切顺利"的部分比其他部分都长。它之所以站得住脚,是因为随着莎士比亚创作的顺利开展,故事的紧张感也在加剧。这对恋人会被发现吗?薇拉假扮成男孩的行为会被发现吗?剧院能负担得起这出戏吗?女王会关闭剧院吗?莎士比亚关于马洛是薇拉情人的谎言会被揭穿吗?薇拉的未婚夫会抓住这对恋人吗?薇拉会发现莎士比亚已经结婚了吗?莎士比亚对薇拉的爱越深,两人的感情就越坚定。

8. 一切崩溃。

a. 薇拉必须去觐见女王，获得她与威塞克斯婚姻的正式许可。莎士比亚意识到他将失去薇拉。婚礼将在一周后举行。

- 注："嘀嗒作响的时钟"在这里会加强故事的节奏和张力。

b. 莎士比亚为了掩饰和保护自己，说马洛是薇拉的情人。

c. 伯布里奇发现莎士比亚与自己的情妇有染。

d. 伯布里奇和莎士比亚用剑决斗。

e. 薇拉必须继续假装自己是托马斯·肯特，这造成了越来越多的问题。

f. 薇拉和莎士比亚忍受着情感上的痛苦，因为知道他们将不得不分开。

g. 薇拉发现莎士比亚结婚了。

h. 莎士比亚发现马洛被杀，他很自责。

i. 莎士比亚去教堂祈祷希望获得宽恕。

j. 薇拉听说有位剧作家／诗人死了，以为受害者一定是莎士比亚。尽管后来她发现莎士比亚还活着，但她意识到，如果她不嫁给威塞克斯，莎士比亚就会有生命危险。

k. 韦伯斯特看到薇拉（扮成肯特的样子）和莎士比亚做爱。

l. 薇拉被曝光了。

m. 剧院关门了。

n. 薇拉嫁给了威塞克斯。

9. 危机。

a. 莎士比亚决定接受伯布里奇的邀请，演出他的戏剧。肯特不能再在剧中表演，这令他心痛不已。

b. 婚礼过后，薇拉决定要去看莎士比亚的新剧《罗密欧与朱丽叶》。她逃开了婚礼队伍，去了剧院。

10. 高潮。

a. 扮演朱丽叶的小男孩儿正经历青春期的"变声"，他再也不能用假声（听起来像个女孩）扮演这个角色。

b. 观众席上的薇拉溜到后台，宣布她将继续演出——她冒险在剧中扮演朱丽叶。记住，这是违反当时的法律（王室法令）的。

c. 女王来到剧院看戏，她的皇室"执法者"也在。

d. 莎士比亚扮演罗密欧，薇拉扮演朱丽叶。他们在舞台上一起演绎着爱情戏。

　　● 注：这出戏的表演创造出一个强有力的高潮——我们知道薇拉可能随时被赶下舞台／被发现，莎士比亚的戏剧和他的爱情（以及这出戏和他的事业）都可能被摧毁。

11. 真相大白。

a. 女王的皇室"执法者"发现了事情的真相。他试图强迫薇拉离开舞台，但女王为他俩求情，因为她认为这是一出好剧，她想看看"结局如何"。

b. 这出戏很成功。

c. 女王给了薇拉和莎士比亚短暂的相处时间，但命令薇拉和她的丈夫威塞克斯离开，前往美国。真正的情人将永远不能在一起了。

d. 薇拉和莎士比亚谈到他们的爱情将永远不会变老，永远不会改变。

e. 灵感还在继续。薇拉离开莎士比亚时，编造了一个故事，这启发了他的想象力（这个故事后来成为他最喜爱的戏剧之一——《第十二夜》）。

薇拉的人物弧线

1. 薇拉需要"生活中的诗意、冒险和伟大的爱"（注意，她在第一个场景中大胆地说了这句话）。

a. 为什么？薇拉是个意识超前的女人。她比较独立，她想要的比生活给予她的要更多。

2. 薇拉合理地追求目标。

a. 薇拉打扮成一个男孩，为莎士比亚的戏剧试镜。

b. 薇拉爱上了莎士比亚。

c. 薇拉说服她的女仆帮她打掩护，开始了一段恋情。她的生活中有了诗意的可能。

3. 薇拉被否定。

a. 薇拉知道自己被许配给威塞克斯勋爵。

4. 薇拉获得第二次机会。

a. 薇拉和莎士比亚发生关系，她想在被迫结婚前得到尽可能多的爱和冒险。

b. 薇拉（以托马斯·肯特的身份扮演罗密欧）在排练中继续演出。

5. 利用第二次机会产生的冲突。

a. 薇拉和莎士比亚的关系需要保密。

b. 薇拉在剧中表演的事情需要保密。

c. 威塞克斯开始怀疑。

6. 薇拉决定去争取。

a. 爱是不能被否定的。她拒绝停止自己的恋情或者停止参演这出戏。

7. 一切顺利。

a. 莎士比亚是一个伟大的爱人和富有创造性的灵魂伴侣。

b. 莎士比亚和薇拉保守着他们的秘密。

c. 莎士比亚的戏剧越来越精彩。

8. 一切崩溃。

• 注：当莎士比亚和薇拉的故事发生在同一轨迹上时，我们可以一起追踪他们的人物弧线。

《不可饶恕》（1992）

大卫·韦伯·皮普尔斯编剧

这部影片获得奥斯卡最佳剧本提名。

这是一个经典的"反英雄"故事。"反英雄"会使用不光彩的行动来达到一个高尚的目的，换句话说——为正确的理由做了错误的事情。

注意曼尼（克林特·伊斯特伍德饰）的生活场景是如何设置的：一个男人在挖坟墓的画面。尽管为了开始故事，有必要在镇上的酒馆里设置引发事件——这个最初的视觉印象让我们知道，有一个重要的人物即将加入故事。

故事的背景设置：女性被视为财产的观念。这是蛮荒的西部，暴力是这里的生活方式。介绍反派——警长小比尔（吉恩·哈克曼饰）有暴力倾向，对女性所遭受的苦难毫无同情心。爱丽丝（弗朗西丝·法默饰）要带领妓女们寻求正义。她想出了一个主意，谁能杀死凶手，就把她酒馆里的一个女郎奖励给谁。

主人公的"十一步故事结构"分解和注释

1. 曼尼需要过一种良好的、清白的、合法的生活，并照顾好他的家人。

a. 为什么？他曾经对妻子许下一个承诺，即使她现在已经死了，他也要信守诺言。他觉得如果他现在过着美好的生活，他就有机会得到救赎——这意味着他死后可以在天堂遇见他的妻子。而这就是他最想要的。

2. 曼尼合理地追求他需要的东西。

a. 曼尼放弃了受雇杀人的旧生活。

b. 曼尼成了一个养猪户，尽管他并不擅长养猪。

c. 曼尼对他的孩子负责。

d. 曼尼不再喝酒。

e. 曼尼拒绝了为得到报酬而杀人的提议，尽管他真的可以用这笔钱来养家和照顾农场。

• 注：这里我们知道了很多关于曼尼的背景故事——他曾经是怎样的一个冷血杀手。

3. 曼尼被否定。

a. 曼尼的猪得了"高热病"，曼尼没有办法养活他的家庭。

4. 曼尼获得第二次机会去履行对妻子的诺言，希望能得到救赎。

a. 曼尼决定去争取赏金，这样他就可以照顾他的家人。

• 注："反英雄"的行为，为正确的理由做错误的事情。

5. 曼尼利用这第二次机会引发的冲突。

a. 曼尼的道德冲突。他知道他在做一些妻子不会赞成的事情。

b. 曼尼的枪法不像过去那样准了。

c. 曼尼不得不把孩子们单独留下。

d. 曼尼甚至都不会骑马了。

e. 曼尼的朋友内德（摩根·弗里曼饰）不想加入他的行动。

f. 曼尼不停地质疑自己。

6. 曼尼决定去争取。

a. 曼尼决定，即使没有内德，他也必须去拿到赏金。他别无选择，他必须挣钱养活自己的孩子。

7. 一切顺利。

a. 内德决定同他一起。

b. 内德和曼尼与斯科菲尔德小子取得联系，斯科菲尔德小子同意让内德加入。

• 注：这里编剧引入了自己的观点——通过斯科菲尔德小子的问题：他认为杀戮会让他感到强壮而有力量。内德和曼尼对杀戮有自己的看法——确切地说，一个杀手每杀死一个人，就会觉得自己越来越接近死亡。

c. 曼尼在他做的事情中发现了一些"道德"的正确之处：没有女人应该被伤害。

d. 曼尼拒绝了递给他的酒。

8. 一切崩溃。

a. 曼尼来到大威士忌镇。他觉得不舒服（他发高烧了）。警长把曼尼打了一顿，而斯科菲尔德小子正在楼上和爱丽丝讨论缉拿伤害妓女凶手的赏金。

b. 曼尼认为发烧是死神给他的，他害怕下地狱。

• 注：编剧利用这个时刻去探讨一个人如何面对自己所犯的罪。

c. 曼尼无法继续他的生活，当黛利拉给他善意、安慰时，他无法接受。他陷入了困境——试图取悦死去的妻子，并对付自己心中的恶魔。

d. 内德无法射杀那个犯罪的牛仔——他再也没有勇气杀人了。内德不干了，他要回家和妻子一起种地。

e. 曼尼射杀了那个伤害黛利拉的牛仔。杀戮使他更加沮丧。

f. 警长正召集一群人去追捕曼尼、内德和斯科菲尔德小子。

g. 警长抓住内德，折磨他。

h. 第一次杀人后，斯科菲尔德小子意识到，杀人并不像他想象的那样令人振奋，而是让人泄气。他发誓再也不杀人了。

i. 内德被警长杀死后，尸体被公开展示在酒馆外。

j. 曼尼发现内德已经死了——而且他被用来提醒其他人永远不要反抗警长（或镇上的法律）。

k. 曼尼为内德的死感到伤心，他开始酗酒。

9. 曼尼的危机。

a. 曼尼把得到的赏金给了斯科菲尔德小子。他决定去找警长，为内德的死报仇。

10. 高潮。

a. 曼尼与警长及他的部下决战。曼尼表现出了他的力量和暴力的本性。

b. 曼尼获胜，证明了自己是"西部"最好的杀手。

11. 真相大白。

a. 比彻姆（记录西部的低俗小说家）想写曼尼的故事，曼尼不想参与其中。

b. 曼尼回家了——观众们被告知，他带着家人去了旧金山，开始了经商的新生活。

反派"小比尔"警长的"十一步故事结构"分解和注释

1. "小比尔"警长需要保住他的权力根基。

a. 为什么？权力、自我，他的是非观念。

2. "小比尔"警长合理地去追求。

a. 警长想将受雇的杀手赶出他的城镇。

b. 警长通过了对妓女犯罪的判决——裁定罪犯赔偿马匹。

c. 警长通过暴力把英国人鲍勃赶出了小镇。

d. 警长把刚来到镇上的曼尼痛打一顿。

e. 警长把内德、斯科菲尔德小子和曼尼赶出了小镇。

3. "小比尔"警长被否定。

a. 酒馆里的妓女让曼尼、内德和斯科菲尔德小子待在谷仓里,并照顾他们。

4. "小比尔"警长保住权力的第二次机会。

a. 警长继续试图把曼尼、内德和斯科菲尔德小子赶出小镇。

b. 警长抓住内德,殴打他索要情报。

5. "小比尔"警长利用第二次机会产生的冲突。

● 注:有时候,反派不需要有行为上的冲突——他觉得自己是对的。

6. "小比尔"警长去争取。

a. 警长对内德严刑逼供。

7. 对"小比尔"警长来说一切顺利。

a. 内德指出曼尼是杀手。

8. 对"小比尔"警长来说一切崩溃。

a. 曼尼找警长报仇。

9. 危机。

a. 警长意识到曼尼不会让步,决定与他决斗。

10. 高潮。

a. 枪战。

11. 真相大白。

a. 作为坏人,警长得到了(在曼尼看来)他"应有的下场"。

"B线"故事和"情节符号"

"B线"故事和弧线：英国人鲍勃与警长的斗智斗勇。（英国人鲍勃的傲慢被击落，警长的自负被提升。）

"B线"故事和弧线：酒馆里的妓女要报复。（她们最开始内心充满仇恨，最终明白暴力只会滋生更多的暴力。）

"B线"故事和弧线：斯科菲尔德小子意识到杀戮并不浪漫。（一开始，斯科菲尔德小子认为杀死另一个人会让他感觉更强大，但在电影的结尾，他完全改变了自己的看法。）

"情节符号"：警长在盖房子。

"情节符号"：比彻姆想写一部关于西部最好的枪手的小说。

《玩具总动员》（1995）

约翰·拉塞特、彼特·道格特、

乔斯·韦登、安德鲁·斯坦顿、乔·兰福特、

乔尔·科恩、亚历克·索科洛编剧

主人公的"十一步故事结构"分解和注释

1.胡迪需要被尊重，让事情保持不变，他想继续扮演玩具领导者的角色。

a.为什么？他是领导者，他觉得自己是最受喜爱的，这让他觉得自己很重要。

2.胡迪合理地追求自己想要的东西。

a.胡迪和安迪一起玩。

b.胡迪还会整理其他玩具，把安迪卧室里的东西收拾得井井有条。

c.胡迪派士兵去探查新的生日玩具。他是负责人。

3.胡迪被否定。

a.巴斯光年到来。他不把自己当作玩具，认为自己是真正的宇航员。

b. 胡迪没有安全感，他试图让巴斯光年知道，巴斯光年其实不能飞。但这招却适得其反，因为巴斯光年看起来像是在飞。

c. 当巴斯光年不小心撞出窗外时，其他玩具都责怪胡迪，这对他很不利，他失去了他们的尊重。

4. 胡迪的第二次机会。

a. 巴斯光年出现在开往比萨星球的车里。胡迪认为自己可以"救"巴斯光年，把他带回安迪的家里，这样大家都会很开心。

5. 利用第二次机会产生的冲突。

a. 巴斯光年此时讨厌胡迪，不想和他在一起。

b. 胡迪意识到他必须对巴斯光年说谎——让巴斯光年认为胡迪觉得他是真正的宇航员，他才会进入比萨星球。

6. 去争取。

a. 胡迪对巴斯光年说谎了。

7. 一切顺利。

a. 胡迪让巴斯光年进入了比萨星球。

8. 一切崩溃。

a. 那个喜欢折磨玩具的邻居席德出现了。

b. 席德把巴斯光年和胡迪带回了家。

c. 胡迪不得不与席德的奇怪玩具打交道。

d. 席德把巴斯光年放在火箭上。

9. 胡迪的危机。

a. 胡迪向他的玩具朋友寻求帮助（这让他觉得自己没有责任感，因而没有受到尊重）。

b. 这些玩具不信任胡迪，这使他感到更加不受尊重。他必须自己动手。

10. 高潮。

a. 胡迪必须击退恶犬。

b. 巴斯光年看到广告，意识到自己是个玩具，他很沮丧。胡迪必须让他摆脱抑郁。

    c. 家里的搬家车来了（设置时间限制）。

    d. 胡迪无法进入移动的货车，玩具们仍然不信任他。

    e. 想到可以借助卡丁车逃走。

    f. 胡迪用火柴点燃火箭，他们飞进了安迪的车。

11. 真相大白。

    a. 牧羊女为胡迪担保，她对其他玩具说，胡迪说的都是真的。

    b. 所有人又是朋友了——包括巴斯光年和胡迪。

《怪物史瑞克》（2001）

泰德·艾略特、特里·鲁西奥、

乔·斯蒂尔曼、罗杰·S.H.舒尔曼编剧

根据威廉·史塔克的原著改编

主人公的"十一步故事结构"分解和注释

    这是一部喜剧，也是一部讽刺作品。编剧们在每一个转折点都有趣地"颠覆"了人们的期待——白的变成黑的，上升的变成下降的，性感的变成怪异的……

    1. 史瑞克需要被接受和被爱。

    a. 为什么？因为他很孤独。他受够了被伤害的感觉。他讨厌别人朝他扔东西。但是，因为这是一个取笑"典型"童话的故事，主人公会按照自己的最大利益行事。他认为自己想要的是一个人待着。他开始否定自己真正需要的东西，因为他太脆弱、太情绪化了（这一点，再一次与你想象中的怪物完全相反）。

    2. 史瑞克合理地追求他想要的东西。

    a. 史瑞克张贴"禁止擅闯"的告示，吓跑了当地的童话人物，而他们可能会接受史瑞克。

　　3. 史瑞克被否定。

　　a. 驴子决定和史瑞克住在一起，躲开法尔奎德领主的驱赶。史瑞克似乎无法摆脱驴子。童话王国的生物们不让他清净地待着，他们需要他的帮助。

　　4. 史瑞克获得第二次机会。

　　a. 史瑞克同意帮这些童话人物去和法尔奎德谈谈。如果他成功了，他们承诺归还他清静。

　　5. 利用第二次机会产生的冲突。

　　a. 驴子想和他一起去法尔奎德的官殿。

　　b. 法尔奎德是个可怕的、残暴的人。

　　c. 史瑞克必须离开他心爱的家。

　　6. 去争取。

　　a. 史瑞克和驴子出发了。

　　7. 一切顺利。

　　a. 史瑞克和驴子来到法尔奎德的城堡。

　　b. 法尔奎德想娶菲奥娜公主，想要获得她的芳心。

　　c. 史瑞克和驴子打败了试图抓住／杀死他们的守卫。

　　d. 法尔奎德派史瑞克和驴子把菲奥娜接过来，嫁给自己。如果他们成功了，法尔奎德就答应史瑞克，保留他的沼泽地，并答应史瑞克的要求（不去打扰这些童话人物）。

　　e. 史瑞克和驴子出发去执行他们的任务。

　　f. 史瑞克展示了他的聪明才智，帮驴子过桥。

　　g. 史瑞克成功地打败了恶龙。

　　h. 菲奥娜公主认为史瑞克（他戴着头盔——她看不见他的脸）一定是被派来救她的王子。

　　i. 史瑞克把驴子从恶龙手里救了出来。

　　j. 史瑞克救出菲奥娜公主，然后他们就回去了——要回到法尔奎德身边。

k. 菲奥娜公主感谢史瑞克。她认为他是"她的王子"。

l. 菲奥娜公主看到了史瑞克的脸(他摘掉了头盔),她看起来很失望。

m. 菲奥娜公主让旅程变得艰难,因为她想在日落之前独自待在一个地方。

n. 驴子和史瑞克睡在火边。菲奥娜给他们做了一只老鼠当早餐。菲奥娜帮助他们打败罗宾汉和黑帮,他们一起玩得很开心。这对史瑞克来说很痛苦,因为他和菲奥娜彼此吸引。他不想把她交给法尔奎德了。

o. 史瑞克、驴子、菲奥娜看到远处的城堡,却决定一起再过一夜,他们玩得太开心了。

p. 史瑞克和菲奥娜差点儿接吻,却被驴子打断了。

q. 驴子鼓励史瑞克告诉菲奥娜他爱她。

8. 一切崩溃。

a. 驴子发现菲奥娜公主长得像怪物。

b. 史瑞克无意中听到菲奥娜告诉驴子这是诅咒。他认为自己被拒绝了。

c. 菲奥娜决定告诉史瑞克她也是个怪物,但史瑞克已经走了。

d. 菲奥娜和史瑞克沟通不畅,争吵起来。

e. 法尔奎德来了。菲奥娜意识到是史瑞克把他找来的,看来他很自私地把她交出去了,这样他就可以拥有自己的"小天地"了。

f. 菲奥娜同意嫁给法尔奎德。

g. 史瑞克和驴子走开了。他们发生争执,驴子离开了史瑞克。

h. 史瑞克很孤单,很悲伤。

· 注:记住,这就是史瑞克想要的。但观众一直都知道,他真正需要的是别的东西。他需要爱、友谊和接纳。

i. 菲奥娜正准备嫁给法尔奎德。史瑞克更悲伤了。

· 驴子出现在史瑞克家,称自己是沼泽的主人。他们打了起来。

9. 史瑞克的危机。

a. 驴子让史瑞克知道菲奥娜爱上了他(不让史瑞克知道菲奥娜是个怪物——没有最终揭秘)。史瑞克决定把菲奥娜从丑陋、矮小、刻薄的法尔奎德身边救出来。

10. 高潮。

a. 史瑞克和驴子去营救菲奥娜。

b. 菲奥娜和法尔奎德结婚了！

c. 菲奥娜在婚礼上被发现是一个怪物，法尔奎德露出了他的真实面目。

d. 史瑞克必须击退军队才能到达菲奥娜身边。

e. 法尔奎德被恶龙吃掉了（菲奥娜现在成了寡妇）。

11. 真相大白。

a. 史瑞克告诉菲奥娜自己爱她。

b. 史瑞克和菲奥娜接吻。

c. 真爱之吻把菲奥娜变成了真正的自己——从这一刻起，她将成为一个怪物。

d. 俩人觉得自己很好：真爱比什么都重要。

e. 童话王国的生物们庆祝起来！

这是一部具有开创性的电影，因为它取材于"典型"的童话故事，却将其颠倒过来。但它传达的信息与许多经典相似：没有自我接纳，以及承诺做自己，就不会有真正的幸福。当然，还有一个教训："不要以貌取人。"

《杯酒人生》（2004）

亚历山大·佩恩、吉姆·泰勒编剧

根据雷克斯·皮克特的小说改编

主人公迈尔斯（保罗·吉亚玛提饰）是个抑郁的人。他仍然爱着他的前妻（她要和别人结婚了），他不能开始一段新的关系。他是个小说家，却找不到出版商来出版他的作品，他缺乏自信。他说谎——对自己和其他人，他似乎无法让自己的生活"继续下去"。他计划和最好的朋友杰克（托马斯·哈登·丘奇饰）在葡萄酒之乡共度一周。杰克马上要结婚了。迈尔斯睡过了头，结果接杰克的时候迟到了。他做事拖拉，偷自己妈妈的东西，还不愿面对事实。他的身材走样，他的自嘲令人恼火。为什么观众要支持他？

因为他不是银幕上最讨人厌的人。他是可以被理解的。

迈尔斯的盟友和对手都是杰克，他大学时代的朋友。杰克让迈尔斯痛苦不堪。杰克强迫他，让他难堪，最后，他的行为不像大多数最好的朋友该做的那样。杰克很自私，他总是把自己放在第一位。他要结婚了，在结婚前他想和女人寻欢。迈尔斯期待一个充满男性友情的周末时光，但是杰克只对性感兴趣。杰克撒谎，没有耐心，不可救药，麻木不仁。

相比之下，迈尔斯看起来是个不错的人。

杰克扮演的同盟和对手的双重角色很有趣。他推动迈尔斯面对现实，继续自己的生活，杰克在帮助他的朋友。但当杰克的自私威胁到迈尔斯与玛雅（维吉妮娅·马德森饰）的恋情时，迈尔斯最终不得不面对他，并为自己的自我意识而"战斗"。

迈尔斯讨人喜欢的其他原因有哪些？他对葡萄酒很有热情，这让他变得很有趣。他对自己缺乏信心，这也让他变得很有趣。他是一个"弱者"，观众喜欢支持弱者。

主人公的"十一步故事结构"分解和注释

1. 迈尔斯需要自我感觉良好并继续他的生活。

a. 为什么？他很沮丧，他的生活中没有一件事是他想要的。

• 注：观众很清楚迈尔斯想要什么，但在故事的开头迈尔斯自己并没有发现。

2. 迈尔斯合理地追求自我感觉良好的状态，并试图在这个世界上占有一席之地。

a. 迈尔斯计划和最好的朋友去他最喜欢的地方玩一个星期——这个地方是加利福尼亚中部的葡萄酒之乡。

b. 迈尔斯为这次旅行买了特别的葡萄酒。

c. 迈尔斯告诉杰克，他一直在看心理医生，正在服用抗抑郁药物。

d. 迈尔斯允许杰克给他提建议（虽然他还没有准备好接受，但是……）。

e. 迈尔斯遇到玛雅，并抓住了机会。他邀请她与他们一起喝了杯酒。

3. 迈尔斯被否定。

a. 玛雅问他们晚上是否有安排。迈尔斯很紧张，他告诉她，他们要回汽车旅馆了——因为开车很累。他关上了进一步了解她的大门。

b. 杰克告诉迈尔斯，他打算在这个假期里（在他单身的最后几天）找人寻欢。这让迈尔斯感到没有被重视，他以为杰克会和他玩得很开心，杰克会想和他待在一起。

c. 迈尔斯和杰克认识了斯蒂芬妮，杰克为迈尔斯和他自己安排了双人约会。

d. 杰克告诉迈尔斯，他的前妻维多利亚已经再婚了。

e. 迈尔斯意识到杰克和维多利亚一直在他背后讨论自己的问题（迈尔斯愤怒而不安地跑进葡萄园，这是所有"否认"的高潮）。

4. 迈尔斯的第二次机会。

a. 迈尔斯、杰克准备和玛雅、斯蒂芬妮共进晚餐。

5. 迈尔斯利用第二次机会产生的冲突。

a. 杰克告诉迈尔斯，他不想让迈尔斯的沮丧想法破坏了这个夜晚。而且，如果有人想喝迈尔斯的那瓶红酒，他也不能生气。

b. 迈尔斯对和玛雅的约会感到紧张，因为他担心"真相"会大白，玛雅会发现他是个骗子（杰克对玛雅说了谎，称迈尔斯的书即将出版，而迈尔斯没有纠正他）。

6. 迈尔斯决定去争取。

a. 迈尔斯和杰克一起去和女士们共进晚餐。他同意会好好表现。

7. 一切顺利。

a. 迈尔斯和玛雅的晚餐很愉快。

• 注：事情进展得很顺利，但是迈尔斯给前妻维多利亚打了个电话，他仍然对她的再婚耿耿于怀。她告诉他不要在喝醉的时候给她打电话。他感到被拒绝，认为自己很没用。

b. 迈尔斯和玛雅在斯蒂芬妮家愉快地聊着红酒话题。他们有很多共同点：他们都热爱葡萄酒和葡萄酒的酿造。

c. 迈尔斯告诉玛雅关于他的 "特殊葡萄酒"，它是为了一个特殊的场合而留着的酒——这和他的书有关。

d. 迈尔斯和玛雅接吻了。

• 注：这个地方有很大的张力，因为迈尔斯很难遵从于自己的冲动，并抓住机会。他和玛雅的关系是建立在谎言之上的。

8. 一切崩溃。

a. 玛雅对迈尔斯的吻没有反应，这是一个尴尬的时刻。

b. 当杰克的未婚妻打来电话时，迈尔斯不得不替杰克撒谎。

c. 杰克今天不和迈尔斯在一起，他和斯蒂芬妮走了。

d. 迈尔斯度过了孤独的一天。

e. 迈尔斯不得不倾听杰克对即将到来的婚礼的疑虑。

f. 迈尔斯不得不和杰克、斯蒂芬妮和斯蒂芬妮的家人一起出去玩。

g. 迈尔斯晚上一个人喝着葡萄酒，看色情杂志。

h. 迈尔斯去找玛雅，但是她今天没工作，他没看见她。迈尔斯自己喝醉了。

i. 迈尔斯和杰克打高尔夫球。杰克在鼓励迈尔斯继续他的生活。一些打高尔夫球的人惹怒了他们，迈尔斯和杰克表现得很疯狂。

j. 迈尔斯告诉杰克，他已经厌倦了失败。

• 注：在这个部分，有起有落。玛雅和迈尔斯确实在一起度过了一段美好的时光（用停和走／上和下／好和坏／机会和挫折的即刻反转来构建一个故事是好的）。

k. 野餐：迈尔斯和玛雅在一起度过了一个美好的夜晚。

l. 一个即刻反转：迈尔斯不小心泄露了杰克几天后就要结婚的消息，这让玛雅退缩了，因为她不知道在过去的几天里还有什么样的谎言。

9. 危机。

a. 迈尔斯告诉了玛雅关于杰克和他婚礼的真相（这是用画外音完成的）。

10. 高潮。

a. 玛雅对迈尔斯很生气，告诉他不应该说谎。

b. 迈尔斯得知自己的书被出版社拒绝了，这个消息带来的失望和沮丧令他在酿酒厂发了疯。

c. 斯蒂芬妮痛打杰克。杰克意识到是迈尔斯将他结婚的事告诉了玛雅，而玛雅又告诉了斯蒂芬妮。

d. 当杰克勾引一名女招待时，迈尔斯又被杰克抛弃了。

e. 迈尔斯不得不偷偷溜进女招待的屋子去拿杰克的钱包。

f. 杰克开着迈尔斯的车撞到了树上。

g. 迈尔斯和杰克回到杰克未婚妻的家。迈尔斯没有进屋——他不想面对杰克的谎言。

h. 迈尔斯看到前妻，发现她怀孕了。

11. 真相大白。

a. 迈尔斯喝掉了他那瓶"特殊的葡萄酒"——他不再为特殊的场合而保留着它（不再等待他的生活完好如初）。

b. 迈尔斯开车回到加州中部去找玛雅。

c. 这是一个充满希望的结局，观众们希望迈尔斯把过去抛诸脑后，继续前进——（对自己和他人）说出真相。

你想更熟悉剧作世界的语言。你想知道编剧同人在和那些电影公司高管在讨论什么。你希望能在通读了自己的作品后，扪心自问："我是否使用了所有可用的方法来讲好这个故事？"你需要知道这些术语，在你写剧本的时候，这其中的大多数都会成为你的写作习惯。

"A线"故事： 电影故事中最重要的情节，主要讲述主人公实现自身目标的过程。

"B线"故事： 电影故事的次要情节，会直接影响"A线"故事的结局。"B线"故事也会有自己的弧线：开端、发展和结局。在一个男人在公司里谋求升职的故事中，"B线"故事可能是爱情故事，促使他为自己挺身而出。在一部犯罪片中，"B线"故事可能是侦探的家庭生活，也可能是他与自己的恶习做斗争。一个电影故事中可以有多个"B线"故事，也可以是"C线"或"D线"故事，它们占用的时间更少，但也都有自己的弧线。

按钮： 通常是场景中的最后一句台词，标志着该场景的结束。这个术语常被用于喜剧剧本中，像是用最后一个词或最后一句话"抖包袱"，把笑话讲出来。

背景故事： 电影故事开始之前，构成人物生活的事件。这些事件使得人物做好准备以展开电影故事中的行动。背景故事有助于回答为什么这个人物在故事中要如此行事，为什么会有这样的反应。

步骤表： 按地点对故事中所有场景的分解。这是一个工具，用来揭示在每一幕中发生了什么（一个场景接一个场景）。

场景标题： 电影剧本中的小标题，告诉读者一个场景发生的地点，以及在一天中发生的时间。例如，"外景：平克路边旅馆，夜"。

冲突： "戏剧就是冲突，冲突就是戏剧"，这是剧本创作的核心思想。主人公迎接巨大的挑战，无论成功还是失败，这一路上他都要面临情感上和身体上的巨大冲突。

重复性符号情节： 一系列重复出现的动作、语言或者画面，它们本身没有情节弧线。符号情节可以辅助显示时间的跨度，增添喜剧效果，甚至有助于顿悟。符号情节可以在银幕上"按需重复"。例如：《克莱默夫妇》中的一系列早餐场景，《杯酒人生》里迈尔斯为某个特殊场合准备的酒。

创意提案： 你的电影故事的口头演示。一个好的提案不超过五到十分钟，它应该专注于主人公的成长和人生旅程上，介绍故事里的世界和主要冲突，描绘敌对势力和援助的力量，并尽可能地令人感到兴奋。要有创意，如果可能的话，你可以带一些简单的视觉辅助工具，但要尽量简短。使用"十一步故事结构"作为指导，可以确保提案有坚实的故事开端、发展和结局，并且专注于人物（人物往往是故事的卖点），包括主人公所面临的一系列冲突。

低概念： 一个非高概念的故事创意。低概念故事，需要更详细的解释才能让人理解电影故事的主旨。低概念电影通常更关注人物而不是情节。例如：《鸟人》《杯酒人生》《改编剧本》《唐人街》等。

嘀嗒作响的时钟： 故事中用来增强紧张和刺激的一种时间元素。

电影剧本： 电影的脚本。导演、演员和电影摄制团队用来制作电影的书面作品。

电影类型： 你所讲述的故事的类型。它是剧情片、喜剧片、惊悚片还是恐怖片？它是一部西部片、传记片还是科幻片？大多数观众会根据电影类型选择他们想看的电影。每种电影类型都需要有特定的故事元素。（参见词条"类型电影"）[①]

段落： 一系列场景的组成，有自己的开端、发展和结局，并及时推动故事向前发展。

对白： 故事中人物所说的话。

对抗： 人物直面他们的恐惧、敌人或障碍。剧本是建立在对抗的基础上的，没有什么是轻易获得的。

顿悟： 这个词指的是人物凭直觉得到的理解力的飞跃，他会突然意识到他"明白了"。当一个强烈的动作发生时，或者当他听到一个特定的单词或者看到一个特定的图像时，这种情况就会发生。这是一个深刻领悟的时刻。

反派： 妨碍主人公（观众通常认同的主要人物）的角色。反派应该积极阻止主人公实现其总体需求或直接目标，因为他们的愿望相互冲突，或者这个角色本身就是一个故事发展的障碍。这可能是母亲或好友，他们为了保护自己所爱的人免受伤害或失望，而阻碍了主人公实现他的愿望（且他们认为自己在做正确的事情）；这也可能是个恶毒的人物，想要给主人公造成心理或身体上的伤害；这还可能只是一个想要赢过主人公的人（赢得比赛、赢得女孩的芳心、赢得工作等）。有时反派被称为"宿敌""坏人""邪恶力量""恶棍"。"恶棍"一词，通常指的是一个永远无法被改变的人物或力量，这个人物或力量与故事几乎没有什么情感上的联系，他只想走自己的路，为了达到这个目的，他愿意做任何事情。反派可能是一个有理性（或没有理性）的人。所以在一个故事中，很可能会有一个反派和一个恶棍。

反英雄： 主人公为了正确的理由做了错误的事情。或者，一个人物以不光彩的方式实现了值得敬仰的目标（例如：《教父》中的麦克·柯里昂、《不可

---

① 参见《编剧的电影类型》（*Film Genre for the Screenwriter*），Jule Selbo，Routledge，2015。

饶恕》中的威廉·曼尼、《忠奸人》中的唐尼·布拉斯科）。

反转： 改变电影发展方向的故事元素。对于人物来说，似乎一切都很顺利，然后很快就进入了一个不利的境地。或者反过来说，似乎一切都进展得很糟糕，然后突然出现了好转。反转可以确保你的故事充满情节和冲突，并让观众猜测故事接下来会发生什么。

分场大纲： 编剧用来描述电影故事基本结构的文件（可以是粗糙的，也可以是精细的，这取决于谁要查阅它）。"十一步故事结构"的模板可以作为大纲的基础，然后可以扩展并包含故事的重要事件、情感和情节元素。分场大纲是一种工具，用来保持编剧步入正轨，按照进度写好故事。（参见词条"剧本小样"：这是一份不同的文档，这是一种更加精雕细琢的故事呈现方式，可以用作销售工具，也可以作为文件，在编剧正式撰写剧本之前，交由制片人／电影公司／管理人员审批。）

伏笔： 用视觉、动作、对话或事件来暗示将要发生的情况或故事要点。

高潮： 故事中最激动人心和最重要的部分，通常发生在第三幕。当你的主人公为了实现目标与所有困难做斗争时，他没有回头路可以走，一切都处于危险之中。反派和敌对势力在此时处于最危险的状态。高潮包括情感、心理和身体上的挑战，能带来一种精神宣泄。所有的故事元素都有助于将故事推向高潮，从而永远改变主人公的生活。

高概念： 可以用一句话或更少的篇幅来表达和理解的故事创意。例如：《龙卷风》（龙卷风肆虐，龙卷风追击者前来救援）、《大白鲨》（一条鲨鱼袭击了玛莎葡萄园岛，一名怕水的新警长必须带领一群不太像样的捕鲨者拯救小镇）。其他的高概念电影还有《泰坦尼克号》《星际穿越》《模仿游戏》《X战警》等。

格式： 标题、粗体字、动作台词、对白和人物名称的恰当排列，构成专业的剧本。

公有领域： 一本书、一篇文章或一部文学作品，向大众开放，可供编剧以任何方式自由改编。

钩子： 在电影故事的开头出现的想法、情节、人物特征或危险事件，它们能引起观众的兴趣，让观众很快地进入故事。

故事编审： 帮助塑造、润色故事和剧本，使其用以制作的人。通常是电视术语。

故事分析师： 电影公司或制片公司的工作人员（或者为导演、为电影制作链中的其他人工作的人），其职责是阅读剧本，并将它们推荐（或不推荐）给开发总监或制片人。（参见词条"剧本读评人"和"剧本阅读反馈"）

故事线： 一个简短的段落（三到五句话），讲述电影故事的基本内容，重点介绍人物弧线和故事的主题。

弧线： 拥有一条完整弧线的故事会有开端、发展和结局。如要创造出令人满意的弧线，人物、剧中世界的状态，以及其他要素都要经历一次改变（参见词条"人物弧线"和"人物发展"）。

互联网电影资料库（IMDB）： 电影评分和电影行业其他信息的网络数据库。（imdb.com）

节奏： 那些充满感情（幽默或戏剧性）的场景中的沉默时刻。演员可以在他们的戏份中拿捏节奏；导演和剪辑可以在场景中创造节奏，以确保成功表达情感或含义。但编剧不需要用其去指导演员表演。而"节奏"一词也不应该在剧本中用来表示"暂停"。

进退两难的处境： 主人公面临着情感或身体上的"二选一"。这是一个会影响故事结局的重大选择。例如：主人公必须在家庭和事业之间做出抉择；主人公必须在说谎话让事情看起来更好和说真话可能带来严重伤害之间做出抉择。

精神宣泄： 人物经历的某种关于自己或他人的启示的时刻，通常是压力很大的时刻。这个启示可能是关于人物的自我接受或对现实处境的接纳，由此让主人公意识到他已经永远改变了。

剧本读评人： 电影公司或制片公司的工作人员，他们负责阅读剧本，并将这些剧本推荐（或不推荐）给开发总监或制片人。（参见词条"故事分析师"

和"剧本阅读反馈")

剧本小样： 篇幅为7到12页，以文章形式转述电影故事的文件（很像一个短篇故事，但聚焦于主人公的行为）。剧本小样主要围绕着主人公的目标和人物弧线展开，故事的主题应该是明确的，风格和类型也是显而易见的。它还应该包括最重要的情节元素。它不是整个电影故事的步骤表或分场大纲。剧本小样在大多数情况下被当作一种销售工具，因此它的任务就是突出主要人物和有助于塑造人物弧线的情节框架。

剧本阅读反馈： 制片公司和电影公司会雇用剧本读评人／故事分析师，为收到的投稿剧本撰写故事梗概。剧本读评人／故事分析师会总结故事，评估写作技巧，并给出这个电影故事的商业可行性意见。这份报告将被发送给制片人、导演或公司高管，并附上建议：可读或不可读。导演、制片人或执行人员如果对阅读反馈感兴趣的话，会选择阅读完整的剧本。

剧情转折： 影片推动力的突然转向，以一种意想不到的方式开启或关闭了一个故事路径。

开发总监： 电影制片厂或独立电影公司的工作人员，他们会阅读你的剧本，或倾听你的提案，或在你拍电影的路上帮助（或不帮助）你。

口头语： 对白佐料，使人物的语言看起来更自然。例如："好吧……""哦……""以防万一……""你不知道……"等。注意不要过多地使用口头语，因为它们会减缓故事的速度。还要保持警惕，并不是电影里的每个人物都应该有口头语——或者有相同的口头语。

类型电影： 电影的叙事是对之前另一部电影的衍生或模仿。不被认为具有原创的元素、主题、观点或情节的电影。①

美国编剧协会（WGA）： 美国编剧协会是一个代表电影、电视以及其他媒体（包括一些网络作品）编剧的工会。工会提供给编剧们信息，比如：文学经纪人名单、法律咨询和编剧的其他商业问题。美国编剧协会致力于为编剧们

---

① 参见《编剧的电影类型》（*Film Genre for the Screenwriter*），Jule Selbo，Routledge，2015。

建立一个社群，并定期举行会议，向成员和非成员（偶尔）开放。

母题：在你的故事中反复出现，可以成为一个情感基准的元素。想想一段音乐、一句流行语、一条项链、一张公园长椅、一辆汽车或其他某个元素，对观众来说它变成了一个符号，这将有助于揭示人物的情感状态。

扭转乾坤的力量：拉丁语，尤指剧本或小说中，用不可思议的人物或难以令人信服的事件来解决情节中出现的难题。例如：男主人公在影片的高潮部分遇到了重重困难，成败在此一举。突然间，一位天使，或是一位有权势的人，或是上帝，又或是某个与故事无关的人物出现，"把事情处理好了"。在大多数情况下，使用这样一个"扭转乾坤的力量"会削弱故事的效果。编剧希望主人公对自己的未来负责。使用"扭转乾坤的力量"，编剧就从主人公的手中夺走了这部电影的结局。

期权：为在一定时间内使用文学作品（报纸、书籍、诗歌、短篇小说、传记、你的故事／剧本等）的特权而支付的费用。每个期权协议在价格上和时间长度上都是不同的。如果制片人、导演或制作单位想要购买你的故事或剧本的版权，你必须决定这个"交易"的时间长度、价格和其他细节。如果你没有法律代表或文学经纪人的话，美国编剧协会是一个很好的信息来源，它可以让你了解更多自身的权利，以及如何保护自己和你的素材。

启示：人物开始以一种新的方式理解生活、理解一个人、理解一种情况，或者理解他自己。

前提：编剧在电影故事中探索的故事弧线。它通常以问句的形式出现，用"假如……会怎样？"（例如，《窈窕淑男》：假如一个大男子主义的男演员不知道如何对待女人，却为了在肥皂剧中获得一个角色不得不伪装成女人，那该会怎样？）

潜台词：一个场景或一段对白的真正含义。剧中人物没有直接说出来，但却很清楚地感觉到、渴望或想要说的事情。一个好演员会表演出场景中的潜台词。一个好编剧不会"直抒胸臆"（"直抒胸臆"这个词指的是直接写出人物的想法），而是会构建一段对话，让演员理解场景中的潜台词。

情节： 推动故事发展的事件和行动。

缺陷： 使剧中人物更有人情味、更有亲和力的性格元素。缺陷可以是生理上的，也可以是情感上的，有时两者兼而有之。人物的缺陷，例如：不安全感、自卑、会造成威胁的骄傲、公共场所恐惧症、短期失忆、嫉妒、贪婪等。每个塑造成功的主人公和反派，都应该有一个或多个影响他们在电影中的人生旅程的缺陷。

人物发展： 主人公将在故事中展开一段人生旅程，从A点开始，到Z点、B点或H点结束（这完全取决于这个人物变化有多大）。人物必须有所改变，否则你的故事就有可能停滞不前。一个人物可以从不负责任成长为负责任的，从幼稚成长为睿智，或者从害怕去爱成长为愿意给出情感的承诺。情感的成长是最重要的，而身体的成长（就像在体育片里的那样），在大多数情况下，应该与情感的成长相辅相成。你讲述的故事应该促使人物认真审视自我，并以此为改变自我创造机会或环境。

人物弧线： 人物在电影故事从开始到结束这个过程中所发生的变化。例如：一个人物从羞涩、沉默寡言到能够有说服力地、坚强地与他人抗衡；一个人物从自私自利、以自我为中心到意识到帮助他人也能获得相应的回报。

上升剧情： 电影故事的叙述节奏开始加快。大多数电影在接近高潮和大结局时会加快节奏（使用较短的场景）。

十一步故事结构： 电影故事结构的分解，聚焦于主人公的身体和情感之旅。

危机： 一个决定性的时刻，通常出现在第二幕快结束，当主人公发现自己身处无尽的至暗地狱之时。主人公必须决定是放弃，还是继续前进，或者另外选择一条看起来很危险的道路（情感上、心理上、身体上，或三者皆有）前行。通过这一刻所做出的决定，编剧可以确保主人公在故事中是一个积极主动的角色。

误导： 编剧通过误导来指引观众朝着（有望）阐明故事的方向前进，但不一定能回答人物或情节所提出的最直接的问题。例如：在《唐人街》中，杰克·吉茨在穆雷夫人家的盐水池里发现了眼镜。观众（还有杰克）被引导去相信穆雷夫人是杀人犯。杰克只有遵循着错误的方向走，才能发现真相。

戏剧： 描述人类为维持价值和赋予生活中所采取行动以意义而进行的斗争。这场斗争越激动人心、困难越重，就越有戏剧性。戏剧性越大，冲突就越多。充满冲突的电影故事是最好的。"戏剧"一词也可用来指一种电影类型（剧情片），它以严肃的方式审视人类在生活中的挣扎和实现某些目标的欲望。

戏剧性问题： 是关于故事中主人公的核心困境问题。戏剧性问题与情节有关（但也可以与主人公的总体需求有关）。例如：他有耐心去赢得那个女孩的爱吗？她有能力击垮外星人吗？他有信心揭发这个罪行吗？

引发事件： 电影叙事中的事件或某个时刻，它改变了主人公的正常生活，送其踏上了电影中的人生旅程。

障碍： 大大小小的问题或障碍（情感上的、心理上的或生理上的），阻碍了主人公实现自己的需求和目标。

制片人： 负责引领一部电影从剧本到成片的人。

主人公： 在电影故事中的主要人物，其为了实现自己的目标，踏上了一段人生旅程。主人公可能是"一个普通的男人／女人"，也可能是英雄或反英雄，总之是观众应该有情感投入并愿意加入其情感旅程的人物。主人公是观众最容易认同的人物。这个活跃的人物推动了故事的发展。

主题： 电影故事所探索的经验教训、启示或真理。找出主题的一个简单方法就是，完成这个填空：没有_____，就没有_____。例如：没有爱，就没有家的感觉；不相信自己，你就永远无法实现你的目标。

最终解决： 电影故事的最终结局——通常在故事的结尾才会揭晓。最终的解决方案可能包括对未来的预见。最终解决也是花时间完成收尾工作，解释一下以前无法解释的事情（如果你想解释的话）。